撒娇
1

时星草／著

我这一颗心，

总会因为你的存在，

而胡乱冲撞。

时星草

长江出版社
CHANGJIANGPRESS

图书在版编目（CIP）数据

撒娇. 1 / 时星草著. — 武汉：长江出版社，

2022. 4

ISBN 978-7-5492-8267-8

Ⅰ. ①撒…　Ⅱ. ①时…　Ⅲ. ①长篇小说-中国-当代

Ⅳ. ①I247.5

中国版本图书馆CIP数据核字(2022)第052738号

撒娇1 / 时星草　著

出　　版	长江出版社	
	（武汉市解放大道1863号　邮政编码：430010）	
市场发行	长江出版社发行部	
网　　址	http://www.cjpress.com.cn	
责任编辑	江　南	
封面设计	南大古　张　强	
封面插图	北斗斋	
印　　刷	北京盛通印刷股份有限公司	
版　　次	2022年4月第1版	
印　　次	2022年6月第1次印刷	
开　　本	880mm×1230mm　1/32	
印　　张	12.5	
字　　数	422千字	
书　　号	ISBN 978-7-5492-8267-8	
定　　价	39.80元	

目　录
Contents

"轻画，你现在在哪儿？"

收到好友兼同事孟瑶的消息时，阮轻画正坐在路边的长椅上发呆。

午后的阳光透过稀疏的枝叶落下，留下斑驳的光，明亮温暖，让人有昏昏欲睡的冲动。

阮轻画强撑着，伸手揉了揉疲倦的双眼，还没来得及回复，孟瑶直接给她拨了电话。

"喂。"她的声音有些哑，整个人有些颓，提不起神。

"我刚看到公司群的消息。"孟瑶直接道，"你在哪儿？我去找你。"

阮轻画"嗯"了一声，托腮望着人行道上匆匆走过的身影，"路边。"

孟瑶眉心一跳，言简意赅道："地址。"

把地址发给她，阮轻画看了看其他人发来的消息，大多数都是安慰、鼓励的内容。她边看边回复，刚把消息回完，孟瑶到了。

"你就一个人躲在这儿？"

听到熟悉的声音，阮轻画半眯着眼抬头，盯着孟瑶看了一会儿，目光停在她的鞋面上，不紧不慢地说："你高跟鞋换成裸色会更好看。"

孟瑶低头看了眼脚上的黑色高跟鞋，没好气道："出差只带了这双。"

阮轻画："哦。"

孟瑶看她这样，积攒起来的怒气忽而被吹散，无法发泄。

"你见到我就只想说这个？你能不能改改你的职业毛病？"

阮轻画偏头看着她，眨眨眼，说："那给你表演个喜极而泣？"

孟瑶觑她一眼："倒也不必。"

阮轻画很轻地笑了下。

孟瑶静默了一会儿，低声问："生气吗？"

"嗯？"阮轻画扬了扬眉，靠在她的肩上说，"刚开始有点。"

但她觉得生气会让自己长皱纹，还可能得乳腺癌等毛病，为防止这样的噩耗发生，阮轻画决定不和傻子计较。

孟瑶无语道："你这佛系的脾气什么时候能改改？"

闻言，阮轻画瞥了她一眼，反驳道："我哪里佛系了？我明明是睚眦必报的性格。"

她之所以现在没还击，是因为还没完全收集好证据。

孟瑶沉默了一会儿，低声问："那就这么算了？"

阮轻画和她对视半晌，意味深长地问："你觉得呢？"

孟瑶安静三秒后，感慨道："我忽然有点同情谭滟。"

谭滟，是两人话题中让阮轻画和孟瑶都恼怒的人物。她和阮轻画一样，是公司的高跟鞋设计师，同期进去，同样的职业，两人要么成为惺惺相惜的朋友，要么成为背后掀起风波的对手。

阮轻画和谭滟，毫不意外是后者。

这一回，公司内部进行PK，在众多设计师的作品中，选其中一位的作品作为明年春季主打款。原本是公平的比赛，可最后的结果却并不那么公平。谭滟的作品和阮轻画的有八成像不说，总监更是眼瞎了一般，选了谭滟那浮夸且不适用的设计。

这个消息一公布，公司里有脑子的人都知道是怎么回事。也正因此，阮轻画才收到了那么多的安慰。当然，安慰有真有假，大部分旁观者还是看戏居多。阮轻画不是傻子，自然清楚其中的弯弯绕绕。

她听着孟瑶的话，小小地翻了个白眼："你还是站在我这边的吗？"

孟瑶钩着她的肩膀，笑了笑："不是我能下了飞机就往你这儿跑？"

阮轻画轻哼一声。

孟瑶侧头看了她一会儿，有些不解："你说总监眼光怎么那么差？你长得比谭滟好看一百倍，身材也火辣，他为什么选她不选你？"

不是孟瑶夸张，阮轻画是真的漂亮。标准的鹅蛋脸，饱满但又不失稚气。素颜或淡妆时清纯，浓妆时美艳，气质清冷。

阮轻画想了想，说："他瞎？"

孟瑶刚想点头表示赞同，阮轻画拿过她手里的矿泉水抿了一口，忽然说："他给我送过一次房卡。"

"什么时候？"孟瑶没听她说过这事，"然后呢？"

阮轻画："我把房卡丢垃圾桶了。"

孟瑶没忍住，扑哧一笑，问："哪家酒店的？"

"我们常去的那家。"

闻言，孟瑶算了算，问："它们家房卡丢了要扣五百块钱吧？"

阮轻画沉默片刻，看着她："所以总监现在这样对我，是记恨我让他被罚了五百块钱？"

孟瑶被她的话呛住，悠悠道："你是逻辑鬼才吗？"

阮轻画笑眯眯地应着："过奖过奖。"

安静了一会儿，孟瑶还是气不过："这次这个机会真就让给她了？"

阮轻画缄默半晌，说："怎么可能？"

她还不至于这么弱。之前谭滟也抢过她几次表现的机会，但都不是特别重要的场合，那对阮轻画而言，无关痛痒，但这回不同，这个机会，阮轻画势在必得。

说实话，在刚知道答案的时候，她是愤怒生气的。为了维持自己的体面，控制好不立刻和谭滟吵，阮轻画还特意请了半天假。

孟瑶狐疑地看着她，嗅到了不同寻常的东西："准备怎么还击？"

阮轻画歪着头看了她一会儿，换了话题："你这几天出差是不是没看新闻？"她没卖关子，直接道，"我们公司之前不是一直在传要被收购吗？"

孟瑶惊诧道："证实了？"

阮轻画："嗯。"

"新老板是谁？"孟瑶问的时候，已经开始拿出手机搜索她公司的相关消息了。

阮轻画一愣："收购的公司是J&A，来这边接手的具体是谁我不知道。"

孟瑶瞪大眼看着她，不太敢相信地问："是我知道的那个J&A？"

"对。"

她们所知道的那个J&A，是国际知名时尚品牌，也是第一个在国际上有地位的中国品牌。这个品牌主打的品类众多，除了鞋，还有服装、包包、饰品等。

J&A集团，可以说是国内设计师的梦想。只要进了J&A，未来的设计之路，基本无忧。

孟瑶震惊半晌，嘀咕道："新老板总有消息流出来的吧？我希望来的是个大帅哥。"

阮轻画笑着附和道："女人都希望。"

谁会不喜欢大帅哥呢？但一般年轻的大帅哥，接不下这么一家公司。

果不其然，孟瑶没搜到任何消息。她细细回味了一下阮轻画之前说的话，扭头看向她："所以你是打算等新老板来了，让新老板主持公道？"

阮轻画颔首。

她了解过J&A，也知道他们会有专门的邮箱来收员工的邮件。任何有争议的决策，或者是其他问题，都可以申诉，会有专人处理。

孟瑶意外道："你可以啊，难怪这么淡定。"

阮轻画扬了扬眉梢，笑而不语。她这个淡定，也是花时间消化而来的。

知道她有把握后，孟瑶稍微放心了点。两人在路边吹了一会儿风，一起去吃了个晚饭，才各回各家。

回到家，时间还早。阮轻画洗了个澡，把房间的窗帘拉上，准备睡觉。

她这段时间为了画设计稿，睡眠严重不足。刚睡着没多久，手机铃声响起，阮轻画皱了皱眉，在床上翻了个身，试图把刺耳的声音压下去。但铃声像是在和她作对，一直不断。

阮轻画烦闷地伸出手，闭着眼接听。

"喂？"

那边静了一会儿，意外的声音传来："怎么这个点在睡觉？"

阮轻画一怔，瞬间清醒了。

"妈。"她睁开眼扫了一眼手机屏幕，果然是她亲妈的电话。

冯巧兰："不舒服？"

阮轻画："没有啊。"

冯巧兰顿了顿，明白过来了："又赶设计稿了？"

阮轻画还没来得及回答，便听见了她一如既往的不赞同的话："之前就跟你说过，别做设计师，这个行业有什么好？每天加班加点，连自己的生活都没有。工作性质和时间都不稳定，以后也不一定能有什么出息。"

阮轻画没吱声，她只要一反驳，冯巧兰便能再说她半个小时。

她默了默，转开话题："妈，你给我打电话是有什么事？"

瞬间，冯巧兰打住话题，说起正事："你还记不记得我半个月前跟你说过，你刘阿姨儿子回国了，你去见见。"

"我不去。"阮轻画拒绝道，"没时间。"

冯巧兰却不给她反抗的机会："明天不去可以，那你后天去。"

阮轻画无奈地叹息一声："妈，我才刚二十四岁，怎么就要相亲了？"

"我不给你安排，你可能三十岁都不会找对象。"

阮轻画不想说话。

冯巧兰也不逼得太紧，淡淡地说："只是让你们见见面，你要是不喜欢我也不逼你。"

阮轻画闭了闭眼，妥协道："见面可以，但我见了这回，半年内你不可以给我再安排相亲。"

她们是母女，性格很像。冯巧兰知道，她不答应，阮轻画明天绝对不会出门。两人各退一步，达成共识。

挂断电话，阮轻画的睡意也被赶走了。她揉了揉眉心，恰好看到孟瑶发来的消息。

孟瑶："轻画，我知道我们新老板是谁了！"

孟瑶是个好奇心极重，且性子比较急的人，一旦好奇，她会用尽各种办法去了解真相。

孟瑶一通电话打来，直入主题："你知道吗？过来接手的新老板是J&A董事长的小儿子，叫江淮谦。"

阮轻画"嗯"了一声："然后呢？"

孟瑶想了想，拔高了音量："江淮谦啊！你不记得他了？"

瞬间，阮轻画脑海里浮现出一张俊脸。她蹙眉，低声问："怎么是他？"

孟瑶："这我就不知道了。"

阮轻画没吭声。

孟瑶好奇道："你们之前不是校友，还见过吗？没联系方式啊？"

阮轻画一愣，想到一件事。她安静须臾，语气平淡地说："就一面之缘，他应该不记得我了。"

她在留学的时候，和江淮谦有过短暂的交集。孟瑶知道的一面之缘，是阮轻画在学校参加设计比赛时，江淮谦是评委老师之一。

孟瑶"啊"了一声，有些遗憾："好吧，你这么说也正常。"

阮轻画："嗯。"

孟瑶并不沮丧，笑着道："没关系，不记得就不记得。对了，我还找朋友给我发了几张他的照片。真的帅死了，我发给你看看。"

阮轻画还来不及拒绝，孟瑶挂断电话，立马给她发了照片。

阮轻画敛目，手指稍顿，点开了最末尾收到的照片。

背景应该是品牌发布会，江淮谦穿着黑色衬衫和西裤，身形修长。天花板上的吊灯垂落，灯光罩在他的身上，勾出凌厉又略显冷淡的眉眼。他的鼻间架着一副金丝眼镜，把深邃瞳仁里的锋芒掩盖了几分。可即便如此，阮轻画依旧能感受到他由内而外散发的冷漠。

孟瑶："帅不帅？"

阮轻画盯着看了一会儿，有些走神，但她敲下的回复又很冷漠："还好。"

孟瑶："这你都说还好？你不觉得他长得巨帅吗？不戴眼镜霸道，戴了眼镜斯文！怎么看怎么让人欲罢不能。"

阮轻画："照片都是修过的。"

孟瑶："你说的这是人话吗？还是说他真人真的没这么帅？"

被孟瑶这么一问，阮轻画下意识在久远的记忆里搜寻片刻，然后她发现，人不能回忆，一旦刻意去想了，就会激发出很多乱七八糟的情绪，似遗憾，又似不安。

半晌，她给一直穷追不舍的孟瑶回了个消息："嗯，和我记忆里的不太一样，他可能整容了。"

这一晚，阮轻画因为自己对江淮谦的抹黑，做了很多乱七八糟的噩梦，还梦到江淮谦把她叫去办公室，让她把门关上后，他那张俊美无敌的脸逼近，低声质问她："好好看看，我到底整容没有？"

瞬间，阮轻画被吓醒。

因为被江淮谦在梦里折磨的缘故，阮轻画去见刘阿姨家的儿子时，面容憔悴，黑眼圈极深。为表礼貌，她简单地化了个淡妆。

见面的地方是咖啡厅。阮轻画到的时候，刘阿姨的儿子还没来。

下午，咖啡厅人不少，舒缓的音乐播放着，让人觉得舒服。

她要的咖啡刚送上来，刘阿姨的儿子匆匆到了。他长相斯文、鼻梁上架着一副黑色眼镜，五官端正，模样看着老实木讷。

"抱歉，我来晚了。"刘俊抬起眼看向她，有片刻的愣怔。

阮轻画习惯了别人第一眼看到她时的反应，没觉得刘俊奇怪或不礼貌，微微一笑，看了眼时间："是我来早了。"

刘俊的目光还落在她身上，没有收回。

阮轻画皱了下眉，清了清嗓，提醒道："刘先生？"

刘俊回神，拿下眼镜揉了揉眉，说："抱歉，我看你有点眼熟。"

闻言，阮轻画礼貌地笑了下。

刘俊是个健谈的人，神色恢复正常后，和阮轻画的交谈还算愉快。

但阮轻画对他没感觉。两人沟通顺畅，想法也很一致，都打算结束后回去告诉长辈，不合眼缘。

聊着聊着，刘俊抿了下唇，有些局促道："阮小姐，我有个问题想问问你，希望你不要介意。"

阮轻画："你说。"

刘俊看着她，想了想，说："你是不是在英国留过学？"

"嗯。"

刘俊眼睛一亮，脱口而出道："你和江淮谦认识吗？"

阮轻画怔住，完全没想过会在这儿听到江淮谦的名字。

"不……认识。"

她回答。

刘俊"啊"了一声，有些惊讶："不认识啊？"

阮轻画："嗯。"

她不想在这个话题上多聊，直接道："刘先生，要是没什么事，我就先走了。"

刘俊歉意一笑："好，你是开车来的吗？"

"不是。"

"那我送你出去吧。"刘俊不好意思地说，"我刚刚跟老板在隔壁聊工作，耽误了一点时间。"

两人说着，往外边走去。

刚走出咖啡厅，阮轻画便听到了刘俊的声音："江总，您怎么过来了？"

阮轻画下意识抬头，入眼的是穿着深色风衣的男人。他身姿挺拔，比照片上还要更为清隽英俊，五官立体，眉眼深邃。

在今天之前，阮轻画没想到生活里的一些事会这么碰巧。但偏偏现在就是发生了。昨晚还只能在照片上看到的人，今天就真真实实出现在了自己的生活里。

阮轻画思绪飘飞，目光停在他的身上忘了转开。

江淮谦随性地瞥了她一眼，瞳仁里情绪很淡。

两人目光交汇几秒，默契转开。

"买杯咖啡。"江淮谦回了刘俊的话。

刘俊一笑："我去给您买吧。"

说着，他突然想到旁边站着的阮轻画，没点眼色和情商地说："江总，这是阮轻画。"

江淮谦撩起眼皮，点了下头："你好。"

阮轻画硬着头皮接了一句："你好。"

刘俊看着两人这样，确实不像是认识的，笑了笑，和江淮谦开玩笑道："江总，您看她是不是很像你的那个学妹？"

瞬间，周围的空气都是尴尬的。

阮轻画敏锐地感觉到，江淮谦的视线又落在了自己身上。

她不喜欢这种尴尬的氛围，正想抬头打断，不经意地和男人撞上目光。他瞳仁晶亮，眸子里情绪很淡，淡到让人看不出喜怒。

阮轻画微怔，没来得及挪开眼，先听到了他的回答——

"不像。"

江淮谦的话音落下，旁边的风声好像静止了，他的目光转开，和最初一样冷淡。

刘俊"咦"了一声，又看了看阮轻画，迟疑道："不像吗？我怎么觉得……"

他的话还没说完，被阮轻画打断："刘先生，我叫的车到了，先失陪了。"说完，她看也没看两人，头也不回地走了。

她可不想留在原地忍受"羞辱"。

看着阮轻画离开的背影，刘俊后知后觉地问："我是不是说错了什么？"

江淮谦连一个眼神也没给他，丢下一句"送两杯咖啡过来"，离开了。

上车后，阮轻画给她妈发了个信息，就直接把手机关机了。她偏头看向窗外，感受着那些掠过的景色，走了神。

不知不觉地，她把几年前的江淮谦和现在的他联系在一起，两张一模一样的面庞在她的眼前重叠。他变了不少，又好像一点都没变。他对人依旧冷淡，和以前无异，完全不会考虑给人留面子。即便是女人，也一样。

阮轻画记得，她第一次见江淮谦其实不是在设计比赛上，而是在一个留学生活动上。当时她是被一位直系学姐带过去的，让她多认识认识人，万一有什么事也好互帮互助。

她在聚会上待了一会儿，江淮谦才和朋友姗姗来迟。他一来，便是全场焦点。

学姐在她的耳边向她科普，说他多厉害多优秀。阮轻画下意识地看向他，他正在和朋友对话，唇角微扬，懒懒地靠在一根亮着灯的柱子旁，看着很随性。

旁边的朋友和他说了句什么，他撩起眼皮，朝阮轻画所在的位置扫了一眼。大约有几秒的停顿，他便漫不经心地挪开了。一整晚，围绕在江淮谦身边的人不断，男男女女，数不胜数。

"美女，到了。"

司机的声音响起，拉回了阮轻画的思绪。

"谢谢。"

回到家，阮轻画让自己放松地瘫倒在沙发上发呆，不知不觉便睡了过去。再醒来，天已经暗下来了。

阮轻画掏出包里的手机看了看，冯女士给她拨了三个电话，孟瑶也给她打了两个。她扫了一眼，直接忽视冯女士的电话，给孟瑶回拨了一个。

电话很快被接通，孟瑶带笑的声音响起："睡醒了？"

她知道阮轻画的习惯，睡觉和画画时手机总是静音。这会儿刚结束设计比稿，她不太可能画画，更大可能是在补眠。

阮轻画"嗯"了一声，揉了揉眼，听到了她那边震耳欲聋的声音。

"你在哪儿呢？怎么那么吵？"

"酒吧。"孟瑶正坐在吧台旁边眺望着不远处热闹的舞池，笑问，"你要不要过来？"

阮轻画想了想："你一个人？"

"嗯。"孟瑶笑道，"不过你别担心，我不会喝醉。"

"行，那我过来。"

孟瑶在的酒吧，是前不久刚开的，阮轻画和她去过一次，对位置还算熟悉。

酒吧装潢奢华惹眼，总共有五楼，还分很多不同区域，是不少人放松休闲的地方，偶尔还能遇到小明星。

阮轻画到的时候，孟瑶已经喝好几杯了，醉醺醺地钩着她的肩膀，低声问："你怎么才来呀？"

阮轻画闻着她身上的酒味，有些头疼。

"喝了多久？"

"没多少。"孟瑶闭着眼，轻声道，"就两杯，我没醉，你放心吧。"

阮轻画并不怎么放心。

孟瑶半个月前刚和从大学开始就一直在交往的男朋友分手，分手后便接了公司在外地的一个项目监督，出差去了。阮轻画看她这样，估摸着是扛不住了才会来酒吧发泄。

她伸手摸了摸她的脑袋："你吃晚饭了吗？"

孟瑶摇了摇头。

阮轻画"嗯"了一声，低声问："要不我陪你去吃点东西？"

孟瑶："不去。"

阮轻画没辙，只能在旁边陪着。

酒吧里灯光炫酷，晃得她直皱眉。她有轻微近视，每次用眼过度，眼睛就容易发炎，而这会儿，明显是发炎的前兆。

阮轻画喝了几口孟瑶推荐的酒，揉了揉双眸："瑶瑶，我去下洗手间，我想把隐形眼镜摘了。"

孟瑶一愣，借着炫彩的光看她："啊？眼睛又不舒服了吗？"

"有一点点。"

"那你带眼镜了吗？"

阮轻画翻开包看了一眼："没有，但我应该能看得清。"

她近视就两百多度。

孟瑶不太放心："我陪你去吧？"

"不用。"阮轻画看着她，朝吧台的调酒师叮嘱："你好，可以帮我看着点我朋友吗？她有点喝醉了，我很快就回来。"

调酒师含笑答应："美女的请求当然不会拒绝，放心去吧。"

阮轻画不太放心，还特意留了个电话。

另一边，为欢迎江淮谦回国，一群久未见面的好友特意来酒吧给他庆祝。江淮谦没拒绝，兴致却并不高，身边好友说话，他也并不吱声。

周尧坐在他一侧，抬起手肘撞他。

江淮谦懒散地扫了他一眼。

周尧笑道："你这什么情况？"

江淮谦挑眉。

周尧："从你出现到现在一句话也没说，怎么？我这酒吧让你不爽了？"

江淮谦轻哂，没搭理他。

周尧习惯了他这性子，自顾自道："我听说你要去接手Su设计公司？"

提到这，江淮谦才有了点反应："嗯。"

周尧费解道："老头子召你回国，就给你安排这么一小破公司？"

江淮谦拿过桌面放着的打火机玩着，淡声道："怎么，你看不起这小破公司？"

周尧一噎。不是他看不看得起的问题，是以江淮谦的身份和能力，就不该去接Su。他明明可以直接入主J&A总部，却选了一家刚收购、问题还颇多的公司。

Su前些年在业内还不错，但近年来亏损严重，早就已经是一个空壳了。外人不了解，但江淮谦不会不知道。

"你觉得呢？"周尧瞥了他一眼，思忖道，"你是不是藏着什么我们不知道的阴谋？"

"没有。"

周尧狐疑地看他，并不怎么相信。

他和江淮谦从小一起长大，在外人眼里，他们俩一个叛逆，一个循规蹈矩。可实际上，江淮谦一肚子坏水，周尧的那些叛逆，大多数是在无形中受了他的驱使。

周尧还没来得及想出什么猫腻，一侧的朋友嚷嚷道："看吧台那边，有两个纯天然美女。"

周尧对美女比对其他事上心，一听到这话，立马朝吧台看去。

在看到阮轻画和孟瑶那两张脸后，周尧吹了声口哨："长得真不错。"

"尧哥，你觉得哪个更美？"

周尧幼稚，偶尔会参与这种讨论。

"白衣服的。"

另一人瞅着说道："我选黑裙子那位。"

闻言，周尧扬了扬眉："白衣服的不绝？"

"绝是绝，但我观察了她一会儿，她喝酒小心翼翼的，打扮虽然时尚，但是保守，估计是乖乖女类型的，不好。"

周尧嗤了一声，瞥他一眼："我酒吧的客人，让你嫌弃了？"

说话间，周尧碰了下江淮谦："江总，要不看看美女解闷？"

江淮谦懒得搭理他，喝了两口酒，掏出一直振动的手机看了一眼，冷漠道："看你们的。"

周尧"啧"了一声，也不勉强他。

几个人在旁边开始投票，最后白衣服那位胜出。保守是保守，可架不住她惊艳。

投票结果出来后，周尧摸着下巴道："你们说我下去找白衣服的要个微信，她会给吗？"

"不会。"江淮谦被他们吵得头疼，起身打算离开，"我上楼睡个觉。"

五楼是周尧休息的地方，弄得比酒店还舒服。

周尧点头，问他："你真不看看美女？"

江淮谦扫了他一眼，视线从二楼走廊往下，几秒后，说："忘了跟你说个事。"他收回目光，语气平淡，"你妈让你今晚回家一趟。"

周尧愣了几秒，急了："她几点跟你说的？让我几点到家？"

江淮谦微微低头，看了眼腕表："六点，九点。"

周尧天不怕地不怕，唯独怕他那个爱演戏的妈。

他看了一眼时间，已经八点半了，一时间，他连骂江淮谦的时间都没有，拎着外套匆匆忙忙地往楼下跑。

江淮谦在他离开之后，径直走向楼梯口。

阮轻画到洗手间上了个厕所，补了下妆，把隐形眼镜摘下后，才觉得舒服了些，但相应地，她的视野变得有些模糊。

一走出洗手间，迎面看到的是昨天还在她和孟瑶话题中的人物——她们公司的设计总监石江和谭滟在走廊处调情。

阮轻画愣了两秒，下意识转身回了洗手台区域。

她没想到他们会这么大胆。之前公司就有传闻，俚都没经过证实，这会儿亲眼看见，阮轻画在思索该不该录个视频，拍几张照片。想到这儿，她又纠结视频要怎么录，照片要怎么拍。

她现在没眼镜，洗手间外的走廊也不宽，酒吧里人多，她万一真的这样做，可能会被发现。

阮轻画想着，脚不自觉地往门口挪。她往右侧看了一眼，石江他们还在。她深呼吸着，有点后悔没把风衣穿上。

她直直地盯着另一侧，连身后有人站着也没察觉。阮轻画刚拍了两张，有人好像注意到她这边的动静，偏头看了过来。

她一惊，下意识地往后退。这一退，便撞上了人。

"对不起对不起。"

阮轻画低着头，压着声道歉。

被她撞到的人没反应。

阮轻画微微蹙眉，抬头间先闻到了熟悉的味道。是她很喜欢的一款香水，木质香的雪松味道，凛冽沉稳，却又回味甘甜。

阮轻画看到面前的人后，脑袋宕机了几秒："你——"

江淮谦敛下眼眸，视线停在她脸上片刻，淡淡地问："你在做什么？"

阮轻画下意识抓紧了手里的手机，抿了抿唇，不知道该怎么说。

江淮谦扫了一眼她抱在胸前的手机："偷拍？"

"不是。"阮轻画脸涨得通红，有种被人抓住做坏事的心虚，而且这个抓住自己的人还是江淮谦。

她闭了闭眼，胡乱解释道："不是你想的那样。"

江淮谦挑眉，看了她一眼："我想的是哪样？"

阮轻画正要说话，听见了高跟鞋的声音——是谭滟。

她眼睛瞪大，想要找个位置躲起来，偏偏江淮谦堵在面前。她有些着急，抿了下干巴巴的唇："你能不能让让？"

江淮谦第一时间发现了问题，勾了下唇："这么怕她？"

"不是怕……"脚步声越来越近，阮轻画根本来不及躲了。

电光石火间，在谭滟踏进洗手台区域的第一时间，她拉住江淮谦敞开的外套，把自己藏在他的衣服里。

谭滟的口红被蹭花了，脸上和锁骨都留下了印子。如果不是她阻止，石江可能已经拖着她进洗手间了。一想到石江那急不可耐的模样，她就有些反胃。如果不是为了得到更多，她又何必委屈在那种男人身上。

一踏进洗手台，她便注意到了旁边站着的人。

谭滟余光扫了一下，正想收回视线，忽而顿住——男人穿着黑色风衣，身形高大，虽弓着腰，却挡不住他由内而外散发的气场。他侧对着谭滟这边，看不到脸。可就谭滟见过的男人而言，这个人长得不会差。更重要的是，如果她没看错，男人脚上的鞋是某顶级奢侈皮鞋品牌，普通款售价在五万至三十万之间。他脚上的鞋不是谭滟见过的那些款式，有可能是新款，也可能是专门定制的。

一想到这儿，她补妆的动作不由得放慢了许多，借着洗手台的镜子，目光赤裸地盯着男人的后背，有好奇，也有贪婪。

阮轻画原本以为，把自己的脸躲进江淮谦衣服里是最好的选择。可几秒后，她后悔了。他们靠得太近，近到她鼻息间全是他身上的味道，以及他落在自己耳后的呼吸，轻轻浅浅，起起伏伏。

阮轻画在心里估算着时间，等了又等，还是没等到谭滟高跟鞋的声音。

她之所以能听出刚刚进来的人是谭滟，完全是因为鞋。可能是耳濡目染的原因，也可能是她天生就具备这方面的天赋，她很早开始就对每个人走路时踩在地面上的声音有敏锐感。只要接触过一段时间，她都能准确无误地听鞋声辨人。

又过了一会儿，阮轻画觉得自己要撑不住了。她无意识地攥着江淮谦的衣襟，在心里愤愤想着为什么谭滟还不走，补个妆要那么久吗！

在阮轻画疯狂吐槽时，终于听见了高跟鞋的声音，她刚准备松一口气，一侧传来谭滟的声音："帅哥挺会玩。"

江淮谦没搭理她，谭滟自讨没趣，进了右侧的女士洗手间。

她刚进去，阮轻画便将江淮谦推开，过后她想起自己的举动，隐约觉得自己像一个用完就跑的渣女。但当下，她没时间想那么多，没敢看江淮谦的脸色有多难看，飞快地丢下一句"谢谢"就先跑了。

从洗手间跌跌撞撞回到吧台，孟瑶已经趴在桌上睡着了。

阮轻画呼吸急促，面颊潮红，好在酒吧里人多，灯光酷炫，没人注意到她的不对劲。她深呼吸了一下，推了推孟瑶："瑶瑶。"

调酒师看她回来，笑了一下，说："你朋友喝醉睡着了。"

"好。"阮轻画抬起头看他，轻声道，"谢谢。"

调酒师："客气，我们这是文明酒吧，照看客人是我们应该做的。"

阮轻画想着自己刚刚看到的那些画面，倒是不这么觉得，反正，她以后肯定不来了。

孟瑶睡得迷迷糊糊，时不时说点胡话。阮轻画看她这样，费力地想把她扶出酒吧，她扶着孟瑶走了几步，撞到了好几个人。

阮轻画蹙眉，正想要不要找其他朋友过来帮忙，一侧传来服务员的声音。

"小姐，需要帮忙吗？"

阮轻画一愣，看向穿着制服的男生："好，你可以帮我把我朋友扶到门口吗？"

"没问题。"

有人帮忙，阮轻画轻松了不少。小男生热情还细心，把两人送上出租车才走。阮轻画疯狂道谢，稍稍反省了一下自己刚才对酒吧的点评。这酒吧，还是有好人的。

出租车驶上宽敞的大马路，混入车流中，很快便消失不见。

小男生一转头，恍惚间好像看到了熟悉的背影。

回到家，阮轻画替孟瑶简单收拾了一下。看着躺在床上喃喃掉眼泪的人，她也有些难过。感情这玩意，最能伤人。

她拍着孟瑶的后背安抚，正走着神，孟瑶的声音响起："阮阮。"

"啊？"阮轻画回过神，侧头看她，"怎么了？"

孟瑶刚刚被她灌了醒酒茶，这会儿已经清醒了一半，睁开眼看向她，低声问："你说，我是不是真的该放下了？"

阮轻画一怔，想了想道："看你自己怎么想，我也不知道。"

孟瑶默了默，叹息一声："也是，我怎么会问你这个没谈过恋爱的人。"

说到这儿，孟瑶有些好奇："你老实跟我说，你长这么大，真没有喜欢的人？"

房间内安静了片刻，就在孟瑶以为她不会回答自己时，她说了句："算有吧。"

孟瑶愣住，诧异地看她："然后呢？"

"什么然后？"

"就单单是喜欢，你什么也没做？"

"嗯。"

孟瑶："那现在想起来不后悔吗？"

阮轻画掀开被子躺下，闭着眼说："没什么后悔的。"她声音很轻，"当你知道你的喜欢不太可能有未来的时候，就应该及时止损。"

孟瑶穷追不舍："你怎么知道你的喜欢没未来？"

阮轻画愣住。

孟瑶看她这样，就知道她是胡乱下的定论："你不试试怎么知道？"

阮轻画"嗯"了一声，平静道："猜的。"

孟瑶无语，还想继续这个话题，却被阮轻画岔开了。

"瑶瑶，我在酒吧碰到了谭滟和石江。"

"啊？"孟瑶的注意力被转移，"他们在酒吧干吗？看到你了吗？"

阮轻画看她那个激动的模样，就把自己看到的简单说了下。

听完，孟瑶感慨了一声："牛。你照片拍到了？我看看什么样的。"

阮轻画把手机递给她。孟瑶点开，翻着照片"啧啧"叹着："他们胆子真大，我没记错的话，石江的女儿今年都大学了吧？"

阮轻画想了想："好像是。"

孟瑶摇头，继续看照片，蓦地，她注意到了一张特别的："轻画，这个是拍的什么？"

阮轻画拍完后一直没点开相册，听到这话，她眯着眼凑过去看，还没来得及看清，孟瑶自言自语地说："这不像是石江身上穿的衣服吧？你拍到陌生人了？"

阮轻画一凛，看着那张只拍到下巴至锁骨下方一点位置的照片，太阳穴突突地跳了起来——是江淮谦。

这应该是她转身那会儿不小心按到相机拍的。

她抿了抿唇，一种心虚感油然而生："陌生人。"阮轻画重复着孟瑶的话，"可能是不小心拍到的，你帮我删了吧。"

孟瑶笑了笑："别呀，留着吧。"

阮轻画："留着干吗？"

孟瑶又仔细地看了看，低声道："你拍的这陌生人喉结和锁骨还挺性感的，虽然看不清全部，但就露出的这一点衣服感觉也不错，留着养眼呗。"

阮轻画嫌弃道："脸都没有的人，你也能夸成这样？"

孟瑶轻哼道："别抢手机，我再看看你其他照片。"

阮轻画没再管她，打算等她看完后再删除。

只是没等孟瑶看完，阮轻画就睡了过去。

周日过得平淡，除了接到冯女士训她的电话，阮轻画过得还算舒坦。

周一，大多数上班族都未能从周末的状态中抽出身来，有些懒散。往常,Su

旗下的员工也是如此，今日却分外不同。

八点三十分，同事们争先恐后地补妆，整理仪容。女同事们妆容精致，精气神也比往常更饱满，所有人都想给第一次过来巡视的新老板留下好印象。

九点，阳光透过百叶窗落在桌面的绿植上，阮轻画还没来得及给她的仙人掌修剪，便听见了同事的惊呼声："老板到楼下了，快排队站好。"

新老板巡视，所有人都想给他留下一个好印象。设计部总监更是想讨好江淮谦，特意让他们离开办公桌，在过道站成两列，欢迎老板到来。

阮轻画被安排在谭滟的斜对面。

看到她，谭滟讥讽了一声，跟旁边的同事说："有的人表面什么也不说，背地里妆倒是比任何人都厚。"

阮轻画连个眼神都没给她。她之所以妆厚，是因为周日不小心吃了两口过敏的东西，脸上的红点有些明显，为了遮住它们自然而然妆化浓了些。

谭滟旁边站着石江，听到这话瞪了她一眼："江总马上来了，给我安静点。"

谭滟跺了跺脚，不服气地噼了声。

一分钟后，阮轻画听见同事的抽气声，以及总监谄媚殷勤的声音："江总您好，我是设计部石江。"

江淮谦微微颔首，以示回应。

谭滟偷偷抬头，看到了江淮谦。她周末便打听到了新老板的身份，唯独没看到照片，原本以为新老板也是个像石江这样大腹便便模样的，完全没料到会是这样的极品。她愣怔片刻，回过神来主动出击："江总您好，我是谭滟。"

江淮谦正要走，听见这个名字后目光在她身上落了三秒。

跟在江淮谦身后的助理了然介绍道："她就是刚拿下Su明年春季主打款的设计师。"

闻言，谭滟眼睛晶亮，脸上的笑意加深，脊背也挺直了。她紧张地抿了下唇，压着窃喜的情绪，谦虚道："是我运气比较好。"

江淮谦面无表情地往前走，路过阮轻画时，他的眼神好像在她身上落了一秒，但好像又没有。

江淮谦消失在大家面前时，所有人都松了口气。新老板帅是帅，可气场太强。

在江淮谦露脸，回到他办公室后，公司员工开始了多方讨论，对他的颜值、学历、才华和背景，都有了高度好评。

阮轻画不太想听这些，端着杯子去茶水间，准备泡个咖啡。

她进去时，谭滟和另一个同事也在里面。

"滟姐你太厉害了，不仅和江总说了话，江总还特意停下脚步看你！"

谭滟瞥了一眼阮轻画，嘲讽道："毕竟江总喜欢有实力的人嘛，在我们这个行业，靠歪门邪道是没办法走得久的。"

同事附和着。

阮轻画听着，唇角微勾。她把咖啡泡好，端着出去时，回头和谭滟对视了一眼。

谭滟注意到她的眼神，冷声问："小阮，你想说什么？"

闻言，阮轻画笑了笑："啊？我没有要说什么啊。"她含笑道，"谭滟姐今天真漂亮，周末过得应该很愉快。"

谭滟拧眉，有些不安："你什么意思？"

"没什么意思啊。"阮轻画一脸无辜，"我只是看您气色好。"

谭滟看她神色淡定，既有不安也有不爽。在她看来，落败的阮轻画就应该愤怒，而不是如此云淡风轻，甚至还夸她，这不符合常理。

阮轻画没想和她多纠缠，淡淡道："谭滟姐要没什么事，我就回去忙了。"

看着她离开的背影，谭滟依旧费解，阮轻画不会无缘无故夸自己，她话里一定藏了意思。

回到座位上，阮轻画发现孟瑶给她发了好些消息。两人虽然在一家公司上班，但不在一个部门，职业也不相同。

孟瑶："阮轻画你又骗我。"

孟瑶："刚刚江总来我们这边我特意观察了，他没有整容。"

孟瑶："江总这么帅，你和他做校友的时候是怎么忍住不下手的？"

阮轻画知道，她要是回一句无关痛痒的话，孟瑶还能继续问下去。想了想，她很言简意赅地给孟瑶发了句现实又扎心的话："他今天露脸的这一身装扮，是南城市中心一套海景房的价格，我也配？"

孟瑶："你好残酷，可这又是事实，呜呜呜。"

阮轻画："忙了。"

孟瑶："中午一起吃饭。"

因为新老板的到来，Su的员工们一改懒散态度，斗志满满地忙活了一上午。

中午吃饭，阮轻画和孟瑶约在食堂，两人刚坐下，门口有了骚动。

孟瑶激动地在桌子下踢她："看你后面！江总来食堂了。"

阮轻画一顿，瞥了她一眼："你这么激动干吗？"

孟瑶："我不能激动？吃饭能看到大帅哥，胃口都好啊。"

阮轻画撇撇嘴，表示不齿："我没觉得。"

孟瑶轻哼道："你有本事就一直不看。"

两人边吃边斗嘴，正聊着，一侧传来一个熟悉的声音："阮小姐？"

阮轻画一怔，扭头看过去，率先看到的是江淮谦那张英俊又熟悉的脸，而后才是站在他旁边的有过一面之缘的刘俊。

看到阮轻画，刘俊笑了笑："还真是你啊。"

整个食堂，所有人都齐刷刷往这边看过来，每个人的眼睛里，都写满了八卦二字。

阮轻画点了下头。

刘俊扬扬眉，眼睛明亮："江总，我们去阮小姐旁边坐吧。"

江淮谦平淡地看了她一眼，说："可以。"

刘俊自作主张地走到阮轻画旁边坐下，江淮谦则坐在了孟瑶一侧。

两人坐下后，食堂内窸窸窣窣的声音小了很多，大家都竖起了耳朵。

孟瑶还没从天降的惊喜中回过神，刘俊就引起了她的注意。

"阮小姐，上次忘了跟你说，我是江总的助理。"

阮轻画："我知道。"

冯女士跟她说过这一点，结合那天他对江淮谦的态度，阮轻画差不多已经猜到了。不过早上跟江淮谦去巡视的助理不是他。

刘俊笑了笑，看着她说："我妈说你是设计师，但我没想到会这么巧。"

阮轻画尴尬一笑，其实她之前也没想到。

孟瑶听着这两人的对话，心痒痒的："轻画，你和刘助认识？"

阮轻画点了下头："见过一面。"

孟瑶："什么时候啊？我怎么都不知道？"

阮轻画和刘俊交换了个眼神，知道他不介意后，直接说了出来："我和刘助相过亲。"

"啊？"孟瑶震惊了。

阮轻画："这么惊讶干吗？"

孟瑶张了张嘴，想说点什么，又意识到地点不对，默默闭上了。

阮轻画没再理她，低头吃饭，吃着吃着，她隐约感觉到有道视线落在自己身上。阮轻画有点不自在，一抬头便对上了江淮谦的那双眼。她眉心一跳，刚想转开，江淮谦突然问："公司单身人士很多？"

阮轻画愣住，江淮谦的目光偏向了一侧。他旁边还坐了个副总，是知道江淮谦在食堂吃饭后匆匆赶来的。

副总笑了笑："好像是不少。"

江淮谦挑眉。

副总笑道："江总关心这个？"

他和江淮谦见过，比较熟，开玩笑道："江总初到公司，要不顺便组织办个联谊？也能跟大家更深入地认识交流。"

江淮谦忽而转头看向孟瑶："你是单身？"

孟瑶受宠若惊："嗯。"

江淮谦颔首，掀起眼皮看向阮轻画，缓缓问："阮小姐觉得呢？"

阮轻画蒙了三秒，没搞清楚状况。江淮谦是故意的吗？还是只单纯地随口问一下？她默了默，轻声道："这个提议好像是不错。"

江淮谦看着她颤动的眼睫，淡定的神色，忽而有些说不清道不明的冲动。

他面无表情地收回目光，语气冰冷："那就办吧。"

午饭过后，江淮谦要组织联谊的消息传遍了整个公司，众人的反应有悲有喜。

"这联谊办了，那不是暴露我单身多年的真相？"

"不办全公司也知道你单身啊。"

"亲爱的，不带这么打击人的！"

同事们斗着嘴，阮轻画却没什么心思想这事，她所有的思绪都在江淮谦吃过饭，离场时看她的眼神上，里面好像带着冰碴。难道他认出了自己？又或者记起她是周六在酒吧拿他做遮挡物的陌生人？

正想着，旁边的同事徐子薇突然推了推她的手臂："轻画觉得呢？"

"啊？"阮轻画蒙了一下，抬眼看向面前的几个同事，"觉得什么？"

"我们刚刚在讨论江总是不是单身，会不会参加这次的联谊。"

阮轻画沉默了一会儿，一针见血道："他是不是单身，和我们有什么关系吗？"

徐子薇恼怒道："不带你这么打击人的。"

阮轻画兀自笑笑，温声道："我说的是事实。"

"那你也别戳破我们的美梦嘛,先让我们幻想一下。"

闻言,阮轻画懂事道:"好的。"

徐子薇翻了个白眼,哭笑不得地说:"唉,美梦就这么被轻画戳破了。"

阮轻画表示自己很无辜。

"不说这个了,对了轻画,你怎么会和刘助相亲啊?"对面的一个女同事好奇道。

阮轻画"嗯"了一声,表情淡淡的:"碰巧,我妈跟刘助妈妈认识。"

"那……"徐子薇发现了重点,眼睛明亮地看着她,"你要不帮忙问问刘助,这次联谊江总参不参加?"

阮轻画想了想,摇头拒绝道:"我们就见过一次,问这个太冒昧。"

徐子薇叹气道:"好像也是。"

阮轻画安慰她:"通知出来就知道了。"

几个人凑在一起聊了一会儿,看时间差不多了,就都回自己工位上休息去了。

阮轻画不困,她心烦意乱的时候习惯看书静心。

刚抽出一本和高跟鞋相关的书,徐子薇又从旁边滑了过来,压着声音问:"设计稿的事,就这样算了?"

阮轻画偏头看她,没吭声。

徐子薇看她这样,恨铁不成钢道:"跟新老板反映啊,我可看不惯她趾高气扬的样子,太硌硬人了。我输给你心服口服,但输给她我可不服啊。"

阮轻画笑了笑:"再说吧,暂时也没解决办法。"

徐子薇看她一眼,道:"算了,你忙吧,我睡一会儿。"

办公室静悄悄的,阮轻画看了一会儿书,发现不太能看得进去,纠结了几秒,她起身离开。

到楼下买了杯咖啡,阮轻画直接去了楼顶。他们公司的楼顶是开放的,上面有小长廊,有吸烟区,有能让大家休息的地方。

她心烦意乱的时候会上来吹吹风,只不过她没想到,会和江淮谦碰上。

顶楼这一层没有电梯，要走一小段楼梯，之后要过一扇门，这扇门只有工作时间开放，下班后会有保安关闭，以确保不会有意外事件发生。

阮轻画刚推开门，便看到了在长廊柱子旁站着打电话的男人。她愣了几秒，正想悄然离去，江淮谦已经望了过来。

猝不及防，两人四目相对。

他目光深邃，眼神锐利地打量着她，声音在风很大的楼顶，穿梭到她耳边，让她忘了自己该做什么。

"你先把掌握到的资料发给我。"

"行。"江淮定知道他要做什么，想了想提醒道，"石江太太的背景不简单。"

闻言，江淮谦轻哂："那又如何？"

"你自己都不怕，我也没什么好担心的。"江淮定笑了下，转开话题道，"公事谈完了，我们来聊聊私事？我听说你今天初到公司，就做了一项出人意料的决策，这是怎么回事？"

江淮谦抬了抬眼，看向那偷偷摸摸准备离开的人，说了句："等等。"

他说话的时候，目光直直地望着阮轻画。

"等什么？"江淮定问。

"没跟你说话。"江淮谦道，"挂了。"

阮轻画僵在原地，看着朝自己走来的人，率先开口道："江总抱歉，我不知道您在这儿。"

江淮谦看了她一眼，大概知道她的内心想法。她要是知道自己在这儿，就绝对不会上来。

思及此，他轻扬了下眉："以前你们老板在，员工不能上来？"

阮轻画："没有。"

江淮谦冷嘲热讽："那你道歉做什么？"

阮轻画无言，低头沉默。

江淮谦看她低眉顺眼的模样，有些恼怒。他稍稍顿了一下，低声道："说话。"

"我怕打扰到您。"阮轻画抬起眼看着他，主动道，"江总刚刚叫我是有什么事吗？"

江淮谦盯着她的璀璨明亮狐狸眼看了一会儿，淡淡问："你们设计部总监怎么样？"

阮轻画蒙了一下，眸子里满是诧异："啊？"

江淮谦神色平淡，没觉得自己问错了问题："不好回答？"

阮轻画静默几秒，中规中矩地说："专业能力很强，工作尽责。"

这是事实，如果石江没点本事，也不可能在总监这个位置上坐那么久。

江淮谦瞥了她一眼："没了？"

阮轻画："嗯。"

"私底下如何？"

阮轻画一愣，抬眸看向他。

江淮谦看她这样，抬了抬眉梢，淡淡道："不知道？还是不想回答？"

阮轻画看着他那双眼睛，隐约察觉出了不对劲。江淮谦这样，明显是故意的。她顿了一下，面无表情地说："我觉得江总应该不喜欢员工评价上司的私生活。"

看他不说话，阮轻画抿了下唇，问："江总还有事吗？没事我先回办公室了。"

江淮谦"嗯"了一声。

阮轻画一怔，还没来得及开口，就被江淮谦反将回来："既然知道我不喜欢员工评价上司的私生活，那你觉得我会接受在私下偷拍上司的员工？"

阮轻画哑口无言，嘴唇翕动，找不到话反驳。她深呼吸了一下，咬了咬唇，说："如果江总无法接受的话，那我——"

话还没说完，江淮谦忽然伸手把她捧着的咖啡抢了过去。

阮轻画错愕地看着他。

江淮谦拿起咖啡抿了一口，语气凉凉的："你什么？"

不知为何，他明明没表现出震怒的神情，可阮轻画就是觉得如果她把刚刚没经过大脑思考的话说完，江淮谦可能会生气。虽然，她也不是很怕他生气。

"我会改正。"她小声说，"谢谢江总提醒。"

江淮谦看着她耳朵泛红，眼睫垂下，嘴唇紧抿的模样，缓缓挪开了目光。

"以后别做这种无用功。"

江淮谦声音很淡,混着风吹进她的耳内。

阮轻画"嗯"了一声,不自在地挪了挪脚。

她今天的这双高跟鞋是Su前段时间新出的,虽然漂亮,但舒适度不是很高,站久了会累。

察觉到她的动作,江淮谦扫了一眼她脚上踩着的高跟鞋,拧了下眉。

没等阮轻画开口,他便下了逐客令:"回去上班吧。"

"好的。"阮轻画立马转头。

江淮谦看着她匆匆离开的背影,自嘲地笑了下。

刘俊中午没能休息,被江淮谦安排了一堆活。他刚弄完一小部分,江淮谦便过来了。

"刘助。"

刘俊起身,看向他:"江总有什么吩咐?"

江淮谦看了他一眼,淡声道:"把愿意参加联谊的名单整理出来,下班前交。"

这种事也需要他这个助理出手吗?

江淮谦看着他的神色,挑了下眉:"有问题?"

刘俊眼皮一跳,立马道:"没有。"

江淮谦"嗯"了一声,看了眼手里拿着的咖啡:"去订个下午茶。"

江淮谦冷漠地扫了他一眼,刘俊心领神会:"好的,我马上去办。"

让人昏昏欲睡的午后,因为江淮谦请全公司喝下午茶,大家再次打起了十二分的精神。同样的,他也再次赢得了众多员工的好感,还有了不少迷妹。孟瑶便是其中之一。

阮轻画刚分到一杯咖啡和两块甜品小蛋糕,孟瑶的消息便如雨后春笋一样冒了出来——

"我宣布从今天开始江总就是我的偶像!"

"怎么会有老板这么贴心?还给大家准备下午茶。"

阮轻画瞥了一眼手机，冷漠回复道："他这样做只是希望你能更努力地工作。"

孟瑶："你不要把江总说得那么冷血无情！"

阮轻画："他就是。"

孟瑶："你是不是知道什么？"

阮轻画："不知道。"

关了聊天窗口，阮轻画瞥了眼旁边放着的咖啡，正想去看是什么味道的，一侧的徐子薇小声问："怎么全是太妃榛果拿铁啊？有没有黑的？"

"没有，好像全部都一样。"

徐子薇："好吧。"

阮轻画怔了一下，看着咖啡杯上贴着的白色标签，走起了神。

"轻画，你能不能喝两杯？"

"啊？"

徐子薇看着她，说："我记得你很喜欢喝太妃榛果这款，我最近减肥，不能喝太甜的，丢了浪费。"

阮轻画点头道："那你先放着吧。"

徐子薇比了个OK的手势。

因为灌了两杯咖啡的缘故，阮轻画一整个下午都特别精神，甚至还被刺激出了新的灵感，有了新想法。她沉浸在设计稿中无法自拔，连同事什么时候下班的都没注意到。等她把草稿搞定，办公室已经空无一人。

阮轻画瞥了一眼时间，扭头看向窗外，黑漆漆的，对面楼层也只有少许的灯光亮起，而玻璃窗上，沾了水珠。

下雨了，在她毫无察觉的时候。

阮轻画皱了下眉，边往电梯走边打车。

他们公司在市中心，周围有好几栋写字楼，并与几个大商场相接，打车并不容易，更何况是下雨天。

到了一楼，阮轻画瞥了一眼手机，前面排队的有一百五十九位。

外面的雨势不小，不少人躲在商场外的屋檐下，秋风吹过，让人瑟瑟发抖。

阮轻画看了一眼，打开伞往路旁走，水珠溅上她的脚面，有丝丝的冷意。

她正心不在焉地算着时间，一侧响起陌生女孩的声音。

"车怎么还不到啊？我要撑不住了。"

她抬头去看，是一对小情侣。

男生接话道："脚痛？"

"对啊。"女生说，"我穿高跟鞋逛了一下午的街，脚都磨破皮了，Su鞋子的质量真是越来越烂了。"

男生伸手，把她拥入怀里："那以后不买它们家的了。"

阮轻画低头看她脚上的鞋。是今年新出的秋款，很仙女，鞋跟不高且偏粗，搭配四四方方的鞋尖，鞋背上有一条浅色丝缎，上面别了几颗小珍珠，一上市，便戳中了女生的少女心，卖到脱销。

但阮轻画知道，这款鞋的舒适度不高，鞋背的设计稍微有一点不合理，因为预算有限的缘故，材料也没有选用更舒服的。

她听着女生的抱怨，心底有种说不出的不适感。这两年来，Su的口碑直降，也不知道江淮谦能不能力挽狂澜。

她脑海里刚冒出这个名字，便听见了喇叭声，随之而来的是熟悉的声音："阮小姐。"

阮轻画抬眼看向路旁的黑色轿车。

刘俊看向她："在等车？"

阮轻画点了下头。

刘俊指了指："上来吧，这儿不好打车。"

阮轻画一怔，正想拒绝，后座的车窗降了下来。

雨还在下，昏暗的路旁，男人英俊的脸和凌厉的眉眼闯入她的瞳仁。

江淮谦看着她打湿的肩膀，声音沉沉的："上车。"

两人目光交汇，车流声钻入他们耳内。

阮轻画没动。江淮谦就这么静静地望着她，没再出声。

片刻，阮轻画妥协了。她往前走了两步，打开车门上去："谢谢。"

江淮谦正想说话，阮轻画打了个喷嚏。他顿了一下，看向刘俊。

刘俊有些茫然，没领悟到江淮谦的意思。

几秒后，阮轻画身上被丢了一件衣服，衣服落在她的腿上，眼看要往下滑，她下意识抓住了。感受着手指间的触感，她转头看他："江总。"

"披着。"江淮谦平静地说，没做任何解释。

阮轻画还想拒绝，可一抬眼便对上他那幽深如潭的目光。

他的眼睛很漂亮，微敛的内双，眼尾上扬，睫毛长且翘。此刻没戴眼镜，瞳仁里的压迫感和侵略性很强。

她怔了一下，攥着衣服的手紧了紧，低低道："谢谢。"

阮轻画发现，自从和江淮谦再碰面后，她对他说的最多的一句话就是"谢谢"。

一时间，她有些苦恼。

江淮谦"嗯"了一声，看了一眼刘俊："温度调高点。"

刘俊："好嘞。"

他调好车内空调，回头看了一眼阮轻画："阮小姐，这个温度合适吗？"

阮轻画的眼睫闪了闪，颔首道："可以的。"

她身体的温度在渐渐回升，冰凉的手脚也有了暖意。

车内安静了一会儿，刘俊借着后视镜偷偷打量了下两人。到了这会儿，他要是还发现不了猫腻，那他也不配做江淮谦的助理了。就这两人的相处氛围，以及他老板对阮轻画的态度，他百分之百确定，阮轻画就是江淮谦的那个学妹。至于之前江淮谦为什么否认，刘俊想他可能是爱而不得。

他在心里衡量一番，决定打破这个僵局："阮小姐，你家住哪儿？"

阮轻画沉默了一会儿，没再矫情，大大方方地报上地址。

司机心领神会地往阮轻画家的方向开。

刘俊笑着和她聊天："你住的地方离公司倒是不远，我听我妈说你一直都是一个人住？"

阮轻画"嗯"了一声。

"怎么没跟朋友合租？"

阮轻画笑了笑，淡声道："我经常加班，合租不太方便。"

闻言，刘俊开玩笑地说："江总，听见了？"

江淮谦看了他一眼，把视线落在阮轻画身上。

阮轻画蒙了几秒，才反应过来刘俊的意思，解释道："我没那个意思……我们设计师加班很正常。"

江淮谦瞥了她一眼，淡淡道："知道了。"

刘俊看她紧张的神色，安慰道："放心吧，我们江总特别民主，不会老让员工加班，是吧江总？"

江淮谦警告地看了他一眼，没再搭腔。

刘俊也不觉得尴尬，继续和阮轻画闲聊。

不知不觉，车停了下来。阮轻画扭头一看，她住的地方到了。

她看向江淮谦："江总，我先回去了。"

江淮谦点了下头。

阮轻画顿了一下，下意识地想把披在自己身上的衣服还给他。

她的手刚伸出去，江淮谦的话先出来了："拿着吧。"

阮轻画一顿，抿了下唇，说："谢谢。我洗干净再还给您。"

江淮谦"嗯"了一声。

下了车，阮轻画打着伞往里走。夜色下，雨雾浓浓。她脚踩高跟鞋，身上披着一件不合适的黑色大衣，走得不快，身影被拉长，进了小区。

看不见那个模糊的身影后，江淮谦收回目光："走吧。"

司机重新发动引擎。

刘俊回头看了他一眼，喊了声："江总。"

江淮谦看他一眼，语气冰冷："什么事？"

刘俊默了默，道："刚刚阮小姐说的话，您是怎么想的？"

刚刚刘俊和阮轻画聊天时，顺势探了探她的口风，问了问她设计部的情况。阮轻画虽没直言，但也含糊地说了点情况，把刚刚她在路边听到的情侣对话也分享给了江淮谦。

作为一个设计师，阮轻画比任何人都更想把好的作品带给大家，服务大家。高跟鞋不能光设计得好看、漂亮，更重要的是实用。她一直遵循的想法都是如此。

橱窗里的高跟鞋固然吸引人，可最吸引人的是每个女性踩着高跟鞋，展现自己独特魅力的时候。鞋，只有上脚了，才知道它到底是不是"钻石"。

江淮谦并非不知道阮轻画说的那些事，相反他很清楚。

他看了一眼被大雨覆盖的城市，忽而有些烦躁，下意识去摸口袋里的烟，这才想起衣服给了阮轻画，烟和打火机都在衣服里。

江淮谦思忖了一会儿，捏了捏眉骨："安排明天去工厂。"

刘俊颔首："下午过去？"上午他们有会要开。

江淮谦"嗯"了一声："带两个设计师。"

刘俊了然，工厂的鞋都是按照设计师的设计图生产的，也确实该让他们去现场体验了解了。

回到家，阮轻画又打了两个喷嚏。她揉了揉鼻尖，进厨房煮了碗姜茶喝了。她怕感冒，更怕进医院。一般情况下，她都会把自己照顾得很好。只不过这深秋的雨不太讲道理，她睡前灌了两碗姜茶，第二天还是感冒了。

到公司时，阮轻画的脑袋昏昏沉沉的。

"轻画。"徐子薇着急地推了推她的手臂，"你看邮件没？"

阮轻画感觉自己的眼皮像是灌了铅，很重很重，强撑着应了句："还没，是有什么重要的事吗？"

徐子薇点头，低声道："今天下午江总要去工厂考察，你和谭滟被点名陪同。"

阮轻画一怔，瞬间清醒了。她扭头看向徐子薇，有些不敢相信："我和谭滟？"

徐子薇点头："对啊。"她趴在桌上，有些羡慕地说，"还有总监，你们仨和江总一起去。"

阮轻画想了想，大概明白江淮谦去工厂的意义了。

她"嗯"了一声，揉了揉鼻尖，说："我看看邮件。"

徐子薇点头，瞥了她一眼："你是不是感冒了？"

"有一点。"阮轻画吸了吸鼻子，"我待会儿吃点药就行。"

徐子薇想了想，提议道："你要是撑不住的话就请个假吧。"

"不用。"阮轻画想也没想，从椅子上站了起来，"我去接点热水喝。"

徐子薇看了她一眼，抿了下唇，说："好吧。"

吃过午饭，一行人出发去工厂。除了设计部的三人，还有其他部门的几个人。

阮轻画先下了楼，在门口等着。她头还有点晕，思绪不是很清楚，有点心不在焉。正走着神，耳边传来同事的惊呼声："啊，江总好帅啊！"

阮轻画抬了下眼，朝出口那边看去。江淮谦从自动门走出来，身后跟着几个助理。他一身利落笔挺的深色西装，身形挺拔，气质清冷矜贵。雨后的阳光洒下，勾画出他立体的五官，英俊到让人无法忽视。

阮轻画边看边听着同事嘀咕："江总这长相，去娱乐圈当明星也足够了吧？"

谭滟轻哂："你怎么那么肤浅？江总才貌兼备。"

江淮谦从他们面前走过，一行人大气都不敢出。到江淮谦上车后，石江才扭头看向他们："上车吧。"

阮轻画刚要往另一边走，手臂被谭滟拉住："小阮。"

阮轻画抬了下眼："谭滟姐有什么事？"

谭滟微笑看着她说："我听说你感冒了。"

"嗯，谢谢谭滟姐关心，我没事。"她面无表情地说。

谭滟挑眉笑了笑："关心是应该的，既然感冒了，晚点就多休息吧，有什么交给我就行。"

阮轻画听明白了她的意思，莞尔一笑，爽快道："行啊。"

谭滟看她这样，有一丝意外。在她的记忆里，阮轻画可不是这么好说话的人。

石江坐上车，见这两人还在原地，蹙眉喊了声："你们在磨蹭什么？"

谭滟立马松开她的手，小跑过去："我跟小阮说点事呢。"

石江瞪她一眼，压着声警告道："待会儿给我老实点。"

谭滟垂下眼，眸子里闪过一丝厌恶，声音却很软："知道了，保证不给您添麻烦。"

谭滟和石江在后座，阮轻画自觉地去了副驾驶。后座的两人旁若无人地说话，言语暧昧。司机见怪不怪，阮轻画也只能当没听见，戴着耳机，闭眼休憩。

工厂距离他们办公大楼比较远，不堵车的话需要一个多小时，一堵车两个小时也不止。阮轻画吃了药，却不太能睡着，后面的人真的太吵了。她压了压心情不好时的脾气，认命地点开手机，决定做点什么分散注意力。

玩了三分钟游戏后，阮轻画点开手机，发了个所有人可见的朋友圈。

小阮今天画画了么："小阮今天不想画画，想做针线活。"

刚发出去，孟瑶的微信消息便弹了出来："怎么了，谭滟太吵了？"

阮轻画："你是我肚子里的蛔虫吗？"

孟瑶:"我是你的小甜甜哦。"

阮轻画:"你好恶心。"

她正和孟瑶闲扯着，车突然靠边停了下来。阮轻画一怔，谭滟也立马把石江凑过来的手推开。

"怎么停了？"

司机一板一眼地回答:"最前面的车停下来了。"

石江蹙眉，看到了下车的刘俊。紧接着，刘俊过来敲了敲车窗。

"石总监。"他弯腰站在一侧，指了指前面的车，说，"江总说想跟你了解一下明年春季的主打款设计，我们换辆车。"

石江一愣，惊喜道:"好啊，没问题。"

他的衣服被谭滟拉了一下，回过神来，说:"设计师要带上吗？"

刘俊莞尔道:"当然，主打款设计师带上。"

谭滟眼睛一亮，柔声道:"麻烦刘助。"

刘俊点了点头。

临走前，谭滟还特意撩了撩头发，对着阮轻画扬了扬下巴，难掩兴奋和得意地去了江淮谦车上。

"阮小姐。"刘俊和江淮谦的另一个助理上了车，笑着说，"过来打扰你了。"

阮轻画摇头:"没有的事。"

刘俊"嗯"了一声，看向她:"你别管我们，你忙你的，这会儿还是中午休息时间呢。"说着，他看向另一个助理:"我打算睡会儿，到了叫我。"

另一个助理:"行。"

莫名其妙地，车内安静下来。阮轻画的眼皮越来越重，在安静的环境里，不知不觉地睡了过去。

醒来时，车静悄悄地停在路边。到工厂了，车内只剩她一个人。阮轻画揉了揉眼，刚想去解安全带下车，一低头便看到了身上盖着的深色围巾。围巾很厚很大，上面还有小小的logo。阮轻画怔了一下，诡异地低头闻了闻。

是她熟悉的木质香味。

　　工厂内，上头虽提前通知了，但新老板的到来还是打得厂长和经理等人猝不及防。

　　江淮谦看着就不好惹，厂长穿着一身休闲装，战战兢兢地接待着，笑容堆了满脸，眼睛努力地眯成一条线，笑呵呵道："江总，这边请。"

　　江淮谦扫了他一眼，阔步往里走。走了几步，他淡淡地说："去生产车间。"

　　厂长一愣，错愕道："江总，生产车间会比较脏比较乱……"

　　他话还没说完，被江淮谦身侧跟着的助理打断，刘俊面容温和，但说出的话和江淮谦如出一辙："刘厂，江总时间有限。"

　　刘明脸上的笑僵了僵，弯着腰伸出手指引道："江总这边请。"

　　江淮谦率先往里走，气势逼人。

　　阮轻画找到他们时，刘明正在汇报厂区内的情况。江淮谦垂着眼，神色散漫地听着，随意地翻了翻一侧堆放着的皮革。午后的阳光从高高的窗户钻入，恰好落在他们所处的位置，让江淮谦的眉眼看着温和了几分。

她正看着，江淮谦像是有所察觉，掀起眼皮朝她这边看了过来。阮轻画一凛，没来得及躲开他的视线追捕。

刘明刚汇报完，正焦急等待着江淮谦点评。等了好一会儿，都没见他说话，一时间，刘明也不确定他到底是对自己所说的满意还是不满意。刘明紧张得手心出汗，正想再补充两句，忽而注意到江淮谦的神情变化，他愣了下，顺着江淮谦的目光往旁边看。

看到来人，刘明诧异道："小阮，你今天怎么也过来了？"

瞬间，所有人的目光都落在阮轻画身上，有熟悉的，不熟悉的，有打量，有探究。

阮轻画"嗯"了一声，往前走了两步，低声道："抱歉，我迟到了。"

江淮谦没吱声。

石江皱了皱眉，对自己的下属表示不满："小阮，你怎么能在车里睡着？你不知道今天的事很重要？"

阮轻画抿了下唇。

刘助笑了笑，打破了这个僵局："没多大事，人都有生病的时候，江总一定能理解，是吧江总？"

江淮谦冷冷地瞥了他一眼，看向阮轻画："嗯。"他似是不经意地问道，"休息好了？"

阮轻画呆愣几秒，低声道："嗯，谢谢江总。"

谭滟听着这段对话，敏锐地察觉到不对。她皱了皱眉，视线在阮轻画和江淮谦两人身上来回移动。片刻，谭滟掌握主动权："小阮就是太敬业，你早说自己生病想留在公司休息就好了，江总他们肯定能理解的。"说着，她笑盈盈地转头，看向江淮谦："我没说错吧江总？"

江淮谦看了她一眼，意外地答应了一声："嗯。"

得到江淮谦的回应，谭滟眼都亮了，唇角的弧度加大，让人明显能感受到她的喜悦。

阮轻画看着这一幕，稍微有那么一丁点不舒服。可能是因为她不喜欢谭滟，所以才会有这种感觉。阮轻画思忖着，往后挪了挪，退出话题。

众人也从这个无关紧要的事情跳开，继续讨论生产问题。

一双鞋的制作，需要一些部件，其中最重要的包括鞋面、鞋跟、鞋垫，除此之外，还有一些零散的装饰和配件。这会儿车间还有高跟鞋生产制作，每一条线产出的都不一样。

江淮谦在车间转了一会儿，停在某处。

注意到他的目光，石江主动问道："江总，是这款鞋有什么问题吗？这是我们秋季卖得最好的，虽不是主打款，但受欢迎程度很高。"

阮轻画看了一眼，是她听到吐槽最多的那款。

江淮谦扬了下眉，好像有点兴趣。

谭滟看见了，积极道："江总，您觉得这款鞋漂亮吗？"

"你设计的？"江淮谦问了一声。

谭滟颔首，声音温柔似水："是的，我是这款鞋的设计师。"

江淮谦伸手拿起来看了一眼，淡声问："用的哪种皮革？"

谭滟一愣，没料到江淮谦会问这个。她想了想，低声道："牛皮。"

江淮谦颔首。

谭滟欣喜，知道自己是说对了。她笑了笑，语气略显亲昵："江总觉得如何？"

"挺好。"江淮谦正常谈工作，"为什么会选用牛皮？"

谭滟怔住，想了想，说："因为牛皮质地柔软，穿起来会更舒服。"

江淮谦"嗯"了一声，看向另一边的市场经理："这款鞋上市后，有没有做过市场调查？"

"有的。"市场经理出声，"上市的第二周，我们做了调研。"对上江淮谦的目光，市场经理继续说，"调研结果有反馈到各个部门经理的邮箱。"

闻言，江淮谦抬了一下眼："确定？"

市场经理看了一眼石江，点了点头："确定。"

话音一落，石江脸色煞白，立马弓着身道："江总。"

他是聪明人，第一时间明白了江淮谦问那几个问题的意义何在。

"这件事是我的疏忽，但这款鞋销量确实不错。"

江淮谦："调研反馈怎么说？"

石江闭了闭眼，没敢瞒着："鞋子皮革坚硬，磨脚，鞋跟有脱落情况，遇水开胶。"

石江说的每一项，只要出现在一双鞋上，都会是致命问题。而现在，是一双鞋出现了好几个问题。

阮轻画偷偷地瞥了一眼江淮谦的脸色，没敢出声。说实话，在这种事情上，她也有点怕他。

江淮谦："为什么没有及时止损？"

石江声音颤抖："成本太高。"

江淮谦没再说话，但跟在他旁边的人，已经大气都不敢出了。

谭滟也下意识地往后退了两步。她正退着，江淮谦突然看向她。谭滟心一紧，有期待也有担心。她认为，她只负责设计，其他的问题应该怪不到她这边。

江淮谦看向她，说了句："设计确实不错。"

谭滟惊喜道："谢谢江……"

后面的话还没说出口，就被江淮谦冷冰冰地打断："但我不认为，连牛皮和羊皮都分不出来的人，会是一位合格的设计师。"

谭滟的脸色肉眼可见地难看起来。她嘴唇翕动，正想说点什么弥补，江淮谦已经把目光投在阮轻画身上："过来。"

众人一愣，面面相觑，有点不敢相信自己听见了什么。江淮谦叫谁过去？

刘俊轻咳一声，怀疑老板是被气到头脑不清了。他看向阮轻画，笑着道："小阮，我们刚刚过来时听经理说你常来工厂，想必对鞋的用料和制作都很清楚吧？"

阮轻画点了下头："还好。"

刘俊指了指，说："江总今天想深入了解一下，你方不方便做这个介绍人？"他想了想，补充道，"把每一款鞋你所知道的设计理念也谈一谈。"

"好。"

江淮谦看她不动，淡淡地说："去那边。"

阮轻画"嗯"了一声，率先走了过去。

"刚刚那款鞋，"江淮谦开始提要求，"你用其他材料做一双给大家看看。"

阮轻画："好。"

谭滟看他们这样，努力地想要补救自己刚刚的错误，轻声道："江总，我也想试，刚刚是我的问题，因为紧张所以才……"后面的话是什么，不言而喻。

江淮谦没拒绝，抬了下手，准了。

刘俊跟着他时间长，知道他这样做是为了什么。他们江总，最喜欢让人输得心服口服。

设计稿和鞋子版样都是现成的，做起来不难。阮轻画用的料子是牛皮，只是她选用了进口的小羊绒和羊皮搭配牛皮，该软的地方软，该坚硬挺括的也不差。

而谭滟，为了弥补自己的失误，全选用了羊皮。

没多久，两双鞋的成品出现在众人视野里。

谭滟摸了摸，只觉得柔软舒服。她抬眸看向江淮谦："江总，我这边的好了。"

江淮谦看了一眼，阮轻画的也好了。他"嗯"了一声，看向身侧站着的其他人："去看看，哪双更合适。"

五分钟后，大家都有了结论。

从工厂离开时，谭滟脸色铁青。石江拉着江淮谦还在外面说话，她瞪了一眼坐在副驾驶的阮轻画，低声道："小阮，你别得意。"

闻言，阮轻画回头看了她一眼："谭滟姐，我就得意的话，你要怎么样呢？"

谭滟没想到她会直接这么回过来："你——"

阮轻画轻哂："还有，我忘了提醒你一个事。"她语气平静道，"谭滟姐应该知道，我为什么会比你更懂这款鞋。"她借着后视镜看向谭滟，慢条斯理道，"有些事，若想人不知，除非己莫为。"

石江上车时，车内氛围诡异。他看了一眼安静的谭滟，有些诧异："两人都累了？"

阮轻画："没有。"

石江看向她，笑了一下，说："小阮刚刚表现不错，我怎么不知道你做鞋这么熟练？"

阮轻画"嗯"了一声："熟能生巧。"

谭滟难得没有出声嘲讽。

三人正说着，石江偏头看了眼外面，似是感慨地说："这位江总，倒是出乎我意料。"

提到江淮谦，谭滟瞬间来了兴趣："怎么说？"

司机驱车，平稳上路。

石江静默几秒，眼神凌厉地看着她："你对江总很有兴趣？"

谭滟一愣，晃了晃他的手臂，娇嗔道："石总说什么呢？我是关心公司发展。"

石江心照不宣地笑了下，没和她多计较。他和谭滟各取所需，两人心知肚明。

阮轻画不想听两人计较，努力地去想和设计有关的事，以及椅子旁袋子里装着的围巾，她要怎么还给江淮谦。她纠结了一会儿，给刘俊发了个信息。

阮轻画故意问："刘助，围巾是你的吧？我待会儿还你？"

看到阮轻画的消息，刘俊扑哧笑出了声。他看了眼江淮谦："江总。"

江淮谦在闭目养神，看也没看他，说："说。"

刘俊举着手机问："唉，阮小姐问我，围巾她怎么还给我，我接不接啊？"

江淮谦睁眼，冷漠地看着他。

"刘俊。"他一字一顿道，"回国后你胆子是越来越大了。"

刘俊连忙说："没有的事，这一定是江总您的认知错误。"

江淮谦冷哼一声。

刘俊看着他，想了想说："我让阮小姐直接还给您？我就不做这个中间人了。"

江淮谦没说话。

刘俊知道，他对自己这样的做法是满意的。

刘俊回复阮轻画："阮小姐，围巾是江总的，只不过江总担心他拿给你不合适，才让我去的。"

阮轻画皱了下眉，不太明白刘俊为什么要和她解释这么多。

阮轻画:"这样。"

刘俊:"是的,围巾你直接给他吧。"

阮轻画:"你拿给他不是更合适吗?"

刘俊:"不合适的,我待会儿还有事要忙,会和江总分开。你要我把江总的微信推给你吗?"

阮轻画看着刘俊的消息,纠结了几秒,回道:"不用,电话就行。"

刘俊把电话发给她,说:"江总私人电话,你记得和他约时间。"

阮轻画:"好,谢谢。"

回到市区时,已经晚上了。在江淮谦发话后,司机负责把员工送回去。

阮轻画这辆车上,先回去的是石江,之后是阮轻画和谭滟,两人可能天生敌对,连住的地方都很近。

阮轻画提着袋子下车,谭滟看了一眼,冷嘲热讽道:"刘助对你倒是不错。"

他们到工厂时,得知阮轻画发烧在睡觉后,是刘俊回到最开始坐的那辆车拿了一条围巾,让市场部的一位女同事给她盖上的。自然而然,大家也就认为围巾是刘俊的。

阮轻画没理她。

谭滟蹙眉道:"阮轻画,我跟你说话呢。你别以为下午赢了就可以得意,说到底,明年春季主打你还是只能给我做配。"

闻言,阮轻画扯了下唇,撩起眼皮看向她。阮轻画化了妆,五官略显明艳,狐狸眼更是漂亮璀璨,同样的,也会让人生出距离感。

"那又如何?"阮轻画说,"即便我是配角,也比你更出色。"

说完,阮轻画转身过马路,往自己住的小区走。

反驳一时爽,回到家后,阮轻画又有些后悔,万一江淮谦觉得谭滟的设计还不错怎么办?

想到江淮谦,阮轻画还有更愁的事。她瞥了眼茶几上放着的纸袋,深深叹了口气。纠结了三分钟,阮轻画点开微信通信录,一路往下滑。

她在国外的时候，和江淮谦加过微信，但她不确定他是不是还在用这个，又或者说……他是不是把自己删掉了。

阮轻画发现，江淮谦的微信名和头像都还是之前那个。她盯着看了一会儿，点进聊天界面。因为换过手机，两人的对话框干净空白。

她盯着手机发了几分钟呆，想说什么，又不知道要说什么，想了想，还是退了出去。

一分钟后，阮轻画进厨房灌了一杯酒，一鼓作气拨通了江淮谦的电话。

她想，如果电话响了三声都没人接，这围巾她就不还了。

正想着，电话通了。

阮轻画心脏一紧，后悔地想挂断，还没来得及行动，那边传来男人低沉的声音："喂。"

阮轻画不知道要说什么。

那边的人没耐心，声音冷了几分："哪位？"

阮轻画揉了下鼻尖，抿了抿唇，说："抱歉，打错了。"

她拿开手机，想挂断，耳边再次有了他的声音："阮轻画。"

阮轻画愣住，听着他如此肯定的语气，忘了自己要做什么。

江淮谦的语气稍稍缓了缓："到家了？"

他这语气熟稔得好像两人关系很好。

阮轻画"嗯"了一声："到家了。"她想起自己打电话的重点，说，"刘助理说下午的那条围巾是你的，我要怎么还给你？"

江淮谦没说话。

阮轻画揉了揉有些酸涩的双眸，听见他那边的喧闹声。她想了想，补充道："如果你不方便的话，我明天让刘助交给你？"

江淮谦顿了一下，看向面前这一桌子望着自己的人，低低道："方便。"

阮轻画松了口气，声音有些哑："那我现在给你送过来？"

江淮谦正想答应，蓦地想到了什么，稍稍一顿，回过神说："不用。"

阮轻画愣怔着，听见他说："我过来拿。"

挂了电话，阮轻画才后知后觉反应过来，江淮谦是要来她家拿围巾。

她垂眸看着茶几上的袋子片刻，心不在焉地想，这条围巾是不是对他有什么特殊意义？不然，他为什么要亲自过来拿。

阮轻画想了一会儿，没想出答案。她伸手把袋子里的围巾拿出来，重新叠了一遍。之前是随手塞进去的，没弄整齐。

叠好后，阮轻画的肚子发出了抗议。她还没吃晚饭，因为不舒服的缘故，中午也就喝了点粥。

她在客厅站了一会儿，纠结到底是自己做还是出去买。

几分钟后，阮轻画提着包和纸袋，出门了。

深秋的夜，已经有了凉意。

阮轻画住的地方还不错，生活方面很便利，周围有超市，有商场，更有路边小店。她低头看着手机，思索着把围巾还给江淮谦后自己去吃点什么。

正看着，孟瑶的电话来了。

"轻画，到家了吗？"

"到了。"阮轻画听着她那边传过来的声音，皱了皱眉，"你又去酒吧了？"

孟瑶"啊"了一声，喝下调酒师推过来的酒："对啊，我喝两杯就回去。"

阮轻画有些担心，更多的是无奈。她想了想，低声道："我发烧了。"

"什么？"孟瑶没听清，大声问，"我这儿好吵，你刚刚说什么？"

"我说，"阮轻画加大音量，"我发烧了，家里没药。"

孟瑶一愣，连忙把酒杯放下："什么时候发烧的，你怎么也不跟我说？那我现在给你买药送过去。"

闻言，阮轻画松了口气："好。"她想着孟瑶那急性子，叮嘱道，"也不是那么着急，你慢慢来，先回家洗个澡再过来也可以。"

听她这么一说，孟瑶茫然道："为什么啊？我回家洗了澡再过去你不是就烧傻了？"

阮轻画："也没有那么夸张。"

孟瑶轻哼："等着，我现在过来。"

"行。"阮轻画语重心长道，"别太着急，我喝了很多水的。"

"知道。"

挂了电话，她还是有些不放心，又给孟瑶发了两条信息。她低着头，也没注意到路旁有车停下，还有人下来朝她走近。

小区门口的路灯很亮，亮到江淮谦一眼便能看见树下站着的人。阮轻画穿着连帽卫衣，脚上踩着一双毛茸茸的拖鞋，正低头拨弄着手机，眉眼专注，整个人看着，比上班时柔软娇小了很多。

江淮谦放轻脚步走近，目光直直地望着她。

脚步声靠近，阮轻画从手机中抽离，缓慢地抬起头。

两人四目相对。

阮轻画怔了下，望着陡然间出现的人，嘴唇翕动，眨了眨眼，说："江总。"

江淮谦垂下眼看她，目光深邃："嗯。"

阮轻画静默几秒，把袋子抬了抬："您的围巾。"

江淮谦看她双手提着袋子，没接。

路灯下，茂盛的枝叶下，两人对立站着，身影碰撞重叠，略显暧昧。

"江总？"阮轻画抿了下唇，抬起眼看他。

江淮谦这才有了反应："嗯？"

阮轻画耐着性子，重复了一遍："你的围巾。"

江淮谦这才伸出手接过来。

看他这样，阮轻画微微松了口气。她原本以为，江淮谦会再刁难她一下，现在看来，是她想多了。

思及此，阮轻画抓住机会说："江总，围巾还给你了，如果没什么事的话，我就先回去了。"

闻言，江淮谦挑眉，视线紧盯着她。

"阮小姐。"

"啊？"

阮轻画一口气还没来得及松完，又紧绷起来。

江淮谦看着她，神色寡淡："你是不是忘了件事？"

阮轻画茫然地和他对视："什么？"

江淮谦没和她卖关子，淡淡地说："衣服。"

阮轻画有点为难，低声道："衣服我洗了，还没干。"

她刚刚出门前，其实想过要不要把衣服拿上，但最后，还是没拿。

听着她解释，江淮谦轻哂了下："是吗？"

阮轻画听出了他的嘲讽，硬着头皮说："等干了，我会第一时间还给江总的。"

她绝对没有要霸占他衣服的意思。

话说完，江淮谦沉默了。

阮轻画有点摸不准他的心思，纠结着是不是要说点什么，肚子又一次发出了抗议。

两人站着的地方不算偏，却很安静。

听到自己肚子饥饿的声音，阮轻画想找个地洞钻进去。

倒是江淮谦有了反应，语气好像比之前温和了点："还没吃饭？"

阮轻画"嗯"了一声："正打算去吃。"

江淮谦看了她一眼："一个人？"

阮轻画刚点头，忽然想起了什么："不——"

话还没说出口，江淮谦便道："走吧。"

阮轻画眨了眨眼，茫然地看着他："啊？"

江淮谦单手插兜，一脸"我很善解人意、体恤员工"的姿态，直截了当问："想吃什么？"

阮轻画沉默。

江淮谦往前走了两步，回过头看她："不饿了？"

他仿佛就没想过阮轻画不走，是不愿意和他一起吃饭。在江淮谦的世界里，没有人会反驳拒绝他。

阮轻画听着他熟悉的语调，默了默，说："不是，在想吃什么。"

江淮谦微怔，收回落在她身上的目光："边走边想。"

"好的。"

两人一前一后地走着，阮轻画跟在他后面，时不时会踩到江淮谦的影子。江淮谦走得不快，甚至刻意放慢了步伐。

走到热闹的地段，江淮谦回头看她："想好了吗？"

阮轻画看着他："江总你吃了吗？"

江淮谦："没有。"

他刚到聚餐的地方坐下，她的电话就来了。

阮轻画点点头，环视四周："吃日料？"

江淮谦诡异地看了她几秒，拒绝了："不吃。"

阮轻画一噎，有点头疼："那吃川菜？"

江淮谦："你能吃辣椒？"

阮轻画一怔，弱弱地说："能啊。"

江淮谦冷嗤一声，抬手指了指："粤菜。"

"哦……"阮轻画温暾答应着，"好吧。"

江淮谦看着她委屈的神色，轻挑了下唇角，眸子里有一闪而过的笑，但太快了，阮轻画都没来得及捕捉。

这个点，店内人不多，位置很空旷。

服务员送上菜单，阮轻画看了一眼，没什么胃口。她是无辣不欢的人，对粤菜兴趣不大。

"江总你点吧。"

"嗯。"

江淮谦本身也没期待她能点菜，随手点了几样，看着她说："看看有没有要加的。"

点好菜，阮轻画和江淮谦面对而坐，相继无言。她不知道要说什么，也怕江淮谦不想听。

阮轻画低头喝水，对面的人忽然拉开椅子起身。

江淮谦神色淡淡地看她一眼，低声道："我出去一趟，很快回来。"

阮轻画应了一声："好。"

江淮谦这才离开。

人一走，阮轻画从精神到身体都瞬间松懈下来。不知道为什么，只要一面对江淮谦，她就变得不像自己了。

正想着，她的手机振动起来。

孟瑶："轻画，你睡着了吗？我到门口按门铃了，你怎么也不来开门？"

阮轻画："没睡死，我出门了。"阮轻画想了想，找了个借口，"我怕你要很久，就自己出门买药了。"

消息一发出去，孟瑶的电话来了。

"你怎么一个人出门买药？不是在发烧吗？你现在在哪儿呢？我马上过来。"

刚一接通，孟瑶的问题就铺天盖地地朝她丢过来。

阮轻画听得心虚，低声道："不用不用，我就在门口。我不是没吃晚饭吗？顺便吃个饭。"

孟瑶："我也没吃。"

"啊？"阮轻画一愣。

孟瑶想了想，问："你在哪家店啊？你在那儿等我，我马上过来。"

阮轻画头皮一紧，想也没想地说："别。"

孟瑶蒙了一下，蹙眉问："为什么？"

"你在家吃吧。"阮轻画说，"我给你点外卖。"

孟瑶："为什么？"

"我怕把感冒传染给你。"

孟瑶安静了三秒，认真地问："阮轻画，这个拙劣的借口，你猜我会不会相信。"

阮轻画噎住，正想解释，余光注意到江淮谦进了店。阮轻画一凛，压着声音道："反正你先进屋，我晚点回来跟你说。"

孟瑶："行，你要是不给我一个有说服力的解释，你就完了。"

阮轻画放下手机的瞬间，江淮谦出去买的东西也放在了桌面上。

阮轻画原本没想细看，可余光一瞟，她就顿住了。江淮谦买的东西，用透明的袋子装着，让人一眼就能看出是什么。

阮轻画盯着看了一会儿，敛了敛眸，没吱声。

服务员正好把菜送过来，两人安静吃饭。她没问他买的东西，他也没问她刚刚在跟谁打电话。

阮轻画发现，粤菜比她之前吃的味道好了不少，汤汁浓郁鲜美，特别好喝。不知不觉，她喝了好几碗，喝到肚子撑了，身体隐约要冒汗，她才停下来。

吃过饭，两人离开。结账时，阮轻画也没和江淮谦抢。

两人和来的时候一样，循着夜色返回，只不过，有了细微变化。

阮轻画没跟在他身后，不知不觉和他并排走到了一起。

到了小区门口，阮轻画轻轻地呼出一口气，决定先发制人。

"江总，我到了。"她抬起眼看着江淮谦，有一丝小心，"谢谢江总的晚餐，我就先回去了。"

江淮谦敛下眸看她，把手里一直拎着的袋子递给她。

阮轻画抿唇道："江总。"

"嗯？"江淮谦挑眉应着，声音像是从鼻腔哼出来的一样。

明明他没做什么，但阮轻画就是感受到了威胁。

她无奈地接过他买的药，低声说："谢谢。"

江淮谦看她低眉顺眼的模样，听着她一口一个"江总"，忽然就有些不舒服。他单手插兜，姿态懒散地瞥了她一眼，问："谢谢谁？"

"你……"阮轻画不明所以地看着他。

江淮谦抬了抬眉梢，语气平淡地提醒："你叫我什么？"

阮轻画愣了一下，蓦地明白了点什么。

她轻眨了下眼，轻声说："师兄。"

这个称呼一出来，两人静默片刻。

阮轻画突然发现，"师兄"这两个字没有她想象中的难以出口。只是她不确定，江淮谦对这个称呼是否满意。这么想着，她偷偷地抬起眼想去看他。

一抬头，就被他逮了个正着。

他黑眸很亮，瞳仁里闪着路灯浮过的暖色微光，衬得他温情了几分。仔细看，里头仿佛还有一闪而过的笑意。阮轻画微怔，不太确定是不是自己的错觉。

她睫毛轻颤，刚想说话，喷嚏先出来了。接二连三几个喷嚏后，这一处显得更静了。

阮轻画咳了一声，脸颊微红，有点不好意思："我……"

"你什么？"江淮谦拧了拧眉，眸光渐沉，"回去早点休息。"

阮轻画点了点头，抬眸看他："那我回去了。"

"嗯。"江淮谦还是之前那个姿势，没太大的变化。他的视线落在她被冻红的鼻尖上，而后往下停住，盯着看了须臾，面色未改地挪开目光，淡淡地说："撑不住就请假。"

阮轻画"嗯"了一声:"我知道。"她想了想,轻声补了句,"谢谢师兄。"

江淮谦挑了下眉头,淡淡道:"进去吧。"

听到他这么说,阮轻画微微地松了口气:"好……"

说完,她转身往小区里走,依稀还能感受到那道落在自己背后的目光,锋芒锐利。

阮轻画的精神再次紧绷起来,直至走到江淮谦不再能看见的转角处,她才真的松了口气。

看着她挺直的背影消失,江淮谦轻扯了下下唇,收回目光。他转身回到车里,但没立刻离开。

周尧的电话打来时,江淮谦手里的烟刚点燃。

他扫了一眼,直接接通,语气冷漠:"什么事?"

周尧静了三秒,认真发问:"顾总让我问你,还过不过来?"

他说的顾总,是顾明霄。他们几个人可以说是穿一条裤子长大的兄弟,只是长大后因为各种原因,聚在一起的时间反而少了。

江淮谦之前一直在国外,顾明霄也在其他城市发展,偶尔才回南城。这一次回来,一部分是因为出差,一部分则是因为江淮谦回来了,几个人打算聚聚吃顿饭。

他们等江淮谦等了小半天,结果他刚坐下没五分钟,接了个电话就跑了。因为这通电话,包厢里的一群人就他离开的时长,以及不接电话的行为进行了多方位猜测。而现在,是顾明霄对自己好友的时间限度进行估算后,让周尧打的电话。

果不其然,还真接了。

一时间,周尧不知道该说顾明霄懂江淮谦,还是该怀疑是不是他俩背着他偷偷讨论过这方面的问题。

江淮谦一顿,看了眼时间:"来。"

周尧扬扬眉:"行。"

挂断电话，江淮谦驱车离开。车驶入道路，和黑夜混为一体。

另一边，包厢里的众人正在打赌。

"还是顾总厉害啊！这都能猜对？"

顾明霄虚心接受夸赞："小意思。"

周尧看向顾明霄："你怎么知道他这个点会接电话？"

闻言，顾明霄轻掸烟灰，慢条斯理道："三个多小时，再怎么着也该接了吧？"

这话一出，包厢里男人爆笑，女人羞红了脸，这也导致江淮谦一出现，包厢里所有的视线全落在他的身上，还有人朝他吹口哨："江总回来了。"

江淮谦神色寡淡，扫了说话的人一眼。瞬间，那人噤声了。

周尧看着这一幕，挑了挑眉，道："怎么的江总，您这是还欲求不满哪？"他嚷嚷着，"莫非是我打断了您的好事？"

话音一落，包厢里众人嘿嘿笑了起来。

江淮谦在顾明霄旁边坐下，眼皮没抬，也没搭理他，看着面前放着的酒，拿起喝了小半杯。

顾明霄瞅了一眼，挑了挑眉："你刚做什么去了？"

江淮谦："拿东西。"

闻言，顾明霄觉得有意思："什么东西需要你江总亲自去拿？"

江淮谦正要说话，放在桌面的手机振了下。他的微信一般设置免打扰，陌生人的短信也进不来。思及此，江淮谦拿过手机看了一眼。

阮轻画："刚刚忘了说，师兄开车注意安全。我到家了。"

顾明霄看着他走神的模样，凑过来看了一眼，吹了声口哨。

周尧没耐住性子，也跟着探了脑袋过来。

"谁的信息？"他瞥了一眼，疑惑地问，"这年头还有人发短信？"他看着，没忍住读了出来，"师兄开车注意安全？"

周尧震惊了："江总，你还玩师兄师妹那一套？"

瞬间，包厢里众人的注意力被转移。

"真的假的？"

"江总还有师妹？现在不都是学长学妹吗？江总玩得果然与众不同。"

众人七嘴八舌说着，江淮谦也不生气。大家都是熟人，总会口无遮拦。

江淮谦冷冷地觑了一眼一直在啰唆的周尧："你今天很闲？"

接收到他的威胁，周尧默了默，道："不闲。我就是好奇给你发信息的师妹是谁。"

江淮谦没理他。

周尧看向顾明霄："顾总你不好奇？"

顾明霄自信一笑，和江淮谦放在桌面上的酒杯碰了下，抿了口，说："大概知道。"

周尧一愣，像个机关枪一样问道："所以你们不仅知道对方的时间，还有这种我不知道的秘密？"

江淮谦刚回完阮轻画的信息，听到这么一句，随口问道："什么时间？"

顾明霄："没什么。"

蓦地，江淮谦好像明白过来。他轻哂，慢条斯理地挽了挽袖口，从椅子上站起来，松了松衣领。

片刻，包厢内一片混乱。

收到江淮谦回过来的信息，阮轻画放下手机。在小区门口那会儿，她太紧张也太着急了，都忘了跟江淮谦说再见。虽然这话无关紧要，但人家毕竟请她吃了饭，买了药，于情于理也该客套一下。

孟瑶在旁边看着她，眼睛亮晶晶的，闪着八卦的光芒："江总给你回了什么？"

阮轻画瞥了她一眼："说他在酒吧，知道了。"

闻言，孟瑶"哟"了一声："江总可以啊，给你汇报行程。"

阮轻画瞥了她一眼："你是不是想多了？"

"我哪有想多？"孟瑶直接道，"你要是发这么一条信息过去，一般男人就直接回'好的'，或者是'嗯，我也到了'，但江总就是明明白白告诉你，他去了酒吧。"说完,她瞅着没动静的阮轻画,晃了晃她的手臂,"你说是不是这样?"

"不是。"阮轻画拉了拉被子,合着眼说,"他那是习惯。"

孟瑶:"是对你的习惯吧?"她瞅着阮轻画,轻哼道,"我之前还以为,你们只是一面之缘,没想到渊源那么深啊。"

阮轻画沉默了一会儿,睁开眼问:"哪儿深了?"

"你们是同一个老师的弟子,这渊源还不够深吗?"

刚刚从外面回来,阮轻画也不知道该找什么借口糊弄孟瑶,索性直说了。她和江淮谦,关系确实比普通的校友要更深一点。阮轻画是学设计的,因缘巧合下,被一位泰山北斗的老师看中,收了她做学生。而江淮谦,是那位老师前几年收的另一位学生。这位老师的学生不多,寥寥几个,其中只有江淮谦和阮轻画是中国人。

只不过他们有点不同。阮轻画是主修设计,江淮谦是跨专业来的,设计只是他学的一小部分。

最开始,阮轻画听老师也听其他人提过很多次江淮谦,但没深入了解。第一次见,是在一个聚会上。她认识江淮谦,知道他,但她不确定他知不知道自己。

之后,因为那场设计大赛,两人有了短暂接触。阮轻画以为,她和江淮谦大概也就几面之缘的关系,但后来老师因为生病,把她安排给了江淮谦。

估摸着是看在老师的分上,毕业的江淮谦,还是带了她几个月。

听着孟瑶的话,阮轻画想了想,说:"也还好吧,老师又不是只有我们两个学生。"

孟瑶安静了一会儿,直勾勾地盯着她:"你老实说,你和江总真的就只是师兄妹关系,没别的了?"

阮轻画点头,看着她:"不然呢?"

孟瑶看着她淡定的神色,总觉得哪里不太对。

"可是……江总今天是特意过来给你送药的吧?"

"拿围巾。"阮轻画纠正她的话,"顺便买的药。"

孟瑶噎住:"行,就算是这样,他这也太细心了吧?好歹是大公司的老板呢。"

闻言，阮轻画云淡风轻地把话丢给她："你刚刚说的，我们是师兄妹关系，我最小，被照顾一下也是应该的吧？"

孟瑶被她说得无力反驳，只能讪讪点头："好吧，你这样说也合情合理。"

"嗯。"阮轻画侧了个身，"瑶瑶我困了。"

孟瑶了然："睡吧，有需要喊我。"

"嗯。"

大概是吃了药的缘故，阮轻画没一会儿就睡着了。

孟瑶没敢再打扰她，躲在被窝里玩了一会儿手机，睡前起身抽出阮轻画抱着的热水袋重新加热，又给她塞了回去。

翌日睡醒，阮轻画的感冒已经好得差不多了，到公司时，精神看着也好了很多。

徐子薇瞅了她一眼："你感冒好了？"

阮轻画点头。

徐子薇莞尔，直接道："你这回感冒，比之前好得快。"

阮轻画一怔，诧异道："有吗？"

"有啊。"对面坐着的小助理插话道，"之前轻画姐你感冒，起码得病小半个月呢。"

阮轻画愣了一下，抿了口还有些烫的热水，轻声道："可能是这回吃药及时。"

徐子薇附和着："有可能。"她安静了几秒，推了下阮轻画的手肘，"我听说昨天你们去工厂，当着江总的面做了鞋？"

"嗯。"阮轻画没瞒着，"那两双鞋应该带回来了。"

徐子薇盯着她的侧脸，阮轻画脸小且精致，明眸皓齿，现在可能是因为还在生病的缘故，皮肤偏白，看上去有种病美人的感觉。这个时候的阮轻画，是能激发起男人保护欲的。

徐子薇盯着看了一会儿，眼眸闪了闪，说："我之前就知道你做鞋可以，但没想到这么厉害。"她笑着道，"什么时候有空教我？"

其实他们设计师，做鞋是基本技能，只不过分做得好和不好。他们毕竟是设计师，只要设计图新颖，受大众喜欢，有时候能不能把一双鞋做得完美，不是他们考虑的，是做鞋师傅考虑的。

徐子薇设计能力不错，但动手能力稍微差一点。

闻言，阮轻画答应着："好啊。"

徐子薇眼睛一亮："真的啊？"

阮轻画好笑地看着她："嗯。"

徐子薇听她这么说，有些心痒难耐。他们这一层有一间办公室，里面有做鞋机器、工具和部分材料，是给设计师准备的，偶尔有灵感了想动手，都能去里面试试。

"那你现在忙吗？"徐子薇看她，"要不你现在教我？"

阮轻画愣怔几秒，哭笑不得道："你等我一会儿行吗？我把这个设计稿完善一下。"

"行。"

忙完手里的工作，阮轻画和徐子薇去了办公室。

阮轻画在学设计之前，最先会的就是做鞋。在做鞋这方面，一般的鞋匠可能都没她厉害。

一整个上午，阮轻画都在教徐子薇。到中午吃饭时间，徐子薇还不忘夸她："轻画你也太棒了，你怎么那么熟练啊？"

阮轻画"嗯"了一声，谦虚道："做的次数多了就会了。"

和谭滟相好的同事蔡欢正好在旁边坐下，听到这话，冷嗤一声，对谭滟说："有的人啊，会一点东西就开始显摆，也不掂量下自己几斤几两。"

谭滟挑了挑眉："是吧，人都这样，毕竟也没其他拿得出手的东西了。"

阮轻画听着，没反应。她们又没指名道姓，她不会去认。反正她不认，说的人就不是她。更何况这是在公司食堂，她没有跟人在公众场合吵架的习惯。

倒是徐子薇，突然站起来，把手里拿着的筷子放下，直指道："蔡欢你说谁呢？有本事直接说出来，别阴阳怪气行不行？"

蔡欢得意一笑，看了一眼没动的阮轻画："谁要认谁认呗。怎么？我说我的也打扰到你们了？"

徐子薇拧起眉，冷嘲热讽道："你说的话什么意思，你自己不知道吗？就你也好意思说轻画？全设计部最没资格的就是你了吧，当初……"

她后面的话还没说完，蔡欢也跟着站了起来。

徐子薇踩到了她的雷区，她二话不说，直接对骂起来。

众目睽睽之下，撕破脸皮并不好看。阮轻画无形中被牵扯进来，她闭了闭眼，站起来想把徐子薇拉开，手还没伸出去，突然被一股蛮力一推，整个人踉跄地往后倒。

往后倒的瞬间，阮轻画认命了，但意外地，她没摔到地面上，一股淡淡的木质香袭来，直接钻入她的鼻间。

阮轻画微怔，感受到了男人有力的手臂，以及他怀里的温度。她还没来得及回神，耳畔响起了训斥声。

是公司副总。

"你们在做什么？"

大家噤声。

阮轻画眼睫一颤，站稳后立马往前挪了两步，转身看向江淮谦。

"谢谢……江总。"

江淮谦今天穿着笔挺西装，身形修长，气质骄矜，可此刻，他的眉眼却像是蕴了冰霜。

他看了一眼阮轻画，神色平静地收回手，什么也没说，转身离开了食堂。

刚接手的公司，员工在食堂肆意辱骂吵架，是个老板都没眼看下去。

江淮谦一走，副总着急地"哎哟"了一声："江总。"他跟着追出去，回头看了一眼众人，冷冷道，"看什么看，吃好了回自己办公室！"

阮轻画看了眼没吃两口的食物，伸手揉了揉眉心。

"轻画。"徐子薇的脸色白了白，低头看她，"抱歉啊，我不是故意的。"

阮轻画摇头，笑了笑，说："没事。"她拍了拍徐子薇的肩膀，"收拾吧，回办公室。"

"嗯。"

回办公室后，阮轻画不想面对大家的打量，拿着手机去了顶楼。让她意外的是，她一上去又碰到了江淮谦。

两人无声对视，江淮谦的目光从上而下，落在她的脚上。

阮轻画脚小，很白。为了搭配浅色的铅笔裙，她今天的高跟鞋也是浅色系，鞋跟不是很高，但看着很知性。

他的目光在她鞋上停了须臾，往上落在她的脸颊。

阮轻画被他看得不自在，抿了抿唇，喊他："江总。"

江淮谦没应。

阮轻画默了默，抬起头看他："你是不是要在这儿静心？那我就不打扰你了。"

江淮谦抬了下眼："站住。"

阮轻画一顿，扭过头看他，一脸无辜。

江淮谦轻哂："过来。"

阮轻画非常听话地走过去。

江淮谦抬了抬眼，看向她："坐下。"

阮轻画坐下后，余光注意到了他手里拿的冰袋。她愣怔几秒，诧异道："你怎么——"

话说一半，阮轻画卡壳了。两人心照不宣就好，有些问题没必要问。

她沉默了一会儿，轻声说："脚没扭到。"

江淮谦没搭腔。

阮轻画在他的手伸过来时，下意识地抓住了他的手腕。

那一瞬，两人皆是一僵。

阮轻画的手小，但很软。因为风大，手指冰冰凉凉的，和江淮谦的形成鲜明对比。他手腕的温度很高，比她想象的高。

时间定格，空气停滞。阮轻画怔了一下，对上江淮谦深深的目光后，下意识松了手。她把手往身后放，小心翼翼地藏起来。

江淮谦看着她的动作，眉峰稍扬。

注意到他的视线，阮轻画清了清嗓子，低声道："真的。"她一脸真诚，"我避开了。"

在这种小事情上，阮轻画有她的机灵。当时就算是把她推倒在地，最多也就摔痛一下，不会扭伤。

江淮谦盯着她看了一会儿："确定？"

阮轻画点了点头。

江淮谦顿了顿，把冰袋放在一侧。阮轻画看着，一时不知道该说什么。

"江总——"她刚开口，就收到了江淮谦嫌弃的目光。

阮轻画解释道："现在是在公司，我觉得叫江总比较合适。"

江淮谦没搭理她。

阮轻画抿唇，小声问："今天这个事，你打算怎么处理？"

江淮谦在她旁边坐下，手里拿了个打火机在玩，开开合合，就是没点火。

阮轻画盯着看，有些走神。蓦地，旁边传来他低低的声音："帮你同事打听？"

"不是。"阮轻画有些为难，"我就随便问问。"

江淮谦瞥了她一眼，没应话。

阮轻画有点心虚，老实道："主要是这个导火线好像是我。"

江淮谦抬了下眉梢："你跟人吵架了？"

阮轻画默了默，摇头道："没有。"

"动手了？"

"没。"

"那和你有什么关系？"

阮轻画噎住。

江淮谦这话含了怒气，他看着旁边安静坐着的人，没忍住训她："你以前看见人打架就跑，现在怎么不会了？"

闻言，阮轻画下意识问："我什么时候做过这种事？"

江淮谦扯了下唇，丢下一句："自己想。"

蓦地，阮轻画脑海里闪过一个片段。她怔了下，理直气壮道："那不是你叫我跑的吗？"

江淮谦听她这话，情绪不佳。

看着他的脸色沉下来，阮轻画继续补刀："而且我那次跑是为了去报警，不然你哪能那么容易脱身。"

江淮谦静默几秒，看着她认真的脸，淡声问："那我现在谢谢你？"

阮轻画一噎，眨了眨眼睛，一本正经道："不谢，应该的。"

江淮谦被她这套言论气笑了。

看着他松动的神色，阮轻画垂下眼，轻吁一口气。她其实不怕江淮谦，但就是看见他会紧张。可能是因为心虚，也可能是别的原因，一时间，阮轻画自己也理不清。

突然间，这一处就静了下来。两人都没说话，只有呼啸而过的风声，呼啦作响，颇有种摇摇欲坠的错觉。

深秋的阳光不算炙热，温温和和的，裹着风落下，让人觉得很舒服。阮轻画被太阳晒着，有点犯困。她正思索着，怎么开口跟江淮谦说自己想回办公室了，耳畔便有了他的声音。

"冷不冷？"

阮轻画扭头看他，男人下颌线条流畅，显得冷峻。

"还……还好。"

江淮谦轻哂，率先站了起来："回去吧。"

阮轻画"嗯"了一声，和他一起往楼梯口走。

走到门口，她又停了下来。

江淮谦不明所以地看着她："还想在这儿待着？"

"不是。"阮轻画看着他，"江总你先下去吧，我晚点走。"

江淮谦多聪明，立马明白了她的意思。他垂下眼看着她，还是让了步："你先走。"

阮轻画诧异地看着他。

江淮谦淡淡道："我抽根烟。"

"哦。"阮轻画没多想，"江总再见。"

江淮谦不太想理她，没再看她，转身往另一侧走，偶尔还能听见她高跟鞋的声音。

小没良心的。

江淮谦单手插兜，刚从口袋里掏出一根烟，还没来得及点燃，身后忽然响起熟悉的声音。

"师兄。"

江淮谦一怔，侧头看向再次出现的人，略显意外。

阮轻画站在里面的楼梯上，往他这边看了一眼，敛着眸嘟囔着："少抽点烟，对身体不好。"

说完，她真没再停留，回了楼下。

江淮谦的眼神在那处停了几秒，风吹过，有股清甜的香味钻入鼻间，他才收回视线。

蓦地，他很轻地笑了下。

回到办公室，大多数人都在午休。阮轻画放轻脚步，回了自己的位置。

她趴在桌上，打算眯眼小憩一会儿，可趴下后，她反倒不困了。她睁开眼，对着桌面上的绿植发呆，突然想到了江淮谦刚刚提到的那件事。

其实那次，是她第一次见江淮谦打架，也是唯一一次。她隐约知道他打架的原因，也问过他，但他否认了。

阮轻画自认为自己是个挺小心谨慎的人。因为从小生活环境的原因，她一般不会主动惹事，但不幸的是，总有事主动找上她。

在国外留学的时候，阮轻画做过不少兼职，有顺利的，也有不顺利的。

在江淮谦打架的前几天，阮轻画在兼职时遇到了陌生人搭讪。

搭讪并不少见，但一般她拒绝后，有分寸的人都不会再纠缠她。可那两个人不一样，不仅纠缠，还想强行带阮轻画去玩。

阮轻画拒绝了，并跟同校同学一起回了公寓。

第二天，过得风平浪静。

第三天兼职结束，在回公寓的途中，她看到了跟人打架的江淮谦。最开始听见打架的声音，阮轻画是不敢回头去看的。她回公寓的那条路比较黑，也没太多的人。但莫名其妙地，她那天就是回了头。

回头的那一瞬，她正好目睹江淮谦抬脚往对方肚子上踹。她蒙了几秒，瞪大眼望着另一人拿着棍子从后面偷袭他。

阮轻画下意识喊了一声。

注意到她停下来，江淮谦头一回对她说了重话，让她跑。

阮轻画真的就跑了。她跑到了灯火通明的街道，跑到了人多的地方，喘着气，边搜寻深夜巡逻的警察，边打电话报警。

幸运的是，警察到得很快。

警察刚出现，江淮谦的保镖也到了。那个架势，阮轻画第一次见，也是头一回知道，江淮谦的身边一直都跟着保镖。

耳边响起窸窸窣窣的声音，是同事们睡醒了。阮轻画揉了揉眼睛，也慢吞吞地坐了起来。

"醒了？"徐子薇侧头看她。

阮轻画点了下头："醒了。"

徐子薇瞅着她，轻声道："中午的事你没放在心上吧？"

"没呢。"阮轻画好笑地说，"别想太多。"

徐子薇叹了口气，低声道："也不知道总监会怎么处罚我们。"

阮轻画怔了一下，看着她的神色，安慰道："不是什么大事，同事间总有意见不合的时候，你别想太多。"

徐子薇趴在桌上，盯着她说："可是好丢脸啊，还被江总看见了。"

说到这儿，她往阮轻画这边挪了挪，压着声音问："轻画，你中午那会儿什么感受啊？"

"啊？"阮轻画正看着电脑屏幕刷新邮件，没细想她话里的意思，"什么什么感受？"

徐子薇"哎哟"一声，朝她眨了下眼，开玩笑道："就是江总抱住你的时候啊，你什么感受？"

阮轻画噎了噎，低声道："那算抱吗？就顺手扶了下。"

徐子薇："真的？"

"嗯。"阮轻画看着新邮件信息，心不在焉地说，"怎么了？"

"没怎么啊。"徐子薇笑了笑，"大家都羡慕你。"

阮轻画不可置信地看着她："羡慕我什么？"

"和江总有亲密接触啊。"徐子薇贴在她耳边，压着声说，"你当时是没看谭滟的脸色，又嫉妒又羡慕，都要气死了。"

闻言，阮轻画怔了下，侧头和徐子薇对视一眼，敛目笑了笑："没亲密接触，江总只是好心扶了我一下，不然员工在那么多领导面前摔倒，他多没面子啊。"

"啊……"徐子薇感慨道，"说得也是。"她自言自语道，"但他们都说是因为你漂亮，要是换其他人，江总没这么好心。"

阮轻画没说话。

徐子薇自顾自道："主要是，江总看着就不好接触，太冷漠了。"

阮轻画莞尔，点点头："是的，所以我当时吓得立马往后退了两步。"

徐子薇"嗯嗯"两声，拍了拍她的肩膀："江总气场太强了，我理解的。"

阮轻画笑着附和："不说这个了，你看邮件。"

"有什么新邮件吗？"徐子薇边登录边问。

在看到新邮件后，徐子薇"哇"了一声，惊讶道："参加联谊的名单这就出来了？"

对面的同事惊呼道："除了联谊还有旅游，你们看到了吗？"

"哪儿？"

"下面。"

"天哪，江总太帅了吧！"

瞬间，办公室的同事开始讨论联谊和两天两夜旅游的事。

两天两夜的旅游，是江淮谦到Su接任后给大家的第一个福利。而联谊，穿插在其中的一天晚上。时间定在半个月后的周五，下班后出发，周日回来。地点有三个，大家投票选择，少数服从多数，非常民主。

阮轻画听着同事们对江淮谦的夸赞，不得不说，收买人心这事，江淮谦做得还真不错。

大家讨论正激烈时，石江从办公室里出来。他看了一眼阮轻画这边，沉声道："设计师来会议室一趟。"

一行人面面相觑，一脸茫然地跟了进去。

进到会议室，石江面色不悦地说："坐吧。"

Su的设计师不算多，但也不少。

大家齐刷刷坐下，空气都变得逼仄了些。

石江示意旁边的助理把资料发给他们，伸手敲了敲桌面，道："大家都知道，江总是J&A派过来的人，在业内J&A的实力和声望不用我多说。"他停顿了下，淡声道，"近期，J&A设计部准备收一批新的血液，江总第一时间想到了我们这边的同事。"

闻言，谭滟眼睛晶亮，直接问："我们能调去J&A？"

石江看了她一眼，蹙眉道："如果你们有实力，也不是没有可能。"

阮轻画低头翻看着手里的资料，大概知道江淮谦要做什么。

果不其然，下一秒石江便说了。

江淮谦可以推荐他们去J&A学习，甚至直接到J&A成为设计师，但Su的设计师不少，名额只有两个，所以他们要再一次进行内部PK。

"那比赛主题是什么？分春夏秋冬吗？"徐子薇着急地问。

石江摇头："不分，但江总有一个要求，你们这一次要做的不单单是设计，还要做出成品鞋。"他居高临下地觑了一眼在座众人，"下周五，江总和专业设计师会参与评选，胜出者会去J&A学习，之后选择留在那或回来，都由你们自己决定。"

从会议室出来，有打了鸡血准备战斗的，也有颓然不打算争的。阮轻画倒是和以前一样，不激动也不颓。每一次的设计对她而言，都是新的挑战。她会一如既往地用初心对待。

在其他人都高高兴兴期待着两天两夜的旅游时，设计师变得比以前更忙了。

一眨眼，又到了周五。过完这个周末，下周五就是交图交成品的时间了。

徐子薇一个纸团一个纸团地往垃圾桶扔，莫名激发了阮轻画的紧张感。她看着空白的图纸，抬手揉了揉眉心。

到下班前，阮轻画也没找到任何灵感。

下班后，阮轻画拒绝了孟瑶提出的一起吃晚饭的邀请，一个人慢吞吞地往公寓那边走。她做的是鞋类设计，没灵感的时候就喜欢在街上看路人的鞋、看她们的装扮，以此来激发自己的大脑。

下班时间人多，步履匆匆。阮轻画盯着看了一会儿，有点晕。她正想找个地方坐一会儿，余光扫到了不远处的江淮谦。

而江淮谦的面前，是一位打扮靓丽的阿姨。

阮轻画扬扬眉，瞅着江淮谦为难的神色，看着有点想笑。

她唇角的弧度拉大，盯着看了一会儿就打算收回目光，可还没来得及，江淮谦似有所察觉，偏头朝她这边看过来。

两人四目相对。

阮轻画微窘，心虚地挪开视线，扭头看向另一边，盯着奶茶店铺的照片发呆。

正走神想着，江淮谦走到她旁边，熟悉的味道袭来，还有淡淡的烟草味，不浓烈，不会让她觉得刺鼻。

阮轻画抬眼看他。

"江……"后面那个字还没说出口，她被江淮谦不冷不淡地看了一眼。

阮轻画一噎，看向他："师兄，你怎么在这儿？"

江淮谦："巡店。"

"啊？"

阮轻画没想到是这个答案，她愣了下，抬眸看向对面。原来不知不觉，她走到了J&A公司附近，而在公司楼下，有他们很大的一家门店。

蓦地，她脑海里闪过一个重要讯息。J&A的秋冬新款上市后，她去其他门店看过，但有几款只在这边的门店供货。阮轻画之前就打算来看，但一直没抽出时间。

这么想着，她打探道："你刚从J&A出来？"

江淮谦抬了抬眉梢："怎么？"

阮轻画有点蠢蠢欲动，她觉得自己现在这不算是走后门吧？她想了想，低声道："我想去逛逛J&A。"

江淮谦挑了下眉，语气平淡道："去吧。"

阮轻画瞥了他一眼，感觉他有点故意。她纠结几秒，还是提出了邀请："师兄要不要一起？"

阮轻画自己去J&A，和带着江淮谦去J&A，能看到和能接触到的东西绝对不同。她的目标不单单是看款式，还想了解更多。而她想了解的，江淮谦知道。

江淮谦盯着她看了一会儿，倏地笑了。

阮轻画眼神期盼地望着他，听到了他的答案。

"不了。"

阮轻画静默了一会儿，也不勉强："好吧，那我自己去，就不打扰师兄了。"

江淮谦没忍住，抬手拍了下她的脑袋，咬牙切齿地问："吃饭了？"

两人对视几秒，阮轻画反应迅速："没。"她眼睛亮亮地提议道，"师兄我请你吃饭吧，庆祝你回国。"

江淮谦没说话。

阮轻画仰头看他，卑微问道："师兄去吗？"

江淮谦觑她一眼，很勉强地说："可以。"

请人吃饭是一门技术活，特别是请江淮谦这种人。阮轻画在他开口答应后，脑子里就在想这附近有什么好吃的，而且还是江淮谦会吃的。

她想了一会儿，没想出来，索性直接问："你想吃什么？"

江淮谦瞥了她一眼："不是你请客？"

看着她有点无语的表情，江淮谦淡淡道："你选。"

"哦。"她温暾道，"我不知道你喜欢吃什么。"

江淮谦抬手捏了捏眉骨，被她的话弄到哑言。

"随便。"

阮轻画"哦"了一声，掏出手机看了看："那我看评分最高的。"

江淮谦："嗯。"

阮轻画点开美食APP排行榜，在心里筛选了一部分江淮谦不吃的。这人不怎么吃辣，川湘菜以及火锅基本排除。

她其实很少会选择，一般常吃的就那么几种，店也都是常去的那几家，只是她去的店太简陋，各方面都不符合江总的用餐标准。

江淮谦双手插兜，敛目看着面前对餐厅评分进行估量的人，唇角往上翘了翘："还没选好？"

阮轻画抬头瞅他："嗯，我还不是很饿。"

江淮谦默了默，无奈道："确定？"

阮轻画点头。

江淮谦没辙，低声道："在这儿等我几分钟。"

阮轻画愣住："啊？"

江淮谦看着她："怎么？"

"你还有别的事？"阮轻画仰头看他，"如果你还有事忙的话，那下次去也一样的。"

"不忙。"江淮谦环视四周，指着不远处的长椅说，"去那边坐着等。"

到长椅坐下，阮轻画看着江淮谦往回走，然后去了旁边的奶茶店。

她怔了一下，有一点不舒服。

排队买奶茶的，大多是女生，当然也有陪着女朋友一起排队的男生，像江淮谦这种孑然一身的少之又少。更何况，他还穿着一袭笔挺的黑色西装，气质矜贵，长相英俊，和奶茶店门口的感觉格格不入。

他一出现，前面排队的女生都纷纷回头偷看他，窃窃私语。而他身后，也第一时间冒出了许多排队的女生，看着极为壮观。

江淮谦没注意到身边的变化。准确来说，是习惯了这种注视和打量，没觉得有任何特别的感觉。

但阮轻画不同。她一直知道江淮谦是焦点，只要有他出现的地方，所有人的注意力都会放在他身上。他从出生就是天之骄子，从小到大，习惯了被旁人的目光追捧崇拜。只不过，她没料到在大街这种地方，也依旧难掩他那与生俱来的吸引力。

这么想着，阮轻画低头笑了下，再抬头看过去时，江淮谦身边站了个打扮时尚、身材姣好的女人。

从阮轻画这个角度，看不见两个人在说什么。她盯着看了一会儿，收回目光，正百无聊赖地走着神，手里拿着的手机振了下。

阮轻画兴致缺缺地点开，在看到消息内容后，她抬眸往江淮谦那边看去。

街上人来人往，各种杂乱的声音不绝于耳。两人隔着人流对视须臾，她的手机又是一振。

江淮谦："休息够了就过来，快好了。"

江淮谦："还没休息好？"

阮轻画盯着他那两条消息看了半晌，起身朝他走过去。她走得不快，但也没刻意放慢。

走到他身边停下，两人目光相撞。阮轻画别开眼，装模作样地数了数，说："还有五个人才轮到你，哪里快了？"

江淮谦无言，被她气笑了："就这么不愿意过来？"

阮轻画沉默了一会儿，点头说："嗯，我不喜欢排队。"

江淮谦顿了一下，瞥了她一眼："行。"

阮轻画不明所以地看着他。

江淮谦："仅此一次。"

"哦。"阮轻画妥协着答应了，没再挣扎。

两人旁若无人地交流着，落在他们身上的目光也渐渐少了。

名草有主的帅哥，没那么吃香。

买好奶茶，两人去了J&A。

江淮谦一出现，店长便迎了出来。

"江总。"

江淮谦颔首，神色寡淡道："忙你们的，我带朋友随便看看。"

店长微怔，看了一眼旁边的阮轻画，礼貌温柔道："好的，有什么需要可以及时叫我们。"

阮轻画微微笑了笑："谢谢。"

J&A门店这会儿人不少，有江淮谦的交代，店长就去服务其他客人了。

阮轻画捧着热奶茶，手指暖和了不少。她伸手碰了下鞋架上展示的一双鞋，和江淮谦小声讨论："这双鞋用料很受大家喜欢。"

江淮谦扫了一眼，是一双渐变色的高跟鞋，在店铺的灯光下，鞋面像是镶嵌了细碎钻石一般，闪闪发光。

他看着旁边的人，低声问："喜欢？"

"嗯。"阮轻画很诚实，"你们J&A的首席设计师设计的，没有人不喜欢吧？"

江淮谦还没说话，阮轻画又笑眯眯地说："哦，也有。"

他一挑眉："嗯？"

阮轻画开了个玩笑："男人就不喜欢啊。"她小声说，"太贵了。"

这双高跟鞋不是日常款，一年可能也就是参加各类宴会时才会穿，使用率不高。花一两万买一双不常穿的高跟鞋，很多男人会觉得不值。

阮轻画之前做过市场调研，也去门店帮过忙，做过店员。她遇到过很多这样的情况，女人很喜欢，但男朋友或老公会觉得贵，偶尔还会问店员，这一双鞋是镶钻了吗？能穿十年吗？为什么卖那么贵？有时还会因为价格闹得两人意见不合，买不到心仪的鞋。

有时候，阮轻画觉得挺无力。因为对大多数女人而言，喜欢就是无价。

看着阮轻画耷拉的嘴角，江淮谦思忖了一会儿，低声道："观念不同。"

"嗯，我知道。"阮轻画笑了笑，"我就随便一说。"

J&A的鞋不单单是设计吸引人，在制造方面，也凸显优势。鞋子全是手工制造出来的，耗时又耗力，材料一直都是市面上最好的，一丁点瑕疵都不容许。一旦发现细微瑕疵，都会直接报废，在质量这方面，把控得死死的。也正是因此，才会昂贵又难买。

江淮谦没吭声，盯着她看了一会儿："会觉得不舒服？"

阮轻画一怔，老实道："有时候会。"

当然，这种"有时候"是对部分女性在买得起也特别喜欢，却因为另一半不愿意而错失爱鞋的情况下而冒出来的惋惜。阮轻画不会把自己的思想强加在别人身上，但就是会有一点难过。

江淮谦"嗯"了一声，淡淡道："人有千面，思想境界各不同，别想太多。"

阮轻画了然道："嗯。"她不想继续这个话题，岔开道，"师兄，杜森设计的鞋在哪边？"

杜森，是J&A的首席设计师之一。

阮轻画在店里张望了下，没看见。

"去二楼，一楼的是展览。"

鞋子放在落地玻璃里，不太好拿，但方便路过的人一眼看见。

阮轻画跟着他上了二楼。

J&A的这家门店，总共有三层。装修简约大方，一面正对着街道马路，全是透明玻璃，让路过的人一眼就能看见它。除了鞋，楼上还有包包和衣服，以及少部分饰品。

阮轻画一上二楼，就看见了杜森今年秋冬的三款作品。她眼睛一亮，激动地跑了过去。这三双鞋，恰好就是她在其他门店没看见的。

三款鞋，风格各不相同，有集精致性感于一体的，也有时尚日常的，还有别具一格的潮流款。阮轻画看的是细节，以及鞋子的搭配。

她没顾忌着江淮谦在，把奶茶往旁边一放，便自顾自地试了起来。

鞋子，永远是要穿过才知道好不好。

江淮谦也不拦着她，懒散地靠在旁边看，目光从上而下，落在她笔直修长的腿上片刻，又转回她喜形于色的脸颊。

"你很喜欢杜森的设计？"

耳边传来熟悉的声音，阮轻画正在看脚上穿的鞋，随口道："喜欢啊。"她觉得鞋子很漂亮，也很舒服，"他是我最喜欢的设计师之一。"

江淮谦静默片刻，直勾勾地盯着她："之一？还有哪些？"

阮轻画没多想，又报了几位设计师的名字。每一位，江淮谦都认识且知道，但他都"不熟"。

阮轻画认认真真地感受了下，又拿在手里仔仔细细看了看，问江淮谦："这双鞋是不是限量的？"

江淮谦扫了一眼，语气平淡："嗯。"

"这个鞋底搭配得很好，看着很性感。"

江淮谦没搭腔。

阮轻画又自言自语地夸了一会儿，末了问他："你觉得呢？"

江淮谦掀起眼皮看她，懒散道："嗯？"

很明显，刚刚都没听。

阮轻画一噎，讪讪道："没事。"

江淮谦意味深长地看着她，低声道："还有什么想看的？"

阮轻画没想放过这个机会，顺势道："你在这儿等我吧，我去那边再看看。"

等阮轻画逛完这三层楼，时间不早了。两人从J&A离开，阮轻画扭头看向旁边沉默寡言的人，有些蒙。这怎么就不开心了呢？

她想了半天，想到了一个原因。江淮谦应该是饿了。

"师兄，我们去吃饭吧。"

江淮谦停下脚步，扫了她一眼："有看好的餐厅？"

阮轻画一怔，看了眼手机时间，已经九点了，很多餐厅可能都关门了。

她动了动嘴唇，看着他："你定吧，我对这边不熟。"

江淮谦没再拒绝，转身往一边走去："跟上。"

深夜风大，凉飕飕的。但因为是市中心，这个点了，人还很多，街道两旁依旧热闹，路灯和店铺的光照着，恍若白日。

阮轻画跟着江淮谦往里走，走了大约十分钟，他才停下。

停下的一瞬间，阮轻画听见了歌声。她下意识抬头，看到了餐厅的名字。是一家音乐餐厅，网评好像不错，但她没来过。

两人进去，里头的人还很多，基本满座。因为灯光昏黄的缘故，看上去别有风情。

服务员带着两人到中间的位置坐下，低声道："可以扫码点单。"

阮轻画笑了笑:"好,谢谢。"她拿出手机扫码,直接问道,"你想吃什么?"

江淮谦:"都可以。"

难题好像又丢给了她。

她看了一眼菜单,借着暖黄色的光偷偷瞅了眼对面的人。她发现,江淮谦的心情是真的差。

意识到这点,阮轻画没再去老虎头上拔毛,按照记忆,选了他应该会吃的。

选好后,她跟江淮谦说了声:"我选好了,你要看看吗?"

江淮谦拿过一侧的茶壶,给她倒了一杯热水,低声道:"不用,下单吧。"

"哦……"

下好单,阮轻画偏头去看台子上唱歌的人。音乐餐厅,顾名思义,边听音乐边吃饭。此刻,歌手正在唱一首悲伤情歌,手里拿着吉他,坐在高脚椅上,自弹自唱。男歌手的声音低沉沙哑,让听到的人仿佛能感同身受。有那么一瞬间,阮轻画觉得整个餐厅都挺低气压的。

她听了一会儿,收回视线,不经意抬眼,和江淮谦四目相对。他眸光深邃,在影影绰绰的灯光下,眼尾微垂,情绪隐晦不明。

阮轻画愣怔片刻,有点不自在。她看了眼时间,餐厅上菜太慢,还没送过来。

阮轻画挪开眼,低声道:"师兄我去下洗手间。"

江淮谦应了一声。

看着她的背影消失在转角处,江淮谦才收回视线,抬手揉了揉太阳穴。蓦地,阮轻画放在桌面上的手机铃声响起。

江淮谦扫了一眼,把她的手机调成静音。

刚调完,他的手机响了。江淮谦看了一眼,是周尧的电话。

"喂。"

听见江淮谦的声音,周尧吹了声口哨,揶揄道:"江总,你现在在哪儿呢?"

江淮谦蹙眉,撩起眼皮看了圈周围,冷漠道:"什么事?"

周尧大概能猜到他在做什么,嘿嘿笑道:"我不在音乐餐厅,是华景说好像在那边看见你了,没想到是真的啊。"

他说的华景，也是一起玩的。

江淮谦："有事说事。"

周尧："没事啊。"他得意扬扬道，"华景说你带了个女人，我能过来看看吗？"

闻言，江淮谦冷嗤："你觉得呢？"

周尧噎了噎，不怕死地说："我就远远地看看，你带的人是不是传闻中的小师妹？"

江淮谦的余光注意到阮轻画回来了，语气平淡道："你很闲？很闲的话我给你爸打个电话。"

周尧无语道："不闲不闲，挂了。"

挂电话之前，他还不忘记挤对他："带小师妹去音乐餐厅算什么本事啊江总，有本事带去酒店餐厅。"

江淮谦没理会他，立马挂断了电话。

阮轻画取了隐形眼镜，换了个框架眼镜，一戴上，脸显得更小了。

注意到江淮谦的视线，阮轻画下意识地摸了下脸："我脸上有东西？"

"没有。"江淮谦指了指桌面，"刚刚有电话找你。"

阮轻画意外地点开看了一眼："是我妈。"她抿了下唇，低声道，"先吃饭吧。"

江淮谦没多问，但他明显察觉到，阮轻画的心情变差了，脸上挂着的温温和和的笑，也骤然消失。

吃过饭，江淮谦送她回家。途中，阮轻画的手机铃声再次响起。

她挂断两次，对方锲而不舍地再打，她才接通。

"喂。"

阮轻画偏头看向窗外，低声道："妈，什么事？"

冯女士站在她的出租屋门口，紧锁着眉头问："轻画，你去哪儿了？怎么这么晚还没回家？"

阮轻画一怔，想也没想地说："我加班。"

冯女士："你怎么又加班？"

"嗯。"阮轻画察觉到江淮谦的目光，心虚地说，"公司有个新比赛，我忙设计稿。"

冯女士皱了皱眉，听着她这语气，问道："你是不是为了躲我，找的借口？"

"不是。"阮轻画有点头疼，"我是真的忙。"

冯女士沉默了一会儿，叹息一声："行，那我在家等你回来，你把密码告诉我。"

阮轻画报完密码，挂了电话。

江淮谦侧眸看她，也不知道该说什么："你跟你妈妈……"

他话还没说完，阮轻画便说："关系不好。"

江淮谦怔住。

阮轻画直勾勾地盯着前面的路段，自言自语地说："师兄你送我去酒店吧。"

江淮谦侧眸看她。

阮轻画又改口道："我开玩笑的。"

车内静了一会儿，阮轻画拉了拉安全带，奔拉着嘴角。她几乎能猜到，冯女士为什么会过来找她，一想到即将要面对的事，阮轻画就想装鸵鸟。

她正走神想着，耳畔传来江淮谦的声音："上次的相亲，是你妈妈安排的？"

阮轻画扭头看他："嗯。"

江淮谦默了默，手指搭在方向盘上敲了敲，认真道："你妈对你另一半的要求，好像不是很高。"

车内静了片刻，只有舒缓的音乐声流淌。

阮轻画细细品味着江淮谦这番话的意思，低声道："刘助也没有很差吧？"

江淮谦掀了掀眼皮，睨了她一眼。

阮轻画偏头看向窗外："江总您也不担心刘助听到这话会辞职。"

江淮谦没吱声，目光落在她的脸颊上，直勾勾地盯着她看，一寸一寸，像是要把她整个人从里到外剖析一番。

阮轻画的睫毛闪了闪，借着黑漆漆的车窗倒影和他对视。半晌，她率先转开目光。

江淮谦看她闪躲的模样，没再为难她。

"不会。"江淮谦回答她之前的话。

阮轻画："哦。"她其实并没有很关心刘助是否会辞职。

江淮谦"嗯"了一声，随口问："周末打算做什么？"

阮轻画："画设计稿，做鞋。"

江淮谦侧眸看她，抛出话来："在家？"

阮轻画沉默了一会儿，轻点了下头："嗯。"像是为了证明自己这话有说服力，阮轻画又重复了一遍，"在家。"

江淮谦没再说话。

阮轻画也一如既往地保持安静。

没多久，车停下。阮轻画看了眼亮着灯的小区大门，扭头看向旁边的人："江总，谢谢你送我回来。"她抿了下唇，轻声道，"您回去注意安全。"

江淮谦"嗯"了一声。

下车后，阮轻画循着夜色往小区里走，没有一丝留恋。

她上班穿得比较知性，一般是铅笔裙、针织衫搭配高跟鞋，冷的时候会加一件外套。她人很瘦，看上去柔弱无力，但韧性很强。这一点，江淮谦很早就知道，甚至也知道，他一旦表现出什么，她就会躲会逃。

看着她挺直的脊背消失，江淮谦收回视线，驱车离开。

阮轻画到家时，冯女士正坐在沙发上跟人视频，语气温柔。

"姐姐还没回来，等姐姐回来了妈妈就回家。"

"乖一点，今天早点睡。"

"不要。"对面的孩子撒娇的声音清晰地传入她的耳朵，"妈妈，我现在就要你回来。"

冯女士蹙眉，佯装生气地瞪了一眼："不听话了是不是？妈妈明天不带你去玩了。"

"不要，妈妈你要带我去玩，你答应了的。"

冯女士展颜一笑，哄着说："好，妈妈顺便叫上姐姐一起陪你好不好？"

阮轻画深呼吸了下，转身进了房间。这么多年了，她还是难以习惯这母子情深的画面。

没一会儿，房门被人敲响。冯女士推开门，看着她趴在桌上的疲倦模样，皱了下眉："轻画。"

阮轻画"嗯"了一声："妈。"

冯女士看她，旧话重提："加班很累？很累的话你……"

话还没说完，被阮轻画打断："妈，你过来找我是有什么事吗？"

冯女士脸色微僵，觑她一眼："怎么，没事你妈就不能过来看看你？"

"不是。"阮轻画解释道，"我没那个意思。"

冯女士轻哼，瞥了她一眼，说："我听说刘俊现在和你一个公司。"

"哦。"阮轻画面无表情地说，"他是新老板的助理。"

冯女士："你和他就没点发展可能？"

阮轻画："没有。"

"试试也不愿意？"冯女士道，"你们现在在一个公司，应该很有共同话题，你就不想深入了解一下？"

阮轻画闭了闭眼，有些烦闷："妈，你能不能别提这个事了？我现在不想谈恋爱，更不想结婚，我只想忙好自己的工作。"

冯女士被她这个态度弄得有些窝火："工作工作，你就只记得工作。你这份工作我早就说过不看好，又累又没钱，一辈子都没法出头。"

"那又如何？"阮轻画抬起眼看她，"这是我喜欢的东西，无论未来有没有发展，也是我的选择。"

冯巧兰被她气着了，口不择言道："你真是和你那个窝囊的爸爸一样，固执得像一头牛。"

提到阮父，阮轻画的眼睫颤了一下，倔强道："是啊，我就这样。"她和冯巧兰对视，轻声说，"你不是早就知道吗？"

冯巧兰一顿，压了压自己的怒火，起身往外走，冷冷地丢下一句："我懒得管你。"

阮轻画听着"砰"的关门声，很轻地扯了下唇，自嘲一笑。

这一夜，阮轻画睡得并不安稳，半梦半醒间，总想抓住点东西，但又什么都无法抓住。

次日，大雨洗涤着这座城市。

阮轻画早早地起来了，拎着箱子孤零零地出现在高铁站。距离上车还有点时间，她去买了杯黑咖啡，喝下后脑子清醒了些。

阮轻画是临时买的票，只剩一等座了。上车后，她把行李放好，打算眯一会儿，但旁边总有窸窸窣窣的声音传来，扰乱她的睡眠。

阮轻画蹙眉，睁开眼看向过道那边正在说话的几人，在看到其中一人时，她有片刻的走神。她怎么感觉，那个人有点眼熟？但又忘了在什么地方见过。

正想着，那人扭头往她这边看了过来。两人对视一眼，阮轻画默默转开目光，顺便把耳机塞上。

她应该是认错人了。

周尧正和旁边的女伴吹牛，女伴推了推他的手臂，低声问："那美女是不是认识你？"

周尧挑眉，转头看了一眼，仔仔细细回忆了一下："不认识。"

女伴不高兴了，轻哼道："确定？"

周尧："那当然。"他直说道，"这么漂亮的美女我见过的话，不可能会忘。"

话音一落，女伴更不高兴了。

在后面的周盼听着，翻了个白眼："哥，你在乱说什么？"

周尧耸肩，理直气壮道："我说的是事实。"

周盼哄着周尧的女伴，笑盈盈地说："姐姐你别理他，他就是个大直男。"

女人自然不会真的生气，她佯嗔地瞪了一眼周尧，说："既然盼盼妹妹这样说了，那我就原谅你。"

周尧哼笑一声，视线却下意识落在阮轻画身上。虽说没印象，可这会儿他又发现他好像是在哪里见过阮轻画。

没等周尧想起来，周盼拍了下他的脑袋："哥，淮谦哥哥为什么不跟我们一起出来玩？"

闻言，周尧笑了笑："你淮谦哥哥忙着呢，没空。"

"忙什么啊？"周盼好奇道，"他不是刚回国吗？"

周尧和后座的赵华景对视一眼，意味不明地说道："忙着骗小师妹去酒店餐厅吃饭。"

周盼噎了噎，说了句："无聊。你别败坏淮谦哥哥名声了，他和你不一样。"

周尧"呵呵"笑着，回头看了眼自己的堂妹，语重心长道："盼盼啊，别对你淮谦哥哥滤镜太厚，他的心思可比你哥我多多了。"

几个人在旁边小声交流着，阮轻画塞上耳机后，渐渐睡了过去。直到手机闹钟振动，她睁开眼摘下耳机的瞬间，到站广播也响了起来。

阮轻画揉了揉酸痛的脖颈，起身去拿架子上的行李。

还没碰到，身后响起陌生男声："美女，我帮你吧。"

阮轻画正想拒绝，周尧已经先一步帮她把行李拿了下来。

她怔了一下，笑了笑："谢谢。"

周尧看着她，主动问："美女也到南安旅游？"

阮轻画："不是。"

周尧还想问，被周盼打断了。周盼盯着阮轻画看了一会儿，确定是她喜欢的长相后，凑过来笑盈盈地问："姐姐，你该不会是南安本地人吧？"

阮轻画看着她，点了下头："嗯，我是南安人。"

周盼眼睛一亮，主动说："那南安有什么好玩好吃的呀，姐姐可以给我们介绍一下吗？"

阮轻画看着周盼一脸人畜无害的模样，还真的不太会拒绝："看你们喜欢玩什么。"

周盼："我们是听说南安现在的银杏最漂亮，特意过来看看，其他的没打算。"

阮轻画了然。

南安市是一个很小的城市，也不怎么出名。整个城市的节奏非常慢，景点不算多，唯一的大概就是每年深秋的银杏树，能吸引大批游客。除此之外，便只有爬山游湖，算得上是部分游玩项目。

她想了想，给周盼说了几个还不错的本地餐厅和景点。

下高铁后，几个人还凑在一起。周盼看向她，主动道："姐姐你家在哪儿啊，要不要我们送你？"

阮轻画一抬眼，看到有人上前，给了周尧一串车钥匙。她笑了笑，低声道："不用，你们玩得开心，我有人来接。"

虽然惋惜，周盼还是嘴甜道："姐姐你长得真漂亮，我们加个微信吧？"她的眼睛眨呀眨的，"有什么不知道的我再问你好不好？"

阮轻画对女孩子说不出拒绝的话，只能答应。加好微信，她和周盼他们分开，直接打车回家。

周尧："周盼，看看美女姐姐的微信。"

周盼："哥，你可别打她主意啊，这姐姐太干净了，不适合你。"

周尧："没那想法。"

周盼轻哼道："最好是。"

周尧看着她，上下打量着问："你是不是在打什么鬼主意？"

周盼嘻嘻一笑："你才打鬼主意呢。"

周尧："你不是会对陌生人这么热情的人。"自己这个堂妹几斤几两，周尧非常清楚。

周盼噎了噎，翻了个白眼，说："我就是看她很漂亮，特别适合做我新设计的模特。"

周盼是学服装设计的，眼光特别独到。

周尧瞅着她，提醒道："别勉强人家。"

周盼点头："不会。"

阮轻画并不知道周盼还有这种心思，直接打车回了家。到家的时候，家里没人。邻居看见她，亲切地打着招呼："轻画回来了呀。"

阮轻画点头："阿姨好久不见。"

邻居笑了笑，夸赞道："一段时间没见，轻画又变漂亮了。"没等阮轻画问，她直接说，"我刚从你爸店里回来，他都不知道你回家吧？"

"嗯。"阮轻画不好意思地说，"想给他一个惊喜。"

阿姨了然："行，那你忙，阿姨去打麻将了。"

"好。"

阮轻画进屋，环视一圈，打开冰箱看了看，拿着钥匙出了门。

她到阮家鞋店的时候，里面还有客人。阮父正让客人把脚踩在纸上，给她量尺寸。

阮轻画看了一眼，没进去打扰。门口有供客人休息的椅子，她拉开坐下，看着里面忙碌的阮父，走起了神。

阮轻画的父母在她小学六年级时就离婚了。离婚后，阮轻画跟着阮父在南安生活，冯女士去了南城。没过几年，冯女士有了新家庭和孩子，而阮父带着阮轻画，没再另娶。

这么多年，即便是阮轻画长大了，催他找个伴，他也拒绝。有时候阮轻画想想，还觉得挺心酸的。

"阮阮。"注意到阮轻画，阮父激动地走了出来，"怎么回来了也不跟爸爸说一声？"

阮轻画压了压自己的情绪，笑着说："我这不是过来了吗？"她跟客人打了招呼，扭头看他，"忙完了？"

阮父点头："还没吃饭吧？"

"没。"

"那爸带你去吃饭。"

"好啊。"

阮父没在意还会不会有客人，直接把门关上，带着阮轻画去吃饭。父女俩久未见面，有不少话聊。

吃过饭，阮轻画去阮父鞋店画稿，顺利地画出了脑海里的设计稿。她这次回来，除了看阮父，便是做鞋。在阮父的鞋店，她好像有源源不断的灵感和精力。

两天时间一晃而过，周日傍晚返程时，阮轻画的鞋子已经做好了。

她做了一双能在阳光下和下雨天奔跑的高跟鞋。

周一上班，大家都略显颓然。阮轻画也一样，她刚把电脑打开，对面的助理便小跑回来，喘着气说："我的天哪，我刚刚看到江总，吓死了。"

徐子薇挑眉道："为什么？"

小助理："江总今天好像心情不是很好，冷冰冰的，气场超强。"

徐子薇听着，笑了笑："江总每天气场都很强。"她看向阮轻画，直接问："轻画，你设计稿出来了吗？"

阮轻画点头："出来了。"

徐子薇诧异，含笑道："周五期待你的展示。"

阮轻画："好。"

一上午忙忙碌碌过去，中午吃饭，阮轻画和孟瑶凑在一起。正吃着，孟瑶在桌下踢了她一脚。

"后面，江总来了。"

阮轻画连眼都没抬："嗯，和我有什么关系？"

孟瑶噎住，觑她一眼："你就不能利用你的身份争取一下？"

"不能。"阮轻画淡定道，"他今天心情怎么样？"

孟瑶狐疑地看着她，想了想，问："怎么，你俩吵架了？"

闻言，阮轻画瞥了她一眼："你别说得那么暧昧，吵架这个词不适用在我们身上。"

孟瑶一噎，到底是谁说话暧昧了？

"那你让我看他心情好不好？"

阮轻画"嗯"了一声，不太确定道："我上周五骗了他，他好像发现了。"

瞬间，孟瑶眼睛里亮起八卦的光芒："具体说说。"

阮轻画其实不太想回忆，但又想让孟瑶帮她分析一下。

昨天晚上下了高铁，她隐约看见了江淮谦，但不确定。阮轻画没多想，因为下雨，她直接打了车回家。到家后，她更是把这个事抛到脑后，直到洗漱完要睡觉时，她收到了江淮谦的信息。

江淮谦："在家？"

阮轻画觉得他的消息很莫名其妙，迟疑地回了一句："嗯。"

江淮谦:"嗯。"

阮轻画:"江总找我有事吗?"

江淮谦:"没事,好好休息。"

阮轻画觉得他奇奇怪怪的,就没再回他的消息。

早上出门时,门口的保安喊住她:"阮小姐,你有没有考虑租个车位?"

阮轻画蒙了一下:"我没有车呀。"

保安看着她,说:"你男朋友不是有吗?他每天晚上停在门口那边,会不会不太方便?"

阮轻画第一时间想到了江淮谦。她从上班到现在,只有被江淮谦送回家过。

阮轻画含糊地应付保安几句,到了公司。

听她说完,孟瑶扑哧一笑:"所以……你周末回了南安,但周五江总问你做什么的时候,你说在家画设计稿?"

阮轻画点头。

孟瑶摇摇头,托腮望着不远处面色冷峻的江淮谦,说:"这座城哪,多了一位被骗的人。"

阮轻画沉默几秒后，予以反驳："我回南安，也是在家。"

孟瑶盯着阮轻画看了一会儿，问："你一定要这样强词夺理？"

阮轻画闭上了嘴。

孟瑶轻哼一声，扬扬眉，说："江总坐下了。"

阮轻画安静吃饭。

孟瑶吃了两口，又继续播报："哦，江总找的位置不怎么好，旁边还能坐人。"

阮轻画还是没理她。

突然，孟瑶踢了一下她的鞋，压着声音说："谭滟端着餐盘去江总那边了。"

阮轻画拿着筷子的手顿了一下，垂下眼继续挑鱼刺，温暾道："哦。"

孟瑶眨了眨眼，不敢相信地问："你就'哦'？"

"不然呢？"阮轻画把挑好的鱼肉夹起，看了她一眼，"谭滟是公司员工，找老板聊天不是很正常吗？"

孟瑶："你觉得她是单纯去聊天的？"

阮轻画无法回答。

孟瑶盯着对面看了一会儿，小声道："她如果是单纯去聊天，我把头砍下来。"

阮轻画噎了一下。

孟瑶没察觉到她的异常，疯狂吐槽道："我搞不懂你，按理说也是你近水楼台，先有机会，你怎么就无动于衷，难道江总这么优秀的人你真的不心动？"说完，她注意到阮轻画的神色不对，激动道，"怎么，你是不是觉得我说得很有道理？"

阮轻画咳了两声，含糊不清道："把你旁边的饮料给我。"

"啊……"孟瑶下意识拿给了她。

阮轻画接过，把大半杯饮料全部喝完，又往嘴里塞了几口白米饭，才觉得舒服了一点。

看着她这一系列动作，孟瑶后知后觉地问："卡鱼刺了？"

"一点点。"阮轻画捏了捏自己的脖子，不是很舒服，"你还吃吗？"

孟瑶摇头。

"那回办公室吧，我再去喝点水。"

"真没事吗？"孟瑶和她一起走，担忧地问，"要不去医院看看？"

"别，再去医院我都要怀疑自己是林黛玉了。"阮轻画看着她，开玩笑地说，"就一点点，吃点别的就好了。"

孟瑶点点头，不放心道："去医院的话叫我，我陪你去。"

"知道。"

两人聊着，身影消失在了食堂门口。

"江总。"

谭滟说完自己的疑惑，小半天也没等到江淮谦回应，她侧头顺着江淮谦的视线看去——空空如也。江淮谦看着的地方，一个人也没有。

她蹙起眉，有些疑惑，也隐隐有些不安。

刘俊自然知道江淮谦在看哪儿，他咳了一声，微微一笑，代替江总回答道："谭小姐，你提出的这几个问题，可以和其他设计师讨论。江总是你们这次比赛的评委之一，不便告知太多。"

谭滟过来，是说有工作上的问题请教江淮谦，才被允许坐下的，只不过她问的，是和这次比赛相关的一些东西。

谭滟一怔，点了点头："是我太心急了。"

话虽如此，她却没有离开。她偷偷瞥了一眼旁边的男人，心脏不听话地乱跳。从江淮谦出现的那一刻开始，谭滟就看上他了。同样的，她也认为自己有机会。像江淮谦这种豪门公子哥，肯定比一般人都会玩。她就不信，江淮谦能一直对她这么冷漠。正想着，江淮谦冷漠的声音响起："谭小姐。"他连个眼神都没给谭滟，直接说，"吃饭不谈工作。"

谭滟脸色微僵，唯唯诺诺地点头道："抱歉江总，下次记住了。"

这一顿饭直到吃完，江淮谦都没再出声。

看着江淮谦和刘俊离开的背影，谭滟没忍住抱怨道："江总今天心情不好？"

旁边的同事应道："可能是。"

心情不好的江总刚回到办公室，就接到了让他心情更加不好的电话。

"江总，你什么时候把我的手机还给我？"

周尧很费解，不太明白为什么自己只是炫耀了一下周六偷拍到的大美女，江淮谦就把他的手机拿走了。

江淮谦冷笑一声。

周尧百思不得其解："你冷笑什么？"

"没什么。"江淮谦冷漠道，"午休时间，别给我打电话。"

"你还讲不讲理？你不把我的手机拿走我会给你打电话吗？"

江淮谦没应声，从抽屉里掏出周尧的手机。

周尧手机的密码很简单，江淮谦一直都知道。他垂下眼解锁，也没去看其他乱七八糟的内容，直接点开了相册。相册里，周尧拍了两张阮轻画的侧脸和一张背影照。拍的时候，他没太大恶意，纯粹是为了炫耀，他真的遇到了美女。只不过好巧不巧，撞江淮谦枪口上了。

江淮谦盯着阮轻画恬静的侧脸看了片刻，动了动手指，顷刻间，照片从相册消失。

半晌，周尧的新手机收到了江淮谦的消息。

"把你的手机拿走。"

周尧一时无言。他交的都是什么不讲理的兄弟？

卡鱼刺那天中午过后，阮轻画有几天没在公司见到江淮谦。据同事说，他好像去外地出差了。

周五这天，其他部门的同事心情激动，期待着下班后的团建。而设计部所有的同事都精神紧绷，严阵以待。

阮轻画也难得有了紧张感，跑了两趟洗手间，喝了半杯水缓了缓。

徐子薇看她这样，新奇道："我还是头一回见你这么紧张。"

阮轻画笑了下，用他们常说的话回应道："嗯，毕竟江总气场很强。"

徐子薇拍了拍她的肩膀，安慰道："你别紧张，要是你都不行，那设计部就没人能行了。"

阮轻画摇头道："不一定，设计这种东西，讲究灵感。"

没有人可以永远无往不胜，也没有人会永远爬不起来。每一次的比拼，都要把对手放在同一杆秤上，是尊重自己，也是尊重对手。

徐子薇含笑看她，低声问："你晚点准备怎么讲？"

阮轻画和她对视，莞尔道："随机应变，还没想好呢。"

徐子薇讪讪道："也是，还不知道江总想听的是什么。"

"嗯，加油吧。"

两人聊了两句，十点到了，一行人去了会议室。他们刚坐下，江淮谦便来了。

他穿着深色正装，鼻梁上架了一副金丝眼镜，看上去深沉禁欲，格外勾人。坐下时，他顺手解开了西装纽扣。

在场所有人的目光齐刷刷落在他的身上，心思各异，几秒后，又默契收回。

江淮谦坐在办公桌的中心主位，抬了抬下巴示意。刘俊了然，给大家介绍刚刚跟着江淮谦进来的几人："这两位是J&A的设计师，也是我们这次竞赛的评委成员,除此之外,江总和石总监也参与评分,拿到三票或满票的设计师优先胜出。"

刘俊简单说了下规则。

听到"优先"二字,徐子薇皱了下眉,压着声音和阮轻画讨论:"也就是说,可能还会有下一轮竞争?"

阮轻画看了一眼主位的人,摇了摇头:"不清楚。"

她最近这几天没跟江淮谦联系,之前也没听他提过。

内部评选正式开始。顺序是抽签决定的,参加比赛的设计师有六位,阮轻画排在第五。前三位上台的,是在Su做了很多年的前辈。他们的设计风格偏保守,中规中矩,有的拿了一票,有的是两票。

第四位是谭滟。

阮轻画抬眼看向投影屏的展示,手里拿着打印出来分发给他们的设计稿。谭滟这回设计的,是一双细高跟的短靴,鞋背搭配了铆钉,看上去大胆又潮流。

她上台演说自己的设计灵感,以及设计过程中的想法。

听她说完,其中一位J&A设计师出声问了一句:"这双鞋适合穿几个小时呢?"

谭滟一怔,答道:"舒适度应该有九分。"

设计师点点头。

江淮谦从头到尾没出声,投票时也没举手。不过谭滟拿到了三票。

下一个是阮轻画。

上台前,她诡异地看了一眼江淮谦,江淮谦也恰好抬眼,朝她这边瞥了一眼。很短暂,之后两人默契转开视线。

阮轻画的高跟鞋展示开始,拿到设计稿后,J&A的设计师率先出声:"天哪。"她惊讶地看向阮轻画,笑着问,"这双鞋走法式复古风吗?"

阮轻画点头道:"对,最初的设计想法是这样的。"

她上台把自己做好的鞋拿了出来,是一双白皮小高跟鞋。她的设计主旨是,优雅漂亮,无论是重要的场合还是日常生活,都能穿。更重要的是,舒适防水。晴天能穿,下雨天也能穿。

鞋跟不算高,大约六厘米。阮轻画一直觉得,一双好的鞋,最重要的是舒适,之后才是好看。很多女性对高跟鞋又爱又恨。它们漂亮，但像玫瑰一样，偶尔会让采摘的人受伤。而阮轻画追求的，是不让人受伤的"玫瑰"。

她在设计上有天赋，一双鞋的细节就能展露出她的很多特别的想法。

阮轻画说完，会议室内好一会儿都没有声音。她站在台上，身形瘦弱，但脊背挺直，神态自若，看不出任何的紧张感。

江淮谦看了一会儿设计稿，撩起眼皮看她。两人视线相撞，阮轻画没再躲开。

几秒后，江淮谦率先出声："灵感来源是什么？"

阮轻画一怔："下雨天。"

江淮谦颔首，淡淡地问："设计的时候在想什么？"

阮轻画觉得他的问题很莫名其妙，但还是规规矩矩回答了。

"画设计稿的时候在下雨，当时想的是一位职场女性要去见重要客户，但碰上了堵车高峰期。"

江淮谦挑眉："然后？"

"她为了赶时间，不得不下车奔跑。"阮轻画声音不哆，但听上去很舒服，她不紧不慢地说，"职场女性大多数都会穿高跟鞋，但高跟鞋不适合奔跑，容易磨破脚，也会不小心让人崴脚。我设计这双鞋的目的，是希望她们在往前奔跑时不受伤。"

永远享受高跟鞋带给她们的自信和愉悦。

阮轻画这番话落下，江淮谦点了下头："不错。"

J&A的设计师笑了笑，看向她，说："理念和想法都非常好，鞋子也延续了法式复古风，日常生活和宴会都合适，非常不错。"

阮轻画："谢谢。"

另一位设计师盯着她看了一会儿，直接问："阮设计一年前是不是收到过J&A的面试邀请？"

阮轻画愣了一下："嗯。"

设计师兀自一笑，说道："没别的意思，我就是突然想起来。我很意外，你这么有才华的设计师，我们J&A竟然没争取到。"

另一位设计师也恍然想起:"你就是那个,我们设计总监三顾茅庐都没请到的设计师?"

阮轻画还没回答,江淮谦出声解救了她:"私事晚点说,还有其他问题?"

众人摇头。

不出意外,阮轻画拿了全票。

最后一位是徐子薇。阮轻画听得心不在焉,只在结束时看了一眼设计稿,她有点意外。非常不错,徐子薇这回的设计超出了她的想象。

最后,徐子薇也拿到了三票。

因为她和谭滟票数一样,所以最后的名额落在谁的头上,还需要几位评委重新评议。

评选结束,几个人起身离开会议室。

阮轻画刚站起来,被人喊了一声:"小阮。"

石江看向她,低声道:"你留一下。"

其他设计师扭头看她,阮轻画"嗯"了一声,又坐了下去。

瞬间,会议室变得空旷。石江几个人正在对谭滟和徐子薇的作品进行讨论,看到底选谁。讨论了一会儿,他们都没有答案。

江淮谦没参与,手里拿着一支笔转着,漫不经心。

阮轻画觉得自己坐在这儿有点尴尬,正走着神,石江忽然把矛头对准她:"小阮,你说一说,你觉得就今天这两份设计稿,谭滟和小徐谁的更好?"

阮轻画对着四个人的目光,完全不知道如何开口。

半晌,江淮谦出声:"你们先出去。"

三人皆是一愣,又立马反应过来:"好的江总。"

江淮谦交代道:"石总监,把那两位设计师之前在Su产出的设计稿发给我。"

石江看着他:"好的江总。"

石江走了出去,紧跟着是两位设计师。其中一位出去时,扭头看向阮轻画,笑着问:"临走之前我能再冒昧地问阮小姐一个问题吗?"

阮轻画点头："您说。"

面前这人是J&A的前辈设计师，她认识的。

设计师笑着追问："我想知道当初你为什么会抛弃J&A，选择来Su，是这边开的条件更好吗？"

问题来得猝不及防，阮轻画沉默了一会儿，浅声道："这边压力没那么大。"

设计师了然一笑："行，我回去就告诉我们总监，他念叨了你一年，该死心了。"

几个人一出去，会议室的门就被关上了。莫名其妙地，阮轻画觉得里面的空气也被他们抽走了，变得逼仄，难以呼吸。

她和江淮谦分别坐在两侧，距离遥远。

室内安静了一会儿，阮轻画抬眸瞥他："江总，您是有事跟我说吗？"

江淮谦看他，转着手里的笔："刚刚那个问题，重新回答一遍。"

"什么？"阮轻画没反应过来。

江淮谦的目光直直地望着她，懒散地靠在椅背上，淡声问："当初为什么不去J&A？"

阮轻画愣怔着，上下唇动了动，底气不足地说："我刚刚说了。"

江淮谦盯着她看了半晌，起身走近。他身形高大，一站起来就把窗外的阳光挡了一小半，阴影覆盖，她这边光线暗了许多。

江淮谦靠在桌边，长腿随性搭着，单手插兜看着她。

他一过来，阮轻画便能闻到他身上那种干净的木质香味，清洌，又裹杂着一点苦涩感。她压着自己不听话的心脏，强撑着抬眼看他。

目光交汇，江淮谦平静道："你在说谎。"

阮轻画呼吸一紧。

他忽而倾身靠近，目光深邃地打量着她，侵略性十足。

阮轻画眼眸闪了闪，想躲开，却又被他的话砸中，忘了反应。

"我一直在想，你不去J&A，是不是因为之前那件事？"

阮轻画没回答。

江淮谦轻晒，肯定地说："阮轻画，你想躲我。"

　　窗外好像有云飘过，挡住了剩下的微光，室内变得更暗了。

　　阮轻画稍一抬眸，映入眼帘的是江淮谦深邃的眉眼。他就这么静静地看着她，并无进一步举措，可即便如此，依旧让阮轻画手心冒汗。

　　她在紧张。

　　江淮谦盯着她，看着她垂下眼睫，轻咬唇，紧张无措的模样。半晌，他率先挪开目光。

　　"算了。"江淮谦松了松衣领，起身离开，回到原位坐下，言归正传，"刚刚的两位同事，有什么想法？"

　　话题转得太快，阮轻画没能及时跟上。她愣怔片刻，低声道："难分伯仲。"

　　江淮谦瞥了她一眼："这里没外人。"言下之意，是他并不想听她这种中规中矩的客套点评。

　　阮轻画拉回思绪看着他："实话。"她认真道，"按照今天的设计稿来说，子薇的会更特别，有亮点，但谭滟的也不错。"

江淮谦挑了下眉，翻看着桌面上的资料："按照以往发挥呢？"

阮轻画一时没答。

看着阮轻画的神色，江淮谦问："不好回答？"

"嗯，各有千秋。"

江淮谦嗤了一声。

阮轻画抬眸看他："我说的是事实。"

江淮谦看了她一会儿，捏了捏眉骨，没再为难她："出去吧。"

阮轻画点头，起身往外走，手刚扶住门把，后面的人问了声："她们两位，你更想和谁共事？"

从会议室出来，阮轻画觉得自己重新活了过来。她跑了趟洗手间才回到自己的工位。

她一坐下，徐子薇便凑了过来："总监留下你做什么呀？"

阮轻画看着她，没瞒着："问了下我更偏向你们谁的设计。"

徐子薇眼睛晶亮，直勾勾地望着她："那你怎么说的？"

阮轻画笑了笑："我不是评委，没发表意见。"

徐子薇诧异道："啊？为什么不发表，总监不是都问你了吗？"

阮轻画和她对视，认真道："因为我和你们都是同事，我会有偏向。"

闻言，徐子薇静默了一会儿，打趣道："不愧是我们正义的轻画。"

阮轻画没多解释，应了声："我先忙了，会有好消息的。"

徐子薇点点头，没再和她聊天。两人各自忙着，到了下班时间，评选结果还没出来。

一下班，所有人就跟放飞的鸟儿一样，激动地扑棱着翅膀。

"终于下班了。"

"天知道我多期待这个周末。"

"我也是我也是，我听说我们这回团建的地方不仅能泡温泉，还能滑雪。"

"这回团建是大手笔了吧？"

"那江总会来的吧？"

"怎么，江总来了你想做什么呀？"

阮轻画听着旁边同事的讨论声，有些心不在焉。

孟瑶站在她旁边，推了推她的手臂："你干吗？"

阮轻画侧目看她："什么？"

"不是说拿了全票吗？怎么看你一点也不高兴？"孟瑶打量着她，小声道，"不知道的还以为你输了。"

阮轻画觑她一眼，说："没有，我在想事。"

"想什么？"孟瑶八卦趣味十足，"说给我听听？"

阮轻画："不说。"

两人在旁边小声聊着，不远处有行政部的同事喊道："来了来了，车来了。大家先上车吧。"

阮轻画和孟瑶不着急，慢吞吞地跟在后面。

两人刚上车，便听到行政部的同事"哎"了一声："怎么多了两个人？"

众人一看，过道上还站着两位同事没位置。

"天哪，我不会是统计少了吧？"行政部的同事苦恼道，"你们先等等吧，我下去问问看怎么处理。"

没一会儿，行政部经理上车看了一眼，喊了一声："轻画。"

阮轻画正在和孟瑶看剧，听到呼喊声抬了下眼："啊？怎么了？"

行政部经理："你跟孟瑶，方不方便跟江总他们一辆车？"

阮轻画没说话。

旁边的同事好奇道："怎么叫轻画去啊？"

经理笑着看她："那要不你们去？谁去都行，有人自动报名吗？"

车内静谧无声。

她们嘴上说说可以，但真的要和江淮谦在一个车里坐两三个小时，估计动都不敢动。

经理也顺势解释道："主要是轻画和刘助理认识，我觉得会合适一点。"她看向阮轻画："行吗？"

阮轻画还没回答，孟瑶兴致勃勃道："行啊，我们过去坐豪车。"

两人下车后，车内同事纷纷哀号："呜呜呜，我怎么就错过了这种大好机会？"

经理笑着调侃："刚刚问你们也不举手。"

"那不是怕嘛。"

下了车，阮轻画和孟瑶被带着往江淮谦那边走。

他们这回旅游，公司安排了一辆大巴车，剩下的部分人要么自己开车，要么蹭各自领导的车，安排得刚刚好。除了江淮谦的私人车，最开始是没考虑要坐其他人的。

阮轻画和孟瑶过去时，江淮谦已经坐在后座了。

刘俊在车旁等着，笑盈盈地和两人打招呼："阮小姐，孟小姐。"他拉开车门，看向两人，"得让你们过来挤挤了。"

孟瑶看了一眼，推了下阮轻画："你先上。"然后笑着道："刘助，这是我们的荣幸。"

刘俊笑了笑。

阮轻画硬着头皮，不得不坐在江淮谦旁边。

江淮谦瞥了她一眼，淡漠地转开目光。可即便如此，阮轻画还是感受到了无形的压力。她突然有些后悔，不该过来的。

孟瑶倒是很兴奋，上车跟江淮谦打了个招呼后，就开始和刘俊聊天，没一点距离感。

阮轻画听着两人胡扯，不自觉地挪了挪屁股。

江淮谦注意着她的这些小动作，没出声。

突然间，孟瑶说了句："轻画，你怎么一直挤我？"

有那么一瞬间，阮轻画想手刃闺密。她顶着几个人看过来的目光，尴尬道："啊？我没注意。我刚刚在想事。"

说话间，她不得不往江淮谦那边挪了一点。不经意地，她蹭到了江淮谦的手臂。

车厢内开了空调，男人只穿着单薄的衬衫，隔着衣服，手臂温度传到她这边。阮轻画怔了下，想缩一缩自己的手，又无处可放。最后，她选择放弃。

反正，好像也不差这一点接触。

江淮谦目光直直地望着她，看她挣扎到放弃的一系列表情，瞳仁里闪过一丝笑。他轻咳一声，淡声道："饿不饿？"

阮轻画怔了下，扭头看他："我吗？"

江淮谦扫了一眼车内几人："你们。"

孟瑶扑哧笑了一下，一点都不怕江淮谦："还好，江总有准备吃的啊？"

接收到老板的目光，刘俊说："有准备的，在我这边。"

他从座位前抽出纸袋，递给两位女士："先垫垫肚子，到那边估计得九点了。"

为了赶时间，大多数人都没吃晚饭。

阮轻画接过来，说道："谢谢。"

刘俊："客气。"

阮轻画拿着看了一眼，里面的东西不少，有糖有果冻、饼干，还有酸奶、矿泉水。她其实不算饿，但这会儿看见了又嘴馋，于是拆了一包软糖。

她尝了一颗，看向旁边玩手机的孟瑶："瑶瑶，吃糖吗？"

孟瑶瞥了一眼，笑着说："好吃？"

"嗯。"

"那你给我吃一颗。"

阮轻画没犹豫，直接塞了一颗到她嘴里。

孟瑶尝了尝，眼睛亮了："确实还不错。"她收起手机，"我看看还有没有别的。"

阮轻画把纸袋递给她。孟瑶选了一包，又塞回给她。

阮轻画看着，想到旁边还有一个人，小声问："江总，你要吗？"

江淮谦瞥了一眼放在她腿上的纸袋，把视线转向她的手心，突然道："可以。"

阮轻画一愣，诧异地看着他。

江淮谦挑眉，一点也没避着车内的几人，慢悠悠道："给我一包糖。"

阮轻画呆滞三秒，低头找糖。找出来递给江淮谦后，她后知后觉地想，他为什么不自己找？

刘俊已经没眼看下去了，闭眼假寐。

孟瑶听着旁边两人的对话，默默地塞上耳机，跟阮轻画小声说了句："轻画，我睡会儿啊。"

"好……"

司机正襟危坐，大气也不敢出，更没敢回头看。

江淮谦撕开手里的包装，阮轻画余光注意到，他吃了一颗。

天黑了，车子平稳行驶在路上，偶尔有路灯的光若隐若现照进来。

阮轻画把拆开的糖吃完，也下意识合眼休憩，不知不觉就睡了过去。但她坐的位置不适合睡觉，即便睡着了，眉头也是紧锁的。

江淮谦侧目，盯着她的睡颜看了半晌，抬起手，声音也随之落下："开慢点。"

司机应了一声。

阮轻画做了个梦，梦里阮父和冯女士在争吵。两人从恩爱夫妻变成敌对夫妻，家里的吵闹一直没停，偶尔还会殃及她这个在房间里做作业的小学生。各种尖酸刻薄的话钻入她耳内，她捂着耳朵想逃避，可那些声音却像是魔咒一样，源源不断地涌来，让她无处可逃。她紧锁着眉头，非常想从噩梦中挣脱。

忽然间，她的耳朵好像被人用温热的掌心捂住。阮轻画的睫毛动了动，下意识地寻了个更舒服的位置。

江淮谦看她这样，微微松了口气。他的手别扭地捂住她的耳朵，抬起眼看向手机铃声响起的刘俊，眼神凌厉。

刘俊压着声道歉："抱歉。"

江淮谦扫了他一眼，压着声道："下不为例。"

刘俊点头，确定自己把手机调成静音后，才敢回打电话人发来的消息。回完后，他借着后视镜看了一眼后排。

孟瑶在睡觉，而另一边的两人……阮轻画几乎是靠在江淮谦的身上，耳朵被他用手捂住。而江淮谦的另一只手，虚虚抬起，挡住窗外偶尔透进来的灯光。

刘俊咋舌，不得不对阮轻画另眼相看。他最初以为江淮谦是对阮轻画有点意思，可现在看来，这不单单是一点意思。他在国外就是江淮谦的助理，跟了他一年多，还是头一回见他如此温情细心。果然是面对的人不同。

刘俊看了一会儿，对上江淮谦的注视，心虚地收回了视线。

害怕。

阮轻画这一觉，除了做了个噩梦，其他一切都很好。她醒来的时候，车内依旧安静。

在注意到自己睡在哪儿之后，阮轻画一颗心提到了喉咙处。她偷偷地往旁边瞥了瞥，江淮谦睡着了。

还好。

阮轻画慢吞吞地小心翼翼地挪开了自己的脑袋，调整了下坐姿，脊背挺直，熬到了目的地。

下车时，她觉得除了江淮谦，其他三人看她的眼神不对，但又说不上来是哪儿不对。

拿上行李，阮轻画和孟瑶去了大厅跟大家会合。

司机虽然车开得慢，但他们到得依旧比大部队早一点。刘俊和江淮谦去了前台那边，有经理在办理入住手续。

阮轻画揉了揉酸痛的脖颈，刚想找位置坐下，又对上了孟瑶那欲言又止的目光。她想了想，问："我睡着的时候说梦话了吗？"

孟瑶摇头："没有。"

阮轻画："那我打呼了？"

孟瑶一噎："没有。"

阮轻画"哦"了一声，瞪了她一眼："那你为什么这样看我？"

孟瑶缄默几秒，低声问："怎么看你了？"

阮轻画思索着形容："好像我做了什么十恶不赦的事情。"

孟瑶瞅着她，叹息道："这倒没有。"

阮轻画觉得她还有后话，扬起眉头："嗯？"

"但你吧……"孟瑶回忆着自己看到的画面，惋惜道，"不懂得珍惜，让我很想撬开你的脑袋看看里面都装了什么。"

阮轻画刚想说话，刘俊走了过来，把房卡递给两人："你们先上去休息，其他人马上到。"

阮轻画接过来，说："谢谢。"

刘俊看了一眼她手里的房卡，随口说："江总和你们一层楼，遇到急事可以找他。"

阮轻画愣了一下："啊？"

刘俊对着她狐疑的目光，解释道："我们也都在一层楼，为了方便，江总直接让人空了两层房间出来。"

为了方便，也避免吵到其他客人，江淮谦提前跟酒店打了招呼，足足空了两层房间出来。

阮轻画"哦"了一声："谢谢。"也没多想，转身和孟瑶往电梯那边走。

他们公司在安排房间这件事上，非常人性化，允许他们和自己关系好的朋友组队，并不要求一个部门的同事必须住在一起。

阮轻画和孟瑶率先上楼，进了房间。

一进去，孟瑶便发出惊叹："江总不愧是有钱人。"

阮轻画瞥了她一眼，跟着看了一眼房间。她必须承认，这应该是他们团建住过最好的酒店。大片的落地窗，房间的两张床也很大。虽不是套间，但空间足够，沙发、座椅、办公桌和小茶几，以及电视一应俱全。

阮轻画看了一眼，往阳台走去。阳台外边放着两张椅子，能让人欣赏眺望到的景色。

阮轻画借着路灯看了一会儿，才发现阳台外能看见滑雪场。雪被黑夜覆盖，变得不那么亮眼，但依旧让人无法忽视。

她很喜欢雪。

阮轻画兴奋了好一会儿，扭头看向孟瑶："瑶瑶，我们去后面吧。"

孟瑶瞅了她一眼，摸了摸她的脑袋："那你穿羽绒服，我陪你下去。"

阮轻画妥协道:"行。"

她体质不是很好,之前调侃自己是林黛玉也一点都不为过。孟瑶大学时就和她认识,知道她稍微冻一冻就会生病。

两人换了衣服下楼,恰好碰上刚到的大部队。

"哇,你们到多久了?"

孟瑶笑着说:"大概就十几分钟,你们要上去吧?房间超级豪华,你们快去体验一下。"

"好呢,你们现在去哪儿啊?"

"我们去后面的滑雪场看看,等你们好了一起去吃饭。"

出发前他就被告知晚上订了餐,这也是为什么大家吃零食都没吃太多的原因。

跟同事们打完招呼,阮轻画和孟瑶去了滑雪场。黑漆漆的场子里,冷冰冰的,孟瑶兴趣不大,蹲在角落里玩手机。

阮轻画到雪地上踩了两脚,很是开心。她唇角弯弯地打开相机,想拍一拍这边的夜空。拍了几张,镜头一转,她注意到了猩红的光。

阮轻画手一顿,顺着手机镜头看去,而后放大,拉近。这一系列动作,她做得小心又谨慎,几秒后,她按下拍摄键,把相机转向别处。

江淮谦垂眼望着站在夜色下的人,她穿着白色的羽绒服,格外显眼。距离太远,他看不清她此刻的神色,但大概能想象出来,是高兴的。

晚上的大餐,算得上是消夜了。大家其实并不饿,但江淮谦在,几乎所有人都来了。

酒店里面就有温泉池,有分男女的,也有混合的。滑雪场白天会开,想玩的可以玩。明天晚上有个联谊活动,在后面的一栋度假别墅里。

工作人员说完这趟团建的目的和安排后,便悄然退下了。

阮轻画吃着迟来的晚餐,几乎没怎么听。

蓦地,对面的同事悄声讨论道:"后面的别墅是江总租的吧?那他怎么不去那边住啊？"

"可能是为了合群？"

"江总需要合群吗？"

"那就不知道了。"

阮轻画听着对面两个同事的讨论，也下意识地想了想，正想着，孟瑶瞥了她一眼，附在她耳边问："你说是为什么呀？"

阮轻画直勾勾地盯着盘子里的食物，随口道："你想知道的话，你去问他。"

孟瑶噎住。不解风情说的是谁，就是阮轻画。

吃过东西，大家都累了。这一晚注定是热闹不起来，为了明天的活动，大家都回房间休息，养精蓄锐。

阮轻画和孟瑶回房间时，好巧不巧和江淮谦进了一个电梯。

电梯里人不少，全是熟面孔。几个人大着胆子和江淮谦搭话，他也应了，但不热情。

没一会儿，电梯停下，几个同事走出去，和他们说了句："晚安啊。"

"晚安。"

瞬间，电梯里只剩下他们三人了。阮轻画想了想，不太明白为什么会那么刚好，和他们一起进电梯的同事，怎么就都是下面一层楼的。

她正走神想着，电梯再次停下，三人走出。

阮轻画和孟瑶的房间在电梯的右边，江淮谦的在左边，隔了很多个房间。

孟瑶心如明镜，瞅了一眼旁边的两人，说："江总，我们回房间了，您早点休息。"

江淮谦颔首，看了一眼阮轻画："早点休息。"

阮轻画："嗯。"

江淮谦挑眉，瞥了一眼她走远的好友，低声问："就这样？"

阮轻画盯着电梯下降的楼层数字看着，抬眸瞥他："晚安？"

江淮谦睨她一眼，淡淡地说："晚安。"

阮轻画无语地回了房间。

听到声音，孟瑶从洗手间探头看她："这么快？"

阮轻画没好气道："快什么？你还真是我的好朋友。"

孟瑶边卸妆边说："那当然，我不是你的好朋友能给你这么制造机会？"

阮轻画无法反驳，没和孟瑶多聊，卷着被子瘫倒在床上。

孟瑶卸完妆出来，看到的便是她这副模样，一挑眉，好奇地问："我真让你为难了？"

阮轻画睁开眼看她，想了想，说："也不是。"

孟瑶："我如果做得太过，你直说。"

"没这个意思。"阮轻画也有点愁，"我就是……不太知道怎么面对他。"

孟瑶盯着她看了一会儿，好奇地问："你是不是还有瞒着我的和江淮谦的小秘密？"

阮轻画噎了噎，莫名觉得这话很暧昧。什么叫她和江淮谦的小秘密？但仔细说来，又好像确实算得上是秘密。

孟瑶直勾勾地盯着她，严肃道："说吧，你必然有的。"

"哦……"阮轻画慢吞吞地说，"有个不太想回忆的事。"

孟瑶眼睛黑亮，掀开她的被子钻进去："快说给我听。"

阮轻画看着钻进自己被子里的人，叹息道："唉，就是我参加同学生日聚会时喝醉了，被他送回家的路上不小心亲了他一下。"

孟瑶立马把被子掀开，震惊地望着她："然后呢？"

阮轻画蹙眉道："什么然后？"

孟瑶眨眨眼："就没了？"

"嗯。"阮轻画看着她，"没了。"

孟瑶摇头："不对，肯定还有后续。你看江淮谦的眼神就像是老鼠见到猫，避之不及。你除了亲他，还做了别的吧？"

阮轻画小声反驳："没有，你别瞎说。"

她最多就是，不仅没管住嘴，还没管住手和脚。

一想到当时的画面，阮轻画就头皮发麻。更可怕的是，这件事还有后续。只不过这个后续不能告诉孟瑶，一旦说了，孟瑶可能会立马把她打包，送去江淮谦房间。

想到这个可能，阮轻画被自己呛了一下。

孟瑶目光灼灼地盯着她："真没了？"

"嗯。"阮轻画点头，趴在床上问，"你去不去洗澡？不去我去了啊。"

孟瑶边往浴室走边说："我觉得你还有瞒着我的，但你现在不愿意说，我就不勉强了。"她嘟囔道，"总有一天，你还是会和我分享的。"

阮轻画捂住耳朵，根本不想听也不想承认。

房间内安静下来，只有浴室哗啦啦的水声，阮轻画把自己捂在被子里闷了一会儿，才掀开来。呼吸了一会儿新鲜空气，阮轻画听见手机振动，拿过来看了一眼，是微信消息。

阮轻画点开，在看到发消息的头像和备注后，吓得从床上坐了起来。她认认真真端详了半分钟，小心翼翼地回了个问号。

回完，她又觉得不太行，多发了两个字："你是？"

发过去后，她盯着"对方正在输入"这几个字看了一会儿，走了神。手机再次振动，这一回不是文字，是语音。

阮轻画拿起来，点开贴近耳朵，瞬间，江淮谦熟悉的声音从另一边传来："你把我删了？"

他说话时的语气很平淡，听不出任何情绪，但莫名其妙地，阮轻画就是能想象出他说话时的画面。

她听着他这冷静的控诉，回复道："没有。我以为你没用这个微信了。"

下一秒，江淮谦的语音又来了："嗯？"

一个字，尾音翘起，有点勾人。

阮轻画揉了揉自己的耳朵，不想和他聊天了。这人是在挑刺吧？一年多都不发朋友圈，也没交流，正常人都会想是不是停用了吧？

阮轻画自认为，自己是一个正常人。她瞅着两人的聊天对话，隐约认为自己不能认输。当面她气场不强，可以认输，但隔着屏幕，她为什么要怕？

思及此，阮轻画捧着手机开始打字："这不能怪我，我是正常人思维。"

江淮谦："你有两个微信？"

阮轻画："没有。"

江淮谦："哦。"

阮轻画盯着他的那个"哦"，感受到了一种嘲讽，仿佛他在说，你都没有，凭什么觉得我有其他微信？

阮轻画想着，有点无力，即便是隔着屏幕，她还是说不过江淮谦。

像是知道她在想什么，江淮谦淡定地回了消息："带了吗？"

阮轻画这才想起来他最开始找自己的事，是问她借电脑："带了，我送过去给你？"

江淮谦本想说不用，但想到她房间还有其他女性，就应了一声："嗯。"

阮轻画跟孟瑶说了一声，抱着电脑出了房间。

她到江淮谦房门口时，门是敞开的。阮轻画试探性地敲了敲，里面传来男人的声音："进来。"

阮轻画迟疑片刻，还是走了进去。当然，她顺手关了门。

江淮谦面前摊开着一堆资料，好像是设计稿。阮轻画看了一眼，把电脑递给他。

江淮谦抬眸瞥了她一眼："还没洗澡？"

"嗯。"阮轻画的目光停在设计稿上，有些讶异地问，"这个是J&A的新品设计稿吗？"

江淮谦扫了一眼，小幅度地挑了下眉："觉得不错？"

阮轻画点头，顺势在旁边蹲下："很有想法，有点特别。"

她对设计很入迷，特别是和高跟鞋有关的。念书时，为了买一双喜欢的漂亮高跟鞋，阮轻画能省吃俭用半年。学了设计后，她的钱基本都花在各种材料上，自己画设计图，自己做。遇见特别的设计，阮轻画能废寝忘食地研究学习，找同行讨论，时不时还能冒出新点子。

江淮谦"嗯"了一声："还好。"

阮轻画直勾勾地盯着，问："我能仔细看看吗？"

"可以。"

阮轻画没再理他，端详起来，托腮看了一会儿，她灵光一现道："这个设计稿是完工的吗？"

江淮谦看了她一会儿，淡声问："怎么？"

阮轻画指了指，小声地说："我有个想法，这个鞋面旁边加个点缀会不会更吸睛？"

江淮谦问道："例如？"

阮轻画想了想，短时间内没想出来："不知道，但我就是觉得加了会更特别。"

江淮谦："想法不错。"

阮轻画盯着看，在脑海里想了很多点缀加上，都不是那么符合心意，她托着腮叹了口气。

江淮谦看着她的姿势，眸子里闪过一丝笑："地上不冷？"

阮轻画整个人是跪坐在地毯上的，但酒店的地毯比较薄，不太适合久坐。

"啊？"阮轻画愣了下，对上他的视线后，脸诡异地红了起来，"我……"她张了张嘴，立马站了起来，但不知道该说什么。

江淮谦像是没在意她在自己房间待得久了，淡淡问："困了吗？"

阮轻画摇头，她在车里睡过，这会儿很精神。但她立刻警觉道："不过时间不早了，我先回房间了。"

江淮谦"嗯"了一声，也没拦着："去吧，早点睡。"

阮轻画点点头，低声道："我电脑里没什么，密码是——"

还没说，江淮谦便应道："我知道。"

阮轻画后知后觉地想到了点什么，抿了抿唇，说："哦。"

她往外走，抬手拉门，一拉开，立马把门关上，转头对上江淮谦意味不明的目光。阮轻画讪讪的，认命道："有同事在外面，我能不能在你这儿再待一分钟？"

江淮谦听着，慢条斯理地问："一分钟？"

阮轻画想着自己刚刚看到的画面，迟疑道："十分钟行吗？"

十分钟，外面那两个拥吻的也该回去了吧？

江淮谦看着她红了的耳郭，没再为难她："随你。"

"那我能不能再看看设计稿？算泄密吗？"

江淮谦："不算，想看就看。"

阮轻画眼睛一亮，立马转身往里走。

江淮谦垂眸，提醒她："别坐地上。"

"哦。"阮轻画环视一圈，没敢坐床，到阳台搬了个椅子进房。

江淮谦似乎是真的忙，没再搭理她，偶尔他那边会有键盘声传来。

阮轻画看着设计稿，冒出了很多新奇的想法，不知不觉，半小时过去了，阮轻画这才想起要走，江淮谦看她一眼，淡声道："等会儿。"

阮轻画一怔。

江淮谦拉开房门看了一眼，扭头说："走吧。"

阮轻画蒙了，诧异地看着他："你要出去？"

江淮谦看着她，头疼道："送你回房间。"

阮轻画默了默，说："就几步路。"

江淮谦没说话，不冷不淡地睨了她一眼。

阮轻画点点头，随他去了："那我们……还是别走太近吧。"

万一有同事出来，她跳进黄河也洗不清。

江淮谦知道她的意思，但听着这话，还是觉得她是个没良心的。

他看她一眼，没接话。

两人一前一后走着，深夜的走廊只有两人不轻不重的脚步声。

就这么一丁点路，阮轻画紧张到手冒汗、腿发软，唯恐有哪扇门半夜打开。走到自己房间门口，她才回头看离她三步之远的江淮谦。

走廊灯光下，他的瞳仁变得更为幽深，像吸铁石一样引着她深入。

一阵风吹过，阮轻画清醒了。

"我进去了。"

"嗯。"

阮轻画想了想，轻声说："师兄晚安。"

江淮谦笑了下，提醒她："明天见。"

次日，阮轻画醒来时，孟瑶已经化好妆了。她勉强睁开一只眼，含糊不清道："几点了啊？"

"七点。"

阮轻画："你起这么早干吗？"

孟瑶瞥了她一眼："早上这边的风景好，我准备去看看，你去吗？"

"有人陪你的话我就不去。"阮轻画昨晚有点失眠，还想再睡一会儿。

"行。"孟瑶不勉强她，"那你再睡一会儿，我跟我们部门同事走，你待会儿起来了给我发消息。"

"嗯。"

孟瑶在房间里折腾了一会儿，拎着包出去了。房门关上，房间内再次陷入安静，阮轻画钻进被子里，再次沉沉地睡过去。

再醒来，是被手机铃声吵醒的。

她闭着眼接通，"喂"了一声。

对面安静了片刻，才有声音传出："还在睡？"

阮轻画愣了一会儿，睁开眼："江总？"

江淮谦"嗯"了一声，声音很轻："没睡醒？"

阮轻画拿着手机看了一眼时间，立马说："睡醒了。"

江淮谦无奈地低声道："醒了下来吃早餐，其他同事马上到。"

"好。"

挂了电话，阮轻画才看到十分钟前孟瑶和江淮谦都给她发了消息。她揉了揉乱糟糟的头发，进了浴室。

周六天气很好，阳光明媚，但风很大。他们团建的地方在山上，海拔比较高，一出门一阵风刮过，阮轻画转身回房换上了羽绒服。

命要紧。

她到楼下餐厅时，大多数人都到齐了。

孟瑶给她占了个位置，招呼道："要吃什么？"

阮轻画笑了，感觉自己就是个小朋友："要吃热的，想喝豆浆。"

孟瑶点头："坐着吧，我给你拿。"

对面的同事看着，揶揄道："轻画，孟瑶对你也太好了吧？"

阮轻画笑道："羡慕呀？"

"对啊。"同事开玩笑地说，"你这享受了孟瑶的伺候，以后能找得到比闺密还好的男朋友吗？"

闻言，阮轻画随口道："找不到就不找了。"她喝了口孟瑶放在旁边的热水，润了润嗓子，"反正我和孟瑶也能过。"

同事们笑作一团。

"孟瑶知道你这想法吗？"

阮轻画挑眉看了眼不远处的孟瑶："现在应该知道了吧。"

谭滟坐在另一侧，插话道："所以这就是孟瑶和男朋友分手的原因？"

阮轻画的脸沉了下来，看了眼走远的孟瑶，看向谭滟："谭滟姐，我们在开玩笑。"

谭滟轻哂，说了句："谁知道呢。"

徐子薇听着，打岔道："说什么呢？轻画和孟瑶是大学同学，关系好很正常。"

有看不过去的同事附和着："对啊，好闺密就是这样啊。有时候吧，男人没一点用，反而是闺密，永远是自己的后盾。"

阮轻画"嗯"了一声，看了眼走回来的孟瑶："不说这个，晚点有安排的活动吗？"

"江总说让我们随便玩，晚上记得出现在联谊上就行。"

众人笑了笑，开始约着滑雪的滑雪，泡温泉的泡温泉，闲逛的闲逛。

吃过早餐，阮轻画和孟瑶几个人去闲逛。周边的景色很美，有潺潺流水，水还冒着热气。据说和温泉水一样，滚烫到能煮熟鸡蛋。阮轻画没来过这边，有些新奇。

几个关系稍微好点的人闲逛一圈，回到了滑雪场。

阮轻画熟练地换上滑雪服，穿上装备，一旁的同事看着，狐疑道："轻画你会滑雪啊？"

阮轻画愣了一下："嗯。"

同事讶异道："我看你早上激动的样子，还以为你没怎么看过雪呢。"

阮轻画不好意思地笑了笑："看过的。我以前特意学过。"

"在哪儿学的啊？"

阮轻画静默几秒，说："国外留学时学的。"

孟瑶看她不想提，岔开话题道："走了走了，我穿好了，你教我吧。"

"嗯。"

两人往外走。

来这边滑雪的不单单是他们这个酒店的客人，还有其他酒店过来的，人不少。滑雪场很大，往那儿一站，谁也认不出谁，都包得严严实实，看不清脸。

阮轻画是会滑雪，但已经一年多没滑过了。同样的，她也不是个好教练。

教了孟瑶一会儿，两人都互相嫌弃。

"我找教练教，你先去玩吧。"

阮轻画失笑道："行，我不给你拖后腿了。"她自觉地往顶端走，慢慢悠悠地。

蓦地，帽子被人敲了一下，阮轻画一怔，下意识扭头，看到出现在自己身后的江淮谦，她愣了一会儿："江总，你怎么在这儿？"

江淮谦看她这一身装扮，抬了抬眉梢。

阮轻画立马反应过来："你现在才过来滑雪吗？"

"嗯。"江淮谦看着她，"刚刚在教孟瑶？"

"嗯……"阮轻画回答得很心虚，"教得不太好。"

江淮谦没给她留面子，丢下两个字："确实。"

阮轻画一噎。

江淮谦看她不服气的神色，不紧不慢地问："之前教你的，忘光了？"

阮轻画低头看着脚下的雪地，摸了摸鼻尖，瓮声瓮气道："没有。"

但也确实忘了一大半。刚刚那会儿，她还真有点忘了滑雪要领。

江淮谦没再应声。阮轻画也自讨没趣，安静下来。

两人以蜗牛般的速度走着，走到了顶端。另一旁有不少人在做准备动作，准备往下面滑。

在下面的时候，阮轻画没觉得这个小山坡很高，直到站在这一处，她才发现比她想象的高，腿有点软。

江淮谦扫了她一眼："害怕？"

阮轻画："还好。"

江淮谦看着她倔强的模样，低声道："去矮一点的地方先试试。"

阮轻画："爬都爬上来了，就这么下去啊？"

江淮谦哭笑不得，有些无奈："不想下去？"

"嗯。"阮轻画是喜欢挑战的人，她观察了下旁边的人，自信道，"我觉得我可以。"

"行。"江淮谦不再勉强，提醒她，"记住，自己不要恐慌，维持平衡。"他顿了顿，多说了一句，"我在旁边，不会让你摔跤。"

阮轻画眼眸一闪，抿了抿唇："我知道。"

她一直都知道。

话虽如此，江淮谦还是又给她说了点滑雪技巧。阮轻画听着，模样很是乖巧。

看她这样，江淮谦心念微动，目光自觉往下，从她勾人的狐狸眼，落在唇上。

阮轻画习惯化淡妆，但今天出门玩，妆比之前浓了点，口红也是正红色，衬得她皮肤雪白，格外惹眼。

注意到江淮谦的目光，阮轻画的眼眸闪了闪，下意识摸了下脸："我脸上有东西？"

刚刚上来时她戴了帽子，但帽子有点重，阮轻画刚摘下放在旁边了，她怀疑会不会是摘帽子时把妆蹭花了。

江淮谦收回目光，声音低了几分："没有。"他偏头示意，"现在滑？"

阮轻画怔了一下："啊……好。"

虽说有江淮谦，但在滑下去之前，她还是扶着旁边的护栏试了试。

"我好了。"她眼睛亮了亮，激动地望着江淮谦，"现在走吧。"

江淮谦看着她："好。"

有的人喜欢跑步带来的快感，有的人喜欢游泳，阮轻画则喜欢滑雪。她总觉得，滑出去的时候，那种风和雪花从脸颊拂过的感觉，与众不同，刺激，但又浪漫。

阮轻画骨子里是个追求快感的人。她有很多潜藏起来的东西，不太容易表露。

反反复复在滑雪场来回了几次，阮轻画终于有点累了，脸颊被风刮得通红，鼻尖也一样。

滑到平地，她还想去，江淮谦直接将人拦住："回去休息了。"

阮轻画茫然地看着他："为什么？"

江淮谦瞥了她一眼："不怕感冒？"

阮轻画沉默了一会儿，低声道："我早上喝了姜茶。"

"不行。"江淮谦没跟她讲道理，平静地说，"先回去休息，你想玩，明天可以再来。"

阮轻画没吭声。

江淮谦知道她是不太愿意，但也不会让她由着性子来。

"你朋友来了。"

阮轻画抬眸，看向朝这边走来的孟瑶，小声道："她叫孟瑶。"

江淮谦："知道。"

阮轻画抿唇，心不甘情不愿地说："那我就走回去了。"

江淮谦轻扯了下唇："去吧。"

阮轻画点点头，转身就走，走了两步，她回头看向还留在原地的人，轻吁一口气，说："江总。"

江淮谦抬眼看她，略显诧异："怎么？"

阮轻画反问道："你不冷吗？"她别扭道，"你也该回酒店休息了。"

江淮谦笑了下，温声应着："好，你们先走。"

"嗯。"

这回，阮轻画没再回头。

大家陆陆续续玩了一天，到晚上，联谊正式开始。阮轻画其实没想报名，但孟瑶让她陪着一起去，她不得不报了名。

联谊上出现的都是单身同事，也大多数是年轻人，热热闹闹，玩得很开。

阮轻画和孟瑶到的时候，有同事在大厅唱歌，歌声辽阔，还挺好听。

两人一出现，里面就有人起哄："我们Su的门面来了啊，大家让让。"

阮轻画长得漂亮，不是高调的性格，但在一个公司久了，大家也都认识，她偶尔也会听到传闻，说公司的男同事曾进行过内部投票，选最漂亮的女同事，自己荣幸当选。

听着他们调侃的话，阮轻画没回应。

孟瑶插科打诨，拉着她到另一边坐下。

徐子薇在对面，好笑地看着她："怎么来得这么晚？"

"睡了个午觉。"阮轻画不好意思地说，"睡过头了。"

徐子薇指了指一个方向："那边有吃的喝的。"

"好。"

阮轻画起身拿了两杯果汁，刚要转身回位置，旁边冒了个人出来。

"小阮。"

阮轻画抬眸，看着来人："你好。"

她瞅着面前这个戴眼镜的男性，在脑海里疯狂搜索名字。

赵文光看她这样，就知道她不记得自己了。他顿了一下，主动道："赵文光，市场部的。"

阮轻画歉意一笑："抱歉，没想起来。"

赵文光笑着说道："没事。"他看着她手里拿着的东西，低声问她，"需要我帮忙吗？"

"不用。"阮轻画想也没想地拒绝了。

赵文光脸上的笑僵了僵，叹息一声："好的。"

阮轻画没把他放在心上，淡定地往回走。

坐下后，孟瑶问她："我们副经理找你干吗？"

阮轻画愣了下："他是你们副经理？"

"对啊。"孟瑶瞪大眼看着她，"我们还一起吃过饭，你没印象了？"

阮轻画有点不好意思，努力回忆了一下："没有。"

突然间，孟瑶同情的不单单是江淮谦一个人，还有赵文光。

"你干吗这个眼神看我？"阮轻画抿了口果汁，"有点冰。"

孟瑶叹气道："唉，你什么时候开窍？"

阮轻画："开什么窍？"

"你别装傻，赵文光刚刚找你干吗你不知道？"

阮轻画点头："知道。"

孟瑶觑她一眼："那你还……"

话没说完，被阮轻画堵了回来："没想法干吗给别人希望？"

她刚刚要是和赵文光聊起来，他可能会误会。但阮轻画真没那方面的想法，还不如让自己冷淡一点，把苗头从根源掐断。

孟瑶思考了一下，问道："你说得很有道理，但不能试试？"

"嗯。"阮轻画淡定答道，"不能。"

孟瑶噎住。她环视一圈，低声道："我要去物色新对象了。"

阮轻画失笑道："行，找个帅哥。"

孟瑶看她一眼："我努力。"

孟瑶离开，徐子薇才坐了过来。她在对面，没听清楚两人说了什么，笑着道："轻画你和孟瑶的感情是真的好。"

阮轻画兀自一笑："你怎么也不去玩？"

徐子薇摇头叹息道："结果没出来，我没心思玩。"

阮轻画一怔，低声问："现在还没出来啊？"

"嗯。"徐子薇道，"我问了总监，说是周一出来，让我们周末安心玩。"

阮轻画细细一想，觉得也合情合理。她拍了拍徐子薇的肩膀，安慰道："那就好好玩，其他的别担心，努力了会有好结果的。"

徐子薇看着她，点了下头："希望吧。"她托腮望着另一侧，半倾着身子说，"谭滟好像没来联谊。"

阮轻画没太在意："可能有事。"

徐子薇"嗯"了一声，安静了一会儿又说道："江总怎么也没来，他不是单身吗？"

阮轻画怔了下，淡淡地说："晚点会来吧。很多人不都在等他吗？"

徐子薇刚要说话，门口那边有了动静。两人抬头一看，还真是江淮谦到了。

江淮谦穿了一件黑色大衣，身姿修长挺拔，明明没刻意打扮，但就是吸睛，一瞬间，所有人的目光都落在他身上。

"江总来了啊。"

"江总是来参加联谊的吗？"

胆子大一点的男同事出声调侃，也不是很怕他。

江淮谦给面子地坐下："过来看看。"

说话间，他扫了一圈现场，在看到不远处背对着自己的阮轻画后，他收回视线。

江淮谦的到来，让大家都略显拘谨。玩笑是能开，但终归是没最开始放得开。

江淮谦自己也意识到了这个问题，坐了一会儿，便起身离开了。

阮轻画没回头去看，却知道江淮谦在做什么。没别的原因，徐子薇一直在她耳边播报，和孟瑶一样。

"轻画，江总出去了，你说我要不要追出去问问情况？"徐子薇忐忑。

阮轻画看着她："你想的话其实可以。"

徐子薇抿了下唇，有点紧张："那万一江总不说呢？"

"应该不会。"阮轻画想了想，"他是老板，问公事不至于不回答。"

江淮谦还挺公私分明的。

徐子薇点点头："那我去了。"

"加油。"

徐子薇走后，阮轻画无聊地坐在沙发上，看着激动兴奋的同事，觉得自己实在是难以融入这个氛围里。她给孟瑶发了条信息，决定先回酒店休息。

孟瑶："这边回去要走十几分钟吧，大半夜的找个同事一起，安全点。"

阮轻画："好。"她环视四周，正想找个女同事问问，手机振了下，低头一看，是江淮谦的消息。

江淮谦："里面好玩？"

阮轻画："一般。"

江淮谦："陪我去个地方？"

阮轻画直觉想拒绝，可一想到他上午陪自己滑雪的那些画面，又不忍心了。她抿了下唇，低头回复："好，不过不能太久，我想回酒店看电影。"

江淮谦："嗯，我在外面等你。"

阮轻画小心翼翼地避开同事出去，看到了路灯下站着的男人。

这边有几栋度假别墅，但间隔的距离挺远的。路灯鳞次栉比地亮起，灯光罩下，他的影子被拉得很长。阮轻画无声地盯着看了一会儿，缓缓走近。

"江总。"

江淮谦垂眼看她："走吧。"

阮轻画"嗯"了一声，看着他朝入口相反的方向走，狐疑道："要去的地方在别墅后面吗？"

江淮谦："嗯。"

闻言，阮轻画没再多问。

两人安静地沿着路灯往前走，谁也没说话，但氛围很好，除了有点冷。

"下午泡了温泉？"

阮轻画一怔："嗯。"

江淮谦没再出声。

阮轻画觉得他这问题有点奇怪，顺口问道："你没去？"

"嗯。"

阮轻画默了默，揣测着他话里的意思，想到了点什么后，阮轻画自觉安静了。她总不能，陪江淮谦去泡温泉吧？

江淮谦突然问："你脸怎么红了？"

猝不及防，阮轻画呆愣地看着他："哪儿红了？"

江淮谦一顿，温热的手指擦过她冰凉的脸颊，说："这儿。"

阮轻画心跳漏了一拍。

时间定格，好一会儿，阮轻画才找回自己的声音，喃喃道："可能是喝了酒。"她胡乱找着借口。

听到这个答案，江淮谦抬了下眉梢："你没喝酒。"

阮轻画脑袋短路，脱口而出："你怎么知道我没喝酒？"

江淮谦目光深邃，意味深长地瞥她一眼："你觉得呢？"

她怎么知道，她要是知道就不会问了。但对着江淮谦有点不怀好意的目光，她懂事地闭了嘴。

有些事，别问那么清楚。

又走了一段，阮轻画刚想问怎么还没到，江淮谦停下了脚步："看那边。"

阮轻画顺着他的视线望去，看到不远处的景色后，她愣住了。

不远处有氤氲的雾气，是温泉。除了水声，两侧是被白雪覆盖的石头以及干枯的树枝。在路灯的照耀下，干枯的树枝上挂满了白茫茫的雪花，仿若杨柳依依，弯腰垂落。树枝被雪花压弯，漂亮得让人挪不开眼。恍惚间，阮轻画觉得自己走进了仙境。

她怔怔地看着，扭头看向旁人："这儿还有这么漂亮的景？"

江淮谦"嗯"了一声，淡声道："地方隐蔽，知道的人比较少。"

这地方要走一条蜿蜒小道才能看见，加上这边的别墅度假区限行，一般游客进不来，从而保留了这一处最原本的模样。

阮轻画眼睛亮了亮，抓住了重点："那你怎么知道这儿的？"

江淮谦瞥她一眼，笑着说："有个朋友比较爱玩，来过几次。"

闻言，阮轻画没再多问。她仰头盯着美景看了一会儿，低声问："这算是小河吧？"

江淮谦："你想的话，算是吧。"

阮轻画摸了摸鼻尖："那我可以碰一下河里的水吗？这才是纯天然、无污染的温泉吧？"

江淮谦看着她兴致勃勃的模样，不忍心破坏她的好心情："可以试试，但旁边有雪，会很滑。"

阮轻画"哦"了一声，往前走近了一点点。她探着脑袋看了看，还真有点危险。河边的石头大小参差不齐，上面都覆了皑皑白雪，估量不出厚度。

阮轻画盯着看了一会儿，思索着自己是不是该选择放弃。

正想着，面前出现了一只手。她愣了下，抬起眼去看江淮谦。

江淮谦没多解释，语气平淡道："拉着。"

阮轻画嘴唇动了动，对着他幽深的瞳仁，心念微动："谢谢。"

阮轻画伸手握住，她的手很凉，但江淮谦的手很暖和。她一握上去，就能感受到他体内的温度源源不断地传递到她这边，从指间直抵心口。阮轻画呼吸一滞，稳了稳心神。

江淮谦垂眼看她，低声道："看清路，往前走。"

"嗯。"阮轻画慢吞吞地往下挪，站定在一块石头上，试着弯腰，但不行。

她皱着眉，有些苦恼："碰不到。"

江淮谦看她这样，有点想笑。他勾了下唇，声音沉沉的："先蹲下。"

"哦……"阮轻画照做，刚想松手，耳畔传来他低沉有力的声音，"牵着。"

如愿以偿碰到高温泉水后，阮轻画满足了。只不过，她再没心思欣赏面前的美景了。

她跟着江淮谦在这边转了一圈，非常心不在焉，直到和他分开回到酒店，阮轻画的脑海里一直都是他的那句"牵着"。

他的手很漂亮，修长有力，骨节分明，掌心温热，握上去会让人觉得温暖。

十指连心，就那么一会儿，阮轻画清晰地听见了自己的心跳声。

孟瑶回来时，阮轻画正躺在床上看电影。

她瞅了一眼屏幕，又转头看了她一眼，狐疑地喊她："阮阮。"

"啊？"阮轻画回神，抬起眼看向她，"回来了。"

孟瑶直勾勾地盯着她看了一会儿，低声问："你干吗呢？看电影也发呆啊？"

"没。"阮轻画揉了揉鼻子，闷闷道，"困，想睡觉了。"

"那你睡吧。"孟瑶轻声道，"我去洗个澡。"

"你没喝很多酒吧？"

"没呢。"孟瑶失笑，"我想开了，别担心我。"

阮轻画："哦。"

话虽如此，她还是不太放心。阮轻画强撑着，到孟瑶洗完澡躺下，她才拥着被子沉沉睡了过去。至于那些乱七八糟的心跳，阮轻画决定置之不理。

次日回程，阮轻画和孟瑶依旧是坐江淮谦的车。但江淮谦能明显察觉到，阮轻画又暗自划了一条界线，不让自己往前，也不让他靠近。

回程的近三个小时，阮轻画基本没怎么说话。其余几人都察觉到了不对，但又摸不清状况，没敢乱说，一时间，车内氛围诡异。

把她们送到小区门口，两人道谢下车，没有半分停留。

江淮谦没出声，司机没敢走。过了不知道多久，刘俊喊了一声："江总。"

江淮谦"嗯"了一声，淡淡道："回公司。"

霸道总裁受了情伤后都喜欢用工作折磨自己吗？刘俊小心翼翼地瞥了一眼后面脸色难看、合眼休憩的江淮谦，在心里如是想着。

回到公司，江淮谦扫了眼刘俊，淡声道："回去休息吧。"

刘俊一怔："江总不是有事要忙？"

江淮谦："嗯，用不上助理。"

看着江淮谦转身进了办公大楼，刘俊和旁边的司机老刘对视一眼："江总这心情，有点差啊。"

老刘点头道："看出来了。"

刘俊摇头感慨："江总这受挫得有点惨。"

老刘想了想，说："阮小姐不好追。"

两人对视一眼，对江淮谦的未来之路充满同情。他们虽然和阮轻画接触的时间不长，但也能看出些许猫腻。她明显不想和江淮谦有进一步发展。

刘俊和司机都能发现的事，孟瑶不可能没察觉到。

孟瑶跟着阮轻画回了她的小出租屋，看她整理行李，在卧室、厨房和客厅来回忙碌，就是不停下。

她半躺在沙发上，偶尔看去一眼。

"轻画。"

阮轻画这会儿正捧着手机买菜，听到声音后应了声："怎么了？"

孟瑶凑在她身边，看了眼选进购物车的菜，指着说："这个我不吃的。"

阮轻画低头一看，是洋葱。

"不过，我记得江总好像会吃吧？"

阮轻画瞪了她一眼，把洋葱从购物车删除："还想吃什么？"

"不是我想吃什么的问题。"孟瑶搭着她的肩膀，谨慎问道，"你不觉得你今天在车里对江总的态度，有点过火吗？"

阮轻画不言。

其实他们刚返程时，气氛没有那么尴尬。

孟瑶原本以为，两人经过这个周末，关系应该更进一步才对。位置和来的时候一样，孟瑶为了让自己这盏电灯泡不那么亮，自觉地塞上耳机睡觉，但耳机隔音不是特别好，隐隐约约能听见对话声。

江淮谦上车后，看了一眼旁边看手机的人，低声问："拿水了吗？"

阮轻画："嗯。"

江淮谦察觉到她情绪不太对，低声问："没睡好？"

"不是。"阮轻画声音冷淡，没有任何起伏。

江淮谦垂眸看她，声音温和了些："身体不舒服？"

"没有。"阮轻画闭了闭眼，冷漠道，"江总，我想睡一会儿可以吗？"

话音落下，其余三人的呼吸声都轻了。他们屏息以待，唯恐江淮谦甩门下车。

阮轻画这态度，明明白白是让江淮谦别再和她说话，觉得他很烦。而其他人想的是，江淮谦这样的天之骄子，何曾被这样嫌弃过？并且，还是在他弯下腰耐着性子讨好人的时候。

因为这个，后面的一段路他们都没敢造次，一个个安静如鸡，乖巧至极。

孟瑶等了一会儿，没等到阮轻画回答，伸手戳了戳她的脸颊，追问："不好回答？"

"不是。"阮轻画随手下了订单，低声说，"我也觉得自己很过火。"

"那你还……"孟瑶的话刚说一半，被阮轻画接了过去："但不这样，我们之间的牵绊会越来越深。"

孟瑶怔了一下，恍然大悟："所以你是想彻底跟江总划开界线？"

"嗯。"

"为什么？"孟瑶瞅着她，"你别拿昨天应付赵文光的理由糊弄我，赵文光和江总在你心里的地位明显不同。"

阮轻画沉默了。她不知道怎么说，她其实从来就没想过和江淮谦在一起。不想，也配不上。江淮谦从小到大走的是铺满红毯、鲜花盛开的大道，而她不同。她从小就明白一个道理，门不当户不对的感情，迟早有一天会分崩离析，她爸妈就是很好的例子。

在感情这方面，阮轻画考虑的比别人多。可能是离异家庭的孩子都比较敏感，她怕往前走了，会有她无法承担的后果。她担心性格不同，生活环境不同，最后会变成她爸妈那样，从人人羡慕的恩爱夫妻变成争吵夫妻，互相撕破嘴脸，老死不相往来，难堪至极。

那些是她不想回忆，也不想看见，更不想经历的。虽然，她和江淮谦不一定会变成冯女士和阮父，但终归，她和江淮谦面前有一条鸿沟。这条鸿沟想跨过去，太难了。

与其有可能老死不相往来，倒不如维持现状。至少，他们现在碰面能心平气和地谈谈工作，偶尔还能一起吃顿饭。

阮轻画想着，深呼吸了一下，说："我就是觉得，我们现在这样就挺好。"

孟瑶瞥她一眼："你其实一直都知道，江总对你有好感是不是？"

阮轻画蜷缩在沙发上，垂下眼，说："也就周末确定的。"

孟瑶眼睛一亮，惊讶道："之前没感觉？"

"不是。"阮轻画解释道，"你也知道我们一年多没联系，刚开始碰面，他对我挺冷淡的，所以就没往那方面想。"

就算江淮谦给她买了药，陪她吃了饭，她也只认为他是因为同门师兄妹的关系才会如此。毕竟，他以前就对她挺好的。

孟瑶满脸不相信地盯着她："那以前呢？" 她摸着下巴道，"我总觉得江总对你的感情，积攒挺久了。"

阮轻画不回答。

孟瑶摇了摇她的肩膀，生气道："快点，别吊着我，我太好奇了。"

"哦。"阮轻画看着她，说，"你还记得我喝醉酒亲他那事吧？"

"嗯嗯，你还霸王硬上弓了？"

阮轻画噎住："没有。"

她还是没提强吻江淮谦之后做了什么，只敛着眸，含糊不清道："第二天，他跟我表白了。"

孟瑶瞪圆了眼："然后呢？"

阮轻画："我回国了。"

　　孟瑶觉得，这个时候笑好像有点对不起江淮谦，但她又实在有点忍不住："他表完白你就跑了？"

　　阮轻画看着她，低声道："我回国机票之前就订下来了。"

　　所以不能说她是被江淮谦的表白吓跑了。她那会儿之所以在英国多留了几天，纯粹是因为同学生日。那个同学早早对她发出了宴会邀请，她不好意思拒绝，便答应了。

　　孟瑶揉了揉耳朵，叹息一声："江总真惨。"

　　阮轻画觑她一眼。

　　孟瑶扑哧一笑，继续问："你回国前和他说了吗？"

　　阮轻画点头："说了。"

　　只不过她是到了机场后，才给他发的信息。他没及时回，阮轻画再看到他的消息时，人已经落地国内机场了。之后，两人就断了联系。

　　听阮轻画说完，孟瑶是真同情江淮谦，可她又知道阮轻画的性格，她从小的那些遭遇，就注定了她是个敏感且没有安全感的人。

阮轻画体质差，并不是出生就如此。她是在父母离婚时，被过度忽视导致的。

这是孟瑶有一回跟着她回南安，听邻居说起的。说是那年冬天，阮父和冯女士闹离婚，两个人下大雨也没去学校给阮轻画送伞。她在学校等到雨势变小，才回了家。当晚，阮轻画就发烧了，但两人都没有察觉，次日一如既往地因为小事争吵。阮轻画几次欲开口，都被他们打断。

夫妻俩双双摔门出走，留她一个人在家。

正好又是周末，阮轻画在家烧了两天，神志不清，是邻居发现不对，给阮父打了电话，才把她紧急送医。

那次过后，她的体质就弱了很多，断断续续地总是生病。

孟瑶想着，伸手抱了抱她："既然你都想好了，那就不勉强自己。"

阮轻画一笑："嗯。"

孟瑶看着她："我永远支持你的任何决定。"

阮轻画弯了弯唇，兀自一笑："好。谢谢。"

"不过——"孟瑶直勾勾地望着她，"你真舍得啊？"

阮轻画睨她一眼，随口道："江淮谦给你加工资了？"

孟瑶懒洋洋道："没呢。不过我要是给江总助攻成功，老板娘难道也不打算给我升职？"

阮轻画被她的话呛住，哭笑不得道："你在说什么？"

孟瑶耸肩，坦坦荡荡地说："实话。"

门铃声响起，阮轻画起身拿外卖送来的菜进厨房做饭，没再理她。

另一边，回公司加班的江淮谦忘了时间，蓦地，一通电话响起，扰乱了他的计划。

江淮谦没看来电，随手接通："喂。"

听着他冷冰冰的声音，对面的人揶揄道："哟，谁惹我们家江小少爷生气了？"

江淮谦一怔，语气软了些，低声道："妈。"

简淑云"嗯"了一声，随口问："心情不好？"

江淮谦："没有。"

"啧。"简淑云看了眼时间，"吃饭了没？"

江淮谦没说话。

简淑云了然，难得展露她的母爱光环："我听老刘说你团建回来就去公司加班了，不回家陪你妈吃个晚饭？"

江淮谦扫了一眼电脑上的时间，笑了笑，说："回。我现在回来。"

简淑云："行，想吃什么我让阿姨备着。"

"随便。"江淮谦没太好的胃口，直接关了电脑离开。

顶楼的灯光都一暗，整栋楼都黑漆漆的。江淮谦循着夜色出去，保安在门口看着，莫名觉得他们江总的背影有些落寞。

江淮谦回到老宅时，简淑云正在看前段时间的一场时装秀，是J&A的。他扫了一眼，兴致不大。

听见声音，简淑云抬头瞥了他一眼，拍了拍旁边的位置："坐。"

江淮谦懒散地靠在椅背上，掏出手机扫了一眼，没有任何重要消息。

简淑云瞅着他的动作，随口问："在等人消息？"

"没有。"江淮谦动作自然地切换到朋友圈。

一般情况下，他很少看朋友圈，也从来不发。

简淑云挑了挑眉，目光在他的脸上流连，很轻地笑了一声："团建有照片吗？"

江淮谦"嗯"了一声："您要的话，我明天让助理发一份。"

简淑云一噎，看他一眼："你没拍？"

"嗯。"

"那朋友圈总有吧？"简淑云探着脑袋，好奇地问，"刘俊发了吗？"

江淮谦往下刷，没看到刘俊的朋友圈，倒是看到了孟瑶的。

孟瑶的微信是刘俊推给他的，说是怕他偶尔有急事，要找人。这个急事指什么，他们都心知肚明。江淮谦就顺手加了。

孟瑶除了发了团建的几张照片，还有和阮轻画在家里的合照，以及晚餐。

孟瑶："再昂贵的大餐都不如我姐妹做的家常菜！当然，团建也蛮好玩的。"

他敛目，手指不受控地点开大图。借着两人的自拍照，江淮谦看到了她房子的部分装饰，简简单单的，但很温暖。暖黄色的灯光下，她五官精致，眉眼温柔璀璨，狐狸眼微微下垂，漂亮夺目。

简淑云注意到他的情绪变化，盯着他点开的大图看了两眼，直接问："哪个是让你受挫的女孩子？"

江淮谦抬眼，目光直直地看向简淑云。

简淑云给了他一个眼神："怎么？很惊奇？"

江淮谦没说话。

简淑云吐槽道："你现在这个样子，和你哥当年被分手一模一样。"提到江淮谦的亲哥，简淑云头疼道，"你说我把你们生得高高帅帅的，有才华还有钱，怎么你们兄弟俩在感情这方面会如此不顺？"

这个问题，江淮谦也好奇。他瞥了一眼简淑云，趁她没注意，顺手存了阮轻画的那两张照片。

刚存好，就对上了简淑云促狭的目光。

"眼光不错。"简淑云认真点评，"长得确实蛮漂亮。"

江淮谦立马从沙发上站了起来，往餐厅那边走："陈姨，晚饭好了吗？"

陈姨在厨房忙着，答应道："差不多好了。"

吃饭时，简淑云还想多打探打探，奈何江淮谦的嘴就像是粘了胶水，怎么撬都撬不开。简淑云觉得没什么意思，瞅着他那不耐烦的情绪火上浇油："要不然别惦记人家漂亮姑娘了，妈给你介绍个更漂亮的，怎么样？"

江淮谦吃过饭准备上楼休息，冷淡道："不用。"

简淑云挑眉："怎么，还不放弃？"

这句话，算是问到了点子上。

江淮谦站在楼梯上，和简淑云对视几秒，首次正面回应："当然。我小时候，您最先教我的字是'等'。"

对阮轻画，他有耐心，也等得起。江淮谦擅于放出鱼饵，蛰伏，伺机而动。

次日上班，阮轻画精神还算不错。她刚到，徐子薇便笑盈盈地望着她："轻画，结果出来了。"

阮轻画一愣，看她喜形于色的样子，笑着说："过了吧？"

徐子薇点头："嗯。"她有些激动，抓着阮轻画的手，说，"我真没想到会是我。"

阮轻画笑了笑，拍了拍她的肩膀："这是你应该拿到的。"

徐子薇看着她，轻声道："主要还是有你给我加油。"

"啊？"

徐子薇直接说："做鞋啊，如果不是你教了我，其实我是没办法完工的。"她直勾勾地望着阮轻画，"晚上你有事吗？我请你吃饭吧。"

阮轻画直觉想拒绝，但转念一想，还是答应了："好。"

徐子薇："那我再多叫几个人。"

"行。"

谭滟从旁边路过，看两人这样，冷冷笑出了声："小人得志。"

徐子薇刚想回击，发现石江从办公室出来，立马歇了心思。她看了一眼旁边眉眼专注的阮轻画，暂时把注意力转到了工作上。

阮轻画没注意到这些情况，她玩的时候专心玩，该认真的时候就认真。设计稿出来后，她还有很多要修改注意的细节，加上周末在江淮谦那里看到的设计稿，阮轻画又冒出了很多不错的想法。

整个上午忙忙碌碌地过去，中午吃过饭，阮轻画才得以让大脑放松。

她一上午没碰手机，午饭后才抽空拿出来看一眼有没有重要消息。

一点开，她看到了好几个人给她发的微信，其中还有上次在高铁上遇到的那个妹妹。

阮轻画看着她的头像，应该是她手绘的涂鸦，很可爱。

她点开，看到周盼给她发了好几条消息。

两人这几天偶尔会聊一聊，她知道周盼还在读大三，学的是服装设计专业，碰巧，还是她的小学妹。

盼呀盼："阮阮学姐，你在忙吗？"

盼呀盼："吃午饭了没有？我今天终于闲下来，有空找学姐聊天了。"

隔着屏幕，阮轻画都能感受到她的那种大学生活力。她轻勾了下唇，心情颇好地回复道："刚吃完，准备午休，你呢？"

盼呀盼："我也吃啦，但我们学校食堂的饭菜不是很好吃。"

阮轻画："这么多年还没改进吗？"

盼呀盼："对呀，学姐你们在公司吃食堂吗？"

阮轻画："大多数时候是。"

盼呀盼："学姐你在哪家公司上班呀？能问吗？要是不能，学姐就当没看见。"

阮轻画话少，也不是喜欢主动分享私事的人。周盼能自言自语地和她聊一会儿，跟她分享自己的事，阮轻画却很少说自己的事，只说过自己是高跟鞋设计师。

如果换作旁人，阮轻画可能不会那么快告知，但对周盼，她有种诡异的要照顾妹妹心情的错觉。

阮轻画："能啊，我在Su上班，应该听说过吧？"

Su算不上特别出名，但在鞋类品牌方面，实力也不容小觑。

盼呀盼："当然知道啊！我有个认识的哥哥也在Su上班。"

阮轻画："这么巧？"

盼呀盼："对啊。"

周盼捧着手机，本想直接告诉阮轻画她认识的哥哥是谁，但敲下江淮谦的名字后，又觉得有些不妥。江淮谦不喜欢谈自己的私事，也不喜欢被别人提及，更何况对面的人是他的员工，他估计更是不愿。

周盼这么想着，把打好的字删除。

阮轻画也没想知道她认识的哥哥是谁，反正无论是谁，和她都没太大关系。

正想着，周盼回了句："要是有缘的话，碰上了我给你们介绍。"

阮轻画："好。"

阮轻画："对了，你今天找我是有什么事吗？"

盼呀盼："有啊，学姐你晚上有空吗？我请你吃饭我们当面聊吧。"

阮轻画："今天不行，明天怎么样？"

盼呀盼："好啊。"

和周盼定下时间和餐厅后，阮轻画趴在桌上眯了一会儿，迷迷糊糊间，她好像听见有人在喊："江总。"

午休时间结束，阮轻画趴在桌上醒神。每次睡醒，她都会蒙两三分钟。

蓦地，对面传来同事的声音："江总大中午的来我们办公室做什么？"

"不知道啊，我都睡着了。"

徐子薇一愣，诧异道："江总中午来我们办公室了？"

"对啊。"同事说，"好像是一点多来的，也不知道来做什么。"

阮轻画听着，愣了愣，原来那会儿没做梦，是真的听见了。她正想着，石江脸色沉沉地从办公室走出来，喊了声："谭滟，来我办公室一趟。"

瞬间，所有人的目光都落在谭滟身上。

谭滟脸色微僵，抿着唇跟了进去。

门一关，里面的声音被隔绝。

"哇，总监的脸色好难看啊，谭滟是做了什么坏事吗？"

"谁知道呢。"

"之前总监对谭滟很好啊，这还是头一回见他那种脸色对谭滟呢。"

只要是公司，到处都有八卦，并且，传播的速度非常广。

阮轻画都还没摸清状况，孟瑶就给她发来了一连串问号。

孟瑶："谭滟养鱼了？"

阮轻画："啊？"

孟瑶："那个鱼。"

阮轻画："不知道。"

孟瑶："不是养鱼的话，你们总监那么生气干吗？"

阮轻画："不知道，你怎么就知道了？"

孟瑶："因为我混迹在公司的一个八卦群里，有什么消息会第一时间传出的。"

阮轻画："哦。"

孟瑶："我还知道中午江总去了你们办公室。"

阮轻画看着她的消息，由衷地表示佩服。不愧是冲在八卦第一线的人，她觉得孟瑶有做狗仔的潜质。

这么想着，她下意识问："那你知道他来我们办公室做什么吗？"

孟瑶："我怎么知道？"

阮轻画："哦，你不是说什么八卦你都知道吗？"

孟瑶："我又不是江总肚子里的蛔虫，我难不成还能猜到他去你们办公室是不是为了看你啊？"

阮轻画："再聊。"

孟瑶："胆小鬼。"

没多久，谭滟红着眼眶从办公室出来，回到自己位置上，她把键盘打得啪啪响，在安静的办公室内，尤为引人注目，但没人敢上前询问，也不好问。

下了班，阮轻画和徐子薇几个人去吃饭。

除了她们部门几个关系好点的同事，她还叫了市场部的三个人，其中一个她认识，是周末和她打过招呼的赵文光。

"小阮，又见面了。"

阮轻画微微笑了一下："赵经理。"

赵文光莞尔，谦逊道："叫我赵哥就行，我比你们都大点。"

阮轻画颔首。

这回吃饭有八个人，分了两辆车。阮轻画莫名其妙被安排上了赵文光的车，等到了吃饭地点，又被安排坐在了赵文光旁边。如果这她都还发现不了问题，那未免也太迟钝了。

借着上洗手间的时间，徐子薇瞅着她不太好看的脸色，问："轻画，你是不是生气了？"她低声道，"其实我最开始没想叫赵经理，但他主动找了我，说很喜欢你，想和你多接触，你也知道他是个经理，虽然部门不同，但以后总会有接触的，所以我就答应了。"

阮轻画低头洗手，认真道："嗯，我能理解，但我也希望下次你在做撮合这种事的时候，先问问我的意见。"她淡淡地说，"我不喜欢被人推着走的感觉。"

徐子薇看她是真生气了，连忙答应道："好，对不起，下次绝对不这样了。"

阮轻画"嗯"了一声，没再多说。

再回到包厢时，她选了个离赵文光最远的位置。他们吃的是烤肉，特意要了个包厢。

阮轻画没什么胃口，吃了几口便放下了，她低头看了一会儿手机，没加入旁边的聊天阵营。

正看着，阮轻画收到了江淮谦的消息——

"在玫瑰广场？"

玫瑰广场，是他们吃烤肉这家店所在的位置。这边吃喝玩乐的店比较多，大部分人选择聚餐都会来这儿。

阮轻画一怔，没想到江淮谦还会主动给她发消息。她抿了下唇，言简意赅地回复："嗯。"

江淮谦："赵文光也在？"

阮轻画："嗯。"

江淮谦："吃好了吗？"

阮轻画："怎么了？"

江淮谦："有份工作。"

阮轻画错愕地想了想，回复道："现在下班了，工作不能明天……"

消息还没发出去，江淮谦传了张图过来，附言："周六的那份设计稿，加蝴蝶图案感觉如何？"

阮轻画瞬间被吸引了。她看着设计稿新添的图案，眸子里闪着亮光，脑子里立马想象出了成品的模样，一定栩栩如生，亮点十足。

阮轻画："感觉不错。"

江淮谦：“嗯，先做一双看效果。”

阮轻画：“工厂吗？”

江淮谦：“不是，你做。愿不愿意试试？”

阮轻画一怔，意外又惊喜：“你不怕我搞砸？”

江淮谦：“你会？”

阮轻画：“不会。现在吗？可是没有材料吧？”

江淮谦：“有。”

走出烤肉店，拎着包在玫瑰广场停车场找到江淮谦，坐上车，阮轻画才后知后觉反应过来，她好像上当了。

她盯着正在倒车的男人看了一眼，抿了下唇：“你怎么知道我在这儿？”

江淮谦抬了抬眉梢：“猜的。”

她会信？

江淮谦自然知道她不会信，但也不愿意说太多。他之所以知道他们在这儿，是下班时正好扫了一眼出发的几人，他还没问，刘俊便心如明镜地把聚餐人员名单告知，还把烤肉店的地址发到了他手机上。

看着她无语的神色，江淮谦故意问：“不信？”

“哦。”阮轻画拉了拉安全带，面无表情地说，“信。”

江淮谦轻勾了下唇。

阮轻画看向窗外，低声问：“我们现在回公司？”

“嗯。”

阮轻画眼睛一亮：“设计稿谁画的？”

“喜欢？”

阮轻画老实说道：“很喜欢。”

江淮谦：“我画的。”

阮轻画想撤回刚才那句话了。

　　江淮谦会设计这件事，阮轻画其实比其他人更清楚。他虽是半路出家，但设计水平不容小觑，不然，也没办法成为老师的第一位中国学生。只不过，江淮谦很少展露他这方面的能力，J&A设计师多，一般不需要江小少爷亲自出马，所以阮轻画这才没往他身上想。这会儿听见答案，她有点惊讶，但又不是那么意外。有些事，好像本该如此。

　　阮轻画喜欢的设计师不多，除了之前说的那几位，也就剩江淮谦了。他的很多想法，是她会瞻仰的类型。

　　车厢内静了静，江淮谦也不得寸进尺，有些话点到为止，过度了，阮轻画可能会立马开门下车回家。他想着，无奈地弯了下唇。

　　一路安静开到公司停车场，两人下车。这会儿的停车场静悄悄的，Su不主张加班，除非年底特别忙的时候，才会有人留守公司。

　　阮轻画跟在江淮谦旁边，看着地面上的倒影。她瞥了一眼，小心翼翼地避开不踩他的影子。

停车场里，只有两人鞋底和地面摩擦的声音，偶尔有风吹过。

"冷不冷？"江淮谦看她鼻尖红红的模样，低低问了一声。

阮轻画抬头看了他一眼："还好。"

两人进了电梯，江淮谦"嗯"了一声，低声说："冷就说。"

"哦。"阮轻画看着脚尖，含糊道，"知道。"

江淮谦敛目看她，目光停在她低头露出的后颈处。很白，肌肤细腻，像是上好的美玉，让人控制不住地想去摸一摸，碰一碰。

察觉到自己的念头，江淮谦不动声色地转开了目光。

公司里没人，哪儿哪儿都是静悄悄黑漆漆的。

脚步声响起，感应灯应声而亮。

阮轻画跟着江淮谦出了电梯，低声道："在我们办公室这边做吗？"

"嗯。"江淮谦应着，走到窗边把玻璃窗关上。

阮轻画看着他的动作，怔了一下。几个小时没人的办公室凉飕飕的，外面的风呼啸而过，有种入冬的刺骨凉意。她怕冷。

江淮谦动作自然地把所有窗户关上，又顺手把室内空调调到最高，这才作罢。他看了一眼还站在原地的人，低声问："不想动？"

阮轻画回过神，目光掠过那些被关上的窗户，轻声道："没有，设计图也在这儿？"

江淮谦一顿，揉了揉眉骨，道："在这儿等我，我上去拿。"

阮轻画点头："好。"

江淮谦往电梯口走，走了几步后，又停下，转头看她。

阮轻画对上他的目光，不解道："怎么了？"

江淮谦的目光流连在她的脸颊上，最终定在她黑亮的双眸，淡声问："一个人在这儿会不会怕？"

阮轻画怔住。她看着江淮谦那双有点勾人的眼睛，呆愣地摇了摇头："不会。"

江淮谦直勾勾地盯着她看了一会儿，确保她说的是实话后，丢下一句："我很快。"

"嗯……"

看着他的背影消失，阮轻画才转身往工作间走。工作间很冷，门一直是紧闭的，外面的空调风也吹不进来。阮轻画顺手把里面的小空调打开，才去关里边唯一的一个小窗。

站在窗前，风呼啦啦地从耳畔刮过，冰冰凉凉的。阮轻画立马关上，顺着玻璃窗往外看。

他们办公室在二十四楼，外边的风景不错。斜对面也是一栋写字楼，楼里还有不少亮着灯的办公间，和他们这儿相反。

阮轻画看了一会儿，忽然觉得冷清，不知为何，她脑子里闪过了一个画面。

两分钟后，阮轻画出现在楼顶办公室。

办公室的门没关，里面灯火明亮，白炽灯有些许刺目。她一站在门口，便看到里面背对着自己在接电话的男人。

他的背影高大挺拔，刚刚穿着的外套被他脱下，里边只穿着单薄的衬衫，手微微抬起，衬衫勾勒出他后背的肌肉线条，流畅有力。

似乎是察觉到了什么，江淮谦偏头看了过来。两人视线撞上。

他深邃的眸光落在她身上片刻，朝她走近。

脚步声越来越近，阮轻画能清晰地听见他跟对方说话的声音，低沉，有点冷漠。

"还有什么事？"江淮谦淡淡地问，"一次说完。"

江淮定挑了下眉："怎么，嫌你哥烦了？"

江淮谦："没有。"他看了眼还站在门口的阮轻画，低声说："进来。"

江淮定刚要说话，敏锐地察觉到了点什么："你那边有人？"

"嗯。"

江淮定轻哂，了然道："行，不打扰你了，航班订了跟我说一声。"

江淮谦："知道。"

阮轻画看着他收起手机，低声问："我是不是打扰到你了？"

"没有。"江淮谦看着近在咫尺的脸，轻声说，"我哥电话。"

江淮定其实找江淮谦没什么大事，他也就是从他妈那儿听到了点八卦，特意打电话来安慰一下。看似安慰，实则是看热闹。当然，也顺便聊了一会儿公事。

阮轻画点了下头，心想，也不用说得那么清楚，她其实并不好奇对面是谁。

江淮谦知道她心里在想什么，也不拘泥于这个话题，问道："怎么上来了？"

阮轻画"哦"了一声，淡淡说："我上来看看你还有没有需要帮忙的。"

江淮谦挑了下眉："有。"

阮轻画缄默几秒，直接问："要我做什么？"

江淮谦看着她紧绷的神色，压下眸子里的笑意："帮我拿下衣服。"

阮轻画不明所以地看着他。

江淮谦顺手拿过电脑和旁边的文件，语气平静道："空不出手。"

阮轻画怀疑他是故意的，但在看到他手里拿着的资料后，还是妥协了。她弯腰拿起他搭在椅背的西装外套。外套不厚，但布料摸起来很舒服，离得近了，能闻见他衣服上微涩的木质香，和他身上的味道一模一样，甚至更重一些。

江淮谦余光扫到身后的"蜗牛"，眸子里闪过一丝浅笑，立在电梯门口，没动。

阮轻画反应迟钝了几秒，这才伸手去按电梯。进去后，她又自觉地按了自己办公的楼层。

来的时候没发现，到了这会儿，她才觉得两个人深夜在办公室这件事过分暧昧了，也过分得会让人遐想联翩。

这么想着，阮轻画轻轻叹了口气："我们公司的监控，晚上会开吗？"

她没忍住，好奇地看向江淮谦。

江淮谦瞥了她一眼："担心什么？"

阮轻画面不改色地撒谎道："我没担心，我就随便问问。"

江淮谦唇角动了动，就在阮轻画以为他要说点什么的时候，他只轻飘飘地"哦"了一声。

阮轻画闭嘴了。她觉得自己在江淮谦面前，就是个心思都写在脸上的小菜鸟，太憋屈了。

回到工作间，江淮谦没再有过分的举动，更没在言语上逗她。他向来很能把握分寸，只有一次，没把握好。

阮轻画对待工作认真，动手能力特别强。可能和从小耳濡目染有关，大多时候，她只要看一双鞋，再看看设计稿，脑海里就能知道需要什么配件，需要哪些东西才能把这双鞋完完整整做出来。她看阮父做过太多次了。

阮父的鞋店和其他鞋店不同，他不卖进货的那些潮流款式，专做手工小皮鞋。阮轻画小学到高中的小皮鞋，全是他做的。

很小的时候，因为冯女士上班，阮轻画放学后都不回家，是直接去父亲的鞋店。阮父的鞋店不是很大，但五脏俱全。阮轻画每天写完作业，就蹲在他旁边看他做鞋，一针一线，穿过粗厚的皮鞋面料，把它们缝合。每次看一双鞋完整地做出来，阮父的那种笑，都让她觉得动容。

也正是因此，阮轻画在有了追求和爱好后，对他的怨念就少了很多。她能理解，他那种平凡的追求。

江淮谦站在一侧，看着她熟练的动作，走了下神。他盯着她那双白皙的手看了一会儿，目光往上，挪到她的眉眼。

阮轻画工作时很安静，也不喜欢被人打扰。她是沉浸式的类型，一旦进入自己的世界，很少去注意周围的情况。

江淮谦设计的这双高跟鞋，别出心裁，款式稍稍区别于一般的高跟鞋，而脚尖处鞋面的蝴蝶点缀更是让这双鞋有了吸睛亮点。

工作间有鞋子模具，阮轻画也没问他要什么尺寸的，直接按照标准裁了自己喜欢的皮料和颜色，弄好大部分东西后，她看着设计稿发呆。

江淮谦挑眉，低声问："怎么了？"

阮轻画扭头看他，沉默了一会儿，说："你觉不觉得，这个蝴蝶选用蓝色的亮片会更好，把亮片串起来，组成蝴蝶的形状，再和鞋面连接。"

她一描绘，江淮谦脑海里立马有了画面，颔首点评道："想法不错。"

"是吧？"阮轻画眼睛晶亮，高兴道，"这样会更好看，女人一般都喜欢。"

江淮谦点头。

阮轻画起身，往另一边放置材料的柜子走："但是我们工作间好像没有我想要的蓝色亮片。"

江淮谦莞尔，低头看了眼腕表时间："十一点了。"

"啊？"阮轻画回头看他，"这么晚了？"

"嗯。"江淮谦看着桌面上的材料，低声道，"明天再继续？不早了，先送你回家。"

阮轻画有点不舍，直勾勾地望着江淮谦，抿唇问："不能再等一会儿？"

江淮谦失笑，低低道："你明天还要上班。"

"哦。"阮轻画耷拉着嘴角，有点不是很情愿，"不能再待半小时？"

江淮谦瞥了她一眼，没说话。

阮轻画没辙，垂着眼慢吞吞道："好吧，那我把这些收起来。"

江淮谦看着她缓慢的动作，倾身帮忙。

收好后，阮轻画看着他："放哪儿？"

江淮谦："你那儿。"

阮轻画一愣："什么？"

江淮谦把东西装进袋子里，淡淡道："你拿回去做。"

瞬间，阮轻画的眼睛都亮了："真的？"

江淮谦扯了下下唇，唇角微勾："我什么时候骗过你？"

阮轻画一顿，压了压上扬的眉眼，抿着唇道："哦。"

离开公司时，阮轻画抱着刚刚的那些画稿，也没去注意旁边的人，连江淮谦偶尔看她，也毫无察觉。

深夜的道路，空旷又安静，过往的车辆也比平常少了很多，路灯倒是很亮。

车什么时候停在小区门口的，阮轻画都没能及时察觉，等她发现时，车已经熄火了，而旁边的男人正目光灼灼地落在她身上。

"什么时候到的？"阮轻画嘴唇翕动，找回了自己的声音，"怎么不叫我？"

江淮谦转开目光："你看得很入迷。"

阮轻画脾气看着很好，但一旦打断她沉浸在某件事中的思路，她可能不会当面发脾气，但她会记仇。这是江淮谦和她相处的那段时间，摸出的规律。

阮轻画也下意识想到了什么，温暾道："哦。"她把画稿收好，解开安全带，轻声说，"那我先回去了。"

只是她下车时，江淮谦也跟了下来。

阮轻画看着他，不太明白他的意思。江淮谦没多解释，顺手拿过她刚提上的袋子。那些资料和工具在袋子里，是有重量的。

阮轻画手一空，脑袋一蒙，猜测道："你……要去我家？"

这她要怎么拒绝？拒绝得太直接了是不是会显得她非常不厚道？还不懂得感恩？

江淮谦借着路灯的光看她，注意到她红了的耳郭后，挑了下眉："嗯？"他想了想，声音含笑，"这个提议不错。"

他目光深邃，眸光里浮着笑，映出她的脸庞，他低低地问："能让我进？"

听出他话语里的打趣，阮轻画睨他一眼，胆子大了点，面无表情地说："不能。"

听到她的答案，江淮谦并不意外。他压下眸子里一闪而过的笑，低声道："真不能？"

阮轻画应着，决定不和他多废话，加快脚步往小区里走，把人远远地甩在后头。

江淮谦看她走得急，也没出声拦着。

深夜的小区很静，大多数住户的灯都灭了，只有少部分楼层还亮着灯。阮轻画住的小区挺大，进去后还要走一小段路。她听着身后的脚步声，思忖着到电梯口是不是就该跟江淮谦道别了，可这样又好像很无情。人家好心送你回来，还帮忙提东西，直接把人赶走是有点过分。但如果让他上楼，那总不能到家门口了也不让他进去喝口水吧？

一时间，阮轻画难以抉择。

不知不觉到了电梯口，她按开门进去，抬眸看向不疾不徐走近的男人。

江淮谦扫了一眼，她住二十楼，之前拿到的员工资料上有写详细地址。他知道。

按完数字，阮轻画退到一侧准备等电梯门自动关上。

两扇门正要合上，外面响起清晰的脚步声。阮轻画没多想，抬手按了一下，让电梯门没那么快关上。

蓦地，有点熟悉的声音响起："阮小姐。"

阮轻画一愣，看向进来的男人。是她的邻居，陈甘。

陈甘大概也是刚下班，手里还提着黑色的公文包，脸上挂着浅浅的笑："你今天也加班？"

"也"这个字，说得就有点味道了。

阮轻画想了想，说："不算加班。"

陈甘笑了笑，没注意电梯里的另一人，专心致志地和阮轻画交流起来："最近工作怎么样？"

阮轻画刚要回答，察觉到了身后的目光。借着电梯门的反光，她看见江淮谦正目光直直地看着她，瞳眸漆黑，里面有跳跃的火光。

这火光是发火的火，还是别的，她就不敢也不想去深究了。

她嘴唇微动，没主动抛话，只是回了一句："还好。"

陈甘莞尔，感慨道："又到年底了，你们也会比较忙吧？"

"嗯。"阮轻画附和着。

陈甘笑了下，视线落在她精致的脸庞上，声音温和道："忙也别忘了休息。"

阮轻画点了点头。

陈甘还想要说点什么，电梯叮一声到了。他站得靠近门口，率先走了出去，随口说："天气也越来越冷了，阮小姐……"

话还没说完，他听见阮轻画温温柔柔的声音响起："你要不要进去坐坐？"

陈甘惊讶，眸子亮亮地去看阮轻画，还没来得及反应，就听见了低沉的男声："可以。"

江淮谦神色寡淡地看了陈甘一眼，在回阮轻画的话。

陈甘错愕，后知后觉地问："阮小姐，这位是……"

阮轻画纠结了几秒，说："我朋友。"

上班时间，她和江淮谦是上下级，但现在这个点，说是朋友也不为过。

陈甘感觉到有一种难以言喻的尴尬在蔓延，讪讪道："这样。"

阮轻画"嗯"了一声，率先道："我们先进屋了。"

陈甘点点头："明天见。"

他们的上班时间差不多，经常会在电梯里碰面。

阮轻画没吱声，刷了指纹密码进屋。

她住的是典型的住宅小公寓，一室一厅，不是很大，但布置得很温馨。

进屋后，她瞥了一眼站在门口的男人，弯腰从鞋柜里拿出一双男士拖鞋。

江淮谦垂眸看她。

阮轻画没注意，放下拖鞋，随口说："我爸穿过的，你介意吗？"

江淮谦一顿，没太多情绪地说："不会。"

阮轻画"哦"了一声，抿了抿唇："喝水吗？"

江淮谦目光深深地看着她："好。"

阮轻画松了口气，转身进了厨房。她问之前，还挺担心被江淮谦拒绝的。

江淮谦看了她的背影一会儿，这才认真打量起这间屋子。一个不大不小的客厅，有小吧台和茶几，还有一张不大不小的沙发，墙上挂着很多东西，有照片，也有她之前的一些作品图。墙边有一个落地书架，书摆放得很整齐，书架上方放了一整排的杯子，各式各样，造型都比较独特漂亮。

阮轻画喜欢收集杯子。

捧着两杯水从厨房出来，阮轻画看了眼江淮谦站的位置。这一看，她的视线就控制不住地往下，落在他手里拿着的陶瓷杯上。

江淮谦撩起眼皮看她，随口道："怎么还留着？"

阮轻画怔了一下，解释道："拿回去发现也不是很丑。"

江淮谦手里拿的陶瓷杯，是他送给阮轻画的。只不过送的不是那么心甘情愿。他做出来后觉得丑，准备丢掉重来，但阮轻画觉得还行，强行说自己就要这个。江淮谦没辙，就只能由她去了。

听到她的回答，江淮谦没搭腔。

阮轻画有种自己做坏事被抓包的感觉，着急地转移话题："喝水吧。"

江淮谦"嗯"了一声，没再为难她。

窗外风很大，屋子里却很安静。阮轻画不太习惯和江淮谦单独相处，也不知道该以什么态度和他共处一室。

她捧着杯子喝了小半杯热水润嗓，这才觉得舒服了不少。阮轻画垂着眼，用余光扫向旁边。

江淮谦喝了两口水，眉眼间的情绪很淡，修长的手指不轻不重地弹着玻璃杯，发出窸窸窣窣的声响，不重，不刺耳，但能彰显出做这件事的人的心情——江淮谦心情不好。

阮轻画知道，这是他不爽的前奏。

思及此，她正纠结要不要打破这个尴尬的氛围，旁边的男人却先站了起来。

阮轻画一怔。

江淮谦敛眸看她，语气平淡："早点休息。"

阮轻画顿了一下，低声道："好。"她起身送江淮谦到门口，仰头看他，"注意安全。"

江淮谦颔首。

想了想，阮轻画又补了一句："方便的话，到了跟我说一声。"

"方便。"江淮谦眸色沉沉地看着她，压了压自己那升起的无名怒火，维持理智道，"走了。"

"嗯。"

江淮谦往前走了两步，忽而又停了下来。

阮轻画不明所以地看着他："怎么了？"

是落了什么东西吗？

江淮谦一顿，声音不轻不重地在走廊边响起："锁好门窗。"

这个不用说她也会做。但看江淮谦一本正经的神色，她还是认真地点了点头：

"我知道。"

江淮谦"嗯"了一声，喉结微动，漫不经心道："还有，"他盯着阮轻画，一字一顿道，"别随便给人开门。"

阮轻画蒙了一下，进到浴室洗澡时，她才明白过来他的意思。

这人……

阮轻画想着，有点想笑，但笑过后，又有种说不出的酸涩情绪。

江淮谦这么拐弯抹角是因为什么，她不是不懂。相反的，她很清楚。

洗完澡出来，阮轻画觉得有点闷，没心思做鞋，躺在床上发呆叹气。

蓦地，床头柜上的手机振了下。她拿起来一看，是江淮谦的消息。

江淮谦："到了。"

阮轻画："好的，晚安。"

江淮谦："晚安。"

这一晚，阮轻画睡得不那么沉，半梦半醒间，总觉得有人在敲她家的门。

都怪江淮谦。

次日，阮轻画精神不振地在公司熬了一天。

徐子薇看她神色疲倦，诧异不已："你昨晚熬夜了？"

阮轻画摇头："没睡好。"

徐子薇笑了笑，低声道："昨晚没事吧？"

阮轻画一怔，这才想起她说的是什么。她昨晚找借口从烤肉店离开时说自己有急事，必须先走。

她笑了笑，点头道："嗯，已经解决了。"

徐子薇没再问。

阮轻画轻吁一口气，收了收心思，专注工作。

一转眼，到了下班时间，阮轻画和周盼约了吃饭，到点就先走了。不过她没想到，会在大厅和江淮谦碰上。

她正急匆匆往外走，江淮谦从门外进来，身后还跟着一群人，他穿着正装，被簇拥在中间，亮眼又瞩目。

看到阮轻画，他脚步微顿。

阮轻画猛地低头，想把自己隐形。

江淮谦注意着她的举动，轻扯了下唇，领着人从她旁边走过，再没有半分停留。

走出公司，阮轻画松了口气。刚刚那一瞬间，她还真有点担心江淮谦会和她打招呼。她不怕被人知道她之前和江淮谦认识，但怕解释，也担心别人多想。有很多事，有口难辩。

上了车，她收到了新消息。

江淮谦："着急下班？"

阮轻画："跟人约了吃饭。"

刚回完，周盼的电话来了。

阮轻画接通，没再看江淮谦的消息。

"阮阮学姐。"周盼声音轻快，活脱脱一个小女孩。

阮轻画笑了笑："嗯，我刚下班，你到了吗？"

周盼："对呀，不过你别着急，我准备买两杯奶茶，学姐你要喝什么？"

阮轻画问了一声："都有什么口味的？"

周盼念了好几个名字，阮轻画想了想，说："珍珠奶茶，不要珍珠。"

她口味奇怪，习惯了喝珍珠奶茶不加珍珠。

周盼倒也没觉得多惊讶，甜滋滋道："好。"

挂断电话，阮轻画思索着要不要给周盼发个小红包。她看得出周盼家境非常不错，但再怎么说也不能让一个妹妹破费。

她正想着，手机又是一振。

阮轻画点开微信，才发现江淮谦给她发了三条消息——

"邻居？"

"是吗？"

大概是因为她没回，他又发了一条过来。这一条消息，比前面两条都要直接。

江淮谦:"在哪儿?"

阮轻画盯着他的消息,不知道怎么回。她总觉得,自己和江淮谦的关系陷入了很暧昧的一个怪圈。她思忖着,刚要告诉他不是和邻居,手机铃声就响起了。

一接通,江淮谦低沉的嗓音在耳边响起:"在哪儿?"

江淮谦的音色偏低,正常说话时,声音就很低沉,很撩人,刻意放低时,更甚。

阮轻画其实很喜欢他的声音,偶尔听着还会走神。她揉了揉自己的耳朵,低声道:"出租车。"

江淮谦"嗯"了一声,不再说话。

阮轻画率先开口:"不是和邻居。"她不知不觉地开口解释,"我跟一个前段时间认识的小妹妹一起吃饭。"

江淮谦站在落地窗前,俯瞰着远处的车流,模模糊糊的,看不清车辆,但能分辨出颜色,知道哪些是出租车,哪些是私人车。

江淮谦垂着眼看了一会儿,听着她轻柔的声音,抬手松了松衣领:"前段时间认识的?"

阮轻画:"嗯。"

江淮谦蹙眉,想了想提醒道:"别喝酒。"

闻言,阮轻画有点想笑,她又不是小学生,还能被一个小妹妹骗了?

"不会。"

江淮谦:"到了跟我说一声。"

阮轻画一时没回答。

察觉到她的不喜,江淮谦温声道:"我不放心。"

阮轻画深呼吸了一下,耳畔依稀回响着他的声音,不急不躁,低沉,让她不得不答应:"好。"

江淮谦这个说辞,任谁也无法拒绝。

阮轻画和周盼约的是火锅。火锅店人多，氛围好，两人交流起来不会太生疏。

她刚到，周盼便活力满满地朝她挥手，喊她过去。

阮轻画笑了下，有点羡慕她这种性格。

"抱歉，我来晚了。"

"没有没有。"周盼高兴道，"学姐超准时的，是我没事就来早了点。"

阮轻画笑道："点单了吗？"

"就点了个汤底，你看看吃什么菜。"周盼把菜单递给她。

阮轻画："好，你的选好了吗？"

"选啦。"

阮轻画看了看，加了两个自己喜欢吃的。

周盼是自来熟的性格，即便是阮轻画这种有点慢热的人，都会被她带动情绪，没一会儿，两人就熟起来了。

"模特？"阮轻画看着周盼，有些迟疑，"我没做过。"

"没关系的。"周盼解释道,"反正就是一个小比赛,会不会不重要,主要看学姐你愿不愿意。"

她托着腮,瞳仁亮晶晶地望着阮轻画。

阮轻画和她对视一笑,不忍拒绝:"确定弄砸了不怪我?"

周盼摇头:"那当然,学姐愿意去是给我面子。"

阮轻画失笑,被她说服了:"好,这个周末?"

周盼点头:"对,你有空吗?"

阮轻画答应道:"好。"

事情定下来后,周盼很是高兴:"谢谢学姐。"

阮轻画失笑:"举手之劳。"

吃完火锅,周盼看了看手机,眼睛亮亮地问:"学姐,你着急回家吗?"

阮轻画摇头:"怎么了?"

"你想不想玩台球?"周盼直接道,"你刚请我吃了火锅,我礼尚往来请你打台球怎么样?"

阮轻画失笑,低声道:"我不会,你想打?"

周盼点头,笑着说:"不过是在酒吧,我哥他们在打,就上次你看见的那两个。"

周尧和赵华景都是周盼的哥哥,一个有血缘关系,一个没有。

周盼说:"我跟他说我在和你一起吃饭,他让我问你愿不愿意一起过去玩一玩。"怕阮轻画误会,她解释道,"是正经的酒吧,我哥他们也不是坏人,最多就是有点爱开玩笑。"

阮轻画想了想,低声道:"我送你过去吧。"

周盼:"你不去吗?"

阮轻画点头,没瞒着她:"我不太会打台球,酒量也一般。我送你过去后再回家。"

周盼思忖了一会儿,也觉得自己的提议过分了。

"不用不用。"她摆手拒绝,"学姐我自己过去就行。"

阮轻画看着她,微笑着说:"我送,我怕不安全。"

周盼拗不过她，只能答应。

上车后，阮轻画听周盼报出的酒吧名字，隐约觉得有些熟悉。她细细一回想，发现是上次和孟瑶去的那家。

与此同时，江淮谦正和周尧几个人聚在一起。他时不时地看看手机，周尧讨打地八卦道："江总，等哪个妹妹的消息呢？"

江淮谦冷冷地瞥了他一眼。

周尧耸肩，弯腰让远处的黑球进袋。

"来一局？"

江淮谦收起手机，冷冷地问："赌什么？"

周尧默了默，说："我赢了，你把上次删除的照片给我还回来。"

上次江淮谦把他的手机拿走，拿回来后他发现里面的大多数东西都没动，唯独那几张美女照片被删了。周尧百思不得其解，追问了他好几次什么情况，江淮谦都没理他，最后被他吵得烦了，就敷衍地给了一个借口，说是误删。

这周尧要是信了，那一定是他被车撞成了痴呆才会如此。

闻言，江淮谦抬了下眼，微微一哂。

周尧觉得自己被看轻了，觑了他一眼："怎么？"

他自认为最近这段时间自己球技有所增长，赢过江淮谦，不成问题。

江淮谦扫了他一眼，语气平静地像在陈述事实："不自量力。"

周尧噎了噎，底气不足道："你别太自信。"

话音一落，他明显察觉到江淮谦的脸色变了变。

周尧扬眉，"哟"了一声："我该不会是戳中江总的伤心事了吧？"

江淮谦斜睨一眼周尧，拿过球杆："摆球。"

周尧"啧"了一声，刚要说话，外面传来赵华景的声音："尧哥，盼盼说她要过来玩。"

周尧："你看着她就行。"

赵华景指了指江淮谦，说："她让你看紧江总。她过来找江总。"

周尧挑眉："找他有事？"

赵华景看着自己和周盼的聊天对话，也是一头雾水："不清楚。"

周尧没放在心上，江淮谦更是没有。

赵华景看这两人比得激烈，想了想，说："尧哥。"

"干吗？"周尧看他。

赵华景轻哼，晃了晃手机："盼盼说她还要带个姐姐过来。"

周尧没放在心上，摆摆手，说："你照顾一下就行。"

赵华景默了默，目光在两人身上打转："哦，是上次我们在高铁上遇到的那位美女。"

话音一落，江淮谦瞄准的红球没入袋，反倒是把白球打了进去。

周尧看见了，出声调侃："江总，你想什么呢？"

江淮谦放下球杆，掀起眼皮看赵华景："你刚刚说什么？"

赵华景很直接地重复了一遍。

江淮谦扫了一眼墙上的时钟，神态自若地问："还有多久到？"

赵华景："我再问问。"

他给周盼发消息，让她快到酒吧了提前跟他说。出租车开不到酒吧门口，停下后还要走几步路，不远，但酒吧周围都闹腾，也怕会有喝醉酒发酒疯的人。

周盼下车时，赵华景还没出来。

阮轻画看了看，轻声道："我送你进去。"

周盼："不用了学姐，我就站在这儿等一会儿。"

阮轻画不太放心："没事，学姐陪你等。"

周盼看着她，扑哧一笑，问："学姐，你对每个人都这么好的吗？"

阮轻画一怔，笑了笑，说："不是。"

她也说不上为什么，大概是因为周盼是妹妹，所以下意识地想对她好。

阮轻画上小学那会儿，冯女士怀了个孩子，说是女孩，但因为种种原因，这个孩子最终没来到世界上。也因为这事，阮轻画对比自己小几岁的女生会更容易心软。可能潜意识里，她把她们都当成了自己的妹妹，弥补遗憾。

周盼愣了下，看着她脸上苦涩的笑，抿了下唇，刚想出声安慰，一侧传来赵华景的声音。

"盼盼。"

周盼抬头，朝声音那边看去："华景哥哥。"

阮轻画正想抬眼，突然听见了周盼更惊奇更激动的声音："淮谦哥哥？你们不是在比赛吗？怎么也出来了？"

周尧没理她，直勾勾地看向旁边的阮轻画："美女好，又见面了。"

阮轻画沉默着，视线落在不远处没说话的男人身上。他换下了西装，套了件深色大衣，显得修长又挺拔，头发被风吹乱，看着少了分正经，多了分随性。

周尧等了一会儿没等到回应，正怀疑自己是不是魅力减弱了，听见阮轻画应了一声："你好。"

周尧眼睛一亮，热情又主动地说："谢谢你送周盼过来。"他示意道，"要不要进去玩一玩？"

周盼也转头看她，央求道："学姐一起吧，他们都是大男人，我没女生可以聊天。"

赵华景扬眉，看着她睁眼说瞎话。

阮轻画对着她圆溜溜的大眼睛，点了下头："好啊。"

她想，玩一玩好像也可以。

五个人转身回了酒吧。这一回，阮轻画没在一楼停留，跟着他们上了三楼。

三楼有很多包厢，大大小小的，专供部分客人娱乐。阮轻画上次来就知道，这家酒吧不同于其他酒吧，娱乐设施一应俱全，装潢也奢华。

她和周盼走在一起，看着前面熟悉的背影，突然就明白了上次为什么会在这儿碰见他。

阮轻画正走神想着，听见周尧的声音响起："到了，阮小姐请进。"

阮轻画弯了下唇："谢谢。"

　　周尧被她一看，还有点不好意思："客气。"他介绍道，"我们这间包厢什么都有，吃的喝的玩的，阮小姐想玩什么就玩什么，别客气。"

　　周盼听着，翻了个大白眼："哥，你赶紧忙你的去，学姐有我照顾。"

　　周尧剜了她一眼。

　　周盼朝他做了个鬼脸。

　　周尧没在这边多停留，转身朝另一边走去。

　　周盼给阮轻画介绍桌面上放着的酒，低声问："学姐你要喝什么？"

　　阮轻画想了想，说："有度数很低的果酒吗？"

　　周盼看了一圈，完全没有。她正想找人送来，就看见送酒的小哥哥进来了。他把东西放下，低声道："盼盼，这是两种度数比较低的果酒。"

　　周盼惊讶道："你怎么知道我要？"

　　小哥指了指一旁："江总刚上来时叮嘱的。"

　　闻言，周盼讶异地嘀咕道："淮谦哥哥什么时候这么细心了？"

　　小哥摇头，放下酒便走了。

　　阮轻画听着，眼眸闪了闪，主动拿过其中一杯，抿着尝了一口。

　　"怎么样，好喝吗？"

　　阮轻画"嗯"了一声："味道还不错。"

　　是她喜欢的白桃果酒。

　　考虑到周盼过来，周尧刚出门接她时就让包厢里的人都散了，这会儿也就他们几个。

　　周盼跟阮轻画喝了一会儿酒，对另一边的情况很是好奇，但她又有问题想问阮轻画。

　　"学姐。"

　　"嗯？"阮轻画侧头看她，"怎么了？"

　　周盼直勾勾地看着她，压着声音问："你之前在公司，见过淮谦哥哥吗？"

　　刚刚在外面时，周盼特意观察了下两人的表情，但什么也没看出来。阮轻画在Su上班，照理说应该是认识老板的。而江淮谦认不认识她，知不知道下面有这么一个员工，周盼不确定。也正是因此，她刚刚介绍阮轻画时没敢说她在Su上班。

阮轻画看着她小心翼翼的神情，弯了下唇："见过。"

周盼："那……老板应该不管员工下班后去哪儿玩的吧？"

她怕阮轻画在江淮谦心里留下不好的印象。

阮轻画摇头："不会。"她轻笑了声，目光澄澈，"放心吧。"

周盼看着她瞳仁里的光，点了点头："那就好。"又提议道，"那我们去那边玩玩吧？他们在打台球。"

"好。"阮轻画没拒绝。

两人过去时，江淮谦和周尧正在激烈角逐。

阮轻画看了看，没太看懂。她曾经尝试玩过一次，失败而归。

注意到旁边站了人，江淮谦扭头看了她一眼，很快又收回目光。

阮轻画讪讪地往后退了两步。

蓦地，周尧有了失误，换江淮谦上场。

阮轻画看着他拿杆俯身，眉眼沉静地看着不远处的球。顷刻间，她还来不及看清，球已落袋。阮轻画怔了下，在她走神的间隙，江淮谦已经把自己这方的球全数扫落进袋。周尧，输得血本无归。

"哇！"周盼在旁边鼓掌，激动道，"淮谦哥哥太强了。"她看向周尧："哥，你也太差劲了吧？"

周尧瞪了一眼周盼，训她："小白眼狼。"

周盼撇嘴："我说的是事实。"

周尧轻哼，偏头看向阮轻画："阮小姐会玩吗？要不要试试？"

"我不太会。"阮轻画浅声道，"就不玩了吧。"

"没事。"周尧随性道，"随便玩玩，不会我教你。"

周盼"喊"了一声，嘲讽道："你一个输家有什么资格教，要教也是淮谦哥哥教。"

周尧轻哂，指了指江淮谦，说："你叫得动你淮谦哥哥教人打球？"

周盼噎住。叫不动。

两人正闹着，余光注意到江淮谦把手里的球杆递给了阮轻画。

阮轻画接过，诧异地看着他。

江淮谦垂眼，语气平静地说："之前教过你规则，都忘了？"

　　刹那间，包厢里静谧无声，楼下源源不断传来的劲爆歌声，也像被消了音，隔绝在外。

　　周盼和周尧面面相觑，不敢相信自己听见了什么。他们该不会是出现幻听了吧？

　　周盼吞咽着口水，抬头看向侧边的两人，思忖着要如何打破这个尴尬的局面。还没想好，就听阮轻画先出声了。

　　她尽可能地忽视旁边的目光，低声道："差不多。"

　　是真忘光了。

　　江淮谦没去看周盼，更没去看周尧。对他而言，他们都不重要。他"嗯"了一声，淡淡地问："再学一次？"

　　阮轻画看他一眼，眼眸闪了闪，含糊道："好。"

　　听到她的回答，江淮谦快速地给她说规则，说技巧。阮轻画边听边点头，遇到自己有疑惑的地方还会提问。问题都挺小儿科的，但江淮谦没觉得烦，耐心地给她讲解。

周盼呆若木鸡地看了一会儿，嘀咕道："这是什么情况啊？"

周尧喃喃道："我也很想知道。"

兄妹俩双双无言。

半晌，周尧忽然喊了一声："我想起来了。"

台球桌旁的两人扭头看他。

周尧望着阮轻画，记忆回笼："你是不是上个月来过我们酒吧？"怕阮轻画想不起来，他特意提醒道，"你好像穿的白衣服，坐在吧台那边，是吗？"

阮轻画："嗯。"她看了眼没说话的江淮谦，有点意外，"怎么？"

周尧想到了最近的一连串诡异事件，从上次他说去找阮轻画要联系方式，江淮谦骗他说他妈让他回家，再到前几天江淮谦把他偷拍的照片删得一干二净……有答案了。之前周尧还在猜测，江淮谦是不是嫌他在酒吧啰唆，太烦了，才会这样，但现在想想，他就是不想自己靠近阮轻画，故意的。

周尧扯了下唇，朝江淮谦比了个手势。

江淮谦斜睨他一眼，没搭理。

反倒是旁边的周盼，一脸茫然道："等下，谁告诉我现在是什么情况？"她看向阮轻画，好奇地问："阮阮学姐，你之前认识我哥吗？"

阮轻画摇头："不认识。"

江淮谦听着，微勾了下唇。

周盼："啊？那哥你之前见过我学姐？"

周尧"嗯"了一声，简单地说了下前因后果。

闻言，周盼无语道："那你上次在高铁上还说，像我学姐这样的大美女你见过肯定不会忘，敢情你都是骗人的啊？"

周尧噎了噎，无力反驳。他之所以在高铁上没认出阮轻画，是因为当时确确实实只远远地看了一会儿，加上酒吧灯光渲染，他们只能分辨出她气质好，长相不错，但具体是什么模样，是没仔细看的。

看周尧无话可说，周盼朝他翻了个大白眼，又转头看向另外两人，直截了当地问："所以学姐你和淮谦哥哥是那次认识的吗？"

看江淮谦对她的态度，怎么也不像是对普通员工啊。

阮轻画静默了一会儿，直接说："不是。"她顿了下，解释道，"我们之前认识。"

周盼眨眨眼："大学吗？"

"不是。"阮轻画抿唇，轻声说，"我们在英国认识的。"

周盼点了点头，表示了解。

蓦地，周尧直直地看向江淮谦，灵光一闪，语出惊人："她就是小师妹？"

江淮谦扫了他一眼，意思很明显。

周尧噎住，更无语了。

周盼一无所知，茫然地问："什么小师妹？"

周尧冷笑："你让你淮谦哥给你说。"

江淮谦自然不可能解释什么，只是在赵华景上洗手间回来时，重新给三人介绍了阮轻画的身份——是Su的设计师，也是传闻中的小师妹。

介绍完，江淮谦没再搭理无关紧要的三人，专心致志地当台球老师。

包厢里又安静了一会儿，赵华景低低说了句什么，灌了杯冷冰冰的酒醒神。

周尧照做。

周盼也喝了两口，借此消化这么大的信息量。

三人小团体互相看着对方无语凝噎了一会儿，周盼小声问："所以淮谦哥哥现在……是在追人吗？"

赵华景："看样子是。"

周尧："他就是。"

周盼点点头，感慨道："原来淮谦哥哥喜欢阮学姐这种类型。"

周尧轻哂："心机男。"

赵华景沉默了一会儿，后知后觉地问："尧哥，你之前是不是还想打阮小姐的主意？"

周尧冷冷地觑他一眼，冷嘲热讽道："会说话你就多说点。"

赵华景呛住，在心底为周尧的未来点了根蜡，默哀。

阮轻画站在江淮谦旁边，依稀能感受到另一侧打量的目光。她自我催眠了一会儿，还是没办法忽视。

江淮谦教她握杆，说了好几句都没听见阮轻画的回应。他低头看着她心神不宁的模样，觉得好笑。

"在想什么？"

耳畔响起男人低低的声音，她偏头看着他近在咫尺的英俊脸庞。灯光笼罩下，男人的眉眼变得更为深邃。

阮轻画走了下神，快速地低下头，问："他们就坐在那边吗？"

江淮谦看着她："嗯？想和他们一起玩？"

她不是这个意思。

江淮谦看着她的表情，知道她在想什么，弯了下唇，淡淡地说："专心学，不用理他们。"

"哦……"阮轻画眨了下眼，拉回思绪。

不得不承认，江淮谦是个很好的老师。没一会儿，阮轻画便掌握了要领。她俯身，按照江淮谦所说的姿势拿杆，瞄准不远处的红球，一击即中。

看着红球入袋，阮轻画意外又惊喜。她唇角上扬，仰头去看旁边的人："进啦。"

江淮谦听着她轻快的语气，敛眸笑了下："嗯，不错。"

阮轻画一怔，听着他低沉的声音，耳郭微热。她转头，把自己的注意力放在台球上："我再试试。"

阮轻画练了大半个小时，总算掌握了技巧。接连进了几个球后，她甚至觉得自己能找人PK了。

这么想着，她看了一眼一直在旁边站着的人，低声问："你要不要打？"

江淮谦盯着她看了一会儿，毫不意外地问："想和我打？"

阮轻画："一个人打好像没意思。"

江淮谦应了声："可以。"顺手拿过另一边的球杆。

两人开打，吸引了三位吃瓜群众。

周盼凑过来，好奇地问："你们打比赛吗？"

阮轻画"啊"了一声，看向江淮谦："你想打比赛吗？"

江淮谦瞥了她一眼，反问道："你想？"

阮轻画摇了下头。说实话，她这种水平和江淮谦打比赛，应该会输得血本无归。

江淮谦莞尔，低声道："不打比赛，你随便玩。"

闻言，阮轻画放松了。

阮轻画是个很聪明的学生，只要用心，学什么都很快。

开球后，江淮谦让她先打。阮轻画也没拒绝，把他教的那些重点全用上了，接连进了好几个球。

周盼在旁边鼓掌加油。

江淮谦站在不远处，目光直直地落在她的身上，从上而下，炙热得让人无法忽视。

阮轻画莫名地手一抖，球没进。她转头去看江淮谦，佯装淡定道："到你了。"

江淮谦收回视线，看向球桌，低声问："输了会不会哭？"

阮轻画噎了下，被他这话砸得猝不及防。

"不会。"阮轻画轻哼，"而且我也不一定会输。"她就不信江淮谦能一杆把球桌上的球扫尽。

事实证明，江淮谦确实不能，而且他只打进了一个球，便脱杆了。

阮轻画眼睛亮了亮，抓住了机会："又到我啦？"

她喜形于色过于明显，周围人都能感受到。

江淮谦压下眸子里的笑意，不冷不淡地应了声："嗯。"

阮轻画重新上阵。

来来回回几次，阮轻画眼看要赢了，她挑衅地看了一眼江淮谦，把问题丢给他："江总，你要是输了，会不会觉得没面子？"

江淮谦撩起眼皮看她："不会。"

阮轻画："哦。"

她慢吞吞地把最后一个球打进袋中。这一局，阮轻画赢了。

玩到十点多，江淮谦送她回去。两人一走，周尧便控制不住地去他们几个人的小群念叨。

周尧："今晚，我头一回见识到了江总的非人行为。"

顾明霄："说来听听。"

赵华景："啧，谁看了不说一句江总牛呢？"

周尧："我们江总，平平凡凡的斯诺克小天才，头一回打球输了你们敢信？"

周尧："他的打法真是骚。"

赵华景："作为旁观者，我表示同意上面吃瓜群众说的。"

顾明霄："跟他打球的是小师妹？"

周尧："还是我们顾总聪明。"

顾明霄："呵。"

车内，江淮谦的手机一直在振，是群里的人在@他。

阮轻画听着振动声，迟疑道："有人找你吗？"

江淮谦拿出手机扫了一眼，直接调成静音，淡声道："没有。周尧他们在群里聊天，没大事。"

"哦……"阮轻画应了一声，扭头看向窗外。其实后面那句，他可以不用说。

两人都喝了酒，车内有清甜的酒味蔓延，味道还算好闻。但即便如此，阮轻画还是开了一点点窗，让风透进来。不知道为什么，她觉得有点闷。

"喝多了？"注意到她的动作，江淮谦问了一声。

阮轻画摇头："没有。"

江淮谦垂眼，看着她染上红晕的脸，没再出声。

阮轻画酒量非常一般，只能喝点度数低的果酒，但临走前，她有点渴，误拿了桌上的烈酒。她就抿了一口，但这会儿后劲上来，稍微有点晕。

"不舒服？"

耳边传来熟悉的声音，阮轻画"嗯"了一声，闭着眼休息。

江淮谦看她这样，没再说话。车内静悄悄的，只能听见偶尔响起的沉闷鸣笛声。江淮谦垂眸看着旁边睡着的人，抬手替她遮光。

车到小区门口时，她还没睡醒。江淮谦喊了她一声，阮轻画含糊不清地嘟囔："别吵。"

江淮谦失笑，捏了捏眉骨："阮轻画。"

阮轻画睡得沉，一动不动。

江淮谦盯着她的睡颜看了一会儿，温声道："起来，回去再睡。"

阮轻画依旧没理他，甚至还往旁边躺了下去。她每次喝醉，都会耍赖。

江淮谦看她这样，忽而想起上一回她醉酒时的情况。好像也是这样，褪下对自己的小心谨慎，变得胆大妄为，不讲理。

想到那晚的事，江淮谦喉结微动，眸光渐沉。他看着沉睡的人，伸手撩开她蹭到脸颊的头发，低声道："再不起来，我抱你了。"

　　司机在前面听着，头皮发麻，想立马消失。江总知道自己在说什么吗？江总还记得前面有个人吗？

　　司机正想着，身后传来江淮谦的声音："你先回去。"

　　司机愣怔了下，回头看他，只见江淮谦下车，绕到阮轻画这侧开门，把人拦腰抱起。

　　他看向车内的司机，交代道："不用等我。"

　　司机连忙答应："好的江总。"

　　他是周尧那边的人，经常会负责把喝了酒没带司机的几位大少爷送回去，但他是头一回送江淮谦，也完全没想到第一次送他，就听到了这么劲爆的对话。这还是……那几位大少爷口中手段狠绝、冷漠无情的人吗？司机表示很怀疑。

　　阮轻画睡得很沉，就连江淮谦抱她，也没太大反应。

　　鼻息间萦绕着女人身上的味道，清清甜甜的，是铃兰花香——是阮轻画很喜欢的一款香水味道。

江淮谦抱着她进小区，熟门熟路。到家门口时，他握着阮轻画的手解开指纹锁进屋。小房子里漆黑，只有窗外透进来的浅浅月色，很是温柔。他没敢开灯，怕把她惊醒。把人放在沙发上盖上毯子后，江淮谦才微微松了口气。

他望着躺下后自动蜷缩在角落的人，拧了拧眉。借着月光，他目光赤裸地盯着她。因为喝了酒的缘故，她双颊酡红，璀璨的双眸紧闭着，睫毛很长很翘，落下一小片扇形阴影。

越过秀气的鼻子，江淮谦的目光停在她的唇上。刚刚抱她的时候，她的唇蹭到了他的衣服，口红被蹭花了，唇色却依旧嫣红，别样诱人。

江淮谦微顿，俯身靠近。他注视着毫无察觉的人，抬起手，指腹蹭过她柔软的唇，把她蹭花的口红擦尽。

窗外的月色好像变得更迷人了，两人的呼吸声此起彼伏，格外有规律。

阮轻画没醒。

江淮谦垂眸，扫过指腹留下的口红印，把视线重新放在她身上。他安静地注视着她，没有再进一步的举动。也不知道过了多久，江淮谦才起身，进了厨房。

阮轻画是被厨房的动静吵醒的，她迷迷糊糊地翻了个身，睡眼惺忪地看向厨房那边。在看到背对着自己的身影后，她瞪圆了眼。

片刻，她回过神。是江淮谦。

阮轻画轻吁一口气，盯着江淮谦的背影看了一会儿，没出声。从她躺着的这个角度，看不清江淮谦在做什么，但又好像能猜到。

男人身材高大，背影宽厚，即便是弯着腰，也能让人感受到他的力量。可能是跟常年锻炼有关，江淮谦看着偏瘦，却有不少肌肉。厨房的灯光落在他的身上，整体看着还有种居家的温暖感——虽然，阮轻画觉得这是她的错觉。

她走神看着，也没注意到江淮谦什么时候从厨房出来了。

"醒了？"江淮谦低头看她，手里端着一个白瓷碗，正不疾不徐地朝她走近。

阮轻画眨了下眼："嗯。"她伸手揉了揉有些疼的脑袋，低声问，"这是什么？"

"醒酒茶。"江淮谦敛目，单手拿着碗吹了一会儿，才递给她，"喝了。"

阮轻画一怔，抿了下唇："谢谢。"

江淮谦睨她一眼，没搭腔。

阮轻画接过喝下。

江淮谦看着她皱起的眉头，轻笑了声："不好喝？"

"嗯。"阮轻画感受着舌尖的苦涩，嘟囔道，"好难喝。"

话音一落，她嘴里被塞了一颗糖。

把糖卷进舌尖，阮轻画才后知后觉地反应过来发生了什么。她错愕地望着江淮谦，感受着口腔里蔓延的甜味。僵了几秒，她含糊地问："哪儿来的糖？"

江淮谦指了指厨房："冰箱里的，没过期。"

阮轻画低头，看到了丢进垃圾桶的糖纸。这糖，好像是她上次凑单买的。

她反应迟钝地"哦"了一声，没了后话。

江淮谦瞅了她一眼，拿着碗往厨房走："去洗澡休息。"

阮轻画摸了下自己滚烫的耳朵，咬着还没彻底融化的糖，低声问："你什么时候走？"

江淮谦把碗洗好，淡声道："你洗完澡睡了就走。"

话说到这个份上，阮轻画也不好再说什么。她喝醉酒容易干出格的事，为了以防万一，江淮谦留在这儿好像是最妥当的。当然，还有个更重要的原因，就算她不同意，江淮谦也会想办法留下。到最后，结果还是一样。

阮轻画在这种事上，僵持不过江淮谦，索性作罢，随他去了。

阮轻画洗完澡出来时，江淮谦在客厅看手机，神色散漫，身体跟着放松下来，看着很随性。

听到声音，江淮谦抬眸瞥向她，几秒后，才转开目光。

"好了？"

"嗯。"阮轻画对着他灼灼的瞳仁，有些不自在，她扭头看了眼时间，轻声道，"我清醒了，你……"

后面的话还没说出口，江淮谦先站了起来。他高，站起来时阮轻画面前覆下一片阴影，让她看得不那么真切。

"睡吧。"江淮谦言简意赅道，"我走了。"

阮轻画"嗯"了一声，跟着他走到门口，仰头看他："今晚……谢谢。"

江淮谦挑眉："就这样？"

阮轻画看着他："不然……我请你吃饭？"

闻言，江淮谦兀自一笑，嗓音低沉："再说。"

"哦……"阮轻画并不勉强。

江淮谦看着她白净透亮的脸颊半晌，重复了一遍："走了。有事给我打电话。"

他走后，屋子里变得空旷了些，空气也顺畅了。阮轻画站在门后半晌，才慢吞吞地回了房间。

要入冬了，晚上的风有种刺骨的凉。江淮谦从公寓离开，迎风走到小区门口，才掏出口袋里的烟点燃。

路灯下，他的身影被拉长，五官变得更为深邃。风吹拂而过，吹乱他的发丝。

江淮谦借着风，压了压内心燃起的冲动。没人知道，阮轻画洗完澡出来的那一刻，他下了多大的定力，才没逼近她，而是云淡风轻地从她的房子里离开。

一根烟燃尽，江淮谦偏头看了看夜色下的小区，走到路边随手拦了辆出租车。

上车后，他感受着窗外拂过的风，脑海里不由自主地想起刚刚那一幕。阮轻画穿的睡衣其实很保守，小圆领款式，露出精致的锁骨。她很白，在灯光下泛着光，透亮细腻，近距离还能看见她脸颊的细小绒毛，五官精致，身上还带着洗发水、沐浴露的味道，是诱人的花香。

注意到后座的客人神色不对，司机忍不住开通畅聊服务。

"小伙子去朋友家喝酒了？"

江淮谦身上有淡淡的酒味，一上车司机便闻到了。

突兀响起的声音，拉回了江淮谦的思绪。他一顿，睁开眼把车窗打开，风灌进来，人彻底清醒了。

"不是。"也不知道是深夜情绪容易发散，还是怕自己还会控制不住地回忆，江淮谦难得搭了腔。

司机借着后视镜看了他一眼，猜测道："送朋友回家哪？"

江淮谦"嗯"了一声。

司机笑了笑，猜测道："重要朋友吧？"

江淮谦掀起眼皮看他。

司机莞尔，自顾自道："你这身份不普通吧？一般朋友轮不到你送。"

司机见过太多客人，眼尖，从江淮谦上车那会儿，他便大概估了估他的身份。江淮谦长相英俊，气场强，简短的两句对话，就能感受出他是常年发号施令的。即便不是大老板，身价也绝对不低，在公司的职位起码是总监以上。

江淮谦笑了下，淡淡地说："还好。"

司机了然地点点头，也不深究。他看江淮谦没露出半点不耐烦，就继续问道："送女朋友回家啊？"

江淮谦没想到少有的打车经历，还能遇到这么话痨的司机，但此刻，他也确实需要转移注意力。

"不是。"声音落下后，他倏地笑了笑，偏头看向窗外掠过的夜景，低低说了句，"暂时还不是。"

说完这句，江淮谦没再吱声。

司机看他合眼休憩，也不敢再多打扰。

付款下车时，司机喊了他一声："小伙子加油啊，再努努力女朋友就追到了。"

江淮谦心情愉悦地勾了勾唇："一定。"

对阮轻画，他势在必得。

之后的两天，阮轻画都偷偷躲着江淮谦。她也说不上什么原因，反正能避就避。

去J&A的人选定了下来，是阮轻画和徐子薇。只不过，两人过去学习的时间不是现在，而是来年春天。Su人员紧张，又在为明年的春夏款做准备，暂时分不出设计师去学习。

阮轻画倒是无所谓，不差这几个月时间。倒是徐子薇，有点着急。

"轻画。"

"嗯?"阮轻画抽空看了她一眼,"怎么了?"

徐子薇叹息一声,低声问:"怎么我们要明年才过去啊,到时候该不会还有变动吧?"

闻言,阮轻画笑了笑:"不至于。"她望着电脑屏幕,边给孟瑶回消息边说,"应该是要到年底了,那边安排不出设计师带我们,我们这边的工作量也大,所以干脆推迟一点。"

徐子薇"嗯"了一声,看着她淡定的神色,说:"我就是怕还会有变动。"

阮轻画摇头:"不会的,J&A也不是小公司,不可能出尔反尔。"

这种高奢集团,最讲究信用,更何况这件事还是江淮谦拍板定下的,除非是J&A董事长不同意,不然没有人能否认江小少爷的决策。

想到江淮谦,阮轻画走了下神。

"轻画?"徐子薇喊了她好几声。

"啊?"阮轻画侧头看她,"怎么了?"

徐子薇托腮望着她,笑着问:"今晚要不要去玩?周末了,好好放松一下。"

阮轻画指了指微信聊天界面:"我得陪孟瑶。"

徐子薇扫了一眼,好奇道:"你们去哪儿玩?"

阮轻画摇头:"看孟瑶,我随便,都行。"

阮轻画对玩的地方,向来不太有主意。她很讨厌选择,基本上是孟瑶说了算。

徐子薇"嗯"了一声,笑了笑:"好吧,那我约其他人了。"

"嗯。"阮轻画温声道,"下次约。"

一到下班时间,孟瑶就用消息轰炸她。阮轻画哭笑不得,跟同事说了一声,收拾东西准备下班。

每到周五,就没人愿意在办公室多停留,一个个走得比谁都快。

"快点快点。"一到大厅,孟瑶便朝她招手,催促道,"再晚点过去就要排队了。"

孟瑶前几天跟同事去了一家酸菜鱼店,吃过后念念不忘,一直嚷嚷着要带阮轻画去。但那家酸菜鱼店的老板也不知道怎么想的,不安排APP排队,也不外送,只能到店门口等。无奈酸菜鱼的味道很好,所以每天排队的人络绎不绝。

阮轻画听着，哭笑不得："人多了就晚点吃。"

孟瑶睨她一眼："还不饿？"

阮轻画是饿了。中午食堂的饭菜不是她喜欢的，她简单吃了两口就放下了。

孟瑶看她这样，轻哼道："快走，应该赶得上。"

阮轻画笑了笑："好。"

两人过去时，恰好还有一个双人桌空位。

进去坐下后，孟瑶飞快勾选菜单。点好后，她才得空和阮轻画闲聊。

"你周六要去给那小妹妹帮忙？"

阮轻画点头，抿了口温水看她："你要不要去玩玩？"

孟瑶想了想，说："再说。"她撑着下巴，闭着眼嘟囔，"看我明天几点睡醒。"

阮轻画也不勉强她："那随你，你想去就给我打电话。"

"嗯。"孟瑶睁开眼，瞳仁里压着笑望着她，"给我说说和江总的事？"

阮轻画一噎，云淡风轻地问："我和他有什么事？"

孟瑶轻哼："你说呢？"她细数阮轻画这两天的诡异行为，"买咖啡的时候看到江总出现，你立马拉着我走。还有在食堂吃饭，明明没吃完，江总一来，你就说吃好了……"说到后面，孟瑶简单地下了定论，"你在躲江总。"

阮轻画垂下眼，温暾道："哦。"

孟瑶瞪大眼看着她，八卦道："为什么躲他？你对他心动啦？"

阮轻画被她的话噎住，呛了一下："你在胡说八道什么？"

孟瑶哼了哼："你没心动你躲什么呀？不就是为了逃避？"

阮轻画捧着杯子，想了想，说："不是，我只是想减少不必要的麻烦。"

孟瑶听着，撇了撇嘴。她不信阮轻画说的，但又不知道该怎么劝她。阮轻画决定的事，除非她自己想通，不然没人能改变。

想到这儿，孟瑶深深叹了口气："我还盼着你做老板娘给我升职呢。"

吃过美味的酸菜鱼，孟瑶拉她去楼上玩。吃饭的楼上是电玩城，另一边是电影院，很大很大。

"我们是看电影还是玩其他的？"

阮轻画想了想，看向电影院那边："有什么好看的电影吗？"

孟瑶掏出手机："我看看。"

阮轻画凑过去看了一眼，没看到特别喜欢的。她刚退开，手里拿着的手机振了一下。阮轻画低头看消息，是她躲着的那人发来的。

江淮谦："在电影院？"

阮轻画愣怔着，下意识抬头张望。应该没那么巧吧，江淮谦也来电影院了？

大概是猜到她在做什么，江淮谦又发了条消息给她："赵华景看到你了。"

赵华景今天是陪新女友来看电影的，刚到门口，余光便扫到了熟悉的身影。他盯着看了一会儿，拍照发去了他们的群里。

赵华景："江总，周五怎么也不约小师妹看电影？你这追人能力不行啊。"

周尧："啧！糊糊的小师妹真好看。"

顾明霄："你质疑江总的能力？"

周尧："江淮谦出来看小师妹啦。赚再多钱有什么用，小师妹都追不到。"

江淮谦扫了一眼，直接问："地址。"

几个人在群里打趣他，江淮谦没搭理，退出群给阮轻画发了条消息。他不是没发现阮轻画这两天的举动，只不过太忙了，没找着机会找她"算账"。

看到江淮谦的消息，阮轻画莫名松了口气。她想了想，低头回复："嗯，我跟孟瑶在。"

江淮谦："打算看什么电影？"

阮轻画瞥了一眼旁边还在挑选影片的孟瑶："不知道。怎么了？"

江淮谦："我也很久没看电影了。"

江淮谦："买票的时候方不方便多买一张？"

孟瑶刚看到一部有点感兴趣的，打算跟阮轻画说说，一扭头便看到她在对着手机发呆。她一挑眉，扫了一眼后，乐了。她戳着阮轻画的手臂，道："给江总回，非常方便。"

阮轻画思忖了一会儿，叛逆地回了三个字："不方便。"

回完，阮轻画对上孟瑶忍笑的双眸，顿了下，按灭手机屏幕。

孟瑶笑盈盈地问："真不方便？"

阮轻画默了默，嘀咕道："不是说好今天陪你吗？"

孟瑶第一时间理解了她的意思。她是怕自己不舒服。孟瑶笑了笑，靠在她的肩膀上："那有什么关系，江总又不是女人，让他来吧。"

阮轻画不太能理解她的脑回路，眨了眨眼，好奇地问："女人来你就不允许？"

"对啊。"孟瑶理直气壮道，"我们闺密约会再来个不熟悉的女性朋友，那不就变成三人行了吗？"

三人行，必有人伤心。

阮轻画想了想，低头看她："那之前菀菀和我们也是三人行。"

她说的菀菀是两人的大学室友，一个大美女。

孟瑶看她一眼："那不一样。"

阮轻画想了想，好像也是。每个人性格不同，不能拼凑在一起相提并论。

她沉默了一会儿，瞅着孟瑶的手机界面，说："那我来买吧。"

孟瑶也不拦着。电影票而已，谁买都一样。让阮轻画请客，以后还能让江淮谦有理由请回来。

买完票，阮轻画纠结了一会儿，还是跟江淮谦说了一声。

收到她的消息，江淮谦勾了下唇。

江淮谦到的时候，阮轻画和孟瑶正站在娃娃机边消磨时间。考虑到要等江淮谦，阮轻画买票的时候特意买了大半个小时后的那一场。

江淮谦出了电梯，几乎没花费多大力气便找到了人。阮轻画正在和娃娃机里的娃娃做斗争，试了好几次也没能把想要的抓出来，眉眼间有种挫败感。她撇着嘴，跟旁边的孟瑶嘀咕。

江淮谦看着，眸光里闪过一丝笑。阮轻画看似成熟理智，可实际上就是个小孩。

"这娃娃机老板是不是设了什么关卡？"阮轻画非常好奇，"为什么每次要到出口了就掉下去？"

孟瑶点头："有可能。"她看了眼空空如也的掌心，"还玩吗？"

阮轻画看了眼娃娃机里对自己张牙舞爪笑着的玩偶，斩钉截铁道："玩。"

孟瑶"嗯"了一声，刚想去换币，一抬头便看到了江淮谦。她扬扬眉，推了下阮轻画的手臂："江总来了。"

阮轻画怔了下，和不远处的男人撞上视线。在看到江淮谦身上的大衣后，她走了下神……这件衣服为什么那么眼熟？

还没想出来，孟瑶忽然压低声音问："你们今天，穿的情侣装吗？"

阮轻画下意识看了眼自己身上穿的大衣，沉默了。

孟瑶憋着笑，和走过来的江淮谦打招呼："江总。"

江淮谦颔首，客套地跟孟瑶说了声："打扰了。"

孟瑶谄媚道："不打扰不打扰，江总我准备去买点吃的，您需要吗？"

江淮谦一顿，看了眼旁边不说话的人："我去吧。"

"不用不用。"孟瑶的红娘心思表现得异常明显,"江总你在这儿陪轻画抓娃娃吧,我技术不行,我去买吃的比较靠谱。"

说完,孟瑶不给阮轻画拒绝的机会,一溜烟跑了。

阮轻画对孟瑶表示无语,甚至想直接把人拽走。江淮谦倒是自然,敛眸看着她,笑了笑:"没币了?"

阮轻画看了他一眼,点了下头。

江淮谦道:"我去换。"

没一会儿,江淮谦换了币回来。

"手。"他的声音低沉,性感撩人。

阮轻画"嗯"了一声,没再矫情。江淮谦把换好的币放入她的掌心,手指不经意的触碰,让阮轻画的心紧了紧。她眼眸微闪,抿了下唇:"谢谢。"

江淮谦没搭腔,抬了抬下巴示意她自便。阮轻画就真的不理他了,专心致志玩了起来。

男人在一侧看着,也不出声打扰。

又试了几次,还是没成功。阮轻画深呼吸了下,很是无奈。

江淮谦看着她的表情,压了压唇角的笑:"我试试?"

"你行吗?"阮轻画瞅着他,好奇不已。

江淮谦看了她一眼:"不知道。"

阮轻画自觉地退开,让他试。

"要中间这个?"

阮轻画看了一眼娃娃机:"你觉得中间的更好看?"

这台机子里放着的都是人偶,各式各样,有穿着白色粉色小裙的,也有穿背带裤的。而江淮谦问的那个,是穿红色裙子的。

江淮谦"嗯"了一声:"还不错。"

阮轻画盯着看了一会儿,低声道:"那就这个吧。"

能不能抓出来还不一定呢。

江淮谦试了两次,第三次便把红色裙子的玩偶抓了出来。

阮轻画震惊不已，仰头望着他："你是有什么技巧吗？"

江淮谦："没有。"

"真的？"

"嗯。"江淮谦弯腰，把玩偶取出来递给她，"应该是运气好。"

阮轻画看着他递过来的小玩偶，伸手接过，轻声道："谢谢。"

江淮谦意味深长地看了她一眼："到时间了吗？"

阮轻画看了看手机："差不多了，我们过去找孟瑶吧。"

"好。"

两人气质好，模样出众，一路走过，即便什么也没做，也吸引了不少目光。

阮轻画不经意抬眼，看到两个打扮时尚的女人正大大方方地在看江淮谦，视线灼热，让人想忽视都难。阮轻画看过去时，和短发女人对上目光。女人望着她笑了下，没有任何闪躲，依旧在看江淮谦。

阮轻画怔了下，有种难言的情绪在蔓延。她不知道该如何自控，也不知道该怎么调节。

蓦地，耳侧传来熟悉的声音："晚上吃了什么？"

阮轻画怔怔地看着他："啊？"她愣了下，才回神，"酸菜鱼。"

江淮谦"嗯"了一声："喜欢？"

阮轻画觉得他的问题很奇怪，点了点头："还行。"她挺喜欢吃鱼的。

江淮谦应着，突然说："我还没吃饭。"

阮轻画愣了下，狐疑地看着他："你没吃饭？"

"嗯。"江淮谦目光直直地注视着她，慢条斯理道，"刚从公司过来。"

阮轻画缄默三秒，反问道："那你怎么不去吃？"

江淮谦一时不知道该怎么把这个话题继续下去，有时候阮轻画很聪明，但偶尔她好像就是不解风情。

问完，阮轻画才反应过来。她眼睛胡乱晃了晃，在电影院大门口扫了一圈，讪讪道："那你……吃香肠吗？"

江淮谦挑眉，似笑非笑地看着她。

阮轻画摸了摸鼻尖，温暾道："去吃饭来不及了，电影院门口只有香肠是热食。"她抬眸看他，认真地问，"吃吗？可以垫垫肚子。"

江淮谦："可以。"

两人转身往另一边的售卖处走。这边人不多，排了一会儿队，阮轻画便买到了。

买好后，两人就近找了个位置坐下。阮轻画给不知道去哪儿买东西的孟瑶发了个消息，再抬头看周围时，隐约发现落在他们身上的视线少了很多，连之前那两位女生也转开了视线。

孟瑶选的电影，是一部美国爱情片，前段时间还挺火的，阮轻画听办公室的同事讨论过，但没多去了解。

三人的座位连在一起，阮轻画一侧是孟瑶，另一侧是江淮谦。最开始，她还担心江淮谦会不会不习惯在人这么多的电影院待着，但事实证明，她想多了。江淮谦不仅没半点不适应，甚至在找座位时很熟练，像来过很多次一样。

阮轻画想着，有点心不在焉，忽地，旁边的孟瑶压着声音骂了句："傻子。"

阮轻画错愕转头，借着电影屏幕折射的光，看到了孟瑶的愤愤神色。阮轻画怔了几秒，抬头去看大屏幕。

屏幕里，一男一女拥抱在一起，氛围暧昧，灯光渲染，分外有情调。

她愣怔片刻，立马转开目光，一转头，便对上了江淮谦幽深的瞳仁。

电影院内很静，静到屏幕里的声音都清楚地钻入耳内。阮轻画突然就后悔了，她就不该心软答应江淮谦过来。她真的很想去发个帖子问问，怎么处理和老板在一起看恋爱电影的尴尬氛围。

正想着，孟瑶又骂了一句："渣男。"

阮轻画茫然片刻，又看了看大屏幕。这下倒好，屏幕里的两人已经开始接吻了。她默了默，没敢去看另一侧的人，也没敢打扰孟瑶。

江淮谦注意着她的动作，失笑道："不喜欢这个电影？"

阮轻画耳郭一热，抬头瞥了他一眼："好像不是很好看。"

江淮谦挑眉："是吗？我怎么觉得还不错。"

阮轻画没好气地瞪了他一眼，含糊不清道："你们男人都喜欢呗。"

她说话声音小，江淮谦没听清。

"你说什么？"他微微侧了下身，往她这边倾靠，"没听清。"

阮轻画看着他近在咫尺的英俊侧脸，下意识地往后靠了靠。

"没……"她气息不稳，决定转开话题，"我说刚刚这个是男主吗？"

江淮谦目光直直地看了一会儿大屏幕，摇头道："应该不是。"

"应该？"

"嗯。"

阮轻画狐疑地看着他，决定自己上网确认。她直接搜索电影简介，在看到上面的内容后，阮轻画忽然明白孟瑶为什么骂人了。

看阮轻画神色不对，江淮谦低声问："怎么？"

阮轻画幽幽地看着他，低声道："刚刚的那个男演员不是男主。"

江淮谦："嗯？"

"他是女主的前男友。"阮轻画怕孟瑶听见，往江淮谦那边靠了靠，小声嘟囔，"出轨被女主发现然后分手的。"

这部电影，是女主逆袭的爱情片，有事业也有爱情。男友出轨后，她第一时间和男友分手，而后开始了事业之路，在事业的上升阶段，她对爱情变得很随性，没再恋爱，但遇到了不少男人，直到最后女主遇到了真正喜欢的人，也就是男主。

这是一部相对轻快的爱情片，有一小部分职场情节，但更多的是看女主和不同的男人谈恋爱。对当下很多人来说，升职逆袭的情节看着很爽。

江淮谦看着她义愤填膺的神色，再联想到孟瑶刚刚骂的话，明白了过来。他轻拍了下阮轻画的脑袋，低低道："别多想。"

阮轻画顿了下，感受着他残留在发顶的温热触感，"嗯"了一声："我没有。"

她就是有点担心孟瑶。之前阮轻画一直不知道为什么孟瑶会和男朋友分手，孟瑶也没告诉她。直到前段时间她才知道，是因为男方出轨，两人才分手的。

孟瑶看似没心没肺，每天都过得很快乐，但男朋友出轨对她带来的打击并不小。一想到这电影也是差不多的发展轨迹，阮轻画就有点难受。她怕孟瑶沉浸在过去，无法抽身。

因为这事，阮轻画电影都没认真看，一直心绪不宁。她怕孟瑶突然哭，怕她突然崩溃，也怕自己不会安慰人。

电影结束时，三人离开。

刚走出去，孟瑶跟阮轻画说了声，去了洗手间。她望着孟瑶离开的背影，有些不放心。

江淮谦注视着她，低声问："担心？"

"有点。"阮轻画看着他，想了想，说，"要不你先回去，我去看看孟瑶。"

江淮谦自知现在不是好时机，颔首低声道："我安排人送你们回去？"

阮轻画摇头拒绝："不用，我跟孟瑶打车就好。"

"嗯。"

江淮谦目光灼灼地看她半晌，忽然说："阮轻画。"

阮轻画抬头："什么？"

江淮谦微顿，揉了揉她的头发，说了句没头没尾的话："我不会。"

直到江淮谦离开，阮轻画才反应过来他那句话的意思。

孟瑶从洗手间出来，抬起手在她眼前晃了晃："阮小姐，发什么呆？"

阮轻画眼睫一颤，猛地回神："好了？"

孟瑶狐疑地看着她："上个洗手间能有多久？"她神色自然地张望了下，"江总呢？"

阮轻画说："走了。他说还有事，先离开了。"

孟瑶"哦"了声，她心情不佳，就没打破砂锅问到底："那我们回去？"

"嗯。"

两人回去，孟瑶又来阮轻画这边蹭住。她心情不好就不喜欢一个人待着，和阮轻画完全相反，阮轻画心情不好，就喜欢沉浸在自己的世界里发呆。

看完电影回到家，差不多十二点。两人洗漱完，躺进被窝里。

孟瑶在玩手机，阮轻画本想睡觉，可一闭上眼，脑海里便浮现出江淮谦说那三个字时的神情。

他是认真的。也从另一面，更直接地表达了他对自己的想法。

上回团建，阮轻画虽在内心确定了他好像还喜欢自己，可实际上是没有太多底气的。她也担心过是不是自己自作多情想多了，毕竟，江淮谦也没在口头上表达过什么，最多就是行为上对自己偏袒，比较暧昧。

到今晚，他打了直球。

他知道阮轻画在担心什么，也知道她在怕什么，他便清清楚楚明明白白地告诉她，她担心的那些，他不会做。

思及此，阮轻画叹了口气。她想，如果江淮谦不是说完就走，那她会怎么回答他，是逃避，还是直接再次拒绝。

突然间，阮轻画不确定了。

孟瑶最开始没注意到阮轻画情绪不对，直到她第二次叹息，才察觉到了点什么。她偏头看向睁开眼望着天花板的人，好笑地问："你在干吗？"

阮轻画瞥了她一眼："想事情。"

孟瑶扬眉："想什么事，可以跟我分享吗？"

阮轻画缄默了一会儿，看向她："电影看完，伤心吗？"

孟瑶一怔，扑哧一笑，说："不伤心，觉得挺爽的。我决定了，我要像电影里的女主一样，努力奋斗事业，然后找个小奶狗。"

阮轻画噎了噎，没想到她看完那部电影会有这种想法。

"为什么是小奶狗，不是小狼狗？"她好奇地问。

孟瑶眼睛一亮，立马改口："对哦，那就小狼狗吧。"

阮轻画噎住，一脸无语地看着她。

孟瑶笑了："怎么？你觉得我这个想法不好？"

"挺好的。"阮轻画拉了拉被子，闷声说道，"及时行乐。你要去哪里找小狼狗啊？"

"大学啊。"孟瑶拍了拍她的肩膀，看她的模样，揶揄道，"怎么，你想试试？"

阮轻画翻了个白眼给她："不想。"

"那也是。江总肯定也不差的，你别肖想大学生了。"

阮轻画没说话。

孟瑶"啧"了一声，想着江淮谦那个冷淡的模样，凑在阮轻画耳边嘀咕："我觉得江总这种冷淡的人应该会……"

阮轻画忍了忍，终归是没忍住，拿起旁边的枕头拍了孟瑶几下："你好烦啊。"阮轻画边揍她边说，"你好好想你的大学生，别跟我说江淮谦！"

孟瑶拉开盖在自己脸上的枕头，问："为什么不能说江总？"她直勾勾地看着阮轻画，故意逗她，"你怕下次看到他把持不住？"

阮轻画瞪了她一眼，决定不搭理她。

孟瑶笑道："干吗？我们还不能讨论下这类话题了？"

"不能。"阮轻画轻哼，"我不想和你讨论，你找别人去。"

"可以。"孟瑶重新躺下，感慨道，"明天我跟你去学校参加小妹妹的比赛，找我的小狼狗探讨。"

也不知道是不是孟瑶睡前的那一番话，当晚，阮轻画做了个梦。这梦勾着她，让她从起床就开始脸红，红到周盼的学校，还没消下去。

孟瑶不经意地看了一眼，嘀咕着："你脸怎么那么红？"

阮轻画没看她，面无表情地说："热。"

两人下车，周盼已经在学校门口等着了。除了周盼，还有江淮谦几人。

阮轻画跟孟瑶说过周盼和江淮谦的关系，这会儿看到人，她也没多想，就是暧昧地朝阮轻画抛了个眼神。阮轻画当没看见。

孟瑶笑盈盈地和几个人打招呼，非常自来熟。

"江总，又见面了。"

江淮谦颔首，看向旁边的阮轻画："早。吃早餐了吗？"

阮轻画尽量让自己看着很正常，点点头，和江淮谦对视一眼，转开道："吃了。"

江淮谦看着她的小动作，听着她刻意拉开距离的声音，拧了下眉。莫非，是昨晚说的话太逼近了？

没两分钟，周尧和孟瑶已经很熟稔地聊上了。一行人浩浩荡荡往里走，阮轻画被周盼带着去试衣服。比赛在晚上，现在时间还早。

看着她们离开的背影，周尧瞅了瞅江淮谦的神色，低声问："小师妹对你……不怎么热情啊？"

江淮谦冷冷地看他一眼。

周尧耸肩："不信你问华景，又不是我一个人有这种感觉。"

赵华景正在跟新女友微信聊天，闻言应了声："确实。"

江淮谦没搭理两人，随意找了个位置坐下。

周尧轻笑着揶揄道："难得看我们江总受挫，江总下一步打算做什么？需不需要兄弟帮忙？"

江淮谦连个眼神都没给他。他不需要任何人帮忙，更何况周尧他们只会帮倒忙。他在想，阮轻画今天避着自己，是因为昨晚那句话呢，还是因为什么？

江淮谦再次在这种问题上费解，正想着，周盼忽然在里头惊呼道："学姐你身材也太好了吧。"

紧跟着，孟瑶的声音响起："太好看了，妹妹的设计很棒啊。"

江淮谦耳朵微动，抬了抬眼。人还没出来。

周尧在旁边喊了一声："周盼，换好了把你学姐带出来。"

周盼："别催。"

大约过了半分钟，阮轻画出现在众人的视野里。她穿着一袭白色抹胸鱼尾礼服裙，勾出她完美的身材曲线，露出一字肩和精致的锁骨。

阮轻画平时会锻炼，身材很不错，但因为上班的缘故，少有穿得这么隆重。江淮谦也是第二回见她穿成这样。

大概是被大家盯着不自在，阮轻画眼神飘忽地晃着。不经意地，她撞上江淮谦深邃如潭的目光。阮轻画抿了下唇，眼睫轻颤，挪开了目光。

"还……可以吗？"她问。

周尧和赵华景对视一眼，惊呼道："小师妹也太好看了！"

周尧的说辞一串一串的："小师妹今晚惊艳全场，简直是仙女下凡。"

阮轻画被他逗笑了："没那么夸张。"她看向旁边的周盼，笑着说："是盼盼的设计好。"

裙子设计是真的不错，简简单单的鱼尾礼服，不长不短的裙摆，除此之外，手臂位置特意设计了两朵花，和裙子布料一样，做了绽放的造型，看着非常吸睛，也为这条简单的裙子添了设计感。

赵华景附和着："小师妹下凡辛苦了。"

阮轻画顿了下，看向一直没说话的江淮谦，想问，又不好意思问，正纠结着，孟瑶在旁边问："江总觉得怎么样？"

江淮谦回神，视线依旧停在她身上，从下而上，落在她璀璨的狐狸眼。

"很好。"江淮谦声音低沉，说了句，"很漂亮。"

话音一落，周尧吹了声口哨："难得听我们江总夸人啊。"

赵华景调侃道："头一回啊，早知道我该录下来的。"

阮轻画听出了几个人话语里的深意，有点不知道该如何是好。

看出她的不自在，江淮谦冷冷地看了眼其他几人，起身朝阮轻画走近。他没在意其他人的目光，偏头看了看旁边的周盼："她要穿着这件衣服等到晚上？"

周盼愣了下，连忙说："不是。阮学姐冷不冷？我们先去换下来吧。"

之所以现在让阮轻画穿，是为了试试看效果。

阮轻画"嗯"了一声："好。"

回到后台换衣间，孟瑶在旁边帮她衣服拉链，顺手摸了下她的蝴蝶骨，调侃道："下回这任务还是我吗？"

阮轻画瞪了她一眼。

孟瑶笑了，正色道："说认真的。"

阮轻画看着她不说话。

孟瑶想了想，低声道："考虑下江总。刚刚大家都只顾着夸你漂亮，只有他第一时间想到你会不会冷。就江总这种身份的人，能细心到这种地步，是真把你放在心上了。"

阮轻画顿了顿，没吱声。

换好衣服出去，江淮谦正在旁边等着，手里还拿着一个白色保温杯。

她怔了下，接过他给的杯子："谢谢。"

江淮谦抬了下眼："冷？"

"有点。"阮轻画捧着保温杯，低声问，"他们呢？"

"去学校逛了。"

江淮谦敛目看她，目光深邃："去转转吗？"

阮轻画沉默了一会儿，说："好啊。"

两人往外走。

阮轻画很久没回学校了，但对这一片还是熟悉的。学校里的树，好像一直都是郁郁葱葱的，即便是冬天，也依旧生机勃勃。

阮轻画跟江淮谦走在小道上，不急不缓。倏地，江淮谦停下脚步。

阮轻画一怔，抬眸看他："怎么了？"

江淮谦看着她："不喝水？"

"喝。"她把保温杯拧开，刚想要往嘴边送，便注意到了江淮谦的目光。她顿了顿，别开眼："你别这样看我。"

江淮谦扬了下眉："哪样？"

阮轻画不说话。

他垂眼，目光灼灼地看着她，突然说："刚刚说的是实话。"

"什么？"对上他黑亮的瞳仁，阮轻画知道了他的意思，温暾道，"知道了。"

他指的是，刚刚说她很漂亮。

江淮谦"嗯"了一声，喉结微动："就这样？"

阮轻画抿唇，仰头看他，目光澄澈却勾人。

江淮谦缄默了一会儿，说："我能问一个问题吗？"

"你说。"

江淮谦垂眼看她，语气平静地问："今天为什么又躲我？"

　　周末上午的初冬校园，格外寂静。今天是阴天，阳光躲在云层后，更显得寂寥。阮轻画和江淮谦站的位置，更是连偶尔经过的路人都没有。

　　他们走的，是一条僻静小道，只有风和飘落的树叶，以及两人踩在枯黄落叶上的沙沙响声。

　　两人面对面站着，距离很近，近到阮轻画能闻到他身上那种熟悉的味道，是她一直以来都喜欢且有些迷恋的。

　　她抬眸望着他，和他对视。他瞳仁里认真的感情，都清清楚楚地表现了出来。她是懂的，但阮轻画没想到，他会这么直接地问出来。

　　两人无声地僵持着，谁也没说话。

　　阮轻画嘴唇翕动，想了半天才憋出一句："我哪有躲你？"

　　江淮谦没说话，目光紧锁着她。

　　阮轻画被他看着，脑海里忽而冒出昨晚的那个梦。梦里也是两人在无声对视，看着看着，他忽然倾身过来吻了她。她没把人推开，更没拒绝他下一步的动作，甚至还变得更主动，主动地攀着他的肩膀，不愿意离开。房间里变得很暗，他的呼吸很重，全数落在她敏感的耳后。

一想到这儿，阮轻画就没脸再和江淮谦待下去了。她不懂自己为什么会做这种梦。

她的脸红了红，抓着保温杯的手紧了紧，连忙低下头说："我没躲你。"她摸了摸鼻尖，心虚道，"真的。"

江淮谦看她这样，眸色渐沉，沉默片刻，他淡声道："走吧。"

阮轻画一怔，抬头去看时，他已经转身往前走了。她盯着江淮谦的背影看了一会儿，才慢吞吞地跟了上去。

两人漫无目的地走了一会儿，江淮谦忽而停下脚步。

阮轻画侧眸看他："怎么了？"

"找个店休息一会儿。"江淮谦淡淡地说，"不想走了。"

阮轻画"哦"了一声，看着他："好。你想去什么样的店休息？"

江淮谦往校外走，闻言瞥了她一眼："你读书时去哪儿休息？"

阮轻画想了想："这个点，甜品店人少又比较舒服，我们去甜品店？"

江淮谦："嗯。"

出了学校，阮轻画熟门熟路地带他去校门口的甜品店。

甜品店在学校不远处，出门左转走两百米便到了。这是一家靠路边的两层小店，装潢简约，是现在流行的冷淡风格。

两人进去，阮轻画问过江淮谦的意见后，点了一杯奶茶、一杯咖啡，外加两份甜点。

他们找了个二楼窗边的位置坐着，略显安静。这里除了他们，还有两三桌客人，看着年龄很小，应该是学校学生。

江淮谦从坐下后就不说话，阮轻画能感觉到他心情不太好，一时也不知道该说什么。她知道原因，可不知道该怎么去安慰。毕竟让他心情不好的人，是她。

阮轻画偷偷瞄了他一眼，江淮谦在看手机，神情专注。他睫毛很长，似鸦羽一般，在眼睑下方落下一小片阴影。他的五官很精致，挺鼻薄唇，下颌线条流畅。

不知为何，阮轻画忽然想到网上流传的一个说法。有人说，薄唇的男人花心且薄情，可她觉得这种说法在江淮谦身上并不适用。他不仅不花心，好像也不薄情。

有时候阮轻画会想，如果江淮谦能薄情一点该多好。这样，她也就不算太对不起他。

阮轻画从小的经历告诉她，两个世界的人别硬凑，即便是最开始喜欢，到最后也会发现不合适，就像冯女士和阮父。

冯女士出身不错，虽算不上富贵，但也确实是富裕家庭的小孩。她对阮父一见钟情，从而和他在一起。两人恩爱了几年，度过激情岁月后，最终还是要回归生活。

一旦回归，便会有矛盾。阮父是个随遇而安的人，没有大追求，只有他小小的梦想，就是做好每一双鞋。无论贵还是便宜，他都会做好。

他没有向往大城市的冲动，而冯女士有。冯女士不甘心在小城市里过一辈子，她喜欢大城市的繁华，喜欢刺激。当然，也更喜欢被人伺候的那种富太太生活。

她想要的这些，阮父都没办法给，因此，两人开始吵架，闹离婚。冯女士为了追求自己想要的，最开始那几年，和阮轻画也断了联系，也是那时候，阮轻画渐渐明白了喜欢不能是所有。

天壤之别的两人最开始就算再喜欢，最后也可能会分开，更严重点，还会老死不相往来。

这些，都是她不想看见的，更不愿意在她和江淮谦身上看见，所以阮轻画选择逃避，江淮谦这样优秀的人，值得更好的人。她配不上，也不去奢望。她觉得，一辈子做他的下属，做那个偶尔能和他一起吃顿饭、聊聊设计的小师妹，就挺好的。

江淮谦不是没注意到对面人的眼神，但又担心出声会打断她的思绪。他撩起眼皮回望她，阮轻画也没有任何反应。江淮谦挑了下眉，正想出声，阮轻画搁在一侧的手机率先响起铃声。

铃声拉回了阮轻画的思绪，她看了眼手机屏幕，皱了下眉，接通了。

"喂。"阮轻画声音很淡。

"轻画。"那边响起冯女士的声音，她清了清嗓，温声问，"吃午饭了吗？"

阮轻画"嗯"了一声，偏头看向窗外，低低道："还没有。"

冯女士沉默了一会儿，问道："怎么还不吃，打算自己做还是点外卖？"

阮轻画轻笑了下，直接问："你找我有什么事？"

上回吵架后，冯女士就没再找她，更没给她打电话，现在这样突然来关心，不出意外是有事需要她帮忙。在这种事情上，阮轻画心如明镜。

冯巧兰被她这么直接戳破心思，有点尴尬，干笑了一声，温柔道："也没什么大事，就是明天早上我要陪小洛爸爸出趟门，估计晚上才能回来，照顾小洛的阿姨有事请假了，我能不能……"她顿了下，把话说完了，"让你帮忙照顾一天小洛？"

小洛，是冯女士二婚后生的儿子，阮轻画同母异父的弟弟。

阮轻画听着那头忐忑小心的声音，内心有种说不出的酸涩感。好像只有在需要她帮忙的时候，冯巧兰才会如此。

阮轻画静默了一会儿，低声道："我不怎么会跟小孩相处。"

冯巧兰眼睛一亮，连忙说："你不用怎么管他，安排三餐就行。我会跟他说的，不会太麻烦你。"

阮轻画抿了下唇，望着窗外路过的孩童和母亲，眨了下眼："嗯，你明天送去我那边吧。"

冯巧兰松了口气："行。"

阮轻画："没什么事我挂了。"

"好，记得吃饭。"

挂了电话，阮轻画走了一会儿神，拉回思绪时，她才发现江淮谦不在对面了。

阮轻画怔了下，下意识地起身去找人，刚走到楼梯口，便看到了江淮谦的身影。

两人一上一下对望着。

江淮谦盯着她看了一会儿，抬脚继续往上走："不想在这儿了？"

"不是。"阮轻画默了默，说，"我以为你走了。"

江淮谦听着她不对劲的语调，淡声问："我在你心里就这个形象？"江淮谦走到她面前，低声道，"我只是去买了点东西。"

"哦……"阮轻画点头。

江淮谦没多想，直接道："走会跟你说，不会不告而别。"

话音一落，两人表情各异，很明显，他们都想到了同一件事。

江淮谦看着她低眉顺眼的模样，有些无奈："没说你。"

阮轻画瞥了他一眼，想了想，说："我那也不算不告而别。"

江淮谦觑她一眼，没搭腔。

阮轻画跟着他回到原位，小声嘟囔："我在机场给你发了消息，你没看见，不能怪我。"

提起这事，江淮谦觉得又气又好笑。

她是卡着飞机起飞前半小时发的消息，他那天正好有事，看到她的信息时，她的航班已经起飞了。

"谁没看见？"江淮谦突然就想和她好好算算账。

阮轻画瞟了他一眼："没及时看见。"

江淮谦哑口无言，敛目看她，突然问："为什么不打电话？"

这下，轮到阮轻画哑口无言了。她就是不敢打电话才在起飞前发的消息，但在江淮谦面前，她是不会承认的。

"忘了。"阮轻画尽量让自己淡定，面无表情道，"我不喜欢打电话。"

江淮谦噎住，语气平静地问："是不喜欢打电话，还是不想给我打电话？"

阮轻画怔了一下，低头抿了口他重新拿上来的热奶茶，慢吞吞地说："都不喜欢。"

她是真不喜欢打电话。阮轻画讨厌和别人交流，但偏偏她的工作让她不得不与人交流。

江淮谦听着，没再逼问她。他看了眼对面的"鸵鸟"，唇角轻扯了下，似自嘲，似无奈。

两人在甜品店待了许久，到午饭时间和孟瑶几人会合，去附近的餐厅吃饭。

餐厅并不高档，是家常一点的菜馆，但胜在干净。

孟瑶他们一出现，气氛便活跃了。她和周盼一唱一和，再加个周尧，桌上的气氛绝不会尴尬。

吃饭的时候，阮轻画被几个人逗笑了好几次，她眉眼弯弯，唇角上扬，那点被冯女士破坏的心情也好转了许多，偶尔对上江淮谦的眉眼，她也很坦然。

吃过饭，时间还早，周盼提议去附近的KTV坐一坐，唱一会儿歌，要休息的也能在里面休息一下，待几个小时之后，时间也就差不多了。

众人没有异议。

孟瑶兴致勃勃的："待会儿谁也别跟我抢歌神的位置。"

周尧夸她："瑶姐这么强？那我要跟你PK一下。"

孟瑶："没问题。"

阮轻画看着面前吹牛的两人，有些费解。她扭头看向和自己走在一起的男人，低声问："他们不是今天刚认识吗？"

江淮谦抬眼看她："嗯？"

阮轻画看着他，小声嘟囔："怎么就这么熟了？"

江淮谦失笑，垂眼看她："正常。周尧比较爱玩，孟瑶应该也是爽快的人，能聊在一起不意外。"

"哦。"阮轻画想了想，倒也是，但她怎么就觉得周尧有点碍眼了呢。

注意到她的神情，江淮谦低声问："你不喜欢周尧？"

阮轻画默了默，抬眸看他："我喜不喜欢他，很重要吗？"

江淮谦："嗯。"

阮轻画愣了下，下意识地问："怎么说？"

江淮谦："你不喜欢的话，以后不让他来。"

走在前面跟孟瑶比歌库的周尧，突然打了个喷嚏。

听到周尧的喷嚏声，阮轻画翘了下唇角。她瞅了一眼江淮谦，低声道："你们是朋友吗？"

江淮谦抬了下眼："可以不是。"

阮轻画没想到他可以这么不留情面，偏头压了下唇角的笑，慢吞吞道："哦。"

两人继续往前走，安静了一会儿，她突发奇想地问："那如果我很喜欢他呢？"

闻言，江淮谦脚步微顿，垂眸似笑非笑地盯着她看了一会儿，没吱声。

阮轻画被他弄得一脸莫名，正想继续问，周盼回过头来，说："阮学姐，这儿可以吗？"

阮轻画抬眸一看："你问孟瑶，我随意。"

孟瑶笑嘻嘻道："就这家，我跟轻画之前念书时常来，没想到还开着呢。"

周盼眼睛亮了亮，点头说："好啊，学姐你们以前是和室友一起来吗？"

孟瑶："差不多，还有其他校友。"

周盼："那有男同学吗？"

孟瑶扬扬眉，摸了摸她的脑袋："当然有，你看你阮学姐那么漂亮，追她的人能少吗？"

周盼"哦"了一声，刻意拉长着尾音："那有追到的吗？"

孟瑶回头看了一眼恰好能听见她们对话的两人，神神秘秘地说："这我不敢说，你要去问你阮学姐。"

周尧看着孟瑶脸上的坏笑，为某些人默哀了几秒。

六个人开了个大包间一起进去。

阮轻画对唱歌兴趣不大，随便找了个角落休息。江淮谦坐在她旁边。

孟瑶和周尧是真的来唱歌的，进来不到半小时，从你一首我一首到对唱，包厢里余音绕梁，全是他们的歌声。但两人唱功不错，什么类型的都信手拈来，让听众大饱耳福。

正唱着，包厢门被人敲了敲，是过来送啤酒饮料的店员。周盼和赵华景点了不少吃吃喝喝的东西。

"想喝什么？"

阮轻画瞅了一眼："果汁吧。"

江淮谦给她拿了一杯。

"谢谢。"阮轻画低头抿了一口，侧目看他，"你不去唱歌吗？"

"嗯。"

阮轻画点点头，继续看着沉浸在歌声里的孟瑶，正看着，耳畔传来江淮谦的声音："你怎么不去？"

"我唱歌不好听。"阮轻画老实道，"会的不多。"

江淮谦手里拿着刚刚店员送进来的一副扑克玩着，漫不经心地问："是吗？"

阮轻画挑眉。

江淮谦不紧不慢地说："以前不是常来？"

阮轻画"嗯"了一声："大多数都是陪孟瑶来。"

江淮谦扫了她一眼，没再搭腔。

不知道为什么，阮轻画觉得他的问题挺有意思的。她摸了摸鼻尖，反问回去："你呢？"

"什么？"

"你大学时，难道不去KTV吗？"

江淮谦玩扑克的手停下来，目光直直地看向她："好奇？"

阮轻画想了想，往侧边挪了挪："也不是好奇，就随便问问。"

江淮谦轻哂。

阮轻画尴尬地坐在原地，找台阶下："你不想聊就算了。"

"怎么？"江淮谦瞥了她一眼，好笑地问，"还带生气的。"

阮轻画低声道："我哪有生气？"

"你有。"江淮谦没给她退路，毫不客气地戳穿她。

阮轻画一噎，突然就不想和他说话了。

安静了一会儿，江淮谦低声问："明天要带你那个弟弟？"

阮轻画微怔，轻轻应了一声。

"他几岁？"

阮轻画侧眸看他，盯着看了一会儿，数了数说："好像是十岁。"

江淮谦没问为什么是好像，"嗯"了一声，低低道："准备带他在家里待一天？"

"不知道。"

阮轻画其实没怎么和小洛相处过，但她知道小洛是个什么类型的孩子。会撒娇，非常会撒娇的小男孩。这是阮轻画对他最深的印象。

江淮谦侧眸看她，眉眼微动，喉结滚了滚，低声问："不想带怎么不拒绝？"

阮轻画一滞，走了下神，说："哪有那么简单。"

亲情这种东西，说断可以断，但又不是那么容易断干净。阮轻画和冯巧兰来往不多，但她终归是自己的母亲，没做十恶不赦的坏事，也没虐待自己，阮轻画不可能不和她来往。只是母女感情不会太过亲昵，归根究底，还是有段距离。

江淮谦看她这样，正想说话，唱累的周尧嚷嚷着："哎，要不打牌吧？"

孟瑶："打什么？"

周盼："斗地主？"

"六个人怎么打？"

阮轻画笑着插话道："你们打，我不玩。"

江淮谦："嗯，我也不玩。"

周尧瞅了眼两人，非常嫌弃："爱玩不玩，我们玩吧。"

最后，孟瑶、周尧和周盼三个人开始斗地主。阮轻画有点兴趣，自觉凑到了孟瑶旁边观战。

"要不这样？"周盼突发奇想，"我们每个人选一个支持者，待会儿输了就一起受惩罚，真心话大冒险怎么样？"

周尧："行啊，谁支持我？"他看了一眼，"江总，就你了。"

江淮谦并不是很想答应。

阮轻画主动道："我站孟瑶这边。"

赵华景："那我就只有支持我们小盼盼了。"

闻言，周盼翻了个白眼："华景哥，难不成你还嫌弃我？"

赵华景很擅长哄小女生，抬手揉了揉周盼的头发，哄着道："不嫌弃，我嫌弃你哥。"

牌局正式开始。

阮轻画玩得不多，但也能看懂一点。孟瑶运气不是很好，抽到的牌都很烂。第一局，孟瑶输了，周盼赢了。

"来吧孟瑶姐，选真心话还是大冒险呀？"周盼朝她眨眨眼。

孟瑶挑眉，看了眼旁边的阮轻画："真心话吧。"

周盼："行。"周盼问的问题很无聊，"孟学姐和阮学姐现在有没有男朋友？"

孟瑶："没有。"

阮轻画默了默，问："我也要回答吗？"

孟瑶："对，跟我一起。"

阮轻画"哦"了一声，跟着说了句："没有。"

话音一落，周尧惋惜地嚷嚷着："什么，你们这样的大美女都没对象？你们等等，我明天就来追。"

孟瑶和他一唱一和："追谁？先说好啊，我不喜欢你这种类型。"

周尧："那你喜欢什么类型？"

"大学生啊。"孟瑶直接道，"我喜欢比我年龄小的。"

赵华景在旁边憋了憋，说了一句："瑶姐看不出来啊，口味还挺重。"

孟瑶一挑眉："那是。"

周尧："那我追我们小师妹吧。"

赵华景偷偷瞄了一眼江淮谦的神色，压着声道："你怕是想死。"

周尧就是刺激一下某人罢了，不是真的要追人。

江淮谦听着他们的对话，把手里的牌洗好，不冷不淡地看了一眼周尧，然后看向周盼："盼盼到旁边休息一会儿，我跟你哥打。"

周盼立马到旁边看戏。

瞬间，牌局变得紧张起来。这一回，输的人是周尧。第三次，还是他。来来回回几次后，周尧不干了。

他怒指着江淮谦，愤愤道："江淮谦你是不是故意的？"

江淮谦连个眼神都没给他，垂下眼问："还来不来？"

周尧："不来了，小师妹玩一会儿吧。"

阮轻画愣了下，看了看周尧和江淮谦的神色，"嗯"了一声："好。"

其余几人再次来了兴致。

周尧暗示地看了眼江淮谦："继续吧。"

这一局，一点不例外，阮轻画赢了，不过输的是孟瑶。

两人对视一笑。

孟瑶："要问什么？"

阮轻画："你什么我不知道，没什么可问的。"

孟瑶捡了个大便宜，笑着说："好。"

第二局，赢的还是阮轻画，输的是江淮谦。

两人对视一眼，阮轻画嘴唇动了动，低声问："你想选真心话还是大冒险？"

江淮谦："随你。"

阮轻画愣了愣，想了半天也没想出合适的问题。

蓦地，周尧道："我是和小师妹一起的，小师妹要不交给我问？"

阮轻画点了下头："好。"

周尧挑眉，直直地看向江淮谦："那我来了。"他一点没给江淮谦留后路，直接道，"江总现在有没有喜欢的人？"

话音一落，包厢里瞬间热闹了。

赵华景吹了个口哨："尧哥牛。"

孟瑶也在旁边笑："江总有吗？"

江淮谦很坦然，一点没避开他们："有。"

周尧抓住机会："在不在现场？"

江淮谦警告地看了他一眼，让他收敛点，淡淡地说："这是第二个问题。"

周尧拍了拍阮轻画的肩膀，鼓励道："小师妹加油，让他再输一次。"

只不过这一回，就算江淮谦再怎么放水，阮轻画也没赢。她心神不宁，注意力不集中，毫不意外地输了。

赢她的是江淮谦。

周尧几人又开始看好戏。

"小师妹选什么？"

"真心话吧。"阮轻画也不知道为什么，自然而然地选了这个。

周盼眼睛亮了亮，催江淮谦道："淮谦哥哥，你要问阮学姐什么？"

他们都盼望着江淮谦问出他们期待的那个问题。

江淮谦抬了下眉梢，目光幽深地看着一侧安静的人。包厢内灯光很亮，打在她的身上，勾出她精致的眉眼，像安静的瓷娃娃。

他顿了顿，低声问："回国上班后，过得开心吗？"

阮轻画一怔。

周尧等人皆是一愣，对江淮谦表示无语。这是什么无关紧要的问题？难怪他追不上人。

阮轻画安静了一会儿，轻声说："开心。"而且，她今年比去年更开心。

江淮谦看着她，淡淡道："那就好。"

因为江淮谦的这个问题，周尧一行人瞬间觉得斗地主没意思，又跑去唱歌了。

阮轻画喝了不少果汁，坐了一会儿后起身去洗手间。从洗手间出来，她站在洗手台边走神。忽而，一侧传来熟悉的声音："准备洗多久？"

阮轻画一愣，错愕地看着他。

江淮谦皱了下眉，扯过一侧的纸巾递给她："衣服湿了。"

她刚才没注意，水龙头的水溅到了衣服上。

阮轻画接过，低头擦了擦："谢谢。"

江淮谦"嗯"了一声。

阮轻画擦完后，这才抬起头看他："你怎么……"

江淮谦掀了掀眼皮："什么？"

阮轻画摇头，跟着他往外走，听着各大包厢里传出的歌声，揉了揉耳朵。

"不回去了吗？"她看着江淮谦往前走的地方。

江淮谦应了一声："我去抽根烟。"

阮轻画脚步微滞，盯着他的背影看了一会儿，莫名其妙地跟了上去。

听见她的脚步声，江淮谦回头："怎么跟过来了？"

阮轻画点了下头，低声问："你烟瘾很大？"

"还好。"

阮轻画"哦"了一声，跟他下了楼，进了一楼的小超市。江淮谦身上没烟，还得重新买。

阮轻画跟着他进去，扫了一圈，拿了一盒糖。

江淮谦看着，倒没说什么，结账时，他指了指糖盒："一起。"

"不要。"阮轻画毫不犹豫地拒绝，"我自己付。"

江淮谦看着他，没说话。

阮轻画直直地看着他，没有任何退缩的想法："我付。"

江淮谦收回目光："行。"他轻扯了下唇，一种无名的情绪在蔓延。

结完账，两人也不打算回去。

这边是吸烟区，江淮谦靠在屋檐下，神色散漫。要点火时，他看了眼旁边拆糖的人，低声问："不走打算吸二手烟？"

阮轻画抬头看他，默了默，说："那你别抽。"

江淮谦被她的理直气壮弄得有点想笑："不喜欢烟味？"

阮轻画想了想，低声道："也不是。抽烟对身体不好。"

江淮谦微顿，刚想说话，阮轻画忽然真诚发问："难道你不想长命百岁？"

　　楼下的小超市正在播放流行歌手的音乐，声音不大，两人在旁边正好能听见。傍晚时的天空雾蒙蒙的，没有夕阳，也没有太多的光。阮轻画抬眸望着他，总觉得他半张脸隐于雾色之下，看不太清他此刻的神情，但隐约又能感受到他这会儿的心境。

　　大概是无语，对她的话表示无语。

　　阮轻画思忖着是不是该再说点什么，正想着，江淮谦的声音从上而下，钻入她耳内。

　　"你刚刚说什么？"

　　阮轻画抬眼，对上他漆黑瞳眸里的笑，嘴唇动了动，嘟囔着："你没听清？"

　　江淮谦挑了下眉："嗯。"

　　阮轻画："没听清就算了。"

　　江淮谦颇为无言。蓦地，他手里被强塞了一个东西。低头一看，是阮轻画刚刚坚持要自己付款的糖。

"你吃颗糖吧。"阮轻画垂眼看着他摊开的掌心，低声道，"我听别人说想抽烟的时候吃糖可以缓解，你试试？"

江淮谦敛目看着她扬起的脸，对上她澄澈明亮的双眸，他眸光微动，神色隐晦不明。

看着他深邃的眼眸，阮轻画有些不自在，脸微热，第一时间挪开了视线，喊了声："江淮谦。"

"嗯。"江淮谦的声音很低，像是微风拂过耳畔一般，"好。"

在阮轻画的注视下，他把烟收了起来，拿起那颗她塞来的糖。

"好吃吗？"阮轻画有点好奇，她没尝过，只是刚刚随意在货架上扫了扫，觉得这个包装方便带着。

江淮谦掏出一颗递到她的嘴边，很自然地说："还不错。"

阮轻画看着递过来的糖，顿了顿还是张开了嘴。糖是蓝莓口味的，酸酸甜甜，有点好吃。

阮轻画之前从没想过，有一天她会和江淮谦一起站在小超市门口吃糖，跟小朋友一样，但神奇的是，她竟不觉得违和。

两人在超市门口待了一会儿，正打算回去，孟瑶他们先出来了。

"要过去了吗？"

"对。"孟瑶瞅着她，神秘兮兮道，"外面不冷？"

阮轻画一怔，笑了下："还好。"

孟瑶瞥了她一眼，扬了扬眉："哦。"

阮轻画没忍住，警告地看了她一眼。

孟瑶笑了，捧着手机给她发消息："刚刚跟江总在外面做什么呀？"

阮轻画："接吻。"

孟瑶："可以啊阮阮，大马路边接吻，牛啊。"

阮轻画："你信吗？"

孟瑶："要不是江总在前面，我真的蛮想揍你的。"

阮轻画："哦。"

孟瑶："唉，但我不敢在老板面前放肆，万一他周一把我开除了，我就没办法升职加薪了。"

阮轻画："你最近只想着升职加薪是吗？"

孟瑶："对。"这是她近期最大的心愿。

阮轻画对她表示无语，收起手机不和她你来我往了。

几个人再次折返学校，周盼的同学已经把礼堂布置好了。

比赛在晚上七点，考虑到要穿裙子，阮轻画也不打算吃饭了。她被周盼带着，和其他模特一起在T台上练习了几遍。大家都不是专业的，氛围相对轻松一些，她的紧张感也减少了许多。

"阮学姐，紧张吗？"

阮轻画正被按在化妆桌前面，闭着眼睛道："还好，应该不会把你的比赛搞砸吧？"

"不会不会。"周盼道，"我们这就是小打小闹的比赛，没多大问题。"

闻言，阮轻画笑了笑："好。"她的睫毛颤了颤，轻声道，"学姐努力，尽量不出错。"

后台在忙，江淮谦一行人也不被允许进入，索性在台下先找了位置坐下。因为是学校的小比赛，除了评委席和第一排被贴上了名字，其他地方都能随意坐。

江淮谦刚坐下，周尧便凑了过来："江总。"

江淮谦眼都没抬，低头看着手机查邮件："有事就说。"

周尧看他一眼，问："斗地主的时候你是不是在针对我？"

赵华景在旁边听着，扑哧一笑："尧哥你明知故问哪。"

"是不是？"周尧拍了下江淮谦的肩膀。

江淮谦："没有。"

周尧刚要反驳，江淮谦不冷不淡道："你牌技太差。"

言下之意是，你牌技差得还用不上我刻意针对。

周尧和江淮谦从出生起就认识，自然能第一时间领悟到他的话外之音。他噎了噎，竟无力反驳，沉默了一会儿，思索着要如何反击。

脑海里闪过一个人物，周尧清了清嗓，得意扬扬地问："江总，问你一个问题。"

江淮谦正在看刘俊发来的工作邮件，是下个月的行程安排。

Su内部的问题不小，今年上市的很多鞋都出现过质量问题，且未能及时解决。他们这种服务行业，顾客永远是上帝，一次两次还能挽回，但再多可能就要面临各类危机了。

顾客流失，口碑败坏，都是最常发生的事。口碑这种虚无缥缈的东西，积累起来很难，但败坏是一夜之间就会发生的事。

江淮谦接手Su后，一直在想办法处理，只不过收效甚微，因此，经过商议决定，他打算重新进行一次市场调研，亲自向那些遇到问题没能及时得到解决和帮助的顾客致歉。

他扫了一眼邮件，把不合理的地方圈出来发给刘俊，让他重新修改，这才回了句："说。"

周尧："刚刚在包厢，你为什么不问小师妹那个问题？"

江淮谦手指微顿，点开下一份邮件："什么问题？"

周尧睨他一眼："别装傻。"他小声道，"你打算温水煮青蛙到什么时候？"

江淮谦没理他。

赵华景在旁边听着，也很好奇："我看小师妹也不是不喜欢我们江总啊。"

江淮谦还是没说话。

周尧眺望着不远处的舞台，叹气道："谁知道我们江总在打什么鬼主意。"

江淮谦难得给了他一个眼神，冷冷道："别在她面前乱说话。"

周尧："我什么时候乱说了？"

"别开太过的玩笑。"江淮谦淡淡道，"她和你们之前接触的那些人不同。"

周尧摊手道："行。"他沉默了一会儿，想了想，说，"不过说实话，小师妹长得确实漂亮。"

就连他这种看过众多美女的人，都觉得阮轻画身上有种特别吸引人的气质，即便是什么也不做什么也不说，光是站在那里，就足够吸睛。

闻言，江淮谦半眯了眯眼看着他。

周尧："我随便一夸，绝对没有打小师妹的主意。"

他哪敢啊？除非不要命了。

江淮谦轻哂，没和他计较。

三个大男人凑在一起，也很引人注目。渐渐地，礼堂人多了起来，不少过来看比赛的学生时不时瞅着三人讨论。江淮谦他们三个模样出众，身上的精英气质明显，气场十足，让人无法忽视。

"那三个帅哥是来做什么的呀？"

"不会是过来选设计师的吧？"

"不可能吧？中间那个长得好帅啊。我去要个联系方式，他会给我吗？"

"我喜欢左边的。"

孟瑶刚从忙碌的后台回到观众席，听到的全是这样的话。她抬眼看了看，唇角上翘地给阮轻画发了个消息。

孟瑶："江总真的超级受小女生喜欢。我刚坐在周尧旁边不超过三分钟，已经有五个小妹妹上前找江总要联系方式了。"

阮轻画刚化完妆，准备等着出场，便看到了孟瑶的消息。她眼眸闪了闪，盯着那条消息发了一会儿呆，直到一侧有人喊她，才回过神来。

周盼狐疑地看着她："阮学姐怎么了？"

"没事。"阮轻画看着她，"要开始了吗？"

周盼点头："不过不着急，我们在后边，你冷不冷啊？我去找条毯子过来给你披着吧。"

"不用。"阮轻画失笑，"披着会把裙子弄皱，我可以撑一撑。"

周盼看着她，欲言又止道："真不用吗？"

"嗯。"阮轻画眼睛弯了弯，笑着说，"放心吧，冷了我跟你说。"

周盼没辙了："好，那你一定要说啊。"她小声嘟囔着，"裙子皱了不要紧，你要是感冒了，淮谦哥哥会杀了我的。"

阮轻画怔了怔，握着手机的手指紧了紧，轻声道："不会。"

周盼没听清，"啊"了一声："什么？"

"没什么。"阮轻画摸了下她的脑袋，温声道，"别紧张，待会儿你还要上台的，先去准备吧，我没事。"

周盼："好。学姐加油。"

"加油。"

这种小型比赛，比阮轻画想象的要简单很多。上台展示后，便由周盼向评委老师讲解，阮轻画不需要做什么，安安静静地做个木头人便好。不难，就是有点冷。从台上下来后，她觉得全身僵硬得快要不属于自己了。

阮轻画被周盼拉着去换下裙子，穿着自己的衣服出来后，孟瑶给她塞了一杯姜茶。

"快喝，别感冒了。"

阮轻画挑眉，笑着看她："你什么时候这么贴心了？"

孟瑶觑她一眼："江总交代的。"

阮轻画捧着杯子的手一顿，眼睫微垂："哦。替我谢谢他。"

孟瑶哭笑不得："要谢你自己去谢，我和江总又不熟。"

阮轻画抿唇，把姜茶喝下，才觉得自己重新活了过来。

比赛完，一行人打道回府。大家晚上都没吃饭，周尧想去吃烧烤，问几个人愿不愿意。

因为是周末，阮轻画比较随意，孟瑶说想去，她也就一起去了。

刚刚在KTV时大家没喝酒，这会儿都能开车。阮轻画一点都不意外被安排和江淮谦同车。上车后，她把安全带系上，没说话。车内安静，连舒缓的音乐声都没有。

好一会儿，江淮谦才偏头看她，低声问："怎么了？"

阮轻画一怔，抬头看他："啊？"

江淮谦借着等绿灯的工夫和她聊天："你心情不好。"

阮轻画眨眨眼，狐疑道："有吗？"她怎么没发现？

江淮谦："嗯。"

阮轻画缄默了一会儿，扭头看了眼镜子里的自己，脸色看着确实不像是开心的，但她也没遇到什么不开心的事，正想着，脑海里突然闪过一段文字。

阮轻画愣怔片刻，无言地揉了揉眼。她什么时候变得这么小气了？

江淮谦看着她，问："因为明天的事？"

阮轻画默了默，摇头道："不是。"

江淮谦不解。

阮轻画抿了下唇，低声喊："师兄。"

江淮谦微怔："嗯？"

阮轻画默了默，忽而问："你怎么会回来接手Su？"

闻言，江淮谦很轻地笑了下，低声问："你是真不知道，还是在装傻？"

　　阮轻画一怔，刚想说话，江淮谦的手机响了。他瞥了眼中控台显示的号码，没避开阮轻画接通了。

　　"喂。"夜色下，他声音偏低，听着有些性感。

　　"在哪儿？"那边传来女人说话的声音，声音很温柔，听不出年龄。

　　阮轻画耳朵微动，下意识抬眼去看备注——没有备注，只有一连串的数字。

　　"开车。"江淮谦淡声应着，"怎么了？"

　　"明天回家一趟。"简淑云兴致勃勃道，"有没有空？"

　　江淮谦专注看着路面："急事？"

　　简淑云想了想，答道："算吧。你赵叔叔家的女儿回国了，明天来家里做客，你回来招待。"

　　阮轻画听着，内心有了猜测。在听到后面一句时，她心里最开始的那点不舒服在无限蔓延，无法自控。她抿唇，敛了敛眸，尽量让自己别去听两人的对话。

　　江淮谦一顿，淡淡问："我爸呢？"

简淑云："你爸还在法国。"

江淮谦"嗯"了一声："那您让赵叔叔等我爸回家了再去。"

简淑云噎了噎："你在说什么？"

江淮谦："明天没空。"

"周日你没空，你要做什么？"简淑云是个急性子，也没长辈架子，嘀咕道，"你给我个理由，不然明天必须回家。"

江淮谦无奈道："妈，我明天真有事。"

"什么事？"简淑云追究道，"陪女朋友吗？如果是陪女朋友，我就放过你。"

江淮谦怔了下，扫了一眼旁边低头看手机的"鸵鸟"，淡声道："不是。"

简淑云扬扬眉，立马听出了他的话外之音："哦，那女孩你还没追上啊？"江淮谦正想挂电话，简淑云的声音再次传出来，"你这都追多久了还没追上？要不真放弃吧，明天回家见见文婧，她长得也蛮漂亮的。"

"不用。"江淮谦想也没想地拒绝了，"妈，我在开车，晚点说。"

简淑云："行行行，注意安全，晚点给我回电话。"

挂了电话，江淮谦看一眼还在看手机的阮轻画，低声道："我妈比较……活泼，你别介意。"

阮轻画愣了愣，摇头道："不会。"她默了片刻，轻声说，"阿姨挺可爱的。"

江淮谦看着她，还想说点什么，阮轻画先开口了："还有多久到呀？"

江淮谦扫了一眼时间："半小时左右。"

"那我先眯一会儿。"她唇角弯弯道，"有点累。"

江淮谦顿了顿，"嗯"了一声："好。"

看着阮轻画合眼休憩的侧脸，他突然生出了一种无力感。

吃过消夜，阮轻画和孟瑶一同回去。孟瑶到她这边蹭住，有点小得意。

"你说江总该多羡慕我啊。"她躺在沙发上，拥着抱枕如是说道。

阮轻画睨她一眼，把两人的鞋收进鞋柜，低声道："你想多了。"

孟瑶觑她一眼，拍了拍旁边的位置："你过来，我跟你聊聊。"

"聊什么？"阮轻画打了个哈欠，"我好困，我想去洗澡睡觉。"

孟瑶无语，妥协道："那这样，你去洗澡，我在门口和你聊。"

阮轻画噎了噎，哭笑不得："你今晚打算给我上政治课？"

"倒不是。"孟瑶捧着脸看她，"但我觉得，我确实要给你洗洗脑。"

阮轻画进房间拿睡衣，进入浴室，孟瑶也跟了过来。

她哭笑不得："洗完澡再说不行？"

孟瑶摇头："待会儿你就会装睡，我必须现在说。"

阮轻画拿她没辙，妥协道："你说吧，我听着呢。"

浴室里响起哗啦啦的水声，孟瑶拉过房间的椅子，跷着二郎腿边玩手机边和她对话。

"你晚上是不是吃醋了？"

浴室里，阮轻画卸妆的手一顿。她抬眸看向镜中的自己，熟悉又陌生。明明是她从小看到大的一张脸，可今晚看，就是怎么看怎么陌生。

明明她不是那么小气的人，可孟瑶又说得很对，她今晚就是吃醋了。

阮轻画沉默了一会儿，低声道："怎么突然这么说？"

孟瑶"嗯"了一声，想了想，道："因为晚上吃饭的时候，你和江总没太多交流。"

虽然他们看似正常，但熟悉的人总能第一时间察觉出不对劲。孟瑶不了解江淮谦，但她了解阮轻画，她们这么多年的朋友，情绪稍微有点不对劲，都能察觉出来。

阮轻画拿着卸妆巾擦脸，垂着眼嘟囔："我们一直也交流不多。"

孟瑶："那是你不愿意和他交流。"

阮轻画："我哪有？"

孟瑶轻哼："有没有你自己知道，你正面回答我的问题，你是不是因为我给你发的那条消息，吃醋了？"

阮轻画沉默了好一会儿，把脸上的妆卸完，才低低喊了声："瑶瑶。"

"啊？"

阮轻画抿唇，低声问："我是不是特别矫情？"

孟瑶怔了怔，忽然有点后悔逼问她："没有的……"

她话还没说完，被阮轻画打断。她的声音很轻，隔着一扇门传出来。

阮轻画喃喃道："理智告诉我，该及时止损，如果不打算和他试试，就不该再靠近，应该毫不留情地避开。可情感上，我又控制不住。"

控制不住地和他靠近，也控制不住地会因为一些小事生无名的气，吃无谓的醋。阮轻画觉得自己这个状态和思想，非常讨人厌，可偏偏她又找不到改变的办法。

孟瑶听着她的话，有些难受。她知道阮轻画心理负担很大，也知道她在很多事情上是个敏感纠结的人，可如果不逼她，她会一辈子都做一只鸵鸟。

"那你……为什么不想和江总试试呢？"

阮轻画怔了怔，低声说："我怕。"

怕试过后不合适，他们会变成陌生人，再无交集。与其这样，倒不如一直维持朋友状态。

孟瑶叹气道："那你就没想过，你们会有好结局？"

阮轻画不说话。这种概率太小了。

孟瑶想了想，低声道："你有没有想过，你一直把江总往外推，万一他坚持一直等你呢？那你们是不是会浪费很多时间？又或者说江总真的走了，你确定不会难受吗？我知道你是患得患失的类型，也没有安全感，但我觉得，江总是可以给你安全感的人，外在的因素先不谈，你先问问自己的内心，如果江总真的找了其他人恋爱甚至结婚，你会不会难受？"

阮轻画闭了闭眼。其实这几个问题不用问，她也知道答案。

是会的。怎么可能不会？

孟瑶大概知道她在想什么，也不把阮轻画逼急，沉思了一会儿，低声道："我也不劝你现在就和江总谈恋爱，但你可以试着和他更进一步相处。不要拒绝他的靠近，你试着享受一下。不要他一主动，你就往后退。"

阮轻画沉默许久，突然问："那这样不是吊着他吗？"

闻言，孟瑶理直气壮道："吊着怎么了？他追你，你还不能吊着他一下？"

阮轻画噎住。

孟瑶冷冷一哼："江总是很优秀，但你也不差好吧？追你的人那么多，你偶尔吊着一个有什么问题？他要是追你的时候都没耐心，那你也别和他谈恋爱了。"

不知道为什么，阮轻画觉得孟瑶这一套歪理听着，诡异得有说服力。她被洗脑了。

洗完澡出来，阮轻画趁着孟瑶洗漱，认认真真地思考着她的那番话。虽然不讲理，但好像有点道理。

不对不对。阮轻画拍了拍自己的脑袋，怀疑自己疯了。她为什么会被孟瑶说服？

可是……阮轻画睁着眼望着天花板走神，她必须承认，今晚听到江淮谦妈妈的那段话，她有一点不舒服。

正胡思乱想着，一侧的手机振了下。阮轻画拿过来点开，是江淮谦发来的消息。

"到了。"

阮轻画愣怔须臾，看了看时间。距离他从她小区门口离开，已经一个多小时了。

阮轻画手指微动，下意识地问："堵车了吗？"

她怎么记得，之前江淮谦送她回来再回去，基本半个小时就到了。

江淮谦："没有。回了趟家。"

阮轻画眼眸微闪，明白过来，江淮谦是回他爸妈那边了。她抿了下唇，慢吞吞地打字："哦，知道了。"

回完消息，她顺手将手机调成静音，放在一旁，不想再看，也不想再回任何消息。

孟瑶洗完澡出来，瞅着她打量了一会儿："明天要不要我陪你带小洛？"

"不用。"阮轻画看着她，"你不是还有事吗？"

孟瑶："你需要的话，我可以推掉。"

阮轻画笑了笑，轻声说："不用，你忙你的，我一个人可以搞定。"

"行吧。"孟瑶也不勉强，"需要我帮忙，记得打电话。"

"嗯。"

"打算睡啦？"

"嗯。"

孟瑶抬手揉了揉她的头发："最后说一句，如果江总还跟你表白，你可以不马上答应，但也别跑了，给他个靠近的机会。"

阮轻画静默了一会儿，小声说："他应该不会再表白了。"

孟瑶轻哼："那也不一定，睡吧。"

"晚安。"

翌日清晨，天空下起了小雨，淅淅沥沥的雨声不断，把雾蒙蒙的天空洗净，地面变得湿漉漉的。

冯女士早早地把小洛送了过来，叮嘱了两句后便走了。

阮轻画和他大眼瞪小眼地看了一会儿，问了声："你吃早餐了吗？"

小洛盯着她看了一会儿："没有。"

阮轻画"哦"了一声，她实在没有和小朋友相处的经验："那你想吃什么？"

小洛眼睛亮了亮，立马说："我想吃肯德基。"

阮轻画一噎："只想吃这个？"

小洛点头："嗯，轻画姐姐，你要请我吃肯德基吗？"

阮轻画其实不想请，可一看到他眼睛里的期待，又不忍心拒绝。对小孩来说，这种不太健康的快餐永远是他们的第一选择。

她想了想，说："可以，但你要等我一下，我化个妆再带你出门。"

小洛点点头，倒是没有抗拒。

阮轻画松了口气，给他打开电视，让他边看边等。怕小洛等久了，阮轻画快速化了个妆，换了身衣服便带他出门了。

原本，她是想叫外卖的，但转念想了想，又怕送过来时冷了。冬天了，食物凉得太快。

一大一小的两人出门了。

小洛对阮轻画不是很亲近，阮轻画对他更是。姐弟俩虽有血缘关系，但见面的次数少之又少。

到了店里，阮轻画看着他："你想要吃什么？我去点，你到位置上等我行吗？"

小洛："可以。"

阮轻画"嗯"了一声，思忖了一会儿把手机递给他："我手机里有游戏，你可以玩一会儿。"

"有王者吗？"

阮轻画："嗯。"

小洛的眼睛亮了亮，没再理她。

阮轻画看他这样，有点无奈。她转身去点单，弄好后坐在他对面，看着他玩游戏。阮轻画自己不常玩这些游戏，但她知道这款游戏无论是大人还是小孩，都挺喜欢的。

她扫了一眼，发现自己看不懂。阮轻画无聊地扭头看向窗外，雨下得不算大，路面行人却很少，大概是周末的缘故，连这种快餐店人也很少。莫名其妙地，她有种岁月静好的感觉。

正想着，耳侧传来小学生的谩骂："这个人是傻子吗？什么垃圾走位？"

"他小学有没有毕业？不会打就别玩，行吗？"

阮轻画听着，看了眼对面的小学生。她有点想提醒他，你才是小学没毕业，但想到两人那淡薄的关系，还是忍了下来。

吃完肯德基，阮轻画也不知道该带旁边的小学生去哪儿。

"小洛，你有没有想去玩的地方？"

小洛摇头："没有。"他拿着她的手机，直接问，"我们不能回家玩游戏吗？"

"不能。"阮轻画揉了揉太阳穴，低声道，"你妈妈不让你玩游戏，最多再玩半小时，你就得下线。"

闻言，小洛"喊"了一声："妈妈又不在这儿，我再玩一个小时她也不知道。"

阮轻画被叛逆的小学生噎住。

为了防止他一直玩游戏，她纠结了一会儿，打算带他去附近的蹦床公园玩一玩，那儿游玩的项目多，可以让他自由选择。

她想着，朝他伸出手："小洛，把手机给姐姐一下，我买两张票。"

小洛刚开了一局游戏，没搭理她："轻画姐姐你别吵，我再玩一会儿。"

阮轻画无言。她打着雨伞，看了眼变亮的天空，低声道："待会儿再玩行吗？我们先去坐车。"

小洛拒绝了。

阮轻画看他这样，抿了下唇："那我们回肯德基，里面暖和一点，到那儿玩行吗？"

小洛还是没搭理她。

阮轻画没辙，头疼地揉了揉太阳穴。她想发脾气，可又觉得不合适。阮轻画看他这样，索性不挣扎了。

风吹过，雨又大了点。阮轻画看着站在原地没动的小学生，伞下意识地往他那边倾斜了大半。

江淮谦一下车，看到的便是这一幕。

阮轻画脸被冻得毫无血色，巴掌大的脸缩在衣领里，有点生无可恋。

他蹙眉，阔步走近。

阮轻画正走着神，一道阴影落下，挡住了大半的光，也挡住了飘到她这一侧的细雨。她愣怔着，错愕望向来人。

"他在做什么？"江淮谦神色寡淡，扫了一眼一侧的萝卜头。

阮轻画眨了下眼，回神道："玩游戏。"

江淮谦往她身后扫了一眼，低声问："怎么站在大马路上玩？不冷？"

阮轻画刚想说"冷"，江淮谦忽然碰了下她拿伞的那只手。她一顿，感受着他温热的掌心传递过来的温度。

"进去。"阮轻画没动，江淮谦沉着脸看她，"我陪他等。"

阮轻画嘴唇翕动："不太……"

话还没说完，被江淮谦看了一眼，瞬间，阮轻画怕了，"嗯"了一声："那我进去了。"

江淮谦颔首："喝杯热水。"

"嗯……"

重新折返进店，阮轻画依旧坐在靠窗的位置，一抬眼，便能看到路边站着的两人。

江淮谦今天穿了件深色风衣，衬得他越发清俊骄矜。他背对着她，手里拿着伞，把小洛纳在伞下。阮轻画看着，莫名涌起一种酸涩感。她不知道江淮谦是怎么找到她的，但她知道他为什么会来。

江淮谦看了一眼旁边小孩的操作，扬了扬眉。不得不承认，这小屁孩游戏玩得还不错，只不过这冷风吹得他心里不畅快。

安静等了一会儿，江淮谦看他一局游戏打完，还想继续第二局，直接上手拿过他的手机。

猝不及防，小洛手里的手机没了。他一皱眉，抬头瞪眼道："你干……"话还没说完，对上江淮谦那张略微严肃的脸，"你是谁？"

江淮谦冷冷扫他一眼："很喜欢玩游戏？"

小洛："关你什么事？"

他下意识要去抢他的手机，江淮谦没跟小朋友较劲，淡声道："晚点玩。"

小洛拧眉，刚想说话，阮轻画从一侧端了杯咖啡过来。

"小洛，你在干什么？"她转头看向江淮谦，低声问："他没做什么吧？"

"没有。"江淮谦看着她，"怎么出来了？"

阮轻画"嗯"了一声，抿了下唇："我买了杯咖啡，你喝吗？"

江淮谦垂眸看她，笑了下："好。"

他接过来，咖啡还有点烫，正好暖手。

小洛仰头看着两个大人，沉默了一会儿，问："轻画姐姐，我没有喝的吗？"

阮轻画:"你要喝什么?"

江淮谦不冷不淡地看了他一眼。

小洛从小就会察言观色,知道自己斗不过江淮谦,撇撇嘴说:"算了,我不要。"

"准备带他去哪儿玩?"

阮轻画下意识答道:"去附近的蹦床公园,那边小孩玩的项目多。"

江淮谦颔首:"走吧。"

阮轻画愣了下,抬眸看他:"你跟我们一起去?"

江淮谦"嗯"了一声,问:"不欢迎?"

"没有。"阮轻画轻声道,"走吧,我先买票。"

三人到了蹦床公园,里面的小朋友多,一个个活力满满。除了能玩蹦床,还有滑梯和小孩玩的卡丁车、滑板车和各种运动项目。

一进去,小洛便找到了自己喜欢的项目。

阮轻画叮嘱了两句,便随他去了。

小孩玩,大人倒是没什么事。阮轻画和江淮谦站在外边,江淮谦安静了一会儿,看向她:"有没有想玩的?"

阮轻画蒙了一下,环视一圈:"什么?"

江淮谦含笑看她,低声道:"蹦床减压,要不要去试试?"

阮轻画往蹦床那边一看,立马拒绝道:"不要。"她可不要在江淮谦面前做小疯子。

江淮谦扬眉:"真不玩?"

"嗯。"阮轻画瞅着他,"你想玩?"

两人站在一处,即便不说话,氛围也相对和谐。安静了一会儿,阮轻画扭头看向旁边的人:"你不是回家了吗?"

江淮谦侧眸看她:"怎么?"

阮轻画嘴唇动了动,说:"没什么。"

江淮谦看她这样,眸子里闪过一丝笑:"我回家拿东西,你以为我昨晚回去做什么？"

阮轻画不说话。

江淮谦低头靠近，低声问："你以为我是回家跟人相亲的？"

温热的气息逼近，全数落在她的脸颊上，他身上那种苦涩的味道源源不断地传来。

阮轻画抿了下唇："我没这样想。"

"是吗？"江淮谦明显不信，"那你怎么想的？"

江淮谦弓着腰，双手搭在一侧围栏架子上，姿态懒散："昨晚那个问题，有答案了吗？"

阮轻画怔了下，才后知后觉地想起那个被电话打断的反问。她默了默，低声道："我不知道。"

她没敢去猜。因为她没觉得自己会那么重要，重要到能让江淮谦回国后不去接手J&A，反倒来了他们这个问题颇多的小破公司。

江淮谦目光直直地看着她，知道她说的是实话。他"嗯"了一声，直白道："大部分是因为你。"

阮轻画呼吸一紧，有种酥酥麻麻的感觉。她何德何能，能被他这样重视。

她眼睫轻颤，毫无焦点地看着远处，轻声问："你就不怕……别人说你吗？"

"说我什么？"江淮谦好笑地问，"说我……色令智昏？"

阮轻画被他的话呛住，沉默了一会儿，无力道："我没这个意思。"

"嗯。"江淮谦笑了笑，淡淡地说，"但我有。"

阮轻画讶异地看着他。

江淮谦垂眼，看着她漂亮的瞳仁，声音微沉："很意外？"

阮轻画不知道怎么回答。她知道江淮谦喜欢她，但她没想过他会再次说得这么直白。

江淮谦观察着她的神情，低低一笑："既然没觉得意外，那要不要重新考虑，改改一年前给我的答复？"

阮轻画怔怔地望着他，撞进他漆黑的瞳眸里，那眸子里，倒映着她的脸庞，只她一人。

她安静了许久，手里还握着刚刚进来时江淮谦买的暖手宝，在滚滚发烫，从掌心，烫到了她心口。

江淮谦目光沉静地看着她，也不催，掌心却在出汗。

也不知道过了多久，他听见阮轻画问道："昨天在KTV，你为什么不问那个问题？"

江淮谦挑了下唇角，温声道："哪个？"他兀自一笑，自言自语道，"问你现在有没有喜欢的人，还是问你，要不要做我女朋友？"

阮轻画僵住，听着他不急不缓的低沉声音钻入耳内。如果说前面的那段话是直白的，那后面这一段，江淮谦像是再次把他的内心剖开，让阮轻画看见，看得清楚。

她咬了下唇，刚想出声，听见江淮谦说："地方不对。"

他从来不会把阮轻画放在下不来台的位置。那几个问题问出来，无论阮轻画怎么回答，都会把场面弄僵。她自己不舒服，而江淮谦，见不得她不舒服。在江淮谦这里，她是唯一的底线。这也是为什么他之前一直没有逼她的原因。

不过，现在不同。江淮谦能感觉到她的一些情绪变化，他觉得此刻不逼她，她可能又会躲进羽翼下，继续当鸵鸟。

"怎么不说话？"江淮谦弯腰靠近，看着她。

"说什么？"好半晌，阮轻画才找回自己的声音，看着他近在咫尺的脸，走了神。

"说……"江淮谦笑了下，握住她的手放在自己心口，让她感受他为她而跳动过快的心脏。

他眸光含笑，低低地问："要不要答应做我女朋友。"

　　蹦床公园很吵，到处都是孩童喧闹和家长呼唤叮咛的声音，嘈杂地混在一起。明明是这么热闹的环境，可阮轻画依旧清晰地隔着衣物，感受到了江淮谦那颗跳动过快的心脏。连带着她压在上面的掌心，好像也在随着他的心脏跳动，隐约有了跳跃的痕迹。

　　她的心跳，也变得快了许多。

　　两人面对面站着，位置靠得很近，近到她往前挪一小步，就能整个人扑进他温暖的怀抱。

　　阮轻画眨了下眼，怔怔地看着面前的男人。江淮谦英俊的脸庞、深邃的瞳仁，以及紧绷的神色，都清晰落入她的眼中，无法忽视。

　　她嘴唇翕动，耳畔一直回响着他刚刚说的话：要不要答应做他女朋友。

　　在今天之前，阮轻画其实想过这个问题。如果江淮谦再问，她会怎么回答，是答应还是直接拒绝，可还没来得及深想，她就被自己否认了。因为在她看来，江淮谦不会第二次问这个问题。

　　她除了长得还算漂亮，在设计方面有点小天赋之外，性格不讨人喜欢，甚至矫情得惹人讨厌，偶尔还有点懦弱。她没有他想象的那么好，那么优秀，不值得他这样的天之骄子为她一次次低头弯腰。

　　阮轻画走神地想着，好半天也说不出话。她的脑海里蹦出了两种声音，像是两个小人在打架，一个让她答应，一个让她拒绝。这两个小人，都有合理的说服她的理由。

　　阮轻画抿了抿唇，深呼吸了一下，道："师兄，其实我……"

　　话还没说完，江淮谦忽而伸手，压住她的唇。阮轻画一怔，诧异地看着他。

　　江淮谦背着光，垂眸望着她："先不要着急找理由拒绝我。"他的声音很低，像是从远方传来的，"我不要求你现在答应，但至少——"江淮谦稍稍一顿，低声道，"给我一个靠近你的机会。"

　　阮轻画没出声，望着江淮谦，隐约发现了他声音里的颤音。他在紧张。

　　她眨了下眼，有种说不出的酸涩感。她何德何能，能让江淮谦如此认真对待。

　　阮轻画嘴唇微动，想开口说话，却被他压制，没办法出声。

　　江淮谦低头，越发和她靠近，两人无声对视着。

　　也不知道过了多久，他说："我想先拿一张追求者通行证，可以吗？"

　　他的声音向来沉稳有力，以前阮轻画听，只会觉得这低音炮有些灼耳，酥酥麻麻得很诱人。可今天，她听得想哭。她的心被什么东西揪住，勒得她喘不过气来。

　　阮轻画闭了闭眼，把他压在自己唇上的手拉下来，轻声说："你有没有想过，我……其实没有你想象的那么好？"

　　江淮谦敛目看她，淡声问："我想象的是多好？"

　　阮轻画看着他。

　　江淮谦慢吞吞直起身，不疾不徐道："你什么样，我很清楚。"

　　阮轻画眨了眨眼，压下喉咙间的苦涩感，轻声道："你就不担心，哪天会后悔吗？"

　　"后悔什么？"江淮谦毫不客气地反问，"后悔喜欢你？还是说，后悔问你要不要做我女朋友？"

阮轻画不吱声。

江淮谦扯了下唇，淡声道："我决定做的事，从不后悔。"

无论是那一天早上的冲动表白，还是今天，江淮谦都从未有过后悔。

阮轻画突然就找不出理由反驳他，拒绝他了，又或者有，但她暂时不想找了。因为她清楚地知道，自己内心是渴望的，是想和他试一试的。

她垂着眼，盯着脚尖看了半晌，忽而问："只拿追求者通行证的话，他们会不会笑话你？"

江淮谦一怔，挑了下眉："谁？"

阮轻画重新抬起眼看着他："就……其他人。"

"嗯？"江淮谦笑了下，淡淡地说，"为什么要去管别人的想法？"

阮轻画默了默，低声道："你就不怕，我把这张通行证同时发给很多人？"

江淮谦听出了她话里的意思，兀自一笑，直勾勾地盯着她道："你会吗？"

阮轻画当然不会。

她对其他追求者，向来都是毫不留情的个性，只要对方稍微表现出一丁点的暧昧，她就会立刻远离。

江淮谦目光灼灼地盯着她，倏然一笑："就算其他人也有，最后能通过关卡的，只会是我。"

不知为何，阮轻画突然被他的自信折服。安静片刻，她问："你不会觉得不公平吗？"

江淮谦看了她一会儿，猜测道："你觉得我追你，对我而言是不公平的？"

阮轻画"嗯"了一声。他们两个人，是对等的。她怕江淮谦觉得不自在，不舒服。

江淮谦眉峰稍扬，笑了笑，坦然道："我的小师妹，难道不该享有被追求的权利？"

阮轻画耳朵微动，心跳忽快。

江淮谦弯腰亲昵地蹭了下她的鼻尖，不动声色地引诱道："你不用跑，站在原地等我。"

只要你给我跑向你的机会，于我而言，就是最大的喜悦。

至于她的那些担忧，江淮谦会用行动消除，然后告诉她，他们是天生般配的一对。

话说到这个份上，阮轻画再拒绝，好像就真的矫情到顶了。她感受着他鼻尖的力度，抬了下眼，喃喃道："我好像，找不出理由拒绝你。"

江淮谦勾了勾唇："这样最好。"

阮轻画看他这样，微微有点不适应，她正想退开，一侧传来熟悉的声音："轻画姐姐，你们是在接吻吗？"

两人立马分开。阮轻画一扭头，对上小洛那双好奇的眸子。他手里拿着一个泡沫球，眼神在两人身上打转，突然害羞地捂起脸，嚷嚷着："啊羞羞……"

因为小洛的打岔，两人的对话进行不下去了。

阮轻画实在不想在原地接受大大小小萝卜头的注视，找了个借口去了洗手间。出来时，她不经意地扫了一眼面前的镜子，在看到绯红的耳郭后，阮轻画抬手摸了摸，滚烫滚烫的。

她盯着镜子里的那张脸愣怔片刻，忽地笑了起来。其实和江淮谦这样说开，比想象中要开心很多，同样也让她对自己未来的生活充满了微小的期盼。

或许，她真的该和江淮谦试一试。就算结果没有很好，但可能也不会像她想的那么差。

从洗手间出来，阮轻画一眼就看到了江淮谦和小洛。她挑了下眉，慢吞吞地走近："他不玩了吗？"

小洛看了她一眼，撇撇嘴指着江淮谦，没有半点礼貌地抱怨道："他说要等你出来再去，还说你会找不到我们，你都多大啦？在这儿还能迷路吗？真是耽误我时间。"

阮轻画蹙眉看向旁边的萝卜头："小洛。"

"干吗？"

"你妈妈教你这样跟姐姐说话的？"

小洛仰头看她，在对上阮轻画的那双眸子后，飞快地闪开了。

"怎么不回答？"阮轻画蹲下，强迫他看着自己。

小洛抿着唇，不吱声。

阮轻画看了他一会儿，淡声道："你应该知道刚刚你在外面玩游戏，我为什么不强制拉你走。你和我那点浅薄的关系，按道理来说轮不到我教育你，但你也不小了，什么话该说什么不该说，你爸妈应该教过你。"她指了下江淮谦，问，"他是谁？我有没有给你介绍？"

小洛脸色微僵，看了眼旁边不说话的人，没回应。

"说话。我有没有给你介绍他？"

小洛眼眸闪了闪，低声道："说了。"

"他是谁？"

"江……江叔叔。"

阮轻画扯了下唇："很好，那我呢？"

小洛看着她严肃的模样，眼眶瞬间红了，拉着她的袖子，眼泪立马掉了下来，边哭边说："你怎么欺负我啊？妈妈让你照顾我，你怎么就凶我啊？我不要你照顾了，我要找妈妈。"

阮轻画冷冷地扫了他一眼："小洛，你对你妈妈的那一套，在我这儿不管用。我不会和你朝夕相处，一年可能也就见那么一两次，所以你只要做得不过火，我都能忍。"

就像他要站在伞下玩游戏，阮轻画其实能忍。因为她不想和他有太多的牵扯，也不想因为这点小事，和冯女士吵架。阮轻画其实是个很懒很懒的人，懒到她不愿意跟人发生争执，她觉得那种事耗心耗力耗神，与其浪费时间精力，倒不如吃点小亏，这样还能节省时间，过得更为舒心。

小洛十岁了，听得懂阮轻画在说什么。有些道理，他很早就明白了。他眼睛里含着泪，就这么泪汪汪地望着她，忘了反应。

阮轻画扫了他一眼："你如果再不听话不礼貌，我立刻送你回家。"她垂眼望着他，淡声道，"你要知道，我没有责任也没有义务照顾你。"

小洛被她严肃的神色吓着了，忘了反应。

阮轻画扫了他一眼，问："听懂我说的了吗？"

小洛点点头，边哭边答应："听懂了。轻画姐姐我会乖的，你别生气，我不想一个人在家。"

阮轻画教育小洛时，江淮谦一直没出声。他哭了一会儿，被江淮谦带去洗手间洗了把脸，出来后又恢复了活力，拉着江淮谦去玩卡丁车了。

阮轻画在外边看着，思忖了一会儿，还是给冯女士说了下这边的情况。她不怕小洛告状，也不怕冯巧兰对她失望，但她是真的不喜欢应付无止境的训斥和争吵。

冯巧兰的电话很快回了过来，喊了她一声："轻画。"

"嗯。"阮轻画情绪淡淡的，"事情就是我说的那样，你们几点回？"

冯巧兰听着她不对劲的语调，默了默，说："抱歉，小洛给你添麻烦了。"

"不算麻烦。"阮轻画面无表情道，"但我确实不会跟小孩相处。"她看着不远处玩卡丁车的一大一小，浅声道，"我没什么耐心，刚刚他对我朋友不礼貌，我也凶了他。"

冯巧兰应着："他不听话你就训他，没事的。"

阮轻画"嗯"了一声："反正我跟你说一声，你们回来了我送他回去就行。"

"好。"

挂了电话，阮轻画看到了孟瑶的消息。刚刚等冯女士电话时，她顺便跟孟瑶提了一句刚才的事。

孟瑶："你这种性格的人，会凶小洛？"

孟瑶："为啥啊？这一点都不像你啊。"

阮轻画顿了下，认真地回忆了下刚刚的导火线。其实不是什么大事。她能忍受小洛对她的忽视，甚至不礼貌，但她好像没办法看他对江淮谦那样。阮轻画骨子里觉得，江淮谦这样的人，无论是谁，都不能忽视他。他在哪儿，哪儿就是发光点。

这么想着，阮轻画忽然发现，她对江淮谦的偏心，比她想象的还要严重。她低头看着手机里收到的消息，走了神。

蓦地，一侧飘来熟悉的味道，江淮谦的声音随之落入耳内："在想什么？"

阮轻画眼睫一颤，下意识把手机藏了起来："啊？"

江淮谦看着她的动作，挑了下眉："怎么了？"

"没有啊。"阮轻画佯装淡定，"你不是在那边陪小洛吗？"

江淮谦"嗯"了一声："换教练教他。"

阮轻画"哦"了一声，狐疑地看着他，猜测道："你是不是累了？"

"不是。"江淮谦好笑地看着她，"就只能猜到这个？"

阮轻画仰头看他："不然呢？"

江淮谦思忖了一会儿，拿过她手里的水瓶喝了一口，垂眼看着她，追问道："答案为什么不能是我想过来陪你？"

阮轻画怔怔地看着他，好半天没回神。

江淮谦看着她呆愣的模样，好笑地问："很意外？"

阮轻画连忙收回目光，耳郭微红地看向远处。这她要怎么回？她之前怎么不知道，江淮谦这么会说话？

江淮谦看着她躲闪的神色，兀自一笑："怎么不说话？"

"说什么？"阮轻画木讷道，"我不知道该说什么。"

江淮谦莞尔，看了眼腕表："中午想吃什么？"

阮轻画指了指不远处的小学生："问他。"

"不问他。"对上她狐疑的目光，江淮谦语气平静地说，"听你的。"

阮轻画愣了下，没忍住弯了下唇："那我看看附近有什么好吃的。"

"好。"

阮轻画看了一圈，找了家粤菜馆。上次江淮谦带她吃过后，她好像有点喜欢上了粤菜。当然更重要的是，冬天喝汤是真的舒服。

等小洛玩到一点，两人才带他去吃饭。店里的高峰期已经过去，这会儿人不算多。

江淮谦没让她操心小洛，全程由他照看。

阮轻画开始还没太大的感觉，直到小洛得寸进尺地让江淮谦拿这拿那后，她皱了下眉："小洛。"

小洛刚拿上一个鸡腿，抬头看她。

"自己的事情自己做，你安静吃饭，别什么事都麻烦你江叔叔。"

小洛："哦……"他想着阮轻画的严厉，立马收敛起来，"知道了。"

阮轻画看向对面的男人，低声道："别惯着他，他都十岁了。"

江淮谦垂眸看她，很听话地答应了："好。"

不知为何，阮轻画突然有种自己带着两个小朋友出门吃饭的错觉。而且，两个小朋友现在都很乖。蓦地，阮轻画被自己的想法逗笑了。对上江淮谦看过来的眼神，她立马压了压上翘的唇角，专注吃饭。

吃过饭，两人不打算带小洛回蹦床公园了。阮轻画和江淮谦思考了一会儿，决定带他去书店。

"给他买几本书。"阮轻画善解人意道，"回家好好看。"

小洛觉得阮轻画是在故意报复他。

阮轻画没理会他的抗议，径直拉着他去了。好在进去后，他也不闹。

江淮谦看着她："有书要买？"

阮轻画"嗯"了一声："想买两本杂志，顺便给他买点礼物。"

她和小洛不亲近，但每一次他过来，阮轻画还是会给他准备一份礼物。以前大多是玩具，但今天没有玩具，只有书。

江淮谦看了眼旁边自顾自掏出动画书看起来的小学生，压着声音问："真给他买书？"

"嗯。"阮轻画非常认真，"怎么？"

江淮谦一挑眉："没什么。要我帮忙选吗？"

"你会？"阮轻画看着他，有些惊讶。

江淮谦扫了一眼，淡淡道："先学学，以后也有用。"

阮轻画开始没能理解他的意思，过了好一会儿，才后知后觉地反应过来他话里的深层含义。阮轻画垂着眼看着动画书，不太能理解为什么刚拿到通行证的江淮谦，怎么就如此自信了？

江淮谦看着她低垂眉眼的模样，也没再继续逗她。两人站在一处，专注选自己的，不怎么交流，看着却很和谐。

选好书，小洛说困了。三人一起回家，这一次来，江淮谦比前两次更自如。

小洛瞅着进了厨房的江淮谦，在阮轻画耳边悄悄问："轻画姐姐，你跟江叔叔在谈恋爱吗？"

阮轻画看着好奇的小学生，抬手揉了下他的脑袋，冷漠道："没有。"

"啊？"小洛童言无忌地嚷嚷着，"你们都亲亲了，还没有谈恋爱啊？"

阮轻画被他的话呛住，咳了好一会儿："你在说什么？"阮轻画瞪圆眼看着他，"我们什么时候……亲亲了？"

"有啊。"小洛理直气壮道，"在蹦床公园那里，你们不就是在接吻吗？"

阮轻画立马把他的嘴捂住，真是越说越过火。她非常费解，皱眉看着他："你说的这些，都是从哪儿学的？"

小洛一副小大人的模样："这还需要学吗？男生和女生牵手就是在谈恋爱，亲亲也是，就像你和江叔叔。"

阮轻画愣住了："什么？"

小洛边往嘴里塞刚刚买的甜品边说："真的呀。"

阮轻画觉得自己的思想受到了猛烈冲击，现在的小学生这么早熟吗？她开始怀疑人生。

"那人家不能是关系好牵手的？"

小洛一脸你没见过世面的样子看了阮轻画一眼。

阮轻画眉心突地一跳，再次重复："我和你江叔叔没有……"

话还没说完，阮轻画余光扫到从厨房出来的人。

江淮谦立在厨房门口，也不知道把他们的对话听了多少。阮轻画微窘，突然想找个地缝钻起来。

小洛还一无所知，追问道："没有什么？"他撇撇嘴，还是那副小大人模样，"你们大人就是喜欢骗小孩，我都看见了你还骗我。"

阮轻画认输了，懒得和他争辩："吃完没？"

小洛："啊？"

阮轻画敛目看他："你该去午睡了。"

把小洛安排进房间睡觉后，阮轻画觉得自己重新活了过来。带熊孩子真的很累。

江淮谦看她这样，勾了下唇："累了？"

"嗯。"阮轻画看着他，心虚地摸了摸鼻子，"刚刚小洛说的，你别放在心上。"

江淮谦一挑眉，故意问："他刚刚说了什么？"

阮轻画一噎，抬眸看了他一眼："没听见就算了。"

江淮谦笑了，垂眸看着她绯红的脸颊，低声问："不能重复一遍？"

阮轻画听出了他话里的戏谑，面无表情道："不能。"

闻言，江淮谦也不为难她。安静了一会儿，江淮谦敛目看她："困不困？"

阮轻画纠结了三秒，老实道："有一点。"

"要不要睡一会儿？"

阮轻画抬起眼看他："那你呢？"

"我看一会儿书。"江淮谦示意道，"睡沙发？"

阮轻画"嗯"了一声，她这儿就一间房，她不可能去跟小洛一起睡。

思忖了一会儿，她纠结道："我也看书。"

客厅里很静，天空不知何时放晴了，云层消散，微弱的光照下来，从窗外落在地板上。

阮轻画开始时还能认真看书，但旁边的人实在是让她无法忽视，不知不觉地，她开始走神，盯着地板上的阳光看了一会儿，她偷偷往旁边瞄了一眼。

江淮谦垂着眼，比她更认真地看书。他眼睫低垂，睫毛根根分明，在明亮的室内尤为显眼。好像，比她的还长。

阮轻画正想着，旁边的人撩起眼皮望过来。两人视线对上，一秒、两秒……

阮轻画心虚不已，默默转开目光，轻声问："我就是想跟你说，那双鞋做好了，你要看看吗？"

江淮谦一怔，低声道："好。"

他设计的那双高跟鞋，阮轻画借着下班时间断断续续做完了。做完后，她其实想过带去公司的，但又找不到合适的机会，拖着拖着，就一直放在家里了。

她蹑手蹑脚地打开房门进去又出来。江淮谦看着，觉得挺有意思。

阮轻画拿了个鞋盒摆在他面前，抬眸看他："你掀开。"

她这种奇奇怪怪的仪式感，江淮谦也没抗拒，按照她所说的把鞋盒盖子掀开。

在看到映入眼帘的那双鞋后，江淮谦有片刻的愣怔。他一直都知道阮轻画有一双巧手，能设计出好看的鞋，同样也能做出来。但面前这双鞋，设计稿是自己完成的，成品是她做的，意义不同。更重要的是，这双鞋做出来，比他想象的更漂亮，更引人注目。

阮轻画选了浅水蓝色的皮革做整体色调，搭配细高跟、尖鞋头、浅色底，整体看上去非常舒服清新且优雅。最点睛之笔，是鞋尖上缀着的蝴蝶。

蝴蝶用渐变的浅水蓝色亮片拼在一起，栩栩如生。更重要的是，上面不只是单调的蝴蝶，阮轻画叠了三只大小不一的蝴蝶在上面，认真看就像是蝴蝶的翅膀从扑棱到展开，再到彻底飞翔的过程。一针一线，都考验功底。

阮轻画观察着江淮谦的神色，小心翼翼地问："你觉得怎么样？还行吗？"

江淮谦："嗯。"

阮轻画听着他这冷淡的语气，有些忐忑："我在点缀的蝴蝶那里，每边多加了一只，你看出来了吗？"

江淮谦："嗯。"

阮轻画默了默，抿唇问道："我擅自改了你的设计，你是不是不高兴了？"

江淮谦一怔，笑着说："不是。"

阮轻画望着他，有点委屈："那你怎么不点评？"

"我在想……"江淮谦直直地看着她，低低说，"我要怎么夸你。"

阮轻画愣住："啊？"

江淮谦看着她："很意外？"

阮轻画点了下头："我没做什么，这是你设计的。"

江淮谦莞尔，低声道："我设计的时候，没想到实物会这么漂亮。"

听见他夸自己，阮轻画很开心。这是江淮谦对自己专业能力的认可，也是她一直追求的。

"真的？"阮轻画惊喜道，"那到时候这双鞋生产出来，应该会卖得非常不错。"

闻言，江淮谦看向她："生产？"

"对啊。"阮轻画看着他，对上他幽深的瞳仁后，她愣了愣，道，"你不打算把设计图公开，批量生产吗？"

J&A的鞋虽是高级定制，大多数都是手工缝制，但也会批量生产。每一双，都是独一无二的。

江淮谦"嗯"了一声："没想过。"他看向阮轻画，低声问，"试过吗？"

阮轻画看了看盒子里的鞋，摇头道："没有。"

江淮谦了然，从盒子里拿出两只鞋，掀起眼皮看她："试试？"

阮轻画眨了眨眼，迟疑道："不太好吧？你不用拿云做展览吗？"

高跟鞋只要穿过，一定会留下些微痕迹，特别是这种窄边高跟鞋。

江淮谦"嗯"了一声："不拿。"

阮轻画觉得他的回答很莫名其妙。

江淮谦从沙发上起身，绕过茶几走到她这边，把两只鞋放在地毯上——沙发前边，阮轻画铺了一块毛茸茸的地毯。

阮轻画看着，有点为难："为什么不去？"她诧异道，"你设计出来，不就是为了给J&A创造价值的吗？"

江淮谦淡淡道："那边有设计师，这双鞋不是给他们设计的。"

阮轻画微怔，脑海里闪过一个不可能的念头，她刚想说点什么，江淮谦突然问："想自己穿还是我帮你？"

他说话的语调很平，仿佛是在问很寻常的问题。

阮轻画愣怔片刻，猛地回神："不用。"她嘴唇翕动，看着半蹲在自己面前的男人，忙不迭道，"我自己穿，你别动。"

江淮谦看着她躲闪的神色，眸光里闪过浅浅淡淡的笑，盯着她红了的耳郭看了一会儿，低声问："这么紧张？"

阮轻画拿到鞋的手一顿，小声反驳："我哪有紧张。"

江淮谦挑眉，勾了下唇。

阮轻画没再理会他，但依稀能感受到他的视线落在自己身上。她努力地想忽视，但脑海里一直在回响他刚刚的话——想自己穿还是我帮你。

我帮你。这三个字暧昧到能发散很多东西，联想到很多事物。阮轻画不知道，江淮谦是怎么用云淡风轻的语调说出来的，也不懂他为什么在这种事情上如此得心应手，就好像是情场高手，而她，是他的盘中餐。

她很快穿好，鞋子的尺码也正好合适。她身上还穿着出门时的牛仔裤，虽然没有飘飘然的仙女感，但搭配在一起也不显违和。

穿好后，她不自在地看向江淮谦："你觉得怎么样？"

江淮谦敛眸，盯着她细白的脚踝看了一会儿，再往下，是她露出来的脚背。阮轻画的脚小，且白，似美玉。

久久没有得到回应，阮轻画抬眸看向江淮谦。蓦地，她神色微顿，抿了抿唇："江总？"

江淮谦回神，目光微凉地扫了她一眼。

阮轻画别开眼，嘟囔着："问你意见。"

"很好。"江淮谦声音偏低，沉沉道，"和我想的一样，适合你。"

阮轻画怔了下，望着他："这双鞋，你是……"

没等她说完，江淮谦接了话："嗯，给你设计的。"他弯了下唇，低声问，"喜欢吗？"

阮轻画心念微动，听着他有温度的声音，没否认："嗯。"

她喜欢高跟鞋，尤其喜欢漂亮的，独一无二的。江淮谦恰好知道她的喜好，对症下药。

听到她的回答，江淮谦的唇角往上牵了牵，似是松了口气："那就好。"

阮轻画看着他："你对自己的设计这么没信心？"

闻言，江淮谦抬了下眼，淡声道："不是。"

他是摸不准阮轻画的心思。他固然知道她会喜欢，但也怕她会否认。她如果真的违心说不喜欢，江淮谦也不能逼她说实话。有很多事，牵扯到人的感情后，就会变得复杂。以前，江淮谦从不担心这种问题。

阮轻画狐疑地看着他："那是因为什么？"

江淮谦轻笑了声，没多解释。

阮轻画知趣地不再问。

试好鞋，阮轻画打算继续看书，看着看着，人便蜷缩在沙发上睡了过去。

耳侧少了纸张翻动的声响，江淮谦侧眸，看到了她恬静的睡颜。他起身把书拿走，拿过一侧的被子给她盖上。盖上没多久，阮轻画不知道是热还是什么原因，把被子卷上去了大半，露出纤细玉足。她的脚很美，雪白雪白得惹人注意。

江淮谦眉心突地一跳，忽然生出一种说不清道不明的情绪。

半晌后，他才妥协似的叹息一声。有些事，注定逃不开。

阮轻画睡醒没多久，江淮谦便先走了。他临时有事，阮轻画也得等冯女士过来接小洛。

他走后不到一小时，冯女士便过来了。

"妈妈。"她一出现，小洛便朝她扑了过来。

冯巧兰抱着他，温柔地摸了摸他的脑袋，轻声与他交流。

阮轻画在一侧看着，眨了下眼，缓慢地挪开了目光。

母子俩抱了好一会儿，冯巧兰才看向她，低声道："辛苦了。"

"没事。"阮轻画情绪很淡，"我没做什么，也凶了他。"

冯巧兰一顿，头疼道："那可能也是小洛不懂事。"她摸了摸小洛的脑袋，拉着他的手问："跟姐姐道歉了吗？"

小洛一扁嘴，嘀咕道："道歉了。"

阮轻画笑了笑："嗯，道歉了。"

冯巧兰深呼吸了一下，问："晚上要不要跟我们一起吃饭？"

"不用了。"阮轻画想也没想地说，"我还有事，你们早点回家吃吧。"

看她这样，冯巧兰也不勉强："那你多注意点。"

"嗯。"阮轻画垂眼，看母子俩一直牵着的手，眼眸闪了闪，"你们回去也注意安全。"

"行，小洛爸爸在下面等着，我们就先走了。"

"好。"

看着缓缓合上的电梯门，阮轻画脸上挂着的笑骤然消失。她忽然觉得有点累。

当着阮轻画的面，冯巧兰没好意思训人。拉着小洛回到自家车上后，她才开始说话。

"你今天怎么惹你姐姐生气了？"她看向一侧一上车就要拿手机玩游戏的男孩，低声道，"去之前我跟没跟你说，要听她的话？"

小洛撇嘴："妈妈，你都一天没见我了，怎么一见面就凶我？你是不是只爱姐姐不爱我了？"

冯巧兰一噎，嘴唇张了张："妈妈什么时候不爱你了？"她和驾驶座的丈夫对看一眼，有些头疼。

小洛："那你凶我。"

冯巧兰："你不听话，妈妈是不是该跟你讲道理？"

"我没有不听话。"小洛委屈道，"我就是没叫姐姐的朋友，她觉得我不礼貌才凶我的。"

冯巧兰一怔："你孟瑶姐姐？"

"不是。"小洛拿着她的手机点开游戏，嘀咕道，"姐姐的男朋友。"

冯巧兰一顿，不可置信地看着他："你说什么？你姐姐的男朋友？"

"对啊。"

冯巧兰蹙眉，想了想，问："你的意思是今天你姐姐和朋友带你出门玩，那个朋友是她的男朋友？"

小洛点头。

冯巧兰拧眉，自言自语道："她什么时候交的男朋友？"

小洛没理她。

冯巧兰拉了拉他的衣服，低声问："你姐姐男朋友，叫什么名字？"

"姐姐没说，她让我喊他江叔叔。"小洛抽空看了她一眼，说，"妈妈，姐姐的男朋友长得像大明星，特别酷。他开的车还是爸爸上次在电视上看到的宾利。"

周末两天，阮轻画过得充实且累，到了周一上班，她还没从疲倦中抽身。

"昨晚没睡好？"徐子薇看着她撑着脑袋的模样，好笑地问道，"周末做什么去了？"

阮轻画眼皮动了下，垂头看着电脑界面："没做什么，带了个小屁孩去玩。"

徐子薇"哦"了一声，淡定道："去哪儿玩了啊？好玩吗？"

"嗯？"阮轻画扭头看她，眼神茫然。

徐子薇笑了笑，解释道："下周我姐带她儿子来南城玩，我正愁不知道带他们去哪儿呢，你有好地方推荐吗？"

阮轻画想了想，"嗯"了一声："我们去的蹦床公园，还行。"说话间，她掏出手机，"我分享给你。"

徐子薇笑着道："好。"她收到阮轻画的消息，点开看了看，"你们在这儿玩了一天？"

"没。"阮轻画心不在焉地说，"玩了几个小时。"

徐子薇点点头，盯着蹦床公园那几个字看了许久，偏头看她："就你们俩吗？"

阮轻画敲键盘的手一顿，停了下来，扭头对着徐子薇笑了笑："不是，还有个朋友。"

闻言，徐子薇没再多问。

阮轻画没把这事放在心上，直接抛到脑后。她看了看自己的设计稿，跟助理林小萱聊了两句，让她做点后期工作。

忙碌的时间总是过得很快，一眨眼工夫，便到了午饭时间。她的手机第一时间振动，是孟瑶的消息。

孟瑶："快，请我去店里吃饭，今天不想吃食堂。"

阮轻画哭笑不得："你就知道压榨我。"

孟瑶："请不请？"

阮轻画："请。"

她边跟孟瑶聊天边往电梯那边走。电梯到了，阮轻画跟着同事进去，也没注意周围的环境，只隐约觉得，今天的电梯比往常要安静点。

孟瑶还在给她发消息，商量着去哪家店。她发来好几家店铺的截图，让阮轻画选。

阮轻画："随你。"

孟瑶："OK。"

孟瑶:"对了,你就这么答应跟我吃午饭,江总没约你啊?"

阮轻画一怔,这才意识到她今天还没跟江淮谦联系,也没收到他的消息。虽然他们之前也不会时常联系,但现在被孟瑶一提醒,阮轻画就觉得确实少了点什么。

正想着,手机又是一振。阮轻画随意扫了一眼,在看到消息后,人僵住了。她眨眨眼,盯着消息在心底读了两遍,才佯装淡定地扫了圈电梯。

江淮谦,就站在不远处的角落。

他站在那里,电梯里没人敢大声说话,也没人敢挤。

注意到阮轻画的视线,江淮谦越过旁人,朝她直直看来。

阮轻画蒙了蒙,猛地低下头。

阮轻画:"你今天怎么在这个电梯?"

江淮谦:"嗯,另一部在维修。"

阮轻画:"哦。"

江淮谦:"中午一起吃饭?"

阮轻画:"不,我和孟瑶一起吃。"

电梯到了一楼,阮轻画面不改色地收起手机,和大部队往前走。走了几步,一侧传来同事的讨论声。

"我的天哪,刚刚进电梯看到江总后,我瞬间不敢说话了。"

"我也是,吓死我了。"

"不得不说,江总就算是和我们一起挤电梯,也掩盖不住他的霸道和帅气。"

"我都不敢往他那边挪。"

阮轻画听着同事们的点评,有点想笑。他们说的是夸张了点,但又形容得还挺准确。

"轻画,你笑什么?"

"没。"阮轻画看向同办公室的一位设计师,朝另一边指了指,"我看到孟瑶笑的。"

大家一抬头,恰好看到在门口等人的孟瑶。

"你们打算去干吗呢？"

"吃饭。"阮轻画笑了笑，语气轻快道，"我们先走了。"

她往孟瑶那边跑去，孟瑶瞅着她："江总怎么和你们一起下来了？"

"据说是他的专属电梯在维修。"

孟瑶挑了下眉："那他干吗不提前一点走？"

阮轻画："可能是正好忙完吧，老板也不好提前下班啊。"

孟瑶轻哼，看她一眼："我觉得不是这个原因。"

阮轻画"哦"了一声，配合她道："那你说是什么原因？"

孟瑶噎了噎，不想和她说话了。她怀疑自己旁边站着的是根不会开窍的木头。

两人慢悠悠地往楼下餐厅走。

"吃点清淡的。"孟瑶嘀咕道，"我周日吃了火锅，得降降火。"

阮轻画没意见，手里拿着的手机一振，还是江淮谦的消息。

江淮谦："中午到哪儿吃？"

阮轻画没多想，看着孟瑶进的店，直接给他发了个名字。

发过去后，江淮谦没再回消息。

两人到餐厅坐下，孟瑶兴致勃勃地点单。阮轻画偶尔应着，困倦十足。

"你没睡好？"

"嗯。"阮轻画闭着眼答应着，"离上菜起码还有二十分钟，我先眯一会儿。"

孟瑶哭笑不得，低声问："昨晚做坏事去了？"

阮轻画没理她。

她昨晚坏事倒是没干，但连续做了很多乱七八糟的梦，弄得她睡醒比睡前更累。

阮轻画正合着眼假寐，鼻间钻入熟悉的木质香。她皱了下眉，怀疑自己是困倦到出现幻觉了。

正想着，江淮谦的声音传了过来："睡着了？"

阮轻画一愣，猛地睁开眼。在看到近在咫尺的脸后，她蒙了蒙："你怎么在这儿？"

孟瑶坐在对面喝水，边喝边笑："店里没位置了，江总说过来拼个桌。你在睡觉，我就没问你意见。"

阮轻画一抬头，看到了斜对面的刘俊。

刘俊正点着头，笑着撒谎："嗯，阮小姐不会介意吧？"

她介意了能把两人赶走吗？

阮轻画瞅着旁边男人似笑非笑的神色，哭笑不得道："不介意。"

江淮谦敛眸看她，低声问："昨晚没睡好？"

"嗯。"

江淮谦："失眠？"

阮轻画："不是。"她小声说，"就是没睡好。"

江淮谦蹙眉盯着她看了一会儿："因为什么？"

阮轻画眨眼："做了几个梦。"

"噩梦？"

"嗯。"

江淮谦看了看她的脸色，低声问："待会儿要不要去我办公室睡一会儿？"

听着他这亲昵随性的话，阮轻画身子一僵，偷偷瞄向对面的两人。

"不要。"她拒绝。

孟瑶和刘俊佯装没听见，开始闲聊。

"刘助理，市场调研安排是不是要下来了？"

刘俊："差不多，有什么问题吗？"

孟瑶："有哪些城市？"

听着两人的对话，阮轻画愣了愣，看向江淮谦："这一次的市场调研，你也会去？"

江淮谦颔首。

阮轻画愣了下，侧头看他："什么时候出发？"

"过两天。"江淮谦看着她，笑了下，问，"不想我去？"

阮轻画刚想说话，服务员过来上菜。她把到嘴边的话收了回去，压着声嘀咕了句："你想多了。"

江淮谦颇为无奈，笑了下，看向桌面："喝汤？"

阮轻画点头。

江淮谦没顾忌着刘俊和孟瑶，拿过碗给她盛汤："有点烫，慢点喝。"

刘俊笑了笑："孟小姐，我给你盛。"

孟瑶挑挑眉："行，谢谢刘助。"

"客气。"

四个人凑一桌吃饭，没什么不适应，阮轻画甚至觉得，有江淮谦在旁边，她这一顿饭能吃得非常轻松。

吃过饭，四人分开走。

阮轻画问了下孟瑶市场调研的事，心不在焉地回了办公室，还没来得及坐下，手机铃声响起。

阮轻画接通："喂。"

江淮谦："真不来我办公室睡？"他循循善诱，"楼上有休息室，里面有床，睡得会比较舒服。"

说实话，阮轻画很心动。趴着睡自然没有躺着睡舒服，但她又觉得自己不能这么没有骨气，因为一张床就在上班时间胡来。她要守住底线。

"不来。"阮轻画压着声说，"影响不好。"

江淮谦："现在是休息时间。"

阮轻画"嗯"了一声："那也一样。"阮轻画默了默，低声问，"还有事吗？没事我挂了。大家都打算睡了。"

她怕吵到同事。

江淮谦没辙，应了声："好，睡吧。"说完又沉吟着补充，"想来随时来。"

阮轻画："哦……"

她不会去的。

挂了电话，阮轻画去了趟洗手间，刚进去，就听见外面同事的交流声。

"你们知道吗？我听说中午轻画和江总他们一起吃的饭。"

"真的假的？"

"真的。"第一个女声说,"真看不出来,轻画还挺懂得把握机会。"

另一道声音响起:"别乱说,指不定是碰巧遇上呢? 轻画不是跟刘助理相过亲吗? 估计是有这层关系。"

"唉,就算是这层关系我也羡慕,谁不想多和江总说两句话呀。"

"这倒是,我也想。"

"江总上回还说他没女朋友,也不知道喜欢什么样的。"

"什么样的我们都别想,江总是J&A的继承人,人家豪门选对象,都是门当户对的。"

不知过了多久,外面安静下来。阮轻画猜测她们应该是走了,这才慢吞吞地从洗手间出来。

回到位置上,徐子薇还在玩手机,余光注意到有阴影落下,她侧头一看,讶异道:"去哪儿了? 怎么这么晚才回来?"

阮轻画"嗯"了一声,趴在桌上说:"没去哪儿,就去外面吃了个饭。"

徐子薇:"这样。"

"嗯。"阮轻画没和她多说,"子薇,我睡一会儿。"

徐子薇看着她背对着自己的脑袋,应了声:"好。"

阮轻画闭眼休憩,没太注意到徐子薇的情绪。她是真的困了,合上眼没多久,便在办公室的窸窸窣窣声下睡着了。

午后的阳光透过百叶窗照进来,有些刺眼,阮轻画的位置正对着窗户,她半梦半醒地从抽屉里掏出眼罩戴上,这才睡得更沉了些。

趴在桌上睡的后遗症是容易腿抽筋,手臂发麻。睡醒时,阮轻画的手麻了,半天才恢复知觉。

助理林小萱看她这样,忍不住笑道:"轻画姐,你这是怎么了?"

"手麻。"阮轻画委屈道,"腿也在抽筋。"

林小萱挑眉,迟疑道:"会不会是缺钙啊?"

阮轻画诧异道:"还有这种说法?"

"有啊。"林小萱说,"好像还挺多这种例子的。"

阮轻画似懂非懂地应了声："那下回体检我问问。"

缓过劲后，阮轻画去了趟茶水间，好巧不巧，谭滟也在里边。

上次谭滟从总监办公室出来后，便收敛了许多，两人除了在同一个办公室，基本上都当对方不存在。

看到谭滟，阮轻画也没太大反应，垂眼把杯子伸出去接水，开水慢慢地流淌着。还没接满，耳畔传来熟悉的声音："阮轻画。"

阮轻画抬了下眼，看向谭滟："有事？"

谭滟盯着她看，低声问："是不是你说的？"

阮轻画一怔，觉得莫名其妙："什么我说的？"

谭滟看她这样，更是笃定了，肯定就是她。

从阮轻画进公司开始，她就讨厌这个处处引人注目的同事，明明之前，她才是所有人的焦点，可现在她就像是一个笑话。

"你别在这儿装傻。"谭滟恶狠狠地望着她，"我和总监的事，除了是你背后告密的，还能有谁？"

阮轻画收回落在她身上的目光，把开水开关拧紧，端着接满水的杯子准备离开。

"你想多了。"阮轻画神色寡淡，"我没那么闲。"

虽然她之前确实有这个想法，也偷拍到了他们的亲密照片，但上回在楼顶被江淮谦提醒后，她就放弃了。那种手段不光明，甚至还容易让自己身陷泥潭，她要用磊落的方式和她竞争，把属于自己的位置拿回来。

"我想多了？"谭滟看她这副淡定的神色，激愤从心底源源不断地滋生。她的脑海里闪过那天石江给她看的那些照片，以及他警告自己的那些话。一时间，她被愤慨冲昏头脑，歇斯底里道："除了你还能有谁？整个公司，只有你和江总的助理关系好，你们中午都能一起吃饭，在江总面前告个密也不是什么难事！"

阮轻画回头看她："不是我。我和他们一起吃饭是因为餐厅要等位，索性拼桌。"她语气平静道，"关于你和石总监的事，我确实知道一点，但我没告密。"

这话一出来，谭滟变得更疯狂了。她内心认定，那个人就是阮轻画。

"你这不就是承认了？你还敢说不是你！公司除了你，没有人这么闲！"她抓着阮轻画的手臂，质问道，"你以为你这样就可以打败我？你简直是在做梦。"

阮轻画无言，很想问她，她哪里很闲了？

"谭滟。"她看着自己被抓住的手，眉心跳了跳，"把你的手放开。"

谭滟冷笑："怎么？跟刘助理搭上线变得硬气了？"

她一扯，阮轻画杯子里的水淌出来不少。

阮轻画蹙眉，想把手里的杯子放下，以免开水溅出来烫伤。她刚伸手往一侧吧台放去，谭滟忽然抓住她的两只手臂，摇晃着她的身体："我在问你话，你听见了没有？"

"你有病吧？"阮轻画被开水溅到手背，眼神凌厉地看向她，"我说了没有就是没有。你给我放手。"

谭滟还是没放。

阮轻画冷了脸："谭滟，我不想和你在茶水间闹起来，这对谁都不好。你要是想吵架，下班后找个地方我跟你吵。"

"谁要和你吵架！"谭滟此刻就是气不过，心里那口气一直出不去。

那天石江找过她之后，她就想找阮轻画质问，可脑海里又一直回响着石江的话，说在这个办公室，得罪谁都可以，但别得罪阮轻画。她不仅和刘俊很熟，江淮谦对她的态度也不一般。而且，她还是被J&A总监看上的设计师，地位和其他设计师不同。

也正因此，谭滟这一个多星期都在忍，可今天听到他们又一起吃饭的消息，她突然就更确定了那个告密的人就是阮轻画。

刚刚午休时，她给石江发了几条消息。石江不仅没多加理会，甚至还训了她一通，警告她，别再联系他，以后在公司，他们就只能是普通的上下级关系。

一想到石江的信息，谭滟就觉得自己的世界崩塌了。他们的关系就这样断了，那她之前做的那些都是为了什么？要不是为了往上爬，她会去伺候那么一个老男人吗？

她不敢去质问石江，但阮轻画她敢。刚刚一看到她出现，谭滟就实在忍不住了。

阮轻画闭了闭眼，真的不想和她在这儿浪费时间。她用了点力，将谭滟推开，转身就走。

刚往前走一步，谭滟突然用力扯住她端着开水的手臂，不让她走。

猝不及防，一杯满满当当的开水倾倒，尖叫声响彻整个办公室，引起骚动。

下午两点半，江淮谦有个重要的会要开，是关于近年来Su产品各方面的问题。Su的资金链、产品质量都出了问题，这两年来，因为销量不太好，整体水平都被拉低了。

市场部经理正在反映各方数据，江淮谦坐在主位，手里拿着一支笔，神情寡淡。午后的阳光透过百叶窗照进来，刻画着他立体的五官轮廓，看上去疏离感十足，还有点说不出的严肃。

市场部经理边说，心里边发抖。Su的情况实属不好，江淮谦一直都没说话，导致整个会议室的人都提心吊胆的。他们战战兢兢的，唯恐自己被他点名，汇报事项。

市场部经理边说，边瞥向江淮谦，声音断断续续的，最后一句话落下，他跟着松了口气："江总，有什么——"

话还没说完，刘俊从外面闯入，神色焦急。

所有人齐刷刷地看向他，不明所以。

对上大家的目光，刘俊深呼吸了一下，道："江总，有急事。"

江淮谦拧眉，起身走了出去。

一出去，刘俊便硬着头皮道："刚刚设计部出了点事。"他快速道，"阮小姐受了点伤，但问题不是很大，只是手被烫伤了，设计部那边已经安排她去了医院。"

瞬间，刘俊明显能感觉到周围的温度都低了。江淮谦眼神凌厉地看向他，低声道："说清楚。"

说话间，他从刘俊手里拿过自己放在办公室的手机，想也没想地拨通了阮轻画的电话。

江淮谦的电话打来的时候，阮轻画已经到了公司附近的医院。她看了眼帮忙去挂号的林小萱，偷偷接了起来："喂。"

"严重吗？"

阮轻画微怔，听着他着急的语调，轻声道："不严重。就是被水烫了一下，面积不是很大。"

江淮谦"嗯"了一声，转身往外面走："在附近医院？"

阮轻画应了一声，听到了刘俊的喊声，想了想问："你要过来？"

"嗯。"江淮谦没太迟疑，会议推迟到明天，也不是什么大问题，他内心有所衡量。

"别。"阮轻画想也没想地低声道，"真的不是很严重，你别过来。"

江淮谦脚步停滞，单手插兜站在原地："就这么不想我去？"

"你不是下午要开会吗？"阮轻画记得午饭时刘俊提过，她认真道，"我这也不是什么大事，小面积的烫伤，待会儿上点药，包扎好就回去了。"

阮轻画不想让自己成为任何人的负担，在自己可以的情况下，她不愿意麻烦他人。更何况，江淮谦还有工作。

江淮谦微顿，脸色微沉："你确定？"

阮轻画："我确定，我同事挂号回来了，晚点跟你说，你好好开会吧。"

江淮谦看着被挂断的电话，在原地站了一会儿。

刘俊瞅着他的神色，小心翼翼道："江总，我让人问过，确实不严重，就是烫伤。这会议——"

话没说完，被江淮谦打断。他目光沉沉地望着他，低声道："你去趟医院。"

刘俊："是。"

江淮谦低眸，轻哂了声，往会议室走去："安排其他助理进来。"

刘俊颔首。刚刚他也是临时出去找资料，结果听到了这样的消息。刘俊看着江淮谦的背影，为当事人以及会议室的众人默哀。

他能感觉到，江淮谦生气了。

刘俊赶到医院时，阮轻画的手已经上过药包扎好了。

看到他，阮轻画愣了一下："刘助。"

林小萱也略显诧异："刘助理，你怎么过来了？"

刘俊笑了笑，看了看她的手："我过来看看。怎么这么严重？"

"不严重。"阮轻画失笑，"就是起了几个泡而已，是纱布缠太多了，其实不是大事。"

刘俊叹气道："还有一位呢？"

"在里面。"

阮轻画的那杯开水倾倒，受伤的不单单是她，还有谭滟。两人都被烫到了，只是相较来说，她要严重一点。

刘俊了然道："那我进去看看。"

既然来了，就需要一视同仁。看过谭滟，刘俊又折返回阮轻画这边。

"那位同事呢？"

"去拿药了。"阮轻画看着他，沉默了一会儿问，"江总让你来的？"

刘俊笑着点头："嗯。"他看着她的手，笑着说，"江总很担心你。"

阮轻画怔了下，莞尔道："谢谢刘助。"

刘俊摇头："应该的。"他顿了下，看向她，"我跟公司同事了解了下情况，你方便说说吗？具体是怎么回事？"

他得回去交差。

阮轻画"嗯"了一声，倒是没瞒着，简单地把茶水间的事说了。

刘俊挑眉，低声道："行，我会转告给江总。"

阮轻画颔首。

刘俊看着她，想了想问："还准备回公司？"

阮轻画看了看自己的右手："回的，也不是什么大事。"

刘俊点头，跟拿了药回来的林小萱沟通了下，确保没问题后，转头道："我送你们回去吧。"

阮轻画下意识想拒绝，刘俊道："我也得回公司。"

回到公司，阮轻画刚进大厅，孟瑶就不知道从哪儿冒了出来。她拉着阮轻画的手，眉头紧锁："痛死了吧？"

阮轻画看她一脸担忧的模样，笑了笑："没事，还好。"

孟瑶瞪了她一眼："你说你是不是傻，你为什么要端着一杯水跟她在茶水间吵架？"

对此，阮轻画很无辜。她只是冬天想接杯热水喝而已，没别的想法，谁知道谭滟会突然不管不顾。

"医生怎么说？"孟瑶小心翼翼地捧着她的手，心疼道，"我怀疑你今年本命年比较倒霉，哪天我们去庙里拜拜吧。"

阮轻画沉默了一会儿，点头道："好。"

孟瑶："你怎么还回来上班，不请个病假？"

"请什么病假？"阮轻画看她，"就是手背烫伤了，手指还能活动呢。"

孟瑶一噎，生气地瞪了她一眼。

阮轻画笑了笑，安慰她："真没事，你怎么下来了？"

孟瑶斜睨她一眼，轻哼道："明知故问。"

其实她本来还想去医院的，但又觉得去了会添乱，所以便在楼下等她。

阮轻画失笑，抱了抱她："好了，真没事，回去上班吧。"

孟瑶和他们一起进电梯，叹息道："你这生活能自理吗？这两天我陪你住吧。"

阮轻画点头："好啊。"说完，她才想起来，"你们周三是不是就得出差了？"

"嗯。"

两人在电梯里聊了两句，一回到办公室，大家便拥了过来。

"轻画你的手还好吧？"

"烫伤不会留疤吧？"

阮轻画含笑应着大家的关心，耐心解释是小伤，没关系。

刚说完，去楼上开会的石江回来了。他脸色很黑，全身上下都散发着怒意，环视一圈，训斥道："上班时间，围这儿做什么？"

大家瑟瑟发抖，立马回了各自的位置。

石江又冷着脸看向阮轻画："小阮，去一趟江总办公室。"

阮轻画微怔："好。现在吗？"

石江点头："江总有事问你。"

阮轻画起身。

石江看了她一眼，压着声音道："应该是问你和谭滟的事，注意点说话。"

阮轻画笑了笑："知道了，谢谢总监。"

石江盯着她的背影看了一会儿，压着怒火回了自己的办公室。门砰地关上，设计部同事没控制住，再次小声议论起来。

"天哪，直接叫轻画过去，这回完了吧？"

"为轻画默哀，江总估计很生气。"

"我跟你说，我刚听到其他部门同事说，江总知道这件事后，他们在上面开会时，他一直冷着脸，整个会议室的人大气都不敢出，就怕江总生气，拿他们开刀。"

"太可怕了。"

"江总不会把她们开除吧？"

"那不至于，但肯定要训要凶的。"

同事们开启了多种可能性猜测，有人觉得，江淮谦一定会狠狠地骂阮轻画一通，也有人认为他会让阮轻画写检讨，或者是记过……总而言之，他们坚定地认为，江总一定会大发雷霆，拿阮轻画先开刀。就算错的是谭滟，但她第一个回来，起码得先承受上级的怒火。毕竟上级发起火来，才不管到底谁对谁错。

阮轻画到江淮谦的办公室门口时，门是打开的。她停顿了下，正思索着要敲门，便听到了男人冷淡的声音。

"进来。"

阮轻画眨了下眼，往前挪了几步："要关门吗？"

两人隔着不远不近的距离对视着，阮轻画一脸认真地看着他，也不说话。

江淮谦起身，松了松衣领朝她走近。他站在一侧，把门关上后，视线从她脸颊往下，落在她垂在身侧的手上。

江淮谦握住她受伤的那只手端详："痛吗？"

阮轻画瞅着他的神色，默了默，道："有一点。"

江淮谦"嗯"了一声，神色寡淡："不用打针？"

"不用。"阮轻画低声道，"就是烫伤，涂点药就好了，不是很严重。"

江淮谦缄默须臾，重复着她的话："不是很严重？"阮轻画刚想应，江淮谦略显严厉的声音就在耳畔响起，"起泡了还不严重？"

阮轻画怔了怔，仰头望着他。江淮谦的脸色是真的不好看，比两人重逢那次还要冷肃，冷肃到办公室的空调自动切换到了制冷状态，阵阵冷风从脖颈往里钻，冻得让人不敢放肆。

不过，阮轻画不同。她虽然是人，但她不怕江淮谦。

她盯着江淮谦看了一会儿，突然想到了下车时刘俊喊住她说的那句话。他说江总很生气。

阮轻画细细一想，便知道他生气的点在哪儿。她挑了下眉："你生气啦？"

江淮谦冷冷地觑她一眼，说道："公司员工在上班时间争执出事，你说我生不生气？"

阮轻画温暾道："哦，就因为这个？"

江淮谦睨她一眼，指着不远处的沙发，说："去坐着。"

阮轻画没抗拒，慢吞吞地走过去坐下。

刚坐下，江淮谦便握着她包扎严实的手端详着："现在握着痛不痛？"

阮轻画摇头："上了药，没太大感觉。"

江淮谦拧眉。

阮轻画看他一脸严肃，有点想笑："江总，我真没事。"她举着自己的手，低声道，"医生就是包扎得严实了点，其实面积不大，也不严重。"

江淮谦扫了她一眼，冷声道："我看了照片。"

阮轻画愣怔着，哭笑不得："那也还好。"

其实她可以不包扎，暴露在外也能好得更快，但她担心大家看到后觉得害怕，问过医生后，便采用了无菌纱布进行包扎，恢复效果和暴露在外其实差不多。只不过现在手被医生包成了"猪蹄"，大家就觉得非常严重。

江淮谦没搭腔。

阮轻画低头一笑，轻声说："真的没事。"

江淮谦沉默了许久，低声问："还打算上班？"

"上啊。"阮轻画淡声道，"还有一只手能用。"

江淮谦："工伤给你放假也不休息？"

闻言，阮轻画眨了下眼，老实道："如果是这样，那我可以休息。"

江淮谦没忍住，抬手拍了下她的脑袋。

阮轻画弯了下唇，理直气壮道："这白捡来的假期，是个人都会心动。"

她虽然不讨厌上班，但能舒舒服服地带薪休假，她也不愿意拒绝。

江淮谦没和她计较，低头看了眼腕表时间，起身往办公桌走去："走吧。"

"啊？"阮轻画诧异地看着他，"你要和我一起走？"

江淮谦："不想我陪你回去？"

"不全是。"阮轻画想了想，问，"你不用上班了？"

江淮谦解释道："没什么重要的事。"

阮轻画没动。

江淮谦低眼看她，忽而明白过来："这么不想和我一起走？"

阮轻画瞥了他一眼，低声道："影响不太好。"

他们要是真的一起离开，明天公司还不知道会怎么传。

江淮谦盯着她看了许久，而后收回视线，道："找个人陪你。"

他的声音冷冷淡淡，让阮轻画觉得无力，喉咙发涩。

从江淮谦的办公室离开，阮轻画回了趟设计部，跟石江说了声，便先走了。

她一走，设计部谣言渐起。大家都说，她是被江淮谦训到自闭才休假的。

阮轻画没让任何人陪，自己打车回去了。刚上车一会儿，孟瑶便给她打来电话。

"你怎么回事？回去了？"

"嗯。"阮轻画头抵着玻璃车窗，眺望着窗外，"我回去休息一会儿。"

孟瑶"嗯"了一声："这样也好，我听说你去了一趟江总办公室，没训你吧？"

"没。"但阮轻画觉得，这还不如训她呢。

孟瑶怔了下，笑着问："那你的声音听着怎么闷闷的，不开心啊？"

阮轻画"嗯"了一声，没瞒着她："我刚刚拒绝了他送我回去。"

孟瑶一扬眉，想了想，问："生气了？"

阮轻画看着外面不知何时暗下来的天空，抿了下唇："应该是。"

孟瑶失笑，沉吟了一会儿，道："你们各有考量。他担心你，你不想他送的想法我也能理解。"

同在一家公司，江淮谦又是大老板，一旦有点什么，公司里谣言四起，对谁都不好。

阮轻画"嗯"了一声，轻声道："他脸色看着不太好。"

孟瑶笑道："因为你们身份立场不同，考虑的东西不一样。"她慢悠悠道，"江总把你看得很重，但你呢，会考虑同事知道你们的暧昧关系后，对你们评头论足。"

其实可能不单单是评头论足。上班族除了工作，最大的爱好也最花时间的事情就是八卦。没有人不喜欢八卦，特别是人多的地方。

江淮谦初到公司，员工不仅把他从头到脚点评了一番，甚至还挖出了他之前的不少事迹。当然，大多都是好的，但也有不好的，例如说他冷血，手段狠绝，不少人都挺怕他的。

阮轻画不想破坏他在员工心目中的形象，也不想让大家误会他们。他们是正常的追求者和被追求者的关系，但其他人不会这样认为，一个是豪门继承人，一个是普通得不能再普通的上班族，没有人认为他们的关系是对等的。

阮轻画不用动脑，都能猜想到大家会说什么。而她，不是很愿意别人说江淮谦的不好。

阮轻画想着，闷闷地问："我是不是很不知趣？"

孟瑶失笑："没有，你别这样想，我理解你的想法。"她认真道，"就你们这个差距，还得慢慢磨。"

阮轻画："怎么这么累？"

"嗯？"孟瑶哭笑不得，"不累，过了就好了。"

阮轻画撇嘴，应了声："那先这样了，我到家跟你说一声。"

"嗯，记得跟江总提一下，我要回去上班了，我偷偷出来打的电话。"

阮轻画笑道："好。"

挂了电话，她偏头看向窗外，路上车辆行人都少，街上显得略微寂寥，冷风瑟瑟，吹得人心情不好。阮轻画走神地看了一会儿，直到司机提醒，才回过神来下车。

刚到家，屋子里也冷冰冰的。

阮轻画看着布置温馨的家半晌，慢吞吞地走到沙发边坐下。一扭头，她看到了墙边柜子上放置的杯子，琳琅满目，但她还是一眼找到了那个特别的。

正看着，手机铃声响起，阮轻画愣了下，低头一看，竟然是阮父的电话。

"喂，爸爸。"阮轻画接通，轻声道，"这个点给我打电话，是发生什么事了吗？"

阮父愣了愣，笑着说："没有。抱歉抱歉，爸忘了你还在上班。"

阮轻画失笑，低声道："没事的，我今天不忙，可以接电话。"

阮父"嗯"了一声，低声道："我也是刚闲下来才想起降温了，南城比南安冷很多，你记得多穿点衣服，别感冒了。"

其实阮父是真没什么大事，就是打电话过来跟她说说话。

阮轻画听着，心里暖洋洋的。她半躺在沙发上，唇角弯弯地笑着："好，我知道了，爸爸你也是。"

阮父答应着。

"最近生意还好吗？"

"好。"阮父笑呵呵道，"爸爸在这儿都熟了，年底也会比较忙。"

每年预订做小皮鞋的人很多，大多数都是老熟人。阮父从十二月份开始，基本上就得每天忙着大家新年要穿的小皮鞋。

阮轻画："那您也要注意身体，别太累了。订单您看着接，别给自己太大压力。"

"不会。"阮父好笑道，"你是不是有压力了？"

"啊？"阮轻画怔了怔，"什么？"

阮父叹气，低声问："感觉你不太开心，是不是遇到什么事了？"

阮轻画愣怔片刻，倏地笑了笑："不是。"她沉默了一会儿，突然问，"爸爸，你后悔过吗？"

阮父一愣："后悔什么？"

"就……和妈妈结婚。"阮轻画有点难以启齿，也有点不知道该如何说。

阮父那边安静了许久，声音很轻地传来："不后悔的。"他温柔道，"和你妈妈结婚，有你这么一个漂亮又贴心的女儿，爸爸高兴还来不及，怎么会后悔。"

阮轻画不吭声。

阮父虽然不太知道小女孩的心思，但自己的女儿，他还是懂的。他想了想，轻声问："有喜欢的男孩子了？"

阮轻画眼睫一颤，连忙否认："没有。"

阮父轻笑："爸爸了解你。"他也没逼着阮轻画承认，温声道，"爸爸只想告诉你，有喜欢的就好好珍惜，至于未来会怎么样，我们交给未来。你不要给自己太大的心理负担，更不要因为爸爸和妈妈的婚姻不完美，就把责任归咎在自己身上，这种想法是不对的。"他语重心长道，"人生短短几十年，一晃就过去了。得到过，总比从没得到过更好，是不是？就算结果不好，那至少也曾经拥有过，有一段回忆。更何况，我的宝贝女儿性格好，漂亮又有才华，没有人会不喜欢。"

阮轻画垂着眼，忍不住笑了："爸，你太夸张了。"

"哪有夸张？"阮父笑着问，"是有男孩子追你吧？如果你也喜欢的话，就相处试一试，把自己放开，别想太多。好好珍惜当下，爸爸还盼着我们新年能多一个人吃饭呢。"

阮轻画笑了，沉默许久，道："好，我知道了。"

阮父又多叮咛了几句，这才挂断电话。

阮轻画把手机放下，侧躺在沙发上盯着一侧的杯子，看着看着，脑海里浮现出江淮谦的那张俊脸。

他的脸，他曾经对她说过的那些话，和阮父刚刚所说的话重叠在一起。阮轻画其实是个害怕失败的人，特别是在感情方面，可刚刚，她好像被阮父点醒了。

一段感情，无论是否开始最后都有可能后悔的话，那为什么不去体会拥有过的后悔？至少，曾经拥有过。更重要的是，这段感情，不是注定百分之百失败，只是相较而言，确实不那么能看到希望。

阮轻画想了许久，妥协似的笑了下。

隔了一年，她好像还是逃不开江淮谦这个人带给她的影响。既然逃不开，那不妨去试试，真正地敞开心扉去接受。

想明白之后，阮轻画觉得轻松了很多。她给孟瑶发了条到家的消息，又给江淮谦发了一条。

不过她不确定江淮谦是在忙还是生气，没及时回她。阮轻画也不恼，挑了挑眉，把手机搁在床头柜上，换了睡衣安心补眠。

另一边，江淮谦正在跟J&A的海外经理开视频会议，其中还包括江淮定。

他回国后，江淮定被派去了海外。考虑到很多事宜，江淮定直接将他拉了进来，也正因此，江淮谦才没及时看到阮轻画的消息。

他开会时习惯手机静音，不接电话、不看信息很正常。

会议结束，江淮谦才注意到，他盯着收到的消息，走了神。

江淮定还没关掉视频，瞅着他的神色，好奇地问："谁的消息？"

江淮谦掀起眼皮看他："你不忙？"

江淮定耸肩，笑了笑，说："忙，但关心你的时间还是有的。"

江淮谦冷冷觑他一眼："忙你的去。"

"等会儿。"江淮定勾唇笑了笑，桃花眼里荡着八卦的光，"你今天心情不好？"

江淮谦给阮轻画回了消息，按灭手机屏幕，面无表情地说："没有。"

江淮定瞅着他看了一会儿："你就不能多说几个字？"

江淮谦默了默，把冷酷装到底："不能。"

江淮定放弃和这人沟通："行吧。"他嫌弃道，"航班订了没？"

江淮谦"嗯"了一声，扫了眼行程表："我要出差一段时间，月底才能去。"

江淮定颔首："知道了。"他沉默了一会儿，补充道，"你去照照镜子，看看你的脸多黑。"

关了视频，江淮谦扫了一眼一侧安静的手机，捏了捏眉骨，拉回注意力处理工作。

江淮谦忙起来时，大多不会注意时间，等他回过神来时，外面已是一片漆黑，少有亮着灯的办公室了。

敲门声响起，是刘俊。

刘俊手里捧着一沓文件，放在江淮谦的办公桌上："江总，这些是下面交上来的提案。"

江淮谦看了一眼："知道了。"他瞥了眼时间，看向刘俊，"你先下班吧。"

刘俊愣了一下："那您呢？"

"我没什么事，看看提案。"江淮谦随意道，"回去吧。"

刘俊看他这样，也不好多留，点点头，问："要不要让人送餐过来？"

"不用。"

刘俊走后，江淮谦拿起桌上的提案扫了扫，大多数是下面交上来的新一年计划，关于各方面的。

时间静悄悄地流淌，办公室内灯光明亮，白得耀眼。江淮谦看得专注，没注意到旁边的手机屏幕亮起又暗下。不知过了多久，手机铃声划破了这份寂静。

他没太在意，随手接听。

"喂。"声音依旧是冷冷淡淡的，听不出温度。

阮轻画站在楼下，抬眼依稀能看见顶层亮起的灯。她沉默了一会儿，低声问："你还在忙？"

江淮谦愣怔须臾，看了眼来电："还在公司。"他低声问，"手不舒服了？"

"啊？"阮轻画茫然了几秒，"什么手不舒服了？"

江淮谦顿了顿，兀自一笑："没有。怎么突然给我打电话，吃饭了吗？"

阮轻画安静了一会儿，反问道："没事就不能给你打电话吗？"

江淮谦失笑："我不是这个意思。"

但说实话，阮轻画很少给他打电话，除非有急事。这也是为什么他刚刚会觉得惊讶的原因。

阮轻画"哦"了一声，温暾道："你还没回答我的问题。"

"什么？"

"你几点下班？"

江淮谦看了看时间，八点半了。他沉吟半晌，说："可能还需要一会儿，有事跟我说？"

阮轻画："没事。"

江淮谦无奈地轻声道："怎么还没吃饭，孟瑶没去陪你吗？"

下午阮轻画从办公室离开时提了一句，说她有孟瑶照顾，让江淮谦放心。

阮轻画"嗯"了一声，闷闷道："她临时有事。"

闻言，江淮谦立马道："那我安排人给你送餐？想吃什么？"

阮轻画刚想说话，一侧响起男人的声音："阮小姐，你怎么一个人站在这儿？"

阮轻画一扭头，看到了公司门口的保安。她"啊"了一声，不好意思地笑了笑："我等人。"

保安指了指门内："那要不要去里面等？外面冷。"

阮轻画拒绝了："不用。他应该马上到了。"

刚回答完保安的话，听筒里传出男人的声音："你在公司楼下？"

阮轻画："嗯。"

江淮谦一拧眉，没再多问："想在原地等我还是去停车场？"

阮轻画想了想，说："停车场吧。"

阮轻画直接从一楼大厅下来，顺畅无阻。她知道江淮谦的停车位在哪儿，没多纠结地走了过去。

停车场安静，但风很大，呼啸而过的风吹着，让人瑟瑟发抖。

江淮谦一出来，便看到阮轻画低头玩手机的模样。她靠在车旁，穿着杏色羽绒服，脸被毛茸茸的领子挡住大半，看上去格外乖巧。

他直勾勾地看着，阔步走近。

听见脚步声，阮轻画抬起头，两人无声地对视着。半晌后，阮轻画先出了声："江总。"

江淮谦回神，看着她被风吹得通红的脸，低声问："等了多久？"

阮轻画歪着头想了想，说："不知道。"

"抱歉。"他说，"我没注意看消息。"

在来公司前，阮轻画给江淮谦发了两条消息，但他一直没回。

阮轻画挑挑眉，慢吞吞道："哦。"

她看着江淮谦给自己打开的车门，进去坐下了。等旁边的人也进来后，她才说："我以为你还在生气，不想回我信息呢。"

江淮谦哭笑不得，侧头盯着她："没有。"

即便是生气，他也不会看到她的消息不回。

阮轻画直勾勾地望着他，眼睛很亮，在夜色下，璀璨得像满天星河："真的？"

江淮谦眸色渐沉，低眼看她，稍稍一顿，"嗯"了一声："饿不饿？"

"有点。"

"想吃什么？"

阮轻画想了想，摇头道："不知道。"

江淮谦莞尔，轻声道："那我定？"

"好。"

车内又安静了一会儿，阮轻画狐疑地看着他："不走吗？"

江淮谦失笑，倾身到她这边。

阮轻画心里一紧，呼吸都轻了很多。她眼睫轻颤，闻到他逼近时的雪松香，淡淡的，不浓不烈，说不出的好闻。

江淮谦靠得越来越近。阮轻画下意识提气，抿了下唇。

蓦地，一侧的安全带被人拉了拉。她怔住，看见的是江淮谦给她扣上安全带的手。

倏地，耳侧传来低沉的笑声。

阮轻画紧抿着唇，敛下眸和他对视："你笑什么？"

江淮谦挑眉，勾了下唇，问："你刚刚，"他故作沉思地想了想，"是不是以为我要……"

话还没说完，阮轻画眼疾手快地捂住他的嘴。

她左手压在他的唇上，能感受到他唇的柔软。阮轻画愣住，江淮谦也有些意外。两人静静地看着对方，一时间都忘了动作。

也不知道过了多久，阮轻画才后知后觉地心虚想挪开手。

掌心刚动，江淮谦便顺势握住她的手腕。

"你干吗？"阮轻画底气不足道。

江淮谦目光灼灼地看着她，喉结滚了滚，嗓音偏低："忘了问你，怎么突然来公司了？"

阮轻画刚想说"我想来就来"，可话到嘴边，又收了回去。她缄默了一会儿，嘟囔着："你说的，你想送我回去。"

江淮谦怔住，明白了她的意思。她在给他送人的机会。

江淮谦不说话。

阮轻画抬起眼看他："江总。"

江淮谦依旧不应声。

阮轻画别扭地挣扎了一下，委屈道："你能不能把我的手放开？"她小声说，"我刚真不是故意的。"

话音一落，阮轻画掌心传来湿润的触感。她彻底呆住，看着在自己掌心落下吻的男人，脸瞬间爆红。

"你……"

"我什么？"江淮谦亲了下她的手，低声道，"算得寸进尺吗？"

阮轻画张了张唇，恼怒道："算。"

听到她的回答，江淮谦勾了下唇，低低道："那怎么办？"

阮轻画借着停车场亮起的灯看他，不太明白他准备做什么。她嘴唇翕动，想了半天也没想出答案。

江淮谦好像也不准备等她的答案，低低一笑，目光柔和地望着她："我已经亲了。"

阮轻画把两句话连在一起念了一遍，觉得他很无耻。

江淮谦观察着她的神色，声音低了些，带着一丝说不出的蛊惑："生气的话，我让你亲回来？"

　　阮轻画憋了憋，脸颊酡红，掌心传来温热的触感，他留在上面的气息直抵心口。她想了半天，没能想出该如何回应他的话。她之前怎么没觉得，江淮谦这么厚脸皮。

　　"嗯？"江淮谦看着她，勾了下唇角，"怎么不说话？"

　　阮轻画用没受伤的左手拉了拉安全带，小声嘀咕："我是笨蛋吗？"

　　江淮谦挑眉。

　　阮轻画轻哼，傲娇道："你想得美。"

　　他亲过来，她亲回去，这能算报复吗？

　　阮轻画在感情方面虽然有点不解风情，但至少不笨。虽然她是有一点心动，但不能让面前这人太得意。

　　江淮谦看着她沉静的侧脸，无声地笑了下。刚刚怀疑的一些事，他心里有了答案。

　　他低低道："行，那下回你想亲回来再告诉我。"

"我才没有想——"阮轻画顿了一下，觉得反驳太快会打击江淮谦，弱弱道，"亲你。"

江淮谦诧异地看着她，刚想说话，被阮轻画催促道："我真的饿了。"她无辜地看着他，"去吃饭吧。"

闻言，江淮谦也不急于一时，应了声："好，空调温度可以吗？"

"嗯。"

车内有舒缓的音乐声流淌，夜色浓浓，窗外寒风刺骨。

阮轻画坐了一会儿，身体暖和了很多。她偶尔瞥一眼旁边的人，目光从上而下，落在他修长白皙的手指上，和黑色的方向盘形成鲜明对比。

江淮谦的手很好看，长且瘦，骨节分明，是一双可以做手模出镜的手。而且，还是会画设计图的手。

其实江淮谦有很多地方，都戳中过她的偏好。阮轻画也不知道该如何去形容，但确确实实就是这样，江淮谦的那些点，让她很难抗拒，很难真正忽视他，对他冷脸。

来的路上，她其实想了挺多。阮父的话，孟瑶的话，总会在她耳畔响起。她其实知道，想要就去争取这话是有道理的，可她就是胆子小，不太敢迈出自己的舒适区。

但决定迈出后，阮轻画发现，比她想象的要轻松很多，没有那么困难。更重要的是，她过来找江淮谦，和他安安静静地待在一起，比她一个人在家要开心很多。那种喜悦感，是无法用语言来形容的。

不知不觉，车子停下。阮轻画扭头看了一眼，诧异道："这是哪儿？"

"吃饭的地方。"

江淮谦解开安全带，顺手把她的也解开了。

阮轻画"哦"了一声，跟着他下车。

借着路灯的光，她注意到这个地方的不同。眼前并不是普通的餐厅，是碎石堆砌而成的院子，院子门口挂着两盏小灯笼，照亮这一方。往里走，能听到潺潺的流水声。

阮轻画借着昏暗的灯光环顾一圈周围，注意到院子里有花有树，一侧还有休息的石桌和石凳。

阮轻画跟在江淮谦旁边，往里看了看，静悄悄的。

"你确定这是吃饭的地方？"

江淮谦"嗯"了一声："不会把你卖了，放心。"

阮轻画噎了噎，低声道："这我知道。"

"嗯？"江淮谦挑眉，像是故意逗她，"知道什么？"

阮轻画抬眸，撞进他幽深的瞳仁里。

鹅卵石路的两侧，灯光不太明亮，夜空也没有点缀的星星，朦胧夜色下，男人的五官轮廓被勾画出来，忽明忽暗，却依旧让她第一时间捕捉到了他眸子里的深意。

阮轻画抿了下唇，别开眼说："你明知故问。"

江淮谦兀自一笑，看着她插进口袋里的手，转而去看另一边的手："手这样放着，会不会冷？"

"不会。"阮轻画道，"有纱布包着，能挡风。"

听她这话，他一时不知道该心疼还是该做什么。

"走吧。"他轻声说，"带你见见人。"

阮轻画愣住，还没来得及问见什么人，里头便传来陌生的女声："是淮谦来了吗？"

江淮谦应了一声："杨姨，是我。"

阮轻画跟着他进去，看到了和他对话的女人。她打扮简单，模样很和善，笑起来非常温柔，年龄大概在四五十岁。

看到阮轻画，她温声道："这位是？"

江淮谦给两人介绍："阮轻画。"又朝阮轻画低声道："杨姨。"

阮轻画应着，轻轻喊了声："杨姨好。"

杨姨盯着她看了一会儿，了然一笑："好好好，那杨姨叫你轻画吧。"

"好。"

杨姨看向江淮谦："你要的菜差不多做好了，先去里面等着。"

江淮谦颔首："麻烦杨姨了。"

杨姨睨他一眼，笑着说："客气，快带轻画去里边吧，外边冷。"

进到里面，阮轻画才发现这个地方别有洞天。无论是设计还是里面的物件，都非常有年代感，古色古香的感觉，看上去温馨又舒服，特别好。

江淮谦给她倒了一杯热水，提醒道："还有点烫，待会儿喝。"

阮轻画点头，张望着四周，看向他："你以前经常来这儿吗？"

江淮谦没瞒着："嗯，大多数时间会来这边吃饭。"

阮轻画"哦"了一声，脑海里有不少疑问，但又觉得问了好像就过了。

江淮谦看她一眼，大概能猜到她在想什么。他轻笑了声，解释道："杨姨和我妈是朋友，我是她看着长大的。"

阮轻画一愣，错愕地看着他："啊？"

江淮谦一挑眉："啊什么？"

阮轻画默了默，突然就紧张了："你妈妈的朋友……你就这样带我过来？"

江淮谦瞥她一眼，好笑地问："不想来？"

"不是。"阮轻画也不知道该怎么说，纠结了一会儿，低声问，"那你妈妈不会知道吗？"

江淮谦怔了下，忽然找到了她害怕的点。他无奈，又觉得好笑，思忖了一会儿，低声道："杨姨不是爱说闲事的人。"

阮轻画松了口气。

没一会儿，杨姨端着干净的碗筷进来，桌上摆满了阮轻画爱吃的食物。

"尝尝看。"江淮谦看着她，"杨姨手艺不错，你应该会喜欢。"

阮轻画"嗯"了一声，刚想去拿勺子，面前被送来一块红烧肉。

她一顿，看向江淮谦。

"不想我喂？"

阮轻画最后还是张了嘴。她也不是不想他喂，就是有一丁点不适应。

"如何？"

阮轻画细细品尝着，眼睛亮了亮："好吃。"

红烧肉炖烂了，入口即化。考虑到她的口味，还特意加了点辣椒，味道非常好。

江淮谦看着她高兴的神色，勾了下唇，抬手刚想继续给她夹菜，被阮轻画拒绝了。

"你别弄了。"阮轻画指了指旁边的勺子，"我左手可以用勺子吃。"

江淮谦看着她。

阮轻画也没避开，和他对视着，轻声说："我不是拒绝你帮忙，就是……怪怪的，我自己还能吃。"

江淮谦沉默了一会儿，低声道："需要什么跟我说，我帮你夹。"

"好。"

这顿晚饭吃下来，虽吃得费力，但这是阮轻画近期吃得最开心的一顿饭。

江淮谦时不时给她添菜，她只管往嘴里塞。杨姨的手艺真的很好，每一道菜都恰好是阮轻画爱吃的，味道也比其他地方更好。

屋子里流淌着暖色的光晕，温馨又自在。不知不觉，阮轻画吃了很多，直到撑了，她才放下勺子。

"吃好了？"

阮轻画不好意思地点头："嗯。"

江淮谦笑了下，低声道："想在屋子里坐一会儿还是出去走走？"

阮轻画想了想，说："坐着吧，外面好冷。"

江淮谦颔首，声音压低了一点："那在这儿等我一会儿？我帮杨姨收拾收拾。"

阮轻画愣愣地看着他："好……"

她看着江淮谦熟练收拾碗筷的动作，有点意外。虽然她知道江淮谦不是什么都不懂的豪门少爷，但也是真的惊讶。

收拾好之后，江淮谦往外走。阮轻画在里面，能听见他和杨姨的对话声。

"放这儿就行，怎么还自己收拾上了？"

江淮谦："吃完活动活动，杨姨您去休息吧，我来弄。"

杨姨哭笑不得，拍了下他的手臂："你是客人。"

两人在外面聊着天，阮轻画在里面坐了一会儿，觉得无聊。她没忍住，往声音那边走。

江淮谦第一个注意到她："怎么出来了？"

"我过来看看，有没有我能帮忙的。"她环视了下，"杨姨呢？"

江淮谦指了指外面："找东西。"

阮轻画"嗯"了一声，看他在洗碗："需要我帮忙吗？"

江淮谦："不用。"

阮轻画："好吧。"

她站在原地看了一会儿，江淮谦洗碗的动作实在熟练，好像确实不需要帮忙。

"那我回去了。"

蓦地，江淮谦转头看向她："等会儿。"

阮轻画茫然地看着他："有要帮忙的？"

语气里难掩兴奋，她是不太想回去的。

江淮谦直勾勾地盯着她，哑然失笑："有。"

阮轻画眼睛晶亮，迫不及待道："是什么？"

"过来点。"江淮谦说。

阮轻画没起疑，很听话地迈进厨房，站在门口。

江淮谦看了眼两人的距离，低声道："再过来点。"

阮轻画继续往前走，探头张望："需要我帮忙把这些碗再冲一冲放好吗？"她自告奋勇道，"虽然我只有左手能碰水，但我左手的力气也挺大的。"

江淮谦压了压眸子里的笑，掀起眼皮看着她："这个不用。"

阮轻画扬了下眉："那需要我做什么？"

江淮谦："站这儿就可以。"

阮轻画不明所以地看着他。

江淮谦嗓音含笑，慢条斯理道："陪我。"

　　厨房还算宽敞，阮轻画站的地方距离江淮谦不远不近，能让他看见她，也能让她注意到他的所有举动。她听着他理直气壮的话，不知该如何反驳。耳郭热了热，阮轻画眼神飘忽地在厨房转了一圈，含糊不清道："哦。"

　　就勉强陪陪他。

　　江淮谦看着她绯红的脸，心情颇好地勾了下唇角。他专注着洗碗池里的碗碟筷勺，把它们一一清洗干净。

　　阮轻画在里边转了一圈后，视线不自觉地放在他的身上。她发现江淮谦打破了她对他这种身份的男人的很多固有看法。他偶尔是有些冷漠，心却是柔软的。无论是对她还是对旁人，他都面面俱到。阮轻画不知道该怎么去形容，其实给杨姨洗碗是一件很小的事，但就是让人觉得动容。他们过来吃饭，不是陌生客人，但也鲜少有人会吃完饭后主动揽下活，自己去收拾清洗。

　　但江淮谦会。他的那种细心和照顾，是一般人都无法做到的。

　　想到这儿，阮轻画再次反省，她上辈子是拯救了银河吗？竟然能被这样的人喜欢。正走着神，江淮谦不知何时把碗筷洗好了，走到她面前，苦涩的雪松香飘散，让她沉迷。

"在想什么？"他声音低低的，细听还有些性感。

阮轻画控制住自己想要去摸滚烫的耳朵的冲动，低声道："在发呆。"

江淮谦挑了下眉，揶揄道："看着我发呆？"

阮轻画呼吸一滞，抬起眼睫向他，面不改色道："我哪有看着你发呆？"

江淮谦不说话。

阮轻画嘴唇翕动，底气不足道："我发呆的时候视线是没有焦点的，我没在看你。"

听到她的回答，江淮谦顿了下，淡淡落下两个字："这样。"在阮轻画直勾勾的目光下，他惋惜道，"那还有点遗憾。"

阮轻画没能理解江淮谦的意思："什么？"

江淮谦垂眸看她，倏地笑了下："是我魅力不够。"

阮轻画仔细想了想他这两句话的意思，哭笑不得。她瞅着江淮谦貌似有点难过的神色，想了想还是没安慰他。不能让他太自恋。

两人正聊着，外面有了脚步声。下意识地，阮轻画和他拉开两步距离。江淮谦注意着，眉梢稍扬。

"杨姨。"他侧眸看向走到门口的人，"都洗好了。"

杨姨笑了笑："辛苦了。"她看向阮轻画，柔声道："轻画，吃得还开心吗？"

阮轻画点头："味道特别好，谢谢杨姨。"

杨姨开心道："那以后跟淮谦常来。"

阮轻画怔了下："好。"

杨姨眼睛弯了弯，瞥了眼江淮谦，目光很是意味深长。

从杨姨那儿离开后，江淮谦送她回去。

夜色浓郁，路旁的灯整整齐齐地亮起，格外明亮。

阮轻画的手机振了下，是孟瑶发来的信息。

孟瑶："几点到家，还回来吗？"

阮轻画："嗯？"

孟瑶："我这不是担心江总不放人嘛。"

阮轻画："他不会。"

孟瑶："哟，你现在已经开始给他说话了，可以啊阮小姐。"

阮轻画不想理孟瑶。收起手机，阮轻画看了眼旁边淡定开车的人："你怎么不问我为什么和谭滟吵架？"

江淮谦瞥了她一眼，问道："为什么？"

阮轻画噎了噎，摸了摸鼻尖，说："你之前是不是找过石江说他和谭滟的事？"

闻言，江淮谦懂了。

"说过。"他神色平静，"没直说，但提点过。"

石江现在还算是Su的总监，手下也有不少忠心的设计师，江淮谦不会傻到直说，但旁敲侧击过。

阮轻画"哦"了一声："难怪。"

江淮谦沉吟半晌，低声问："谭滟以为那件事是你跟我说的？"

阮轻画点头："嗯。"

江淮谦轻哂。

阮轻画侧目看他，想到了他们在酒吧遇到的场景。她细细回忆了一下，总觉得有不少漏洞。

"我那会儿偷拍他们，你是不是知道他们是Su的人？"

江淮谦没瞒她："知道。"

阮轻画："那你是之前就知道他们的事了？"

"嗯。"

但他知道的并不是全部。江淮谦毕竟是回来接手Su的，再怎么样也对公司员工，特别是领导层有个简单了解。

闻言，阮轻画张了张嘴，突然哑言。她默了默，回想着他当时的反应。他不是一个喜欢别人靠近自己的人，更别说陌生人拉着他的衣服藏脑袋。所以，只有一个可能性。

她默了默，旁敲侧击："我记得周尧说你们在酒吧一般都在二三楼玩，你那天怎么会去一楼？"

还去了洗手间。

江淮谦眉梢稍扬，抽空看了她一眼，不疾不徐道："想问什么？"

阮轻画拉了拉安全带，尽量让自己看着很淡定："那看你想说什么。"

江淮谦看她这样，有点想笑。他稍稍一顿，低声说："你是不是在想，我会不会是因为看到了你才去的一楼。"

阮轻画抿唇，没敢说"是"。她怕万一猜错了，会显得自己过分自恋。她努努嘴，没吭声。

江淮谦偏头看了一眼车窗，车窗倒映着她此刻的模样，有点局促紧张，但又多了丝大胆，比之前，放开了很多。

江淮谦低低一笑，声音酥酥麻麻地在阮轻画耳畔响起。

她耳朵一软，呼吸紧了紧，羞窘道："你笑什么？"

"是。"江淮谦出声。

阮轻画愣怔片刻，抬起眼看他。

窗外车流掠过，光线忽明忽暗，若隐若现地照进车里，有种电影画面变换的错觉。光影交错，如梦如幻。

她怔怔地望着江淮谦，须臾，张了张唇，半天才压下自己内心翻涌的情绪，应了声："哦。"

"就这样？"江淮谦垂眼看她。

阮轻画缄默一会儿，唇角往上翘了翘。她怕自己表现得太明显，低着头转手机，嘟囔道："不然？"

江淮谦但笑不语，不再逼近。

阮轻画看着他线条流畅的侧脸轮廓，纠结了几秒，道："好吧，是有点开心。"

她想，在得到答案后，没有人会不开心。有人会时刻注意你的一举一动，不是恶意的，是喜欢的那种注意，是个人都会窃喜，会高兴。

怕江淮谦太得意，阮轻画说完连忙补充道："就一点点。"

江淮谦挑眉，目光灼灼地看着她："只有一点点？"

阮轻画对上他深邃的瞳眸，有点不知道该说实话还是该给他一个善意的谎言。其实，不单单是一点点。

她沉思着，没说话。江淮谦也不勉强。

很快，车子便停在了小区门口。

阮轻画看了一眼，下意识去解安全带。她左手刚搭上去，手背上便覆上了男人的手。他掌心宽厚，温热，把她小小的手包裹着，像是把她整个人都纳入了温暖的港湾。

阮轻画怔了怔，诧异地看着他："还有话跟我说？"

江淮谦沉吟了一会儿，目光柔和地望着她："陪我坐一会儿？"

阮轻画愣了下，"嗯"了一声："好。"

她这才注意到，江淮谦脸色有些疲倦，眼底下方都有黑眼圈了。

阮轻画盯着他看了一会儿，低声问："你要不要在车里睡一会儿？"

江淮谦笑了笑："不用。"

阮轻画"哦"了一声，好奇道："最近是不是很忙？"

"有点。"江淮谦揉了揉眉骨，轻声道，"事情比较多。"

阮轻画了然，没再出声。

蓦地，江淮谦突然道："后天我会出差。"

阮轻画稍愣，眨了眨眼："我知道，我听孟瑶说了。"

江淮谦捏了捏她没受伤的左手，视线落在她缠着纱布的另一只手上："医生有没有说多久好？"

"不会很久。"阮轻画温声道，"就是一点小面积，很快就好了。现在是冬天，也没夏天那么难受。"

江淮谦没吱声，抓着她的手捏了捏。

阮轻画觉得掌心有点痒，但又不想把他推开。

手指连心，被他握着手的时候，她明显能察觉到自己的心跳比寻常更快，甚至，她好像还能感受到他那颗跳动的心脏。

阮轻画低头，看着他还握着自己的手，忽然有些迷茫。

注意到她的眼神变化，江淮谦低低问了声："怎么了？"

阮轻画沉思了一会儿，认真看着他："你是在追我吗？"

江淮谦扬眉："你觉得呢？"

阮轻画用右手还能活动的一根手指戳了下他的手背，好奇不已："追人的时候，就能握手了吗？"

她怎么觉得这个节奏有点快，是她不懂追求的流程进展吗？

江淮谦一怔，思忖半晌，道："不仅如此。"

"啊？"阮轻画错愕地看着他。

江淮谦看着她，淡定提醒："我还亲了你的手。"

阮轻画被他的话呛住，双颊酡红。她彻彻底底被江淮谦的厚脸皮惊呆了。

"你……"她上下唇动了动，半天憋不出一句话。

"我什么？"江淮谦含笑望着她，"不要脸？"

阮轻画："也不是不要脸。"她小声说，"我不知道怎么说。"

"嗯。"江淮谦说，"那就是得寸进尺。"

听到这话，阮轻画眼睛一亮，点头道："对。"

江淮谦倏地一笑，瞳仁黑亮，在灯光昏暗的车内尤为吸睛。

阮轻画猝不及防撞进他的眸子，有些拉不回思绪。她呆了几秒，慌乱地垂下眼："你别笑了。"

江淮谦："为什么？"

他忽而挪了挪身子，朝她靠近。阮轻画明显感觉到他温热的呼吸落在自己的脸颊，目光滚烫，炽热勾人。

"你靠那么近干吗？"

江淮谦"嗯"了一声，很诚恳道："打算再得寸进尺地——"

阮轻画顿住，瞪大眼望着他。

下一秒，他的唇停在她的眼睛上方，低沉的声音随之落下："亲你一下。"

　　回到家，阮轻画还觉得自己眼睛上方的那个位置是热的。她不经意地扫了一眼客厅摆放的全身镜，看到了她此刻的模样——脸颊通红，瞳仁潋滟含水，那双被孟瑶她们经常说天生勾人的狐狸眼，更是比往常晶亮。

　　她盯着看了几秒，下意识地捂了下眼睛。她觉得江淮谦太犯规了。经常用美色诱惑她，让她凶他也不是，抗拒也不是，偶尔还会自我沦陷。

　　阮轻画不知道别人是不是都这样，总而言之，她确实是对他的美色有点心动。特别是和他待久了之后，她脑海里好像有不少不健康的思想。

　　想到这儿，阮轻画更没眼看自己了。

　　孟瑶刚洗完澡出来，看到的便是她埋头在沙发上蹭着的模样。她顿了下，扬了扬眉，问："和江总干坏事了？"

　　阮轻画身子一僵，抬起眼看她："什么？"她面无表情道，"什么坏事？"

　　孟瑶指了指墙上的时钟："十一点半了，你们这个饭吃得真久。"

　　阮轻画瞥她一眼，轻哼道："我们吃得慢。"

孟瑶撇撇嘴："哦，是吗？"她笑了声，凑到阮轻画旁边，调侃道，"是吃真的能填饱肚子的饭，还是别的？"

阮轻画蒙了一下，第一时间没明白她的意思，对上孟瑶那戏谑的笑后，才猛地领悟过来。

瞬间，阮轻画脸涨得通红，瞪着孟瑶道："你怎么……满脑子不健康的思想？"

孟瑶耸肩，微笑道："我没有。我只是正常推理。"

阮轻画噎住。

孟瑶好笑地看着她，拉开她的手："说吧，跟江总干什么了？"

"不告诉你。"阮轻画推开她，"我去洗澡了，你先玩会儿手机，待会儿给我重新上药包纱布。"

闻言，孟瑶瘫在沙发上说："好，换一次一百块。"

阮轻画："你是土匪吧？"

孟瑶理直气壮道："不然的话，等你做老板娘了，给我升职加薪。"

阮轻画瞥了她一眼，哭笑不得："你直接跟江淮谦提，他肯定立马给你升职加薪。"

孟瑶："那不，我要你帮我提。"

阮轻画没再理她，回房间拿着睡衣进了浴室。

右手不方便碰水，阮轻画便尽量避开，但出来时，还是不可避免沾了不少。

孟瑶边给她上药边嘀咕："后天你怎么办啊？"

阮轻画笑了笑："后天就不洗澡了。"

孟瑶失笑："也不是不行。"她瞅着她说，"实在不行让小萱过来陪你住两天？你这纱布晚上得换才能好得快。"

阮轻画想了想，说："再说吧。不想麻烦其他人。"

孟瑶点点头："那随你。"随即她开玩笑地说，"要不你跟我们一起去市场调研算了，反正现在设计部也不是很忙，之前你们也做过这方面的工作。"

之前空闲时，孟瑶跟阮轻画一起出过差，去其他城市做调研。但这回，目前还没安排设计部的同事随行。

阮轻画叹气道："我倒是想。"

孟瑶瞥了她一眼，低声问："江总跟你说了没，你和谭滟的事怎么处理？"

阮轻画说："我没问，到时候就知道了。"

孟瑶思忖一会儿，说："江总周三也要和我们一起走，估计得等回来再处理这事。"

"可能。"

两人聊了两句，把纱布换好后，阮轻画也没敢再折腾，吃了药，便规规矩矩地躺下休息。

手机里有江淮谦半小时前发来的到家消息，阮轻画看了一眼，红着脸没回。

孟瑶正在玩游戏，不经意地扫到她的举动，有些疑惑："你干吗脸红？"

阮轻画把手机塞进被窝里，淡定地问："有吗？"

孟瑶仔细观察了一会儿，点点头："有。"

阮轻画瞥了眼不远处的空调，背对着她嘀咕："可能是空调温度太高了。"

孟瑶无语，当她是傻子？

阮轻画没在意孟瑶内心的想法，抬手摸了摸发烫的脸，在心底哀号着，完了，江淮谦亲她时的那个画面，一直在她脑海里挥之不去。她稍微想一下这个人，那个画面就冒了出来。

正想着，手机又是一振。

江淮谦："还没洗完澡？"

阮轻画看了看时间，深深地认为他是故意的。他好像掐准了时间点，知道她差不多洗完澡了。

思及此，阮轻画愤愤地回了句："刚看到消息。"

江淮谦："好。我以为是羞愤得不想回我的消息。"

很好。她这次是真的不想回了。她就很想问问江淮谦，她哪里看着羞愤了？

不知不觉，场景重现——江淮谦在她眼睛上方落下吻后，没及时退开，阮轻画更是呆住，没把人推开。时间像是被按了暂停键一般，直到车窗外有刺耳的喇叭声响起，两人才回过神来。

阮轻画把他推开，江淮谦猝不及防，肩膀撞到了座椅。

两人都没说话。

车内安静了片刻，江淮谦低声问："生气了？"

阮轻画嘴唇翕动，抬起眼看他："我没……"

"没生气？"江淮谦接过她的话，嗓音沉沉道，"不讨厌我亲你？"

这她要怎么回答？阮轻画没谈过恋爱，甚至都没被人这样追求过。她是那种有异性靠近就不会给人半点机会的人，最多也就是和异性吃顿饭，像江淮谦这样的，完全没有过，一时间她是真的不知道怎么处理。

阮轻画憋了半天，慌乱地把安全带解开，结结巴巴道："我要回去了。"

江淮谦愣了下，哭笑不得地看着她："那我送你进去？"

"不要。"阮轻画嗔怒似的瞪了他一眼，"我自己走。"

说完，她推开车门急匆匆地往小区里走。

到门口时，她回了下头，和倚靠在车旁望着自己的男人对望须臾，没忍住又说了一句软话："你快回去，到了跟我说一声。"

江淮谦点了下头，嗓音含笑："好。"

阮轻画脸颊一热，加快脚步飞奔回家。

她窝在被子里想了想，这算是羞愤吗？要往这个方向说，好像也合理。但是，她其实只有羞，没有愤。

阮轻画幽幽叹了口气，决定不再理他。她得冷静冷静睡觉。

可一闭上眼，她又能感受到江淮谦柔软的唇贴过来的画面，所有的动作都放慢了，一帧一帧，调动她所有的注意和思绪，心跳也随之加快。

她好像，比之前更喜欢江淮谦了。

一整晚，阮轻画都在做同一个类型的梦，起床时，她觉得自己的额头、眼睛、脸颊、耳朵、嘴唇，哪儿哪儿都是烫的。

孟瑶没注意到她的不对劲，困倦地靠在她肩膀上打瞌睡："你说我们是不是该买辆车了？"

阮轻画："嗯？买了车上班也堵，地铁更方便。"

孟瑶想了想，也是："好吧。"她合着眼说，"困死我了。"

阮轻画失笑，拍了拍她的肩膀："睡一会儿，到了我喊你。"

到公司后，阮轻画意外的是谭滟竟然也在。她记得昨天在医院时，谭滟好像说她要请假几天。

阮轻画和她对视一眼，率先挪开目光。

她不是圣母。让自己受伤的人，她也没想给她好脸色。

刚把东西放下，石江便喊了两人："来我办公室一趟。"

徐子薇在一侧听着，看向阮轻画："不会还罚你吧？"

阮轻画摇头："不知道。"

徐子薇拍了拍她的肩膀，笑着说："放心，估计就是问问。"

闻言，阮轻画笑了笑："嗯，我不紧张。"她不紧不慢地说，"我又没做亏心事。"

徐子薇一怔，诧异地看着她："也是。"

阮轻画没和她多聊，起身去了石江办公室。

石江看着面前的两人，指了指沙发："坐吧。"

阮轻画顺势坐下。

谭滟坐在一旁，和她稍微拉开了一点距离。

石江扫了一眼两人的手，头痛欲裂："昨天的事，谁先动的手？"

阮轻画没吭声。

谭滟抿了抿唇，低声道："是我。"

石江轻哂："很好。"他冷冷地看了一眼谭滟，突然拔高音量，"你们看看你们像什么样？成年了，竟然还会在茶水间闹起来，有什么事不能和平解决？一定要弄成现在这样？"

两人都不吭声。

石江发泄了一会儿，这才说："针对你们这事，公司必须要有惩罚。"石江看着沉默的两人，淡声道，"每人写一份检讨。"他顿了下，看向谭滟："你还得记一个事件处分。"

说完，他看向两人："有意见吗？"

"没有。"

阮轻画很清楚，她虽然什么也没做，可出了这种事，不可能只惩罚谭滟一个人。检讨，是必须要写的。

从石江办公室出去后，她有些头疼。她不怕被罚，但检讨这种东西，她从小到大都没写过。

徐子薇看着她苦恼的神色，笑着问："总监也惩罚你了？"

阮轻画点了下头："一视同仁。"

徐子薇皱眉道："这又不是你的错，凭什么罚你啊？"

阮轻画笑了笑，淡定道："正常啊，很多事一个巴掌拍不响。"

虽然憋屈愤怒，但也勉强能理解。

徐子薇还想说什么，阮轻画摸出手机，自言自语地嘀咕："检讨怎么写啊……"

徐子薇默了默，没再吱声。

阮轻画在网上搜了搜，大多是别人学生时代写的，很少有人工作了还写检讨。想到这儿，她突然觉得有点丢脸。这主意，不会是江淮谦想出来的吧？

看到阮轻画的信息时，江淮谦鼻子正好有点痒。他垂眸看着她发来的消息，哑然失笑："不是我。"

阮轻画："真的？"

江淮谦："嗯。"

阮轻画："哦，那是谁提议的？哪有人工作了还写检讨啊。"

江淮谦："不会写？"

阮轻画："嗯。"

看到他的消息，阮轻画眼睛亮了亮："你会？"

江淮谦："嗯。"

阮轻画眼珠转了转，厚着脸皮问他："那……你能不能帮我写一份？"

江淮谦："不能。"

阮轻画看着他回过来的消息，愤愤道："不能就不能。"

她在纸上写下检讨书三个字，又默默放下了。是真不会。

手机又振了下，还是江淮谦："生气了？"

阮轻画："没有。"

江淮谦："来天台。"

阮轻画眼睛晶亮："你给我写吗？"

江淮谦："看你表现。"

虽然江淮谦那话回得让阮轻画有点生气，但她在这种事上没太大骨气，麻利地拿着本子和笔，跟助理说了声去天台写检讨后，便进了电梯。

这个点，她也不担心大家误会什么。他们设计部管理向来宽松，设计师需要灵感，时不时外出找灵感都能允许，更别说她去天台写个检讨。

阮轻画到天台时，江淮谦已经在那儿等着了。他半靠在旁边，正低头看着手机。

听到声音，他抬眼朝她瞥了过来。

阮轻画微顿，抿了下唇，鬼使神差地问："要锁门吗？"

江淮谦勾了下唇："锁。"

阮轻画微噎，有点后悔刚刚为什么要那样问。她摸了下鼻尖，转身关门。

江淮谦看着她抱着的纸笔，忽地笑了："真让我给你写检讨？"

阮轻画一脸真诚地看着他："不然你叫我上来干吗？"

江淮谦盯着她看了一会儿，颇有些无奈。他弯了下唇："写多少了？"

阮轻画眨眨眼，很诚实："三个字。"

江淮谦稍稍挑了下眉："我帮你写，有什么好处？"

阮轻画蒙了一下："你想要什么好处？"

江淮谦垂眼，目光从上而下，停在她嫣红的唇上，暗示意味十足。

注意到他的视线，阮轻画眉心一跳，下意识舔了下唇。她别开眼，紧抿着唇角嘟囔着："不行。"

江淮谦看着她紧绷的脸，挑了下眉："什么不行？"他直勾勾地盯着她，唇角上扬，故意逗她，"我还没说要什么。"

对上他戏谑的目光，阮轻画知道自己被耍了，睨了他一眼，不想和他多说。

江淮谦很轻地笑了下，拿过她的笔记本，垂眼去看，还真就"检讨书"三个字。

他哭笑不得，低声问："石江让你们交手写的？"

阮轻画点头："对。"她控制不住地吐槽，"我们都二十多岁了，还得手写检讨书，弄得跟高中生一样。"

闻言，江淮谦瞥了她一眼，拿着本子轻轻敲了下她的脑袋，淡声道："二十多岁了怎么还让自己受伤？"

听到这话，阮轻画瞬间底气不足："那也不是我愿意的。"

江淮谦没再多说，思忖了一会儿，低声问："什么时候交？"

"明天上班前。"阮轻画眼巴巴地望着他,"你会写吧?"

江淮谦垂眸看她,淡淡地说:"不会也得会。"

阮轻画眼睛晶亮,立马道:"那就交给你啦。"

在江淮谦说下一句话时,她笑盈盈道:"谢谢江总。"

江淮谦看着她喜悦的神色,没忍住抬手捏了捏她的脸:"就这样?"

阮轻画静默了一会儿,眨了眨眼说:"请你吃饭?"

江淮谦:"不用。"

阮轻画瞅着他,想了想说:"那……我请你喝咖啡?"

江淮谦盯着她,不说话。

阮轻画被他看得心虚,眼神飘忽:"那你说。"

江淮谦笑了声,淡淡道:"再说。"

阮轻画语气轻快地"哦"了一声,说:"好。"她看向自己的小本本,"你现在写吗?"

江淮谦默了默,问:"晚上发你?"

阮轻画点点头:"好。"反正有人帮忙写就行,她也不在意早晚。

不过……她的眼神落在江淮谦身上,好奇地问:"那你现在让我上来干吗?"

江淮谦敛目,看向她还缠着纱布的手,低声问:"今天感觉如何?"

阮轻画怔了下,明白了他的用意。她笑了笑,温声道:"比昨天好很多了,估计再过两天就能拆纱布了。"

江淮谦瞥向她:"确定?"

"确定。"阮轻画点头,"你别那么担心。"

江淮谦沉思不语。

阮轻画看他这样,抬手扯了扯他的衣服。

他低头,看着她和自己衣服颜色形成鲜明对比的手指,白皙细长。江淮谦微顿,目光沉了沉。

"在办公室感觉怎么样?"

"挺好的。"阮轻画看着他,"怎么?"

江淮谦盯着她看了一会儿，问："想不想去出差？"

阮轻画愣怔着，意外地看向他："市场调研吗？"

江淮谦颔首。

如果阮轻画想去的话，他可以安排她去一次，前提是她愿意。

阮轻画对上他的目光，思考了几秒，问："设计部就我一个吗？"

江淮谦"嗯"了一声，低声说："今年没安排设计部一起。"

阮轻画有点心动，但一想到各方面因素，还是拒绝了："不了。"她仰头望着他，解释道，"我可以走后门，但不能走得太光明正大吧？"

江淮谦兀自一笑，揉了揉她的头发，也不勉强："那你留公司，有事第一时间跟我说。"

阮轻画："好。"她哭笑不得地睨他一眼，低声道，"公司同事都是熟人，我能有什么事啊？"

江淮谦看了一眼她的手。

阮轻画摸了摸鼻尖："放心吧，我不会跟谭滟再起冲突。"

江淮谦"嗯"了一声，解释道："时间紧迫，那件事，等我回来再处理。"

阮轻画刚想问"那件事是哪件事"，转念一想，又猜到了。她点点头，盯着他看："我想的那样？"

江淮谦眉峰稍扬，目光灼灼地看着她："你想的是哪样？"

"总监。"阮轻画没扭捏，直接说，"你也打算处理？"

江淮谦颔首。

从他知道那些事之后，就在着手做准备。只不过石江在公司时间久，根基太深，加上他背景不简单，江淮谦才没有很随意地把他解决掉。现在还留他在公司，无非是在等一个恰到好处的机会。

阮轻画看着他认真的神色，没再问下去。虽然她很好奇，但也知道什么该问什么不该问。

在天台待了一会儿回到办公室，阮轻画心情好了不少。

助理小萱看着她，笑着问："轻画姐，你检讨书写出来了？"

阮轻画："没有。"

小萱一愣，诧异道："我还以为你写完了，心情这么好。"

闻言，阮轻画怔了怔，反手指了指自己："我心情很好？"

"对呀。"小萱忙着给设计图上色，随口道，"你自己没发觉吗？"

这一点，阮轻画还真没感觉到。

她撑着脑袋在旁边想了想，后知后觉地发现，心情好像是轻松了许久。虽然她去天台和江淮谦什么都没做，可好像只要和他待在一块儿，呼吸着同一片小天地的空气，她就会自然而然地放松神经，心情也会变得畅快。

察觉到这个变化，阮轻画自己都被吓了一跳。原来不知不觉中，江淮谦对她的影响力已经如此大了。

"轻画姐。"小萱喊了她好几声。

"啊？"阮轻画回过神，下意识摸了下耳朵，"怎么了？"

小萱指着设计图："这儿，你觉得用什么颜色比较好？"

阮轻画看了一会儿，给她选了两款颜色："你试试这个色彩搭配，应该会比较特别。"

小萱眼睛一亮，填补好色调后惊讶不已："真的哎，这样看这双鞋好好看，而且这两个颜色混搭在一起也很少。"

阮轻画失笑，看着电脑桌面上填好颜色的高跟鞋，唇角弯了弯："嗯，我也很喜欢。"

上午时间过得很快，到了下午，阮轻画收到了江淮谦帮忙写的检讨书。

她看着他发过来的文档，有点想笑。阮轻画没敢明目张胆地点开，她拿着手机点开看了看，不得不承认江淮谦就是江淮谦，即便是没写过检讨，初次写也能写得像模像样。

她抿唇笑了，给他回消息："那我真就按照你写的这个交上去了？"

江淮谦："嗯。"

阮轻画："我这算不算作弊？"

江淮谦：“不算。”

阮轻画：“但你这个行为，算是助纣为虐还是包庇？”

江淮谦：“都不算。”

阮轻画：“那算什么？”

江淮谦：“算偏心。”

看着江淮谦这直白的文字，阮轻画忽然就不知道该怎么回他了。她垂着头在桌面上磕了下，握着手机的手渐渐收紧，紧抿的唇角控制不住地往上牵了牵。她缓了缓，让自己脸上的笑意不那么明显后，才慢吞吞地回复道：“哦。”

江淮谦大概是在忙，没再及时回复。阮轻画也没太放在心上，认真地把检讨书写完，继续处理工作。

到了下班时，她看到手机里有江淮谦给她发的消息。

江淮谦：“临时有事，我晚上就得走，你到家了跟我说一声。”

阮轻画愣了下，有些意外。她低头回道：“好，今晚就出差了？”

江淮谦：“J&A在临城那边遇到了点小问题，我过去处理，不用担心。”

江淮定被派遣国外，江淮谦的父亲还在巴黎，临时出了事，找来找去还是找他出面处理最为妥当。J&A高层虽然也能搞定，但有江淮谦去，能把负面影响降到最低。

阮轻画不太了解情况，但也没多问：“好，那你到了有空跟我说一声，注意安全。”

江淮谦：“嗯。”

下了班，孟瑶拉她去外边吃饭。为了庆祝即将出差，孟瑶选了家火锅店。而阮轻画为了手早点好，只能吃番茄汤底，没什么味道。

阮轻画心神不宁，孟瑶盯着她看了好几回，最后实在忍不住，瞅着她道：“阮美女。”

阮轻画抬起眼看她。

孟瑶嘀咕道：“跟我出来吃饭就这么不开心？”

阮轻画摇头:"没有。"

孟瑶"哼"了一声,看着她:"你一直在看手机,是在等江总的消息?"

"不是。"阮轻画静默了一会儿,低声道,"我有点不放心。"

孟瑶挑眉:"怎么了?不放心什么?"

阮轻画没瞒着,直接说:"下班前他给我发了个消息,说J&A那边出了点状况,要他亲自过去处理。"阮轻画顿了下,看向孟瑶,猜测道,"你说能让江淮谦亲自出面的事,是小状况吗?"

孟瑶想了想,当然不能是小状况。把身为继承人之一的江淮谦从Su调回去处理紧急事宜,就意味着事情不简单。她想了想,低声问:"你没问他什么事吗?"

阮轻画摇头:"怕他忙,没敢多问。"

孟瑶怔了下,听到她这回答,倏地一笑。她盯着阮轻画看了半晌,好笑道:"你知道你现在像什么吗?"

阮轻画下意识地问:"像什么?"

孟瑶直勾勾地望着她,憋笑道:"像紧张男朋友的样子。"孟瑶托腮望着她,点头道,"你自己没发现?"

阮轻画和她对视了一会儿,别开眼说:"哦。"

听到她的话,孟瑶蒙了下:"你就'哦'?"她瞪大眼问,"你这是承认自己喜欢江总喜欢到能让他当男朋友的地步了?"

阮轻画低声道:"你别说得那么夸张。"她沉思了一会儿,认命似的叹了口气,"但我承认,确实不放心,也确实很喜欢他。"

孟瑶挑了挑眉,"哟"了一声:"神奇。"

阮轻画看她一眼:"先别说这个,我跟你讨论正事呢。"

孟瑶"嗯"了一声,托腮道:"你这个问题我暂时也回答不了,要不我找人帮你问问?"

孟瑶有个在J&A市场部上班的学长,上回她给阮轻画发的江淮谦的照片,也是那位学长传过来的。

阮轻画"嗯"了一声:"好啊。"

孟瑶比了个"OK"的手势，厚着脸皮帮她去打探消息。

吃完火锅，学长那边的消息也到了。孟瑶愣了下，把手机塞给阮轻画："你看看。"

阮轻画低头一看，也怔了，倍感意外道："真的假的？"

孟瑶："不知道，但他说江总下午确实回了J&A，临时召开了会议，会议才刚结束不久。"

阮轻画抿了下唇，没多纠结就给江淮谦拨了个电话。就算是会打扰，她也想打。

电话响了好一会儿，那边才有人接通。

"喂。"江淮谦低沉的嗓音在她耳边响起，有种说不出的温暖力量，"怎么了？是有什么事吗？"

阮轻画愣了一会儿，回神道："没有，我就是想问问你，上飞机了吗？"

江淮谦一怔，松了口气："还没有。"他听着阮轻画的声音，不太确定地问，"真没事？手是不是痛了？"

"没有。"阮轻画压了压激涌出的情绪，咬了下唇，问，"你订的是哪趟航班？到机场了吗？"

"正要从公司走。"江淮谦阔步往停车场走，低低道，"待会儿我把航班信息发给你。"

"好。"

听到有人在跟他说话，阮轻画没再多言："你去忙吧，我就是跟孟瑶吃完火锅了，随便问问。"

江淮谦失笑："好。"

挂了电话，孟瑶看着她："江总还没走？"

"刚要去机场。"

阮轻画看了眼时间，已经八点半了。这也就意味着J&A的事很严重，严重到江淮谦回去后能跟那边的员工开几个小时的冗长会议。

蓦地，她手机一振，是江淮谦发过来的航班信息。阮轻画点开一看，站在原地没动。

"瑶瑶。"

"嗯?"孟瑶探头看了一眼,和她对视着,"你想去机场送送江总?"

阮轻画点头,抿唇道:"他这趟出差,也不确定什么时候回来,我想去。"

孟瑶失笑:"走吧,我陪你。"

"你先回家吧。"阮轻画哭笑不得,"我一个人去就行。"

"确定?"

"嗯。"

孟瑶点头:"行,那我送你去坐车?"

阮轻画没拒绝。

江淮谦的航班,在一个半小时后。从阮轻画这边赶过去,运气好的话恰好能赶上他安检。

阮轻画到机场时,距离他登机还有五十分钟。她环视一圈,纠结了一会儿,还是给他打了个电话。

电话一接通,阮轻画便忍不住出声问道:"你过安检了吗?"

江淮谦:"没有,刚到。"

阮轻画:"哦。那你还在停车场呀?"

江淮谦"嗯"了一声,察觉到她的反常,轻声道:"没出什么大事,你别太担心。"他开玩笑似的说,"实在担心,要不要跟我一起过去临城?"

阮轻画沉默了一会儿,突然说:"你别再诱惑我了。"

江淮谦怔住。

阮轻画吸了吸鼻子,小声地嘟囔道:"我没多大抵抗力的,你再说我就真答应了。"

江淮谦哑然失语,没料到她会如此直白地给自己回答。他脚步微滞,喉结微动,突然不知道该说什么了。

沉默片刻,他低声安慰:"好,那不说了。"他轻声道,"你到家……"

话还没说完,江淮谦透着电流的窸窸窣窣声,听到了阮轻画那边响起的机场广播寻人声。和他耳侧听见的，一模一样。

找到了人，江淮谦阔步朝她走近："一个人来的？"

阮轻画仰头看他："嗯。"她被江淮谦灼灼的目光看得脸热，扭头指了指航班表说，"我就是看时间够，过来送你一下。"

江淮谦没说话，就这么看着她。

阮轻画抿唇，眼神飘忽："你该进去了。"

话音一落，江淮谦突然伸手把她拉入怀里。

鼻息间钻入熟悉好闻的雪松木香，阮轻画眼睫轻颤，提着的一颗心终于落地。她能感受到，江淮谦的手扣得很紧，紧到她有点呼吸不过来。

阮轻画任由他抱了一会儿，估算着时间提醒道："江总。"

"换个称呼。"

阮轻画："江淮谦。"

"嗯。"

阮轻画哭笑不得，轻声道："我真就是过来送送你，没别的意思。"她埋头在他胸膛上蹭了下，低低道，"你该去安检了，别让飞机等你。"

江淮谦失笑："不会。"

他埋头在她脖颈处深呼吸了下，把人松开，两人近距离对视着。

他垂眼盯着她："单纯过来送我？"

"嗯。"阮轻画说，"没别的意思。"

听到这个答案，江淮谦笑了下："但我误会了。"

阮轻画愣住。

江淮谦的目光紧锁着她，倾身靠近："你这样……我不想走了。"

他滚烫的呼吸落下，让阮轻画呼吸一紧。

她张了张唇，小声提醒："你还有事要忙。"

"嗯。"江淮谦看着她，忽然问，"我现在想提前支取点福利，你觉得如何？"

阮轻画："啊？"她第一时间没反应过来，茫然道，"什么……"

话还没说完，江淮谦低头贴上她柔软的唇，蜻蜓点水一般，只碰了一下，便退开了。

阮轻画蒙了。虽然只有一瞬，可她依旧有最直观的感受。她能感觉到，自己的唇好像在发烫，被他亲过的地方，有源源不断的热气传出，传遍全身。

江淮谦注视着她的神情变化，低声问："这种福利。"

阮轻画："你——"

"生气了？"

阮轻画娇嗔地瞪了他一眼。

江淮谦垂着眼笑，抬手压了压她柔软的唇角，嗓音沉沉道："真要走了。"

"嗯。"阮轻画抿唇道，"注意安全。"

江淮谦应着，捏了捏她发红的耳垂，叮嘱道："等我回来。"

回家的路上，江淮谦的司机负责把她送回去。

车内好像还残留着男人身上的味道，让阮轻画产生了错觉，好像他在陪自己坐车一般。

司机是J&A的，之前没见过阮轻画，这是头一回见。他是没想到，把江淮谦和助理送来机场，还能接一个人回去。

想到这儿，他偷偷瞄了一眼后座的女人，脑海里有了猜测。

阮轻画注意到司机的眼神，但没放在心上。只要是善意的，她一般都不太会去在意。她低着头，盯着车窗的倒影看了一会儿，不由自主地摸了下自己的唇。因为吃了火锅，她来的时候没涂口红，唇却嫣红嫣红的，柔软且诱人。被江淮谦亲过的地方，现在还有他的气息。

其实他没停留多久，可阮轻画就是觉得他的气息留在了上面，甚至，她会控制不住地回想那个吻。

思及此，阮轻画忍不住捂脸。也不知道是哪里出了问题，她好像越来越不讨厌江淮谦的触碰了。明明之前，她还有点抗拒的。

　　到家后，阮轻画给江淮谦发了个消息。

　　发完后，孟瑶神秘兮兮地看着她。那眼神，看得阮轻画心里发怵。

　　等她洗完澡出来，孟瑶便凑了过来。

　　"你干吗？"

　　孟瑶摇头，"啧"了一声："唉，女大不中留啊。"

　　阮轻画听懂了她的意思，哭笑不得地说："你讲点道理，我之前拒绝江淮谦，你一直催我往前走，现在我在往前走，你又这么说。"

　　孟瑶扬眉，笑嘻嘻道："那我没想到这么快，你比我想象的还要主动。"

　　阮轻画送了个白眼给她。

　　孟瑶笑道："不过说实话，换作是我，我估计早就投降了。"她托腮望着阮轻画，感慨道，"就江总这种绝世好男人，得好好把握。"

　　阮轻画"嗯"了一声，没和她在这件事情上多聊："你东西收拾好了？"

　　孟瑶点头："估计得出差大半个月，别想我啊。"

　　阮轻画："不会。"

　　孟瑶瞥了她一眼："明天送我吗？"

　　"不送。"阮轻画想也没想地说，"你和同事一起走，还要我送？"

　　闻言，孟瑶恼羞成怒道："江总还不是有助理跟着，你都去送了。"她戏多，自导自演道，"哼，人家就知道，有了江总后，我再也不是你最爱的人了。"

　　阮轻画面无表情地给了她一个自我体会的眼神。

　　孟瑶一噎，立马老实了，躺在床上笑了笑，低声道："说实话。"

　　"嗯？"

　　"我还挺乐意看到你现在这样改变的。"

　　阮轻画狐疑地看着她。

　　孟瑶解释道："你之前虽然也很开心很快乐，但那种开心是平淡的，当然我不是说平淡生活不好，就是很古井无波，你懂吧？"她望着阮轻画，"你的喜怒哀乐都习惯藏起来不表达，开心就那样，不开心也就那样。但现在不同。"

江淮谦回来后，她能明显感觉到阮轻画的情绪波动。虽然偶尔也会难受，但开心的时候更多。她的那种愉悦，是以前没有过的。

爱情虽然不是生活的全部，但不得不说，它是一种能让你肾上腺素上升，大幅度调动你的情绪，让你开心快乐的情感。

有爱情，生活才会越发完整。人这一辈子，总要试着去爱一次，无论结果好坏，体验过总不会有太大遗憾。

闻言，阮轻画失笑："嗯。"她认真想了想自己这段时间的变化，唇角弯了弯，"好像是这样。"

孟瑶觑她一眼，抱着被子道："呜呜呜，我也想谈恋爱，我的大学生什么时候才能来我怀里？"

阮轻画噎住，掀开被子上床，哭笑不得地说："等等吧，迟早会来。"

睡觉前，阮轻画看了下手机，江淮谦没给她发消息，估摸着是还没落地。她不紧张，但确实有点担心。

迷迷糊糊地，阮轻画睡了过去。睡醒时，是半夜两点多，她下意识拿过床头柜上的手机看了一眼，有未读消息。

一点开，果然是江淮谦给她发的落地消息。

阮轻画看着，合上眼，抓着手机再次沉睡过去。

次日上午，阮轻画赶到公司时，同事们神色都略微紧张，一群人凑在一起窃窃私语。

阮轻画扬了下眉，正要从旁边路过，听到了熟悉的名字。

"哇，这事J&A是压下来了吗？那业内怎么传开了？"

"怎么可能压得下来？这么大的事，估计晚点会上热搜。"

"昨天不是说江总今天要和大家一起去做Su的市场调研吗？今天临时换了副总去，江总去了临城。"

阮轻画怔了下，往自己的座位慢吞吞走近。

徐子薇看她过来，拉了拉她的衣服："轻画，你知道J&A的事吧？"

阮轻画"啊"了一声，扭头看着她，摇摇头："什么啊？我刚听了一耳朵，但没听明白。"

徐子薇看着她，压着声音道："就是他们说J&A临城分公司那边的一位设计师和客户搞在一起，还把明年春夏款的设计图全泄露了出去。"她盯着阮轻画，停顿了下，"也不知道是真的还是假的。"

阮轻画"嗯"了一声，敛下眼睫："假的吧。设计师能拿到J&A明年春夏款的所有设计图吗？"

徐子薇一愣，狐疑地看着她："你这么确定是假的啊？"

阮轻画怔了下，笑了笑说："不是，我就是按照常理推算。"

"哦。"徐子薇点点头，"你说得也对，但是设计师和客户据说是真在一起了，而且那位设计师还是J&A的老牌设计师，客户还是有家室的那种。"

阮轻画听着有点无奈，点点头："现在还没证实吧？"

话音一落，斜对面的同事惊呼了声："上热搜了！"

瞬间，办公室所有人的注意力都被吸引到了八卦上。

对J&A这种高奢集团来说，内部设计师出现这种问题，是非常丢失颜面的。更何况，还有设计图泄露。事情非常严重，一旦确定是事实，J&A明年的春夏款就全部需要重来，耗费的人力物力资源都很大，损失更是惨重。

一份能拿得出手的设计图，需要设计师多方面打磨思考，就这么泄露出去，再临时赶工出来的设计稿，不一定会有最开始的好。即便有，那些泄露出去的设计图也是为他人做了嫁衣。

阮轻画没凑过去和同事一起讨论，但也担心江淮谦。他刚回国就发生这种事，负面影响一定很大。虽然他还没正式接手国内J&A的部分事宜，但别人对他必然会留下偏见。

她看了看安静的手机，叹了口气，也不知道江淮谦那边到底如何了。她想问，但又不敢多打扰。

一整个上午，网上和公司都在聊这件事。这种公司内部的事，其实不值得大家关注，但偏偏有个八卦在前，网友都爱看热闹，在网上"指点江山"，自然而然，热搜就一直高高挂着，怎么压也压不下来。

中午吃饭，阮轻画吃得心不在焉。小萱看了她好几次："轻画姐，你是不是心情不好呀？"

阮轻画抬眸看她，笑了笑说："不是，我不是很饿。"

小萱："看你也没吃什么。"

阮轻画"嗯"了一声："晚点我去买点小零食。"

两人正聊着，她的手机振了下。阮轻画眼睛一亮，也没顾忌旁人的目光，第一时间解锁点开。

果然是江淮谦的消息，问她吃没吃饭。

阮轻画："正在吃，你呢？还好吗？"

江淮谦："没什么事，开了一上午会，手怎么样？今天是不是要去医院了？"

阮轻画："嗯……我手没事，你别总惦记着，你吃饭了吗？"

江淮谦："刚开完会，待会儿跟人约了见面，晚点吃。"

阮轻画看着江淮谦的消息，有种说不出的感觉。这个人，即便是忙到脚不沾地，还依旧记挂着自己那受了点小伤的手。

她眨了眨眼，压着眼睛里的酸涩，抿唇回复："助理没给你订餐吗？"

江淮谦："还在忙，晚点。"

阮轻画："那你快去忙，我吃过饭就回办公室休息了。"

江淮谦："好，有事给我电话。"

收起手机，小萱好笑地看着她："轻画姐，谁给你发消息啊？"

阮轻画顿了下，低声道："我喜欢的人。"

小萱"哇"了一声，惊讶不已："真的假的？男朋友吗？"

徐子薇也侧头看过来，瞳仁里满是意外："你交男朋友了？什么时候？"

"现在还不是。"阮轻画沉吟了一会儿，笑着说，"但很快就是了。"

　　话音一落，餐厅这边围着的人都倍感意外。同事谈恋爱不奇怪，但阮轻画谈恋爱就是有点奇怪。也不是奇怪，实在是太出乎他们的意料了。

　　阮轻画在公司的受欢迎程度，虽然比不上江淮谦，但魅力真的不小。她初进公司时，就有不少人追她，向她表白。最开始的那两个月，她的座位堆满了追求者送的礼物，但阮轻画一个也没收，从来没和公司的任何一位同事暧昧。大家当时都猜测她是不是有男朋友了，才如此洁身自好。

　　阮轻画说没有，起初大家并不怎么相信，但渐渐相处下来，发现她只是不想谈恋爱，不是有男朋友了。

　　因为最开始的那一番举动，她劝退了不少追求者。上回的赵文光算是毅力比较强的，现在还在坚持。

　　小萱直勾勾地盯着她看，看到她眼底的笑意后，第一时间送上祝福："那先庆祝你脱单？"

　　阮轻画兀自一笑："现在还没有，等我真的脱单了再庆祝。"

小萱:"好呀,记得请我们吃饭。"

"没问题。"

徐子薇走了下神,下意识地问:"轻画,你喜欢的人是做什么的?"

阮轻画顿了下,笑着说:"做生意的。"

徐子薇怔了怔,还没来得及说话,小萱追问道:"做什么生意呀?帅不帅?"

她是小女生,最关心的就是颜值。

阮轻画失笑,点头道:"还行。"

小萱托腮道:"哇!那好,你这种大美女,不能找个丑的知道吗?"

阮轻画:"知道。我不会的。"她轻声道,"我也是颜控。"

两人相视一笑。

吃过饭,阮轻画没在意同事们的讨论,看了看时间,给刘俊发了个消息。

这回江淮谦出差,刘俊也一同随行。

消息发过去后,刘俊过了十多分钟才回过来,是一串地址。

阮轻画回了个"谢谢",便专心致志点外卖去了。

点好后,她回了办公室休息。

与此同时,江淮谦还在开会。J&A这回出的事不小,设计稿泄露,知名设计师闹出出轨事件,还被爆料到微博上,热搜怎么都压不下来。一时间,公司众人面如菜色,恐慌不已。

江淮谦大半天下来,脸色就没好转过,一直都冷着,让人大气都不敢出。跟爆料者见过面后,江淮谦的脸色更冷了。

他刚回到办公室,敲门声响起。

"进。"江淮谦抬了下眼,目光冷淡,"什么事?"

刘俊咳了声,低声道:"江总,楼下有您的快递。"

江淮谦蹙眉,扫了他一眼:"我的?"

刘俊颔首:"是的。"

江淮谦一脸莫名其妙,淡声道:"你处理。"

刘俊想了想,想到阮轻画找自己要地址的事,提醒道:"那我去拿上来?"

江淮谦"嗯"了一声，没把这事放在心上。他点开收到的邮件看了一眼，头疼地捏了捏眉骨。

手机铃声响起，是江淮定的。

"喂。"

江淮定听着他这语气，笑了笑："心情不好？"

江淮谦没说话。

江淮定莞尔，低声道："事情我都听说了，只能尽快想出解决方案。"

"嗯。"江淮谦看了看之前定下来的设计稿，眸色冷淡，"现在的问题是，重新找设计师很难。"

主打款都定下来了，就差投入生产了，这种时间点设计图遭到泄露，还被对方修改了小细节提前生产售卖，对J&A来说，损失太大了。更重要的是，明年的春夏款，他们专门安排了时装展览的，现在重新找设计师设计，不确定能不能赶上。

江淮定也有些头疼，沉默了一会儿，低声道："我到这边找找看。"

江淮谦"嗯"了一声。

两人聊了会儿公事，江淮定转开话题："那边中午了，吃饭了没？"

江淮谦正想说没有，刘俊便提着两个袋子进来了，看着像是午餐。

他低声道："刘俊点了餐，正打算吃。"

江淮定笑了笑："行吧，去吃饭，这不算什么大事。"

江淮谦了然，只是他对分公司的部分经理的态度很是无语。他的恼怒，也大多源于此。每次只要出事，下面的经理、副经理便相互推脱。

挂了电话，江淮谦起身往另一侧桌子走去。他看了一眼袋子，随口问："你点的？"

刘俊可不敢居功，连忙说："不是。"

江淮谦挑眉。

刘俊讪讪道："是有人特意送过来的，我也不清楚是谁点的。"

江淮谦一顿，看到了上面的备注。在看清楚内容后，他倏地一笑——备注上写着:江总再忙也要记得吃饭。

点外卖的人是谁,不言而喻。

江淮谦的心情总算好了些,他忍俊不禁,看了眼送过来的食物,大多都是他爱吃的。

阮轻画在一些小事情上,特别留心。

江淮谦掏出手机想给她打电话,一看时间,又歇了心思。这个点,阮轻画应该在休息。他思忖了一会儿,给她发了几条消息,这才用餐。

刘俊看见江淮谦愿意吃饭了,跟着松了口气。江淮谦有个毛病,事情没解决时,会忘记日常用餐。刘俊跟在他身边一年多,对他这点习惯摸得很透。

其实中午前,他问过江淮谦要吃点什么,被他拒绝了。想到这儿,刘俊幽幽叹了口气,终归是他这个助理不重要才会如此。

午觉睡醒,阮轻画还没来得及做什么,先收到了很多其他部门同事的消息。关于她有喜欢的人这事,在午饭后便传开了。

阮轻画点开手机看了看,还有赵文光发过来的,问她公司传的是不是真的。

看着他的消息,阮轻画思忖了一会儿,回了一条:"是的,我有喜欢的人了。谢谢你的喜欢,你很好,只是我有偏爱。"

赵文光:"谢谢。"

阮轻画没再回他的信息,挑着其他几位熟悉点的同事回了过去,顺便看到了江淮谦发过来的午餐照片。

江淮谦:"吃了。"

江淮谦:"味道很好。"

阮轻画控制不住地扬了扬唇角,回复道:"那就好。"

江淮谦没立即回她的消息,阮轻画也不着急,收了心忙自己的工作。忙了一会儿,阮轻画看了看自己的手,叹了一口气。怎么正好在这个时间受伤?画笔都不好拿。

徐子薇看她走神的模样,低声问:"轻画,怎么了?"

"没。"阮轻画无奈地低声道，"想画设计稿，但是手不行。"

闻言，徐子薇哭笑不得："现在也不用交设计图，你这是有灵感了？"

阮轻画"嗯"了一声，解释道："也不是灵感，就是想每天练练，让自己的技术更熟练。"

徐子薇"哦"了一声，一时也不知道该说什么。安静了一会儿，她拍了拍阮轻画的肩膀劝道："没事的，过几天就好了。"

阮轻画应了一声，思索着晚点去医院问问，有没有什么药膏能让她这手立马好起来的。

熬到下班，阮轻画和小萱一起走的。

"轻画姐，你这手是不是要去医院看看了呀？"

阮轻画"嗯"了一声，笑了笑说："我约了医生，现在过去。"

小萱愣了愣，问道："要不要我陪你一起去？"她知道阮轻画的性格，连忙说，"我回家也没什么事，反正下班了。"

阮轻画看着她，正想说话，电梯到了一楼。

徐子薇在一侧说："轻画，我陪你去也行，我也没什么事。"

阮轻画失笑："你们都不想回家休息吗？"

小萱"哎呀"了一声，不在意道："晚点回家也一样的。"

阮轻画莞尔，刚想答应，一侧传来熟悉的男声："小师妹。"

阮轻画一愣，看向来人。

小萱和徐子薇等人也齐刷刷地转头看过去，在看到出现的男人后，小萱眼睛亮了亮，倒吸一口气说："男朋友吗？"

她说话的声音很轻，阮轻画没听清楚。

周尧看着她，朝她走近："下班了？"

"对。"阮轻画看着他，愣了下问，"你怎么在这儿？"

周尧指了指她的手，意有所指道："受人所托，送你去医院。"

阮轻画愣怔须臾，倏地一笑："这样。"

周尧额首："现在走吗？"

"好。"阮轻画想了想，看向小萱和徐子薇，低声道，"我和他去医院就好，谢谢。"

小萱误以为周尧是她喜欢的那个人，连忙催促道："去吧去吧，不用管我们。"

阮轻画笑道："好，走了啊，明天见。"

"明天见。"

直到两人消失在大厅，小萱的目光还在两人身上，她小声地问："子薇姐，你有没有觉得刚刚那个男人长得很帅啊？"

徐子薇没说话。

小萱继续道："不愧是轻画姐喜欢的人，眼光真好。"

话音落下，徐子薇才回过神来应了一声："嗯。"她眨了眨眼，"是啊，很帅。"

小萱听着她这话，隐约觉得哪里不对劲，但一时间又说不上来。她摸了摸鼻子，笑着道："我们也走吧，回家了。"

上了车，阮轻画拉着安全带系上。她侧目去看周尧，低声问："送我去医院会不会耽误你的事？"

周尧失笑："耽误什么？什么事也大不过送小师妹去医院。"他顿了下，看向阮轻画，"不过江总让我带你去一家私人医院，那边有专门安排医生。"

闻言，阮轻画没拒绝："好。"

江淮谦找的医院和医生，必然是他熟悉的。

听阮轻画这语调，周尧倒是有点意外。明明上回在包厢，她对江淮谦抗拒得还有些明显。他挑了下眉，低声道："我刚刚给周盼打了个电话，她说待会儿来医院找你。"

阮轻画失笑，点点头说："会不会很麻烦？"

"不至于。"周尧开玩笑似的说，"她很喜欢你。"

阮轻画笑了。

周尧是个不冷场的人，时不时还能给阮轻画说点江淮谦以前的事，两个人在一起，也不会觉得尴尬和不舒服。

到医院时，周尧带她去找医生。

医生和江家很熟，看周尧带人过来，笑着说了句："女朋友？"

"那我可不敢撬江淮谦墙脚。"周尧说，"江淮谦让我带过来的。"

两人说话时，阮轻画跟护士在里面拆纱布。

闻言，医生扬了扬眉："淮谦的女朋友？"

周尧和医生对视一眼，意味深长地说："还在追呢。"

"哟。"医生笑着道，"这倒是稀奇。"

周尧颔首，单手插兜道："待会儿您可得好好看看，手不能留疤，不然江淮谦找您算账。"

"去。"医生睨他一眼，"怀疑我水平呢？"

两人在外面聊了一会儿，医生才进去。阮轻画的手恢复得不错，只是看着有点吓人。他给她处理那些伤口："会有点痛，能忍住吗？"

"可以的。"阮轻画轻声道，"医生您随意。"她看着右手，想了想问，"我想问问，有没有什么药膏或者是方法，能让我这只手快一点好的？"

医生一顿，诧异地看着她："生活不方便是吗？"

"嗯。"阮轻画说，"我想快点好。"

医生沉思了一会儿，想了想说："那估计得打消炎针。"

阮轻画愣怔片刻，毫不犹豫地说："今天就能打吗？"

之后的几天，阮轻画都在医院和公司来回跑，有时候是周尧陪她去医院，有时候会换成周盼。

阮轻画想要手快点好，但又不想让江淮谦担心，特意叮嘱两人，别告诉江淮谦自己打针的事。

周尧看她一脸认真，颇为无奈地答应了。

这几天，阮轻画和江淮谦联系少之又少。江淮谦太忙了，那边的一摊事接二连三地冒出问题，应接不暇。两人偶尔联系，大多数也是微信。她给江淮谦发一条消息，江淮谦过半天才能回复。经常等到他回复时，阮轻画已经睡觉了。

一晃，小半个月过去了。阮轻画的手完全好了，除了左手有针孔，右手恢复得很好，一点疤都没有。

手好了之后，阮轻画的心情也好了不少，身边人的感受最明显。

徐子薇看她忙了一上午，笑着问："这么开心？"

阮轻画"嗯"了一声，莞尔道："手好了。"

徐子薇看了看她白皙的手，半晌笑着说："是的，好得真快。"

阮轻画应了一声，抽出一侧的画稿，含糊不清道："终于能画图了。"

徐子薇探头看了看，好奇地问："你给J&A画吗？"

阮轻画拿画笔的手一顿，侧眸看她："啊？"

徐子薇压着声道："我听说我们办公室不少同事正在准备新的设计稿，打算投给J&A。"

阮轻画怔了怔，倒是没瞒着："如果我画出来满意的，我会去投。"她淡声道，"Su现在算是J&A的旗下公司，在这种时候也确实该着手帮一把。"

前提是，她画出来自己满意的作品。

因为前段时间的事，J&A公开在业内找设计师收设计稿。无论在哪里，是学生还是上班族，只要有创意有想法的设计稿，他们满意的话，可以破格录用。因此，不少设计师都铆足了劲，想利用这个机会被J&A看见。

徐子薇点点头："你说得有道理。"

"嗯。"阮轻画拉回注意力，想了想说，"我去天台找找灵感。"

徐子薇点头。

阮轻画没在意她的态度，抱着东西上了天台。

午饭时间，她的手机铃声响起，是小萱给她打的，叫她吃饭。

阮轻画灵感充沛，直接拒绝了。她想在天台把这份设计稿完成后再下楼。

一整天，阮轻画都在天台。不知道为什么，画设计稿时她喜欢一个人待着，在办公室很难有灵感。

收起设计图下楼时，阮轻画觉得脸和手都不是自己的了。她被冻僵了。

后面的几天，阮轻画陆陆续续画了好几张不同类型的设计稿。她不确定是否能用，但试试总归不会出问题。

整理好之后，阮轻画全部发给了江淮谦，看了眼时间，已经晚上十二点了。阮轻画揉了揉发酸的眼睛，起身进浴室洗漱。

洗漱出来时，手机里有好几个未接来电，全来自同一个人。

阮轻画愣了下，刚想给江淮谦回过去，他再次打了过来。

"喂。"阮轻画意外道，"你看到设计稿了？"

江淮谦坐在车内，低低应了一声："这几天画的？"

阮轻画"嗯"了一声："你觉得怎么样？"

江淮谦没吱声。

阮轻画默了默，有点忐忑："不好吗？"她担忧地问，"一张都不能用？"

"不是。"江淮谦深呼吸了一下，沉声问，"你的手好了？"

"对啊。"阮轻画说，"我不是给你看照片了吗？"

纱布完全拆掉的那天，她跟江淮谦说了一声，江淮谦让她发张照片，阮轻画就发了。

江淮谦看着那些设计稿，几乎能想象这是她熬了多少个日夜画出来的。他喉结微动，有些心疼，还有些难受。

阮轻画感受着他的沉默，摸了摸鼻尖说："你是不想看到我的设计稿吗？"

"不是。"江淮谦偏头看向窗外，低低道，"昨晚几点睡的？"

阮轻画想了想，说："不记得了。"

其实她记得，大概是三点多，睡了三四个小时就起床上班去了。

江淮谦抬手松了松衣领，说："谢谢。"

闻言，阮轻画松了口气，小声嘀咕着："我还以为你要训我呢。"

"不会。"江淮谦轻声说，"今晚别熬夜。"

"那设计图呢？"阮轻画穷追不舍，"有能用的吗？"

江淮谦"嗯"了一声："有。"他兀自一笑，低声道，"这么不相信自己的实力？"

阮轻画轻哼道："我相信自己的实力，但J&A又不是小公司，我怕你们看不上我的。"

"看得上。"江淮谦多看了几眼，低声道，"很喜欢。"

阮轻画听着，唇角往上牵了牵："那就好。"顿了下，她咬唇问，"你什么时候回Su啊？"

话音一落，她听见江淮谦很轻地笑了下，低声问："想我了？"

"没有。"阮轻画面不改色地看着镜子里的自己，"我随便问的。"

江淮谦笑了一声，声音酥酥麻麻地入耳。阮轻画耳朵热了下，觉得自己有点欲盖弥彰。她抿了抿唇，小声嘀咕："你再笑我就挂电话了。"

江淮谦哭笑不得，低声道："今天回来。"

阮轻画一愣，眼睛晶亮："今天？"

江淮谦"嗯"了一声，解释道："现在去机场。"

阮轻画"哦"了一声，看了看时间："那落地得四五点吧？"

"差不多。"江淮谦温声道，"一点了，你先去睡觉。"他顿了下，含笑道，"睡醒见。"

阮轻画眼眸闪了闪，上下唇动了动，轻声道："嗯，晚安。"

"晚安。"

挂了电话，阮轻画花了点时间护肤，这才躺回床上。她点开手机，上面还有江淮谦发来的未读消息。

她怔了怔，点开。

江淮谦："刚刚忘了说，我想你了。"

阮轻画眼神顿住，在这句话上反反复复看了好几遍，心底好像有种特别的情绪在发酵，让她想立刻见到江淮谦，甚至想……抱一下他。

阮轻画摸了摸上翘的嘴角，慢吞吞地敲下回复："知道了。"

江淮谦也没和她计较她为什么不说实话这件事，回了一句："睡觉，别回我消息。"

看他这样说，阮轻画听话地不再回复，握着手机，合着眼睡了过去。

第二天是工作日，阮轻画不得不爬起来去上班，不知道是不是因为江淮谦回来的缘故，她睡得少，但起来得早。六点，她便醒了。

阮轻画拉开窗帘看了看，外面天色不算明亮，但应该有太阳——她昨晚看了天气预报。

洗漱好，化完妆，阮轻画看了一眼，刚七点。往常，她都是八点出门上班。她纠结了一会儿，给江淮谦发了个消息。

阮轻画："你早上就去公司吗？"

江淮谦："起来了？"

阮轻画："嗯。"

江淮谦："早餐想吃什么？"

阮轻画："你要和我一起吃早餐？"

江淮谦："不愿意？"

阮轻画愣了愣，还没来得及回复，他的电话就过来了。

"喂。"阮轻画讶异道，"你是起来了还是没睡？"

江淮谦笑了笑，推开车门下去，低声道："眯了几个小时，在飞机上睡了。"

阮轻画："那你想到哪儿吃早餐？"

江淮谦："看你。"

阮轻画正想着，忽然听到他那边传来窸窸窣窣的声音。她讶异地挑了下眉："你在外面吗？"

江淮谦："你小区。"他面不改色地往里走，淡声道，"家里有吃的吗？"

阮轻画彻底呆住："你在我小区门口？"

"嗯。"江淮谦笑道，"想吃你做的早餐，行吗？"

几分钟后，阮轻画在家门口看到了半个多月没见的男人。江淮谦一身黑色休闲装，看上去略微冷峻，人好像消瘦了不少。

阮轻画怔怔地望着他，忘了反应。

江淮谦看她这样，弯了下唇："看呆了？"

阮轻画回神，仰头看他："你几点过来的？"

江淮谦看了眼腕表："六点多吧。"

阮轻画顿住，侧身让他进屋，低声问："你怎么也不给我发消息？"

"怕你在睡。"

江淮谦换了她屋子里不知何时准备的新款男士拖鞋，低眼看着她问："几点醒的？"

"六点。"

江淮谦顿了下，上下打量了她一会儿，淡淡地说："瘦了。"

阮轻画抿唇："没有。"她看他站着不动，想了想问，"你不去坐一会儿吗？"

"不去。"江淮谦看着她，俯身靠近，"我想先抱你一会儿。"

"可以吗？"江淮谦非常克制且礼貌地问。

阮轻画想着他以前也没有这么有礼貌吧？他之前亲自己都不问的，现在抱一下还用问吗？

江淮谦观察着她的神色，低低一笑："不说话就当你默认了。"

阮轻画抬眸瞪他："就……勉强给你抱一下。"她别别扭扭地说，"就一会儿。"

话音一落，江淮谦把她拉入怀里。

鼻息间是熟悉的让她安心的味道，阮轻画鼻尖一酸，有种说不出的感动。这个人，也不知道多久没好好休息了，却依旧愿意把他少有的空闲时间分给她，过来找她。

想到这儿，阮轻画下意识伸手，主动回抱他。

感受到她的动作，江淮谦身子一僵。他低头，鼻尖蹭过她柔软的耳朵，轻声道："你这样，我可不想只抱一会儿。"

阮轻画心口一跳，想了想说："那就给你——"

"多抱一会儿"几个字还没说出口，江淮谦的唇擦过她发烫的耳朵。

阮轻画僵住。

下一秒，他更是得寸进尺地咬了下她的耳垂。

阮轻画心跳如擂鼓，身体里的血液在快速流淌激涌，耳后那一处的肌肤，更是滚烫炙热。她扣在江淮谦身后的手不由自主地收紧，屏息着，一动不动。

感受到她身体的僵硬，江淮谦咬了下便松开了，声音低低的，酥酥麻麻地笑着："那么紧张？"

听出他话语里的戏谑，阮轻画耳根一热，想也没想地把人推开："你越界了。"

江淮谦一顿，兀自一笑："不喜欢我这样？"

阮轻画张了张嘴，一时不知道该说什么。

说不喜欢，其实没有。她觉得自己很怪，在江淮谦靠近时，会不由得想往他怀里靠得更近一点，汲取他身上温暖的味道。明明，以前她觉得江淮谦是最不能给自己安全感的人，可现在，一切都变了。

江淮谦注视着她，眉眼温柔："不说话就是喜欢。"

阮轻画没好气地瞪他一眼，低头道："你再过分，我就——"

"就什么？"江淮谦低头，亲昵地蹭了蹭她的鼻尖，嗓音沉沉地问道，"想我了吗？"

昨晚在手机里没得到的答案，他还想继续问。

阮轻画一怔，看着他疲倦的神色，忽然就心软了。她静默了一会儿，别开眼问："你想吃什么？"

江淮谦倏地笑了下，低声道："你做什么吃什么。"

阮轻画"哦"了一声，抿了下唇，说："我得看看冰箱里有什么。"

她不是爱做饭的人，周一到周五都要上班，早餐在路上买着吃，午餐在食堂解决，晚餐要么和孟瑶约在外面，要么回家吃点水果沙拉，只有周末才会开火。因此，她周五才会去超市买点蔬菜水果，其他时间做饭，大多都是速食。

阮轻画打开冰箱看了看，估算着时间："吃面条吗？"

江淮谦莞尔，低声道："好。"

阮轻画看他不嫌弃，便开火煮面条。考虑到江淮谦的口味，她还煎了两个鸡蛋，煎了几片午餐肉。冬日的早餐吃点热腾腾的食物，一整天心情都会好。

阮轻画厨艺一般，不好不坏，勉强不会饿着自己。

煮好后，江淮谦端了出去。小小的出租屋里，两人面对面坐着。

阮轻画把筷子递给他，有点不好意思地说："我手艺一般，你随便吃两口吧。"

江淮谦看着她，勾了下唇："不行。"对上阮轻画狐疑的目光，他不紧不慢地说，"你做的，不好吃也得吃完。"

阮轻画被他逗得面红耳赤。她发现，江淮谦越来越不像她所认识的那个江淮谦了。但偏偏，这样的他，她很喜欢。好像也只有她能看见、接触到这样的他。

江淮谦有好几天没好好吃饭了，阮轻画做的面条味道清淡，就是原汁原味的感觉，但神奇般地打开了他的味蕾。

吃完后，江淮谦主动揽下洗碗的活。阮轻画没拦着，反正也就两个碗。

她回房间补个妆的空隙，江淮谦便洗好了。

"走吧。"江淮谦看了眼时间，"来得及。"

阮轻画"嗯"了一声，和他一起往外走。

刚走到电梯口，陈甘也从另一侧出来了，三人好巧不巧地碰上。

看到阮轻画和江淮谦，陈甘微微一顿，敛下讶异的神色，和她打招呼："早。"

阮轻画愣了下："早。"

陈甘看了一眼江淮谦，微微颔首。

江淮谦的目光在两人身上转了下，没太在意。

进电梯后，阮轻画和他聊天："那边的事情都解决了吗？"

"嗯。"江淮谦宽慰她，"别担心，差不多都搞定了。"

阮轻画点点头，瞥了他一眼："那市场调研，你还去吗？"

孟瑶他们现在还没回来，还在各大城市奔波。

江淮谦思忖了一会儿，低声道："再说，最近没时间。"

阮轻画想了想，好像也是。

出了小区，阮轻画跟着江淮谦上了车。她刚把安全带扣上，江淮谦便倾身靠了过来。

阮轻画眼皮一跳，正想往后退，他先握住了她的手。

她一怔，垂眸看他："你……"

"痛不痛？"江淮谦看着她左手手背上还没彻底消掉的针孔，低声问。

阮轻画愣怔片刻，轻声道："你怎么知道？"问完，她觉得自己问了个傻问题，"周尧跟你说的吗？"

"嗯。"江淮谦目光灼灼地望着她，眸子里倒映着她的脸庞，"傻不傻？"

闻言，阮轻画不太服气道："手不好不方便，我只是为了手快点好。"

江淮谦："嗯。"

看他不太信的模样，阮轻画无奈一笑："你别担心太多，我真没事。我又不是小孩子。"

"我没记错的话，你比小孩子还讨厌打针。"江淮谦直勾勾地盯着她，嗓音沙哑地问，"我记错了吗？"

阮轻画睫毛颤了颤，不说话。

她确实不爱进医院，还很讨厌打针。小学时病的那一场，让阮轻画成了医院常客。久而久之，她便非常讨厌去医院。医院这个地方，给她幼小的童年留下了阴影。

在国外时，阮轻画也生过病。那会儿江淮谦想带她去医院，被她强烈拒绝。到最后，他让家庭医生过来给她打针，她抗议了许久，说自己吃药就行，但江淮谦没听她的，还是让医生给她打了针。因为这事，她还生了他的气。

现在想起来，阮轻画觉得自己真有点过分。别人对自己好，她却一点也不领情，简直就是个白眼狼。

"没。"阮轻画回过神来，轻声道，"没记错。"她抬眸和江淮谦对视，认真道，"但这回我是自愿的，所以没想象中那么害怕。"

江淮谦应了声，没多说。

阮轻画拉了拉自己的手，抬眸看他："你干吗？"

江淮谦看了她一眼，才把她的手放开。

"走吧。"阮轻画不解风情道，"上班要迟到了。"

江淮谦哑然失笑，点点头："行，保证不让你迟到。"

"嗯。"阮轻画笑了笑说，"我要拿全勤的。"

Su福利待遇很好，每个月的全勤有五百块。虽然不多，但也能吃一两顿火锅。

江淮谦直接把车开去地下停车场，阮轻画也不怕遇到同事，因为江淮谦的停车位比较偏僻，一般人都不会过来。

到电梯口时，阮轻画指了指旁边的员工电梯："我坐这部。"

江淮谦："嗯。"他没勉强，抬手揉了揉她的头发，说，"中午一起吃饭？"

阮轻画笑道："天台吗？"

江淮谦微顿，低声道："你不介意的话，可以来我办公室。"

阮轻画想了想说："晚点再定？"她不确定自己中午会不会忙。

江淮谦："好。"

和江淮谦分开后，阮轻画一路畅通无阻地到了办公室。她心情愉快，还颇有兴致地弄了下她养的仙人球。

小萱一到，便发现了她的心情变化，扬扬眉，压着声问："轻画姐，你今天好开心呀。"

阮轻画微微一笑："嗯，是还不错。"

小萱从对面挪过来，小声问："昨晚跟男朋友约会去啦？"

阮轻画愣了下，诧异地看着她："男朋友？"

"对啊。"小萱说，"就上回接你去医院的那个，不是你男朋友吗？"

闻言，阮轻画这才知道她误会了。她"嗯"了一声："不是。"

小萱："啊？"

阮轻画淡声道："他是一个朋友，不是我喜欢的那个人。"

闻言，小萱点点头："哦，那是我误会了，抱歉啊。"

"没事。"

小萱瞅着她，托腮道："唉，轻画姐你朋友怎么也能那么帅？"她好奇地问，"难道这就是美女的朋友都是美女帅哥的意思吗？"

阮轻画听着，哭笑不得道："没那么夸张。"

小萱正要说话，徐子薇到了。

"聊什么呢？"

小萱没多想，直接道："聊上回来接轻画姐的那个大帅哥。"她直言道，"子薇姐，原来那个大帅哥不是轻画姐的男朋友，只是普通朋友。"

徐子薇愣了下，盯着阮轻画看了两眼，点头道："这样啊。"

小萱点头。

徐子薇笑了笑，揶揄道："那轻画什么时候带男朋友给我们看看？"

阮轻画莞尔，淡声道："还不是男朋友，等稳定了再说。"

小萱："好呀好呀。"

上班时间到了，小萱回了自己的位置。阮轻画收了收心，喝了杯咖啡，开始看自己之前画的那几份设计稿。她昨晚躺在床上想了想，有几张再补点细节会变得更特别。

一整个上午，阮轻画心思都扑在设计上。到了午饭时间，她才注意到江淮谦在十一点半给她发了信息，问她去不去楼上吃饭。

阮轻画看了看一侧的设计图，思考了几秒，回了句："现在回答还来得及吗？"

江淮谦："来不来？"

阮轻画："嗯。"

她正好想和他聊聊设计。

等办公室的人都走了，阮轻画才偷偷摸摸地去了顶层。不知道为什么，她特别心虚，总觉得自己是在干坏事，唯恐被人发现。

电梯门一开，她正想低调地溜进江淮谦的办公室，却碰上了江淮谦的一个助理。是第一天他来公司露脸时带的那个，王助。

看到阮轻画，王助愣了下："阮小姐找江总？"

阮轻画不好意思地应了声："嗯。"

王助了然一笑："江总在办公室，需要我带您过去吗？"

"不用。"阮轻画低声道，"谢谢。"

她往前走，刚到办公室门口，刘俊从里面走了出来。

两人对视一眼，刘俊看到了她脸上的尴尬，笑了声，说："江总在里面等你。"

阮轻画摸了摸鼻尖："谢谢。"

刘俊给她开了门，等她进去后，又顺手关上了。

阮轻画看着紧闭的门，幽幽叹了口气。她发现，自己在欲盖弥彰。

听到声音，江淮谦抬起眼朝她这边看来。注意到阮轻画的神色，他起身朝她走近，淡声问："怎么了？"

"没事。"阮轻画看了他一眼，低声问，"你助理中午也不去吃饭的吗？"

闻言，江淮谦愣了几秒才反应过来。他轻笑了声，解释道："刚忙完。"

阮轻画"哦"了一声，挪着往另一侧走。

江淮谦敛目，拉着她的手去桌子旁。

"他们知道你。"他随口道，"不用拘谨，也不用觉得不好意思。"

阮轻画深呼吸了下，也不知道该怎么解释。她倒不是拘谨，就是单纯觉得不好意思。午休时间过来找老板，是个人都会多想吧？

"吃饭吧。"阮轻画看他,"食堂的餐吗?"

江淮谦摇头:"刘俊让人送过来的,看看合不合你胃口。"

阮轻画余光看到袋子上写的字,没记错的话,这是一家五星级酒店的名字。她默了默,瞅着桌子上的食物道:"肯定合适。"

一打开,阮轻画眼睛亮了。桌面摆放着的食物,全是她喜欢的,而且都有辣椒。

惊喜过后,她狐疑地看着江淮谦:"你不是不能吃辣吗?"

江淮谦挑眉,淡淡地说:"能吃一点,你先试试。"

阮轻画直勾勾地看着他,想了想道:"我也能吃清淡的。"

她并不是非辣不可。

江淮谦听懂了她话里的意思,弯了下唇角,回道:"好,下回注意。"

听他这样说,阮轻画忽然有点不知道该说什么了。她并不觉得自己值得江淮谦如此对待。

阮轻画深呼吸了下,轻声道:"谢谢。"

江淮谦撩起眼皮看她,挑了下眉:"谢什么?"

他把筷子递给她,阮轻画接过,含糊不清道:"你知道。"

江淮谦盯着她看了一会儿,淡淡地说:"我们之间,不用说这两个字。"

阮轻画怔了怔,"嗯"了一声:"记住了。"

江淮谦看她这听话的模样,心软得一塌糊涂。

吃饭间隙,阮轻画忍不住和他讨论设计图:"对了,我昨晚睡前想了想,我发给你的那几份设计稿,其实可以再改变下细节。"阮轻画认真道,"既然是春夏主打款,我想更贴合季节会更好,到时候宣传,也会更有卖点和看点。"

一说到设计,阮轻画的话就变得很多。江淮谦最开始还很认真地听着,听到最后,他把目光放在她面前没动过的米饭上,低眼看了一会儿,目光往上,落在她喋喋不休的小嘴上。

他沉吟半响,有了动作。

阮轻画正说着,嘴里被塞了一块肉。她眨眨眼,看着对面的人。

江淮谦看着她这副呆呆的模样,轻笑了声:"先吃饭。"

阮轻画一顿，舌尖一卷，把肉吃了进去。吃完，她才问："你是不是嫌我吵？"

"不是。"江淮谦往她碗里夹菜，低声道，"先吃饭，吃完说。"

阮轻画看着碗里多出的食物，温暾道："好吧。"

这顿饭直到吃完，阮轻画都没再出声。

吃完饭后，江淮谦收拾了一下，又起身给她倒了一杯热水。

阮轻画接过，下意识地说："谢谢。"

江淮谦别开眼，弯了下唇："想现在说，还是休息一会儿再聊？"

阮轻画眨眨眼："你要忙别的事吗？"

"不忙。"江淮谦道，"你在这儿，我陪你。"

阮轻画垂眸看着脚尖沉默，好一会儿，才说："你这样……我下回不敢来了。"

江淮谦一愣，失笑道："我没有你打扰我办公的意思。"他顿了顿，低头看着她。

两人无声对视了一会儿，江淮谦率先败下阵来，轻声道："你在，我的心静不下来。"

我这一颗心，总会因为你的存在，而胡乱冲撞。

江淮谦觉得，在面对阮轻画时，自己会莽撞得像个毛头小子，但偏偏在这件事上，他没办法自控。

阮轻画微怔，抬眸看向他："其实我一直想问。"

"问什么？"

"为什么是我？"阮轻画捧着杯子，轻声道，"我一直都不觉得，我有那么大的魅力。"

后面的话她不说，江淮谦也懂。

阮轻画从始至终都没觉得自己的魅力能大到让江淮谦这种男人都为她倾倒。她知道自己长得还行，也有那么一点才华，但和江淮谦相比，是有差距的。至于别的条件，就更是无法相提并论。她性格也不是很好，矫情又懦弱，偶尔还有点小气。

其实江淮谦第一回对她表白时，她就想问，她真的有那么好吗？值得他喜欢？但阮轻画又不敢问，她期待答案，又害怕答案。

江淮谦看着她紧张的神色，觉得好笑："对自己这么没自信？"

"不是没自信。"阮轻画瞥了他一眼，低声道，"就是……你知道我的意思。"

江淮谦笑了笑，目光深邃地看着她："这个问题，我也想知道答案。"

阮轻画错愕地看着他："啊？"

江淮谦："找不到。"

其实他也说不上来，哪天就对阮轻画上了心。可能是在国外第一次见的时候，也可能是老师告诉他，他收了个很有设计天赋的学生，江淮谦看了眼她的一份设计图，就在心底留下了印象。

种种原因，让他记住了阮轻画。再之后，很多事情的发展便不受他控制了。有时候江淮谦也想问，她是哪里吸引了自己。问了好几次，他也没找到答案。

阮轻画看着他，办公室内光线明亮，外面的阳光透进来，洒在地板上。他身后是倾泻下来的温暖光亮，勾勒出他英俊的面容和那双让人印象深刻的眸子。

阮轻画怔怔地看了许久，才回过神来"哦"了一声。

江淮谦挑眉，捏了捏她的脸："就这样？"

阮轻画老实道："暂时不知道要说什么。"

江淮谦看了她一眼："那想到了再说。"

"嗯。"阮轻画转开话题，低声问，"设计图……"

江淮谦没辙，起身去把自己早上打印出来的设计稿递给她："哪儿想改？"

阮轻画接过来，抽出其中一张道："这一份，我觉得鞋跟需要选用特别点的。"她画了个形状出来，看向江淮谦，"这种能做出来吗？"

江淮谦沉思了一会儿，回道："大概能，你继续。"

"嗯。"阮轻画兴致勃勃地说，"还有，这次不是春夏款吗？"她眼睛晶亮，提议道，"我今年看到很多深绿色大衣，明年的春款J&A其实可以主打一款深绿色的单鞋。"

阮轻画认为，绿色是最自然的颜色，也非常显白。虽然有点难搭配，但在春夏来说，随便配一条裙子，都很美。而且，绿色显气质，也显眼。参加秀场，绿色能第一时间夺走所有人的注意力。同样还能代表J&A的生命力。即便是遭遇了危机，J&A依旧生机勃勃，冬天会过去，春天会按时到来。

除了颜色，阮轻画还提出了不少自己的想法。她非常能抓住市面上不少女人的心思，在高跟鞋方面，比一般设计师了解得更深。而且她了解到的，不单单是漂亮精致，还有客户最根本的需求。

江淮谦听着，目光不由自主地落在她身上，舍不得挪开。

阮轻画说完，刚想喝口水休息，便注意到了他灼灼的目光。她顿了顿，眼神飘忽道："你这样看我干吗，我说的是不是不太好？"

江淮谦回神，倏然一笑："没有。"他沉吟了一会儿，道，"我在想J&A之前为什么会把你漏掉？"

阮轻画："也不算漏掉吧。"

江淮谦想了想，问道："嗯，当初是为了躲我才没去吗？"

"也不是。"阮轻画回忆了下，说道，"我当初是觉得，Su其实也不差，我缺少锻炼机会，来Su可能会更合适。还有就是，孟瑶先应聘进了市场部。"阮轻画诚实道，"我想和孟瑶一起上下班，就来了这儿。"

江淮谦噎住。他在得知阮轻画没去J&A时，想了很多原因，唯独没想到是这个。他轻笑一声，低低地问："那明年你调去J&A，我是不是得负责把孟瑶也调过去才行？"

闻言，阮轻画眼睛一亮："可以吗？"她激动道，"我听说J&A市场部的工资和福利待遇都特别好，调过去的话，孟瑶能升职吗？"

江淮谦看着阮轻画高兴的神色，一时不知道该说什么。

"就这么不想和孟瑶分开？"

阮轻画茫然地看着他："我没懂你的意思。你不喜欢孟瑶吗？"

江淮谦沉吟半晌，斟酌着给出了答案："不是喜不喜欢的问题。"

"那是什么？"

江淮谦抓着她的手捏了捏，身体也自然而然地朝她靠近，垂眼望着她，语气平静地问："有孟瑶在，你下班了跟谁走？"

阮轻画愣怔片刻，反应过来，忍俊不禁道："你现在是……吃孟瑶的醋吗？"

江淮谦很坦诚："不行？"

阮轻画被他的话噎住，唇角弯了弯："我没说不行。"她眼珠转了转，明亮璀璨，"就是没想到你……"

"我什么？"江淮谦直勾勾地望着她。

"幼稚。"阮轻画想了想，想到了一个形容，"你现在这样，一点都不像大家心目中的江总。"

闻言，江淮谦倒是觉得有意思："大家心目中的我是什么样？"

"就……很厉害，很成熟，很稳重，还有点帅。"阮轻画想着办公室那些小迷妹的讨论，如实告知。

江淮谦抓住了最后的重点，挑了下眉："有点帅？"

阮轻画看着他，面不改色地说："不然呢？"

江淮谦沉吟半晌，语调悠长道："我以为，我还挺帅的，不止有点。"

阮轻画扑哧一笑，唇角上扬："自恋。"

江淮谦低眼看她。

阮轻画抬起眸，和他对视片刻后，默默挪开了眼："我该下去了。"

江淮谦看了眼时间，"嗯"了一声："好。我送你？"

阮轻画看着他。

江淮谦轻笑了声，淡淡地说："去吧，下班等我？"

阮轻画看着他，淡声问："你不用加班？"

"要。"江淮谦坦诚道，"陪我加班？"

阮轻画眨了眨眼："可以，有加班费吗？"

江淮谦看她一脸财迷的模样，弯了下唇："有。"

闻言，阮轻画故意说："好，那就勉强答应你。"

回到办公室，还有大半个小时才到下午上班时间。阮轻画看了一圈，大家都还在休息。她放轻动作，回到自己的位置上趴下。她其实也有点困，可一趴下，大脑是兴奋的。她不知道别人是不是这样，但她确实会因为江淮谦的一些话和一些举动，变得兴奋，抑制不住自己想要上扬的唇角。

阮轻画趴在桌上，辗转了好几回都没能睡着，最后，索性爬起来画图。此时此刻，也只有画图能让她冷静。

整个下午，阮轻画都在琢磨自己的设计图，不知不觉便到了下班时间。

"轻画姐，下班了。"

"啊？"阮轻画回神，看了眼时间，"你们先走吧，我再加会儿班。"

小萱点头："明天见。"

阮轻画弯唇笑了笑："明天见。"

徐子薇看着她，顿了下说："我今天也加会儿班，晚点再走。"

阮轻画"嗯"了一声，没太放在心上。把设计图画好，她托腮盯着看了一会儿，总觉得不是特别完美，和她脑海里想象的有偏差。阮轻画思忖了一会儿，拍了张照发给江淮谦。

阮轻画："你觉得我这张设计稿，有没有哪里不对劲？"

发过去后，江淮谦没立即回复，阮轻画也没太放在心上，自己继续琢磨着，还搜了不少之前时装秀的高跟鞋出来欣赏。在眼花缭乱的高跟鞋里，她偶尔也能找到灵感。

与此同时，江淮谦一下午都在处理Su最近这段时间堆积的文件。刚处理完，他先看到了Su明年春季的主打款设计。

江淮谦一顿，敛目看了一会儿摆在自己面前的设计稿。设计图是他熟悉的风格，带了点个人特色，只是设计稿下的署名，不是他印象里的那个人。

江淮谦盯着署名看了一会儿，拨通助理内线。没一会儿，刘俊便出现在了门口。

"江总。"

江淮谦抬起眼看他，淡声道："去把Su之前参加春季主打款PK的所有设计图找出来。"

刘俊一愣，诧异道："是有什么问题吗？"

江淮谦轻哂，淡声道："明天交给我。"

刘俊听着他那明显的嘲讽语气，忙不迭道："是。"他扬眉想了想，估计是有人要遭殃了。

刘俊出去后，江淮谦看了眼时间，拿过一侧的手机，正想给阮轻画发消息，先看到了她的信息。他点开一看，无奈一笑。

江淮谦："上来，我给你说说问题。"

看到江淮谦的信息，阮轻画扶额："办公室还有同事在。"

江淮谦："这个点还有人加班？"

阮轻画："嗯，我晚点再来。"

江淮谦："好，晚上想吃什么？在办公室吃还是出去吃？"

阮轻画想了想江淮谦的忙碌程度，直接道："办公室吧，我来点外卖？"

江淮谦："想吃什么，我让刘俊点。"

阮轻画看了看附近的外卖店铺，没发现什么特别想吃的。她回了江淮谦"随意"两个字，又投入到了设计中。

"轻画。"徐子薇的声音在办公室清晰响起。

阮轻画侧头："怎么了？"

徐子薇手里拿了一份设计稿，低声道："你帮我看看，我这儿总觉得有点不对劲，感觉还能更好。"

阮轻画怔了下，笑了笑说："好。"她接过徐子薇画的设计稿，垂眼看着，轻声道，"我觉得鞋面这儿可以加点特色。"

"什么特色？"

阮轻画思考了一会儿，动手画了个类似蝴蝶结的图案出来，轻声道："我觉得这个别在上面，可能会更合适，你看看？"

徐子薇接过一看，眼里闪过一丝诧异，点点头，轻声道："好像是比较好，我先看看。"

阮轻画应了声："你再研究研究，这也就是我自己的想法。"

"好，谢谢。"

阮轻画莞尔道："客气。"

隔了没多久，阮轻画的手机振了下。她扫了一眼时间，收拾着东西："子薇，我先走了。"

徐子薇抬头看她："好，回去注意安全。"

"你也是。"阮轻画道，"别加班太晚。"

"嗯。"

跟徐子薇说完，阮轻画心虚地提着包进了电梯。她抬眼看了看下降的楼层，有点头疼。这偷偷摸摸的，跟捉贼一样。

阮轻画到了楼下，索性去隔壁饮品店买了两杯果汁，这才慢吞吞地进了电梯，上了顶层。

她到的时候，江淮谦已经站在门口等着了。看到她手里的东西，江淮谦挑了下眉："怎么下去了？"

阮轻画老实道："我们办公室还有同事在，我没直接上来。"

江淮谦无奈一笑，低声问："这么担心同事知道？"

阮轻画沉吟了一会儿，摇了摇头："不是这个原因。"

江淮谦诧异地看着她："那是因为什么？"

阮轻画想了想，一时也说不上来："我不确定是不是自己想多了还是别的原因。"她抿了下唇说，"以后跟你说吧。"

听到"以后"这两个字，江淮谦勾了下唇："好，以后说。"

阮轻画怔了下，听懂了他话里的意思。她不好意思地碰了下耳朵，把果汁递给他："喝吗？"

江淮谦接过："喝。"

两人在办公室就地用了晚餐。刚吃完，还没等江淮谦休息，阮轻画便掏出了自己的设计稿，眼睛晶亮地望着他。

江淮谦垂眼看她，颇为无奈。他发现，自己继没有孟瑶重要后，好像也比不过她的设计图了。

阮轻画接受着他控诉的目光，有些茫然："你也还没想到解决方案吗？"

"不是。"江淮谦倾身，拿过她的设计稿看了一会儿，淡声道，"你觉得哪里有问题？"

阮轻画指了指："我圈出来的这里，我总觉得差点味道。"

江淮谦看着她的设计图，认真思考起来。下午那会儿他太忙，有点想法，但没抓住。他盯着看了一会儿，看向一侧眼睛晶亮的人，弯了下唇："这么着急？"

阮轻画眨眨眼："早点定下来会比较好。"

江淮谦笑了声："我试试看。"

外边的天色一片漆黑，办公室内灯火通明。明亮的灯光照在宽敞的室内，并不会让人觉得不舒服，相反，阮轻画觉得这是她加得最愉快的一个班。

趁着江淮谦画图的间隙，她环视一圈周围。她来过江淮谦办公室很多次，但鲜少认真地观察这儿。江淮谦接手得急，室内装饰都还是之前的，但也有不少发生了改变。很多物件，都换成了他偏好的风格，颜色各方面也都变得更简单，黑白灰三个色调，显得有点冰冷。

阮轻画仔细看了看，起身往书架那边走。

书架靠墙，上面摆放着很多书籍。阮轻画低头看了看，发现了不少杂志，也看到了不少设计图刊。她随手抽出一本，打算翻开看看。

两人在同一片小天地之下，各自忙碌着。

阮轻画看了一会儿，刚想回到沙发边，一转身便撞到了人。

她抬眸望着不知何时走到身后的男人："你什么时候过来的？"

江淮谦低头看了眼她手里捧着的杂志："喜欢？"

阮轻画敛了神色，这才发现自己盯着杂志内的其中一页看了许久。她静默了一会儿，瞅着他问："你指什么？"

江淮谦轻笑了声，低声道："这条裙子，是J&A秋冬新款。"

J&A是高奢品牌，除了鞋，服装和包包也是主打。只是阮轻画关注比较多的是鞋，服装当然也会关注，但没那么细致。

她愣怔了下，认真一看，果然那张内页写了J&A高定系列几个字。她"哦"了一声，笑了下："没注意。"

江淮谦应了声，低低问："喜欢吗？"

阮轻画微怔，看了他一眼："喜欢啊，很漂亮。"

这是实话，J&A的高定系列，没有难看的。

说完，她补充道："但不适合我。"

"怎么不适合？"

江淮谦就着她的姿势，往后翻了翻，淡声道："我觉得挺合适的。"

阮轻画笑了下，瞥向他："太贵了。"她认真道，"就算是买得起，我也没有合适的场合穿。"

她总不能上班穿个高定礼服吧？又不是疯了。

江淮谦看她这副坚定的模样，也不出声，微微低头，就着她的姿势仔细阅览了下这本杂志。

头顶阴影落下，好一会儿阮轻画才发现两人的姿势有多暧昧。江淮谦现在这个样子，像是把她纳入怀里一样，把她严严实实地挡住，密不可分地圈在自己怀中，鼻息间，全是他身上的味道。

衣服上残留的男士香水味，不算浓烈，已经淡了很多，却恰好戳中了她的偏好。蓦地，阮轻画怔了下，下意识地拉了拉江淮谦的衣服，往前凑着闻了闻。

感受到她的动作，江淮谦手微滞，眸色渐沉："怎么了？"

他的嗓音低了几分，看着她近在咫尺的脸庞。

阮轻画没意识到自己的这个举动有多暧昧，她嗅了嗅，仰头看向他："你戒烟了？"

以前靠得近了，江淮谦身上会有淡淡的烟味。其实她不讨厌烟味，准确来说，是不讨厌江淮谦身上的烟味。但抽烟多了对身体不好，她才会让江淮谦少抽烟。

不过他这种身份，会有烦闷事，也会有各种应酬，一点不抽也不太可能。

江淮谦微顿，意外她能发现。他"嗯"了一声。

阮轻画愣住，狐狸眼直勾勾地盯着他，嘴唇翕动："什么时候戒的？"

江淮谦想了想："有段时间了。"他看着呆呆的阮轻画，弯了下唇，"怎么了？"

"你怎么就……"阮轻画沉默了一会儿，低声道，"戒烟不是很难吗？"

例如她爸，从她小时候开始就说戒烟，到现在还没戒掉。

江淮谦应了一声："是有点。"他眼神炙热地望着她，循循善诱，"有奖励吗？"

阮轻画蒙了几秒，有点意外这种话竟然会从江淮谦嘴里说出来。

"奖励？"阮轻画不确定，反问了一句。

江淮谦颔首："听你的，不抽烟。"

阮轻画张了张嘴，好半天没能说出拒绝的话。她感觉自己的心被他的一举一动牵引着，都不听使唤了。他随便撩拨一下，心跳就怦怦乱撞。

两人无声对视一会儿，阮轻画受不住他温柔的目光，小声问："你想要什么奖励？我待会儿请你吃消夜？"看着江淮谦无语的神色，阮轻画不好意思道，"我想不到。"

"嗯。"江淮谦顿了顿，捏了捏她的脸颊："我提？"

阮轻画点头。

闻言，江淮谦眸子里有了笑，轻声问："什么都行？"

阮轻画瞪圆了眼："那太过的不行。"

"哪种算太过？"江淮谦挑眉，故意逗她，"我不知道，你告诉我。"

两人僵持了半分钟，阮轻画才发现自己被调戏了。她轻哼了声，小声嘟囔着："自己想，反正我有权拒绝。"

江淮谦低低一笑，贴在她耳边说："好。"他抬手，轻声道，"我想先要一点小奖励。"

话音落下，他把阮轻画拉入胸膛，和她交颈相拥。

阮轻画手一顿，主动回抱。她好像，听见了江淮谦的心跳声。很快很快。

在办公室待到九点，把设计图搞定后，江淮谦送她回去。

之后两天，阮轻画跟江淮谦见面的机会少之又少。他回了J&A那边，在Su待的时间很少。

周五这天，天气很好，阳光明媚。阮轻画出门时，江淮谦到了小区门口。

两人见面的机会虽然少，但每天早上，江淮谦都会接她上班，因此，阮轻画有段时间没去挤地铁了。

她刚上车，江淮谦便侧头看了她一眼。

阮轻画狐疑地摸了摸自己的脸："我脸上有东西？"

"没有。"江淮谦吩咐司机："去公司。"说完，他才道："你今天换口红了。"

阮轻画愣了愣，忽地一笑："你竟然看得出来？"

江淮谦瞥了她一眼。

阮轻画忍俊不禁，低声道："不是说……你们直男都分不出来的吗？"

江淮谦没吭声，目光落在她嫣红的唇上。

阮轻画前几天用的都是比较低调的豆沙色口红，看上去清清淡淡的。但今天她化妆时，恰好看到上次和孟瑶逛街新买的口红，非常温柔的一款水润色调，嫣红得像可口果冻，让人很想咬一口，也特别显白。

江淮谦眸色沉了沉，盯着她柔软的唇看了一会儿，嗓音偏低："比较明显。"

阮轻画"哦"了一声，好奇地问："会夸张吗？"

"不会。"江淮谦微顿，指腹擦过她的下唇，低声道，"挺好的。"

阮轻画眼睫一颤，感受着他手指的动作，紧张地吞咽了下口水，完全不敢乱动。"我……"她想了想，提醒他，"涂了很久才涂好的。"

她话里话外的意思，江淮谦都听得出来。

他低低一笑，温声道："我知道。"江淮谦目光柔和地看着她，"我是这么得寸进尺的人？"

阮轻画拉开他的手，睨他一眼："你自己知道。"

她不知道别的追求者和被追求者是怎么相处的，但就她和江淮谦来说，阮轻画总觉得早已经过了界，只是还差一个说开罢了。但江淮谦不提，她又不能直接走到他面前，告诉他，你别追我了，我答应和你在一起。

阮轻画怎么想，都觉得很怪。差了个氛围，氛围没到，有些话就难以说出口。

江淮谦看着她红了的耳郭，很轻地笑了笑，没再为难她，忽而转开了话题："你今天上班，尽量离你那个同事远点。"

阮轻画："哪个？"她愣了下，"谭滟吗？"

"嗯。"江淮谦翻了翻面前的资料，淡声道，"别去茶水间，要接水让你助理帮个忙。"

闻言，阮轻画哭笑不得："我又不是次次都会让自己受伤。"

江淮谦捏了捏她的手，轻声道："听话。"

因为江淮谦这话，到办公室后，阮轻画刚想捧着杯子去茶水间，又停了下来。

徐子薇诧异地看着她："要出去吗？"

阮轻画摇摇头，看向对面的小萱："小萱，可以帮我接杯水吗？"

小萱："可以啊，我正好也要接水。"

阮轻画弯唇一笑："谢谢。"

小萱也是顺手，没觉得哪儿不对劲。接好后，她递给阮轻画。

一整个上午，阮轻画都没去过茶水间。

到了下午，徐子薇忍不住问了声："你今天怎么不去茶水间？"

"啊。"阮轻画随口瞎扯，"我今天早上起来，有个算命先生跟我说我今天跟茶水间相冲，让我尽量别去。"

小萱在对面听着，忍俊不禁："那今天我给你接水啊轻画姐，你别客气，接杯水的事。"

阮轻画笑道："好，晚点请你喝奶茶。"

"好呀。"

与此同时，顶层办公室。

刘俊敲门进去，问了声："江总，邮件我已经编辑好了，现在发出去？"

江淮谦："我看看。"

刘俊把编辑好的邮件发给他。

江淮谦扫了一眼，应了声："就这样，发吧。"

刘俊："好。"

刘俊操作完成，看到邮件发送成功后，抬眼看了看电脑后方的人，低声问："江总，这不会有什么问题吧？"

江淮谦"嗯"了一声，扫了眼屏幕："不会。"

话音一落，电话内线响起。江淮谦接通，另一个助理道："江总，石总监电话。"

"接进来。"

"是。"

江淮谦直接开了免提，石江的声音清晰地传了出来。

"江总，刘助发的邮件是什么意思？"

在看到邮件的第一时间，石江心里便极度不安。江淮谦该不会还知道其他事吧？

江淮谦神色寡淡，手下动作不断，语气平静道："刘助邮件没写清楚？"

石江一噎，压着自己的怒火道："江总，可是明年春季主打款的设计师和设计图都已经定下来了，现在再修改，时间会来不及。"

江淮谦："我有分寸。"他淡淡道，"之前的那份主打设计图，我不满意。我要亲自审核，重新进行内部评选。"

石江一顿，正想再劝说，外面突然传来巨大的声音。同时，江淮谦毫不留情的声音响起："石总还有什么意见？"

石江："没有。"他低声道，"江总您忙。"

挂了电话，石江往外走，问："怎么回事？"

一个下属看向他，忐忑道："谭滟姐说跟您请个假，她下午提前下班。"

闻言，石江看了眼空了的位置，太阳穴突突跳了起来，恼怒道："她真是反了！这班不想上就别来了。"

砰的一声，办公室门被关上，设计部同事顿时心跳加快。好一会儿，才有人拍着小心脏说："吓死了，头一回看总监发这么大的火。"

有人搭腔道："你倒不如说，谭滟刚刚摔东西走的时候更吓人。"

"江总怎么会突然想重新做内部评选啊？"

"不是说了吗？江总对Su明年的主打款不满意。"

"那可以让谭滟姐重新画啊，重新在设计师里选，不就是摆明要换掉她？"

"那也不是这个意思，要是谭滟姐厉害的话，再画一个更牛的出来，江总还是会选她的。"

阮轻画听着办公室窸窸窣窣的议论声，直勾勾地盯着刘俊发出的邮件，难怪江淮谦提醒她别去茶水间，也不要和谭滟起冲突。刚刚的这份邮件，可以说是直接挑衅石江和谭滟，把他们之前做的那些，都全数毁灭。

江淮谦竟然说Su的明年春季主打款设计图不太合格，需要重新进行内部竞稿。这也就意味着，谭滟这个主设计师，有可能被替换。

阮轻画正发着呆，徐子薇从旁边挪过来，压着声问："轻画，你说江总这是什么意思啊？"

阮轻画回神，轻声道："可能就是单纯不满意的意思。"

徐子薇笑了笑："可能吧。"她笑着说，"其实我之前也不服气，现在好了，重新竞选，肯定是公平的。"

阮轻画"嗯"了一声，点头道："有一周的时间做准备，加油吧。"

徐子薇颔首："你也是。我期待你能拿下。"

阮轻画兀自一笑，低声道："不一定，你也很优秀，要对自己有信心。"

徐子薇顿了下，低声说了句："那我比不过你的。"

　　阮轻画没听清，再问徐子薇，她却不说了。阮轻画没在意，又盯着邮件看了一会儿，想给江淮谦发信息问问，但又觉得有点多余。

　　熬到下班，她收到了江淮谦的信息。

　　江淮谦："晚上要加班，我安排司机送你回去？"

　　阮轻画："加到几点？"

　　江淮谦："暂时不确定，怎么了？"

　　阮轻画默了默，忍不住问："你今天不需要人陪了？"

　　江淮谦："应该会比较久，你先回家休息。"

　　阮轻画："哦。"她捧着手机，还是没忍住问道，"你安排重新竞选那个事，是因为我吗？"

　　江淮谦："部分是，但不完全。设计稿本身就存在问题，重新竞选也是看你们的个人能力，没有内定，别多想。"

　　看他这样说，阮轻画放下心来。她渴望江淮谦对自己偏心，但不希望他在这种事上不公正。

　　怎么说呢？她内心是纠结的。阮轻画不太会形容，但她希望江淮谦对她是不一样的，有偏袒的，会给自己站队。可又希望他在站队时，不能太偏袒自己，要有主观意识。

　　作为一名设计师，她希望每个人的设计稿，只要是优秀的，都能被看见。

　　蓦地，手机又是一振。

　　江淮谦："想不想看电影？"

　　阮轻画："你不是要加班吗？"

　　江淮谦："不加了，陪你去看电影。"

　　阮轻画弯了弯唇，敛目回道："那不行，你先加班。晚点再去看电影。"

　　江淮谦："不会困？"

　　阮轻画："不会，我来你办公室画设计图，行不行？能有我的位置吗？"

　　消息发出去，江淮谦过了两分钟才给她回复——

　　"求之不得。"

　　周五,一到下班时间,除非有天大的事,一般同事都走得飞快。周末就两天,大家都格外珍惜。

　　阮轻画抱着东西上楼时,每一层都很安静,畅通无阻。

　　她到江淮谦办公室门口时,门是打开的——他刻意给她留的。

　　阮轻画往助理办公桌那边看了看,已经没人了。阮轻画挑挑眉,诧异地走了进去。

　　"他们都下班了吗?"

　　江淮谦掀起眼皮看着她,点了下头。

　　阮轻画讶异地把东西放在他办公桌上,低声问:"那为什么你还要加班?"

　　江淮谦失笑,解释道:"前段时间压榨得太狠,总要给他们放放假。"

　　闻言,阮轻画不由得表示赞同。

　　近段时间,她在公司听到了不少吐槽江淮谦的言论。除了夸他帅,有能力,大多数都在说他不是人,自从他来了公司后,大家手头的事明显多了起来,时不时还得加班。明明以前大家都是得过且过的工作状态，现在却被逼着不得不往前进步。

"也是。"阮轻画拉开他早已摆好的椅子坐下，瞥了他一眼说，"工作狂魔。"

江淮谦勾了下唇，低声问："会不会觉得无聊？"

"不会。"阮轻画轻声道，"我画设计图，你忙你的，不用管我。"

江淮谦"嗯"了一声："想吃点什么？"

"你饿吗？"阮轻画看他。

江淮谦挑眉："怎么说？"

阮轻画想了想，咬着唇说："不饿的话晚点再吃？我想去吃火锅。"

孟瑶要周日才回来，没有孟瑶在，阮轻画已经很长时间没去吃火锅了。

江淮谦微征，哭笑不得："好。需不需要吃点别的垫垫肚子？"

"不用。"

确定她是真不需要后，江淮谦没再问。两人各自忙碌着，享受这一刻的安好。

忙完，江淮谦让她选一部电影。临近新年，圣诞气息浓郁。阮轻画这才发现，周日就是圣诞节了。她愣怔了下，诧异地看向江淮谦："后天是圣诞节呀？"

江淮谦"嗯"了一声，看着她："没注意时间？"

阮轻画点头："没太注意。"

她每天只注意了要不要上班，几月几日是真没察觉，难怪今天下班时同事们都异常兴奋。

江淮谦敛了神色，低声问："周日打算做什么？"

阮轻画静默了一会儿，瞅着他道："那天孟瑶回来。"

江淮谦："你跟孟瑶约好了？"

阮轻画心虚地点头："嗯，我去机场接她，约了一起吃饭。"

越说到后面，阮轻画越心虚。明明前几天，她还觉得自己挺理直气壮的。孟瑶是自己的闺密，她和闺密关系好一点很正常。可现在，她发现……自己好像确实会因为孟瑶，而忽视江淮谦。

思及此，阮轻画心虚地摸了摸鼻尖。

江淮谦看她这样，一时无言。

"行。"

阮轻画眨眨眼，低声控诉："你也没提前说。"

江淮谦沉默了。他没说，其实是他也有点忘了过两天就是圣诞节这件事。

两人相对无言。

阮轻画低着头，小声嘟囔着："我先选电影吧。"

"好。"

"我们看个外国的吧。"阮轻画眼睛晶亮，笑盈盈道，"有部新上映的，给圣诞节准备的。"

在这种事情上，江淮谦没太大意见。

选好后，两人才收拾着过去。他们选的电影院离公司不远，走过去也就十几分钟。因为是周五，道路有些拥堵。江淮谦没开车，拉着阮轻画往斜对面走。

晚风袭来，刺骨地凉，阮轻画的手却在出汗。

她微微低下头，看着自己被江淮谦包裹住的手。他牵得没有一点不自在，非常自然而然地握住了。蓦地，掌心传来他的力量。

阮轻画抬眸，对上他漆黑明亮的瞳仁，眨了眨眼，轻声问："怎么了？"

"没事。"江淮谦看着她，"真不吃火锅了？"

"嗯。"阮轻画笑了，"待会儿到电影院门口买点别的吃就行。"她望着江淮谦，"还是你想吃？"

江淮谦："还好，怕你饿。"

"不会。"阮轻画晚上本就吃得不多，有时候不吃也不会太饿。

江淮谦颔首。

两人到电影院门口时，人很多，门口站着不少情侣，举止亲昵。

阮轻画和江淮谦一出现，不意外地吸引了不少目光。但两人对这种目光都是习惯的，也没太放在心上。

取过票，江淮谦给她买了看电影必备的可乐和爆米花，淡声提醒道："可乐少喝点。"

阮轻画:"嗯。"

两人等了一会儿,进了电影院。

阮轻画对电影的期待值很高,就没太在意旁边的人。

电影开始,她往嘴里机械地塞着爆米花,吃了一会儿,才发现旁边的男人非常安静。阮轻画怔了下,侧眸看他。

察觉到她的目光,江淮谦敛了敛神色,压着声音问:"怎么了?"

阮轻画默了默,举着爆米花问:"你吃吗?"

江淮谦扫了一眼,目光停在她的手指上,"嗯"了一声,张嘴。

阮轻画蒙了下,才反应过来他这个举动的意思。她顿了顿,脸颊微热地拿起一颗,往他嘴里塞。

她小心翼翼的,唯恐手指碰到他的唇。可即便如此,还是不小心碰到了。

江淮谦舌尖扫过她的指腹,酥酥麻麻的触感传遍全身。阮轻画眼睫一颤,下意识地缩回了手。她严重怀疑,江淮谦是故意的。

耳侧响起他吃爆米花的声音,没有刻意放大,就轻轻地嚼着。两人靠得太近,这声音就在阮轻画耳侧回响,让她心跳加速,食指还残留着他唇间的温度,在灼灼发烫。

阮轻画眼神飘忽地看了眼大屏幕,垂着眼睑往嘴里塞爆米花。吃了两口后,舌尖不小心舔到了指腹,她动作一顿,莫名其妙地想,这算间接接吻吗?

好像算的。

她正想着,一侧传来男人低沉的笑声。

阮轻画耳朵一热,还没说话,江淮谦便先出声了。他往阮轻画这边倾斜着,靠在她耳边问:"在想什么?"

阮轻画身子一僵,感受着他温热的气息。

"你——"她抿了下唇,没忍住推了下他的身子,"看电影。"

借着大屏幕的光,江淮谦盯着阮轻画绯红的耳朵看了许久,眸子里浮现出浅浅笑意,没再逗她。

阮轻画拉回思绪，专注地把注意力放回电影。

这是一部讲述发生在圣诞节前夕的故事的电影，主要是为了过圣诞节。男女主人公因为一个有趣的挑战，而开始了各种奇妙的互动。两人素未谋面，却互相有了好感。

电影节奏轻快温暖，整体色调让人看着特别舒服，在冬天的这个圣诞节，就需要这种甜甜的，没有太多波折的爱情故事。

男女主人公初次见面时，观影厅内掀起了部分高潮，之后，两人的关系突飞猛进。

开始，阮轻画还没觉得有什么大不了的，毕竟是电影。但渐渐地，她又生出了上一回看电影时的窘迫感。她发现每一回自己看爱情片，江淮谦都在旁边。上次是三人组，这回……只有他们。

她眨了下眼，面不改色地继续观看，尽量忽视旁边人的目光。

看完最后一个小高潮，剧情进入温馨阶段，基本上是日常情节，之后是和朋友一起过圣诞，氛围欢乐，温暖有爱。

看完电影，阮轻画把没吃完的爆米花递给江淮谦，去了趟洗手间。

洗手时，她才发现自己的脸和耳朵都是通红的。她盯着镜子里的自己看了一会儿，深呼吸了下，才往外走。

江淮谦站在出口等她，深夜人不多，但也不少。不少人目光赤裸地盯着他，没有半点怯意。

阮轻画顿了顿，望着他挺拔的背影看了一会儿，才慢吞吞地挪了过去。

听到声音，江淮谦回头看她："走吧。"

阮轻画抬眸，刚想去拿他手里的爆米花，江淮谦便避开了。他抓着她的手放入大衣口袋，淡声道："我拿。"

阮轻画怔了下，感受着他手指的温度，舔了下唇，"哦"了一声："好。"

两人到了一楼，商场的餐厅都关门了。

阮轻画看了一圈，低声问："你想吃点什么？"

他们都没吃晚饭，阮轻画倒是不饿，但她担心江淮谦饿。

江淮谦想了想："不知道。"

阮轻画诧异地看着他："不知道？"

江淮谦"嗯"了一声。

阮轻画沉默了一会儿，小声说道："这附近的店都关门了，你去夜市摊吃烧烤吗？"

江淮谦看了她一眼。

阮轻画问完，摸了摸鼻子道："不过那边有点冷。"

"不去。"江淮谦低声道，"你不饿的话，送你回家？"

阮轻画瞅着他："那你呢？"

"随便吃点什么都行。"江淮谦拍了下她的脑袋，轻声道，"不用担心。"

阮轻画撇嘴。

上了车，阮轻画往外看，道路两旁都是圣诞树，很有圣诞氛围。莫名其妙地，她想到了和江淮谦在国外的那个圣诞节。

那时候，他们还只是刚认识，知道对方的存在，但阴差阳错地，凑在一起过了个圣诞节。

那天晚上，江淮谦问她想吃什么，阮轻画认真思考了下，说火锅。

说完后，江淮谦带她离开圣诞聚会现场，七拐八拐地带她去吃了一顿久违的火锅。

窗外光影掠过，阮轻画盯着男人映在车窗的侧脸看了许久，后知后觉地发现，好像从遇见他开始，她的所有情绪和心愿，都被他照顾得妥妥帖帖。

只要她要，江淮谦便能变法宝一样地把她想要的送到她面前。无论是大事还是小事，只要找他，他就会帮她实现。

车内静悄悄的，舒缓的音乐声流淌而过。阮轻画盯着江淮谦看了许久，在他出声前，忽然问了声："你想吃面吗？"

江淮谦挑眉，抽空看了她一眼："你做？"

阮轻画点头："吃不吃？"她目光直直地望着他，眼神没有半点闪躲。

江淮谦应了声："好。家里有食材吗？"

阮轻画蒙了下，才想到这个问题："只有鸡蛋了。"连午餐肉都没了。

她点开APP，低声道："我看看附近还有没有送菜的。"

点开一看，基本上没有二十四小时服务的。

江淮谦看着她委屈的神色，轻笑道："下回吧。"

"那你回去吃什么？"阮轻画想了想，"你家有食材吗？"

两人对视一眼，江淮谦忽而打了双闪，在阮轻画还没反应过来之前，把车停在路边。

阮轻画愣了下，诧异地看着他："你……"

话还没说出口，江淮谦把车内顶灯打开，低头望着她，声音低而沉："你确定要跟我回家？"

阮轻画张了张嘴，对上他幽深的瞳仁，磕巴道："我的意思是，去拿食材。"

江淮谦应了一声，紧盯着她："嗯？拿了再回你那边？"

阮轻画缄默了一会儿，自言自语道："好像是有点麻烦。"

江淮谦低低一笑，漆黑的瞳仁注视着她，低声问："然后呢？"

"如果你不介意，"阮轻画微顿，抬眼看他，"我可以去你家做。"

江淮谦没吭声。

阮轻画被他看着，无比紧张。她深呼吸了下，看他迟迟不回应，自顾自地找台阶下："当然，要是不方便——"

话还没说完，江淮谦俯身而下，轻咬了下她的唇。

阮轻画吃痛，眼睫一颤，瞪大眼看他，上下唇动了动，半天没能说出一个字。

江淮谦敛神，盯着她说："别说这种话。"他不紧不慢地说，"对你，没有不方便的时候。"

阮轻画的心像是被什么戳中了一样，一种难言的感觉在蔓延。她下意识舔了下唇，想说话，蓦地，耳侧再次响起男人的声音。

"我会当真。"江淮谦抬手捏了捏她的脸颊，嗓音低沉道，"跟我回家，我不保证还会送你回去。"

阮轻画愣怔地看着他，想说点什么，又不知道该说什么，耳郭绯红，双颊也染上红晕，在暖色灯光下，显得格外诱人，唇柔软而水润，勾得江淮谦心在发痒。

车内安静了片刻，江淮谦重新发动引擎送她回家。

阮轻画双手局促地搭在腿上，沉默着，不知道该怎么打破这个僵局。

阮轻画看了看路旁的路标，突然出声："你家……就没有客房吗？"

江淮谦握着方向盘的手一顿，在下一个路口时，打了右转灯。

送阮轻画回家，是左转。

站在江淮谦的公寓门口时，阮轻画还有点蒙。她深深地觉得，一定是因为深夜到了，她脑子不太灵光才会说出那种话。

江淮谦看她不动，挑了下眉，问："不敢进？"

阮轻画睨他一眼，低声道："没有。"

她就没有不敢进的时候。

江淮谦轻笑了声，弯腰给她拿了一双拖鞋。

阮轻画看了一眼，抬眸看他。

江淮谦扫了眼她小且精致的脚，低声道："新的。"

"给我准备的？"阮轻画故意问。

江淮谦："嗯。"

"什么时候？"阮轻画好奇不已。

江淮谦看她穿上拖鞋，正好合适，把大衣脱下后说了句："忘了。"

可能是刚回国时就已经加入了购物清单，也可能是哪天看到，自然而然地买了回来。总而言之，江淮谦没刻意记得太清楚。

阮轻画扬了扬唇，轻轻地"哦"了一声，这才观察起他的这间公寓。这里应该是江淮谦暂时住的地方，距离Su和J&A都比较近，恰好在中间地段，位置优越，楼层很高。

公寓很大，客厅墙上挂了两幅画。另一侧，是一大片落地窗，能俯瞰一整座城市的光景。

阮轻画下意识地往那边走，把夜景收入眼底。她看了一会儿，惊讶道："这里竟然能看到J&A大楼。"

江淮谦走到她身侧，应了声："往左边看，是Su。"

阮轻画下意识扭头，看到Su那栋不太显眼的楼后，她揉了揉眼睛，发自内心地感慨，有钱真好。这个地段的公寓，太奢侈了！

江淮谦看着她兴奋的模样，低声问："喜欢？"

阮轻画警觉起来，侧眸看他，谨慎地回答："你这个公寓，应该没有人不喜欢吧？"

江淮谦轻哂。

阮轻画讪讪地别开眼道："冰箱里有食材吗？"

"有。"

江淮谦的公寓每天都有阿姨打扫收拾，至于食材，即便是他不怎么做饭，也会备着。

阮轻画跟着他进厨房看了一眼，厨房宽敞且明亮，她那边完全不能和这儿比。

想到这儿，她不由得鄙视自己。凭什么拿小破出租屋来和江淮谦的比？完全没有可比性好吗？

冰箱里食材虽然不多，但做两碗面已经足够了。阮轻画还发现了肉末，她眼睛亮了亮，低声道："吃肉末面吧，好不好？"

江淮谦看着她高兴的神色，嗓音低沉道："好。你做还是我做？"

"我。"阮轻画自告奋勇，"我想做。"

她想给江淮谦做面。

江淮谦没拒绝，拿过一侧的围裙递给她，看了眼她身上的米白外套："外套要不要脱？"

阮轻画"嗯"了一声，没多想："要。"

穿着外套煮东西太笨重了。

天气越来越冷，但阮轻画不习惯穿太多衣服，一般就是打底、针织衫和羽绒服。今天恰好穿的是羽绒服，里面配了一条白色的针织裙，特别修身，领口也偏低。

在办公室，她一般把外套脱下后，都会搭个大围巾披着，但在江淮谦这儿，阮轻画一时也没发觉哪儿不太对劲。把衣服脱下后，她自然而然地从江淮谦手里拿过围裙穿上，也没注意到旁边人的目光落在自己身上，许久都未曾挪开。

阮轻画拿了肉想炒一炒，耳侧响起江淮谦的声音："你煮面，我来弄这个。"

阮轻画"哦"了一声，老老实实煎蛋去了。面还不着急，得先把肉末炒好。

两人分工合作，没一会儿，两碗热腾腾的肉末面便出锅了。阮轻画还加了两片青菜点缀，看上去色泽鲜美，让人胃口大开。

她眼睛晶亮地看向江淮谦："你先尝尝。"

说话间，她把围裙解开。江淮谦应了一声，余光扫到她露出的精致锁骨，白得惹眼。

回忆涌入脑海，江淮谦压了压心底燃起的念头，喉结微动，低声问道："冷不冷？"

阮轻画愣了下，扭头去看墙上的地暖温度，狐疑道："你冷吗？"

她都要热得冒汗了。

江淮谦："不冷。"

阮轻画"哦"了一声，在他对面坐下："我也不冷，还有点热。"

江淮谦敛了敛神色，视线从她身上挪开："吃面吧。"

阮轻画"嗯"了一声，忽然问："你有没有觉得，这样吃有点无聊？"

"想喝什么？"江淮谦看着她，"你不能喝太多酒。"

阮轻画想了想，说："但我想喝一点点。"

她得先给自己壮壮胆，才有勇气说她准备的那些话。

江淮谦盯着她看了一会儿，低声道："红酒可以吗？"

"行吧。"阮轻画也不嫌弃。

江淮谦的公寓有个不大不小的酒柜，上面摆了不少酒。他去选的时候，阮轻画也跟了过来。

江淮谦还没找到度数最低的，阮轻画先指着其中一瓶，说："这个吧，瓶子还挺漂亮的。"

江淮谦侧眸一看，提醒她："这个度数会有点高。"

阮轻画眨眨眼，淡定道："那我喝一杯，总不会有问题吧？"

江淮谦没搭腔，垂下眼看着她。

阮轻画也不怕他，就这么直直地和他对看。

"行不行？"她眼睛弯了弯，戳着那个红酒玻璃瓶，温声道，"我想喝这个。"

江淮谦缄默几秒，应了声："好。"

红酒配面，大概也就只有阮轻画能想得出来。她喝了两口，发现味道比她想象的要好很多。

江淮谦看她这样，倒也没拦着。反正醉不醉，她今晚都得留在这儿，他没有打算送她回去。

阮轻画虽然不饿，但也不知不觉吃了不少。

吃完后，江淮谦进厨房收拾。她在客厅里转了一圈，又把目光落在了红酒瓶上。阮轻画估算了一下自己的酒量，又喝了半杯，才往厨房走。

她走到厨房门口时，江淮谦已经收拾好了。他看了眼墙上的时钟，低声问："困了吗？"

阮轻画默了默，摇头道："还好。"她看着他漆黑的瞳眸，打起了退堂鼓，"我还没洗澡。"

江淮谦一顿，目光往下，停在她柔软的唇上。吃面前，阮轻画把口红都擦了，但因为吃了热腾腾的面条，她的嘴唇比涂了口红时更加红润诱人，娇艳欲滴。

江淮谦目光灼灼地看着，眸色渐沉："我给你找件衣服。"

阮轻画"嗯"了一声，低声道："有卸妆水吗？"

两人对视一眼，阮轻画要了他这儿的地址，开始下单。买好卸妆水和一次性换洗衣物后，阮轻画低声道："大概要等等半小时。"

江淮谦应了声，低声道："我先给你找衣服。"

"哦……"

阮轻画看着他进了房间，忍了忍没跟进去。她深呼吸了下，摸出手机给孟瑶发消息。估摸着，孟瑶应该还没睡。

阮轻画:"睡了吗?"

孟瑶正在玩游戏,猝不及防看到她的消息,回了一连串问号。

阮轻画:"我好紧张。"

孟瑶:"怎么呢?"

阮轻画:"我决定今晚跟江淮谦表白。"

阮轻画刚要解释,孟瑶的电话来了。

"你说什么?"

阮轻画一顿,偷偷地朝主卧瞄了一眼,往另一侧阳台走去。

"就我刚刚说的那样。"她压着声音道,"你那么惊讶干吗?"

"不是。"孟瑶没搞懂,"不是江总追你吗?怎么换你表白了?"

阮轻画应着,低声道:"因为我发现,我也很喜欢他。"她想了想,说,"我都让他表白两次了,也该主动一回了吧。"

她是那种一旦想通就会付诸行动的人。

孟瑶想了想,也不是不行:"行吧,那你紧张什么?"

"不知道怎么说。"阮轻画头磕着玻璃,低声道,"我还喝酒壮胆了。"

孟瑶哭笑不得,低声道:"你要不直接行动?"她顿了下,突然发现了个大问题,"你这个点还跟江总在一起?"

阮轻画正要说话,身后传来江淮谦的声音:"衣服放在这儿。"

阮轻画回头道:"好,谢谢。"

江淮谦瞥了她一眼,目光停在她的手机上。

阮轻画下意识解释道:"孟瑶。"

江淮谦颔首,没再打扰她。

而另一侧,孟瑶呆愣愣地听完两人的对话,发出惊叹:"你们干什么了!这就住在一起了吗?"

阮轻画无奈,简单解释了两句。

听她说完,孟瑶酸溜溜道:"呜呜呜,我也想拥有这种爱情,什么叫跟我回家了我就不会送你回去?别送别送,我支持江总。"

阮轻画哭笑不得地问:"你还是我好闺密吗?"

"那必须是。"孟瑶笑道,"你要是紧张的话,那你先去洗个澡组织下语言?"

阮轻画:"我也有这个打算。"

孟瑶安慰她:"要我说,你直接强吻,江总绝对就范。"

挂了电话,阮轻画往外走。她下单的东西已经到了。

她看了眼旁边的人,低声道:"那我去洗澡了。"

江淮谦颔首。

洗完澡出来时,阮轻画发现江淮谦也洗过澡了,头发半干,有种说不出的慵懒,鼻息间钻入清清淡淡的沐浴露香味,有点好闻。

两人目光撞上,江淮谦的视线停在她白净的脸颊上,抬手摸了下她的头发。

"怎么没吹干?"

"八分干了。"阮轻画说,"可以了。"

江淮谦蹙眉,转身进房间拿了吹风机出来。

阮轻画无言,被迫坐下。

头顶响起嗡嗡嗡的吹风机声,温热的风钻入脖颈,非常舒服。她感受着江淮谦的手指停留在自己发间的力度,闻着他身上和自己一模一样的沐浴露香味,脑袋晕乎乎的,下意识喊了声:"江淮谦。"

江淮谦手一顿,低眼看她:"困了?"

"不是。"阮轻画抬头看他,低声道,"没有,我很精神。"

江淮谦失笑,盯着她红了的脸看了一会儿,撞上她不太清醒的狐狸眼,低声问:"你是不是喝醉了?"

阮轻画摇头,但一摇头,她的头就更晕了。她下意识闭了眼,抬手扶着脑袋说:"有点晕。"

江淮谦失笑,把吹风机关了,注视着她:"想不想吐?"

"不想。"阮轻画嘟囔着,"有点渴。"

江淮谦"嗯"了一声,低低道:"我给你倒水。"

阮轻画看着他进了厨房，索性躺在沙发上，闭了闭眼，想让眩晕感消失。

但没辙。再睁开眼时，她感觉天花板上的吊灯都在晃来晃去，眼前的江淮谦，也有了分身，出现了很多。

阮轻画皱了皱眉。

江淮谦看着她，低声问："能喝水吗？"

"嗯。"阮轻画抬手要去接，不小心撞到了他的手臂。

江淮谦怔了下，倏地一笑："别动。"他嗓音微沉，低低道，"我喂你。"

阮轻画眨眨眼，端正坐着："哦。"

江淮谦看她这样，心口又痒又麻。她身上穿的，是之前助理给他买错尺寸的一套休闲服，很保守，可穿在她身上，却别有风情。

江淮谦压了压自己内心的念头，面不改色地喂她喝了小半杯水。

喝完，他想去放杯子，阮轻画却抬手钩住他的衣服，不让他走。

"江淮谦。"

"嗯？"江淮谦看着她此刻这副迷醉的模样，喉结滚了滚，嗓音沙哑，"想说什么？"

阮轻画睁开眼看他，拉了拉他的衣服："你太高了。"

江淮谦哑然失笑，刚想到她旁边坐下，阮轻画忽然挠了挠他的掌心，小声嘟囔着："我亲不到你。"

话音落下，屋子里静得能听到对方的呼吸声。

江淮谦目光幽深，灼灼地盯着她："你说什么？"

"我说……"阮轻画睁开潋滟的狐狸眼望着他，主动摸他的脸。

两人一高一低，差距太大。江淮谦配合地弯了腰，声音低哑，循循善诱："说什么？"

阮轻画看着他近在咫尺的俊朗面庞，手往旁边挪了下，落在他唇上，然后轻轻地压了压。

江淮谦身子微僵，瞳眸深如墨，有暗流在激涌，流淌，他在失控的边缘。

"我想亲你。"

话音落下，阮轻画主动贴上他的唇。比她想象中柔软，她没注意到江淮谦的情绪变化，还伸出舌尖舔了舔。

迷迷糊糊间，阮轻画发现自己做了个梦，梦里，江淮谦变得特别霸道，一举一动都让她心跳如擂鼓。

他把她抵在沙发上亲吻，让她无力抵抗。两人呼吸交错，她的鼻尖被他撞到，轻呼吃痛。

阮轻画被他亲着，呼吸难耐，有点喘不过气来，下意识地想往后退。刚退了一点点，他屈身，抓着她的脚踝，把她拉入怀里，重新吻下。

阮轻画呜咽着，呼吸被他堵住，身子也被他箍住，根本无法动弹。她眼睫轻颤，想要把人推开，可到最后，却变成了欲语还休的味道。

他们靠得越来越近，近到呼吸缠绵，近到她的鼻子里全是他的味道。

客厅的灯光不知何时暗下来，漆黑的空间里，所有感官被放大。阮轻画被他亲着，呜呜得无法出声，不知过了多久，他才稍稍退开，给她喘气的空间。

阮轻画呼吸急促，璀璨的狐狸眼里布满水雾，看上去更为勾人，仿若小狐狸一般，让人为她倾倒，心软，偏爱。

她毫无察觉，还未反应过来，他再次倾身而下，和她唇齿相依。

阮轻画睁开眼时，阳光透过窗帘缝隙钻了进来。她抬手搭在额头上，瞪大眼看着天花板，许久才拉了拉被子往里钻。

疯了。她为什么又喝醉了！

阮轻画在被子下，抬手摸了摸自己的唇。不是梦。

她喝醉酒后不会断片，因为无法自控而做的那些事，第二天会一点不落地在她脑海里回播，有时候，她觉得自己还不如喝醉就断片呢。

一想到昨晚后来发生的那些事，阮轻画就耳热、脸热、身体热。她明明只是想表个白，没有真的想亲江淮谦——虽然……可能……也有那么一点，但绝对没想和他亲成那样。

阮轻画在被子里反思，不知不觉眼前又浮现了两人亲吻时的场景。

江淮谦昨晚对她，是真一点都没客气，完全不像之前那么克制，他吻得比阮轻画凶多了，不管不顾，像是要把她融入身体一样，亲得没完没了。

到后面，阮轻画被他亲得眼泪横流，他才停下哄人，没出三分钟，她好像就睡着了，之后的事，阮轻画就没了记忆。

阮轻画闷在被子里许久，直到喘不过气才掀开。她摸了摸自己发烫的脸颊，一时间也不确定自己和江淮谦现在算是在一起了还是不算。

她深深叹了口气，拿过一侧的手机看了一眼，九点多了。

阮轻画默了默，解锁，手机里有孟瑶的未读消息。

孟瑶："成功了吗？"

孟瑶："还没起？"

孟瑶："你们这是坐了火箭的速度吗？"

孟瑶："醒了回我消息！"

阮轻画看了眼时间，都是一两个小时前发来的信息。

她扶额，默默回了句："醒了。"

孟瑶："成功了？"

阮轻画："没成功，我喝醉了，睡着了。"

孟瑶："求你，下回别喝酒壮胆了好吗？你掂量下自己的酒量。"

阮轻画也不想这样的，她明明开始还是精神的，谁知道那瓶酒的后劲会那么足。

阮轻画正发着呆，敲门声响起。她一顿，瞬间警觉。

江淮谦立在门口，淡声问："醒了吗？"

阮轻画握着手机，一时间不知道该说实话还是装没听见。正纠结着，江淮谦的声音再次传来："醒了出来吃早餐。"

阮轻画正打算装死，江淮谦的声音清晰地传入耳内，还裹着淡淡的笑："你总不能……一直躲在里面。"

江淮谦对她的作息非常了解，一点多睡，九点多差不多该醒了。

阮轻画微窘，隔了半分钟才应道："哦……马上起。"

她现在就想知道，出去后装断片这个方法，到底可不可行。

又在客房待了十分钟，阮轻画才磨磨蹭蹭爬起来。进了浴室，她抬眸往镜子里瞥了一眼，下意识抬手摸了摸唇。她总觉得，他身上的味道还在上面。

阮轻画洗漱完出去时，江淮谦还在厨房。她往里瞄了一眼，拘谨地到沙发坐下，没敢靠近。

蓦地，江淮谦从里面出来，瞥了她一眼。

阮轻画心虚得眼神乱晃，就是没敢和他对视。

江淮谦看着沙发上规规矩矩坐着的人，眸子里闪过淡淡的笑。昨晚胆子倒是挺大，这会儿先怕了。

想到昨晚，他稍稍顿了顿，掩唇提醒："先喝杯水，再吃早餐。"

他没说昨晚的事，来日方长，下回再跟她好好算喝酒这事的账。现在嘛，得先给她台阶下。

阮轻画一怔，"啊"了一声，看到桌上放着的透明水杯："哦，谢谢。"

江淮谦看了她一眼，又去了厨房。没一会儿，早餐上桌。

江淮谦熬了小米粥，还有鸡蛋和烤面包，以及她爱吃的水果，清清淡淡的，看着非常不错。

阮轻画眼眸闪了闪，低声问："你几点起的？"

江淮谦挑眉道："没注意。"

阮轻画抬头看他。

江淮谦在她对面坐下，目光灼灼地望着她，不紧不慢道："昨晚没太睡着。"

阮轻画被呛了下，心虚不已："哦……"她缄默了一会儿，小声嘟囔道，"那你晚点可以再睡一会儿。"

江淮谦扬扬眉，不置可否。

说完，阮轻画默默低下头喝粥。她觉得，自己还是安静点比较好。

让阮轻画意外的是，吃完早餐后，江淮谦也没和她提昨晚的事，这让她有些茫然。他不打算秋后算账吗？还是根本没把她昨晚的举动放在心上？

阮轻画想了想，又觉得不太可能。江淮谦对她是什么感觉和态度，她很清楚。

阮轻画看着在厨房里忙碌的人，在想他是不是怕她又像上次一样，算账就跑。

江淮谦收拾好厨房出来，见她还站在客厅中间。他敛下眸子里的笑，低声问："站着做什么？"

阮轻画顿了下，低声道："你今天要加班吗？"

江淮谦颔首，直接说："还有点工作要处理。"

阮轻画"哦"了一声，正想说话，手机铃声先响了起来。她低头一看，是冯巧兰。

阮轻画一顿，还是接了起来："喂。"

冯巧兰站在她家门口，看着紧闭的大门，低声问："轻画，你不在家？"

阮轻画"嗯"了一声。

冯巧兰："出门玩了吗？"

"不是。"阮轻画缄默了一会儿，低声问，"你过去我那边了？"

冯巧兰："嗯，我过来看看你。"

她是真没什么大事，只是恰好要到元旦了，冯巧兰每年元旦前都会找她吃顿饭，算是一起过年。毕竟其他时间，阮轻画也很少答应和她一起聚聚。

阮轻画自然也想到了这个事，想了想，看了眼进了书房的江淮谦，低声道："我现在回来。"

冯巧兰："没跟朋友去玩？"

"嗯。"阮轻画淡淡地说，"你先进屋等会儿吧。"

"好。"

挂了电话，书房的人出来了。

"要回家？"

阮轻画点头，抿了下唇说："我妈找我吃饭。"

江淮谦颔首，低声道："去换衣服，我送你回去。"

"你不是还有事要忙吗？"阮轻画抬眸看他，"我自己打车回去就行。"

江淮谦没说话，就这么定定地看着她。

阮轻画无奈地妥协道："你等我一会儿，我收拾下。"

"嗯。"

把阮轻画送到小区门口，江淮谦转头看她："你妈陪你吃晚饭吗？"

阮轻画怔了下，看向他："应该不会。"

江淮谦"嗯"了一声，淡声道："那晚饭时间留给我？"

阮轻画拉着安全带的手紧了紧，轻声道："好。"

到家时，冯巧兰正坐在沙发上看电视。

阮轻画看了一眼，一侧有她带过来的水果。阮轻画很爱吃水果，但常常会忘了买。

母女俩对视一眼，冯巧兰盯着她看了几眼，突然说："你昨晚没在家里住？"

阮轻画换鞋的动作一顿，"嗯"了一声，进了房间。

冯巧兰拧眉，掀起眼皮看向她："去孟瑶那边了吗？"

"不是。"阮轻画把包放好，换了件衣服，淡淡地说，"去朋友家了。"

冯巧兰沉默了一会儿，直勾勾地看着她："男朋友家？"

阮轻画撩起眼皮看她一眼，目光澄澈："谁跟你说的我有男朋友？"

冯巧兰没说话。

阮轻画细细一想，知道了原委："小洛？"

冯巧兰点头道："但他只是提了一两句，说是你上次带他玩，还有个异性在身边。"

阮轻画大概能猜到小洛会说什么，应了一声，也没生气："还不是男朋友。"

冯巧兰一怔，诧异地看着她："喜欢的？"

阮轻画："嗯。"

她发现，在承认喜欢上江淮谦后，无论对谁，她都能很坦然地告知。即便是冯巧兰，也一样。只要问了，她就不会否认。

冯巧兰怔怔地看着她，颇为意外。

她了解阮轻画，虽说她们母女俩在一起的时间不多，也早早地分开了，可她是真的还算了解自己的女儿，阮轻画在有些事情上非常固执，固执到没有人可以改变她的想法。而感情方面，便是其一。

这也是为什么，她当初会逼她去相亲的原因。因为她和她父亲婚姻的失败，让她对爱情这件事很恐惧也很抗拒。

青春期，别人会担心孩子早恋，他们从不担心这方面。阮轻画从小到大，别说暧昧了，连男同学正儿八经地在生日时给她送份礼物，她都原封不动地给人退了回去。

冯巧兰看了她一会儿，低声问："是什么样的男孩子？"

阮轻画愣怔片刻，忽地一笑："很高很帅。"阮轻画看向她，温声道，"对我很好的。"

"这样。"冯巧兰缄默了一会儿，轻声道，"那好好珍惜。"

"嗯。"阮轻画笑了笑，"我会的。"

不用任何人提醒，江淮谦她抓住了，就不会把他放走。

关于她喜欢的人这件事，冯巧兰多问了几句，但看阮轻画不太想提，她也不好打探太多。她们母女俩关系亲疏，各自都心知肚明。

午饭前，阮轻画跟冯巧兰去了趟超市。

冯巧兰说要给她做饭，她也没抗拒。

很早之前，她就接受了她们这样的相处方式，之后也会一直这样下去，一年有个三五次在一起吃顿饭，各自平安健康，便足够了。

吃过饭没多久，冯巧兰帮她收拾了一下家，便离开了。临走前，她抿了抿唇，有些局促道："如果哪天方便了，可以带朋友来给妈妈看看吗？"

阮轻画扶着门把手，应了声："稳定了再说。"

闻言，冯巧兰也不勉强："那我先走了。"

"嗯，到家跟我说一声。"

"行。"

冯巧兰走后，屋子里空荡荡的。阮轻画环视一圈，在屋子里晃了晃，盯着茶几上放着的几个苹果发呆。

其实她不过平安夜，但冯巧兰还挺迷信的，刚刚去超市，坚持给她买了一袋水果让她晚上吃一个，未来都会平平安安。

阮轻画用手指碰了碰那几个漂亮的苹果，掏出手机给江淮谦发消息。

一整个中午都在忙，她也没顾得上看手机。

阮轻画："江总吃饭了吗？"

看到阮轻画的消息时，江淮谦还在开会。手机振动，他拿过来看了一眼，唇角勾了下。

江淮定恰好看到了，挑了下眉问："谁的消息？"

江淮谦扫了他一眼："说完了？"

江淮定笑骂了声："让我八卦一下，那女孩的？"

"嗯。"

江淮谦回复阮轻画："还没，你妈妈回家了？"

回完，他快速浏览了下江淮定发过来的文件，淡声道："那就这么办吧。"

江淮定应着，淡淡地说："过两天你是不是得来我这边了？"

江淮谦掀起眼皮看他。

江淮定耸肩，笑着道："你跟我分享下八卦，推迟到过完元旦再来吧。陪女孩过个元旦吧，仪式感很重要。"

闻言，江淮谦面不改色地说："我计划二号来。"

江淮定噎了噎，错愕地看着他："说好的十二月月底呢？"

"嗯。"江淮谦面无表情道，"你说的，要我陪人过元旦。"

这话他不是才刚说吗？

蓦地，门铃声响起。

江淮定挑眉："人都住你家里了？"

"不是她。"江淮谦起身，把门打开，跟送货的人交涉着："放这儿吧。"

"江总，这儿还有些配饰。"

江淮谦看了一眼，淡淡地说："好，谢谢，辛苦。"

人走后，他重新折返回书房。

江淮定瞅着他："什么东西？"

"圣诞树。"

江淮定挑了下眉："哟，准备了什么礼物？"

江淮谦没回答，看了眼时间，淡声道："还有事吗？"

江淮定摆摆手道："记得回家看看妈，不然她又得跟她的小姐妹说她不是养了两个儿子，是养了两个混球。"

"挂了。"

挂了电话，江淮谦才回复阮轻画的消息。

阮轻画："嗯，你吃饭了吗？"

江淮谦："还没。"

阮轻画："忙到现在啊？"

江淮谦："嗯。"

阮轻画："那我给你叫个外卖？吃完再忙？我有点困了，想去睡个午觉。"

江淮谦："不用。你先去睡觉，睡醒了跟我说，我去接你。晚上想吃什么？"

阮轻画："都行。"

江淮谦看她真睡觉去了，这才把手机搁在旁边，开始研究圣诞树。他没有装过这种东西，在网上找了展示图，才渐渐得心应手。

阮轻画有午睡的习惯，虽然觉得家里很空荡，不太舒服，但也确实有点困了。跟江淮谦说了一声后，她便窝在沙发上睡了过去。

睡醒时，已是傍晚。午后有阳光，此刻有夕阳。夕阳余晖洒落进来，衬得室内明亮温暖。

阮轻画边看夕阳边捞过手机点开。她发现除了江淮谦，孟瑶也给她发了消息，是提醒她明天接机的事。

阮轻画："我记得。"

孟瑶："我这不是担心你有了江总不要姐妹了吗？你打算今晚再接再厉吗？"

阮轻画："唉，有点不好意思。"

孟瑶："哈哈哈哈，别泄气，你加油。"

阮轻画："嗯，明天去接你，放心吧。"

孟瑶："嘿嘿，那我今晚就不打扰你们二人世界了，别再喝醉酒了！"

阮轻画："哦……"

和孟瑶闲聊了两句，她给江淮谦回了个消息："醒了。"

江淮谦回得很快："我去接你。"

阮轻画："我想化个妆……"

江淮谦："不着急，你慢慢来。"

阮轻画："好。"

阮轻画立马丢下手机进了房间。虽然说江淮谦不会催她，但她也不想他等太久。

阮轻画皮肤好，平日里素颜也漂亮，但化了妆后，风格会稍微有点不同，有种明艳大美女的味道。

化好妆，她站在衣柜前发呆，好像什么衣服都不太合适。

最后，阮轻画选了一条藕粉色的针织裙，裙子的领口处还有一个斜斜的小蝴蝶结，很是别致。

江淮谦等了一会儿，便看到了从里面走出来的人。他一顿，下了车等她，视线落在她身上，从未挪开。

阮轻画被他看得不自在，耳郭微热。她抿了下唇，慢吞吞地走近："你怎么下车了？"

江淮谦"嗯"了一声，盯着她酡红的脸看了一会儿，目光往下："不冷？"

阮轻画没穿羽绒服，穿了件很显气质的大衣。她缄默片刻，抬眸看他："要到外面吹风？"

江淮谦轻笑了声："不用。"他打开车门，"上车。"

"哦……"

上了车，阮轻画也没问他要带自己去哪儿，看江淮谦一直往前开，去的地方越发偏僻，她才挑了下眉："我们去郊区吗？"

江淮谦颔首："那边有家店不错，你会喜欢。"

阮轻画眼睛一亮，没再多问。

车子开到郊区，阮轻画才发现是前段时间网上非常火的一个休闲度假胜地，驱车过来大概两小时，这儿除了吃喝，还有不少玩乐逛街的地方。

房屋建筑非常古风，都是木质小屋，整整齐齐地排列着，看上去非常有感觉。屋檐下，挂着红色的小灯笼，有圆的，有方的，各有特色。入夜了，熙熙攘攘的，人不少。

阮轻画跟江淮谦往里走了一点，越发感到惊喜。

"这儿比网上的照片还要好看。"

江淮谦低眸看她："喜欢？"

"嗯。"阮轻画点头，"很漂亮啊。"

江淮谦颔首，低声道："先带你去吃饭，晚点再看。"

"好。"

两人去了餐厅。

餐厅在街道尽头，要走过一条小巷，四四方方的，有点庭院的感觉。两人进去时，里面的人很多。

江淮谦提前订了位，带着阮轻画找到景色最美的位置坐下。

阮轻画也没去点餐，全程交给江淮谦，转头看向窗外，发现院子里还有一棵很大的圣诞树，圣诞树上挂着灯和小帽子，看着可爱又漂亮。

她盯着圣诞树，和江淮谦说话："那边好多人拍照。"

江淮谦挑眉："想去拍照？"

"有一点。"阮轻画不是特别爱拍照的人，但偶尔也会打卡。她看了一会儿，说："那棵圣诞树很漂亮，不过人好多。"

江淮谦静默了一会儿，倏地一笑："晚点带你去其他地方拍？"

"和圣诞树合影吗？"阮轻画问，"我想要有大大的圣诞树的。"

江淮谦点头："有。"

听他这么说，阮轻画倒是放心了。

晚餐味道非常不错，虽然只是家常菜，但比阮轻画想象的要好吃很多。不知不觉，她吃了不少，放下筷子时，阮轻画发现自己吃撑了。

吃过饭，江淮谦带她到附近逛了逛。这里小店很多，还有不少小吃零食。同样的，还有卖苹果的小摊。

阮轻画看着，转头看向江淮谦："你想吃苹果吗？"

江淮谦："嗯？"

阮轻画笑道："你知道吗？现在年轻人都过平安夜，说在这天吃了苹果，未来都会平平安安的。"

江淮谦失笑："大概知道。"他低头看她，"想吃？"

"我现在好饱，晚点吃。"阮轻画神神秘秘地小声说，"但我给你带了。"

江淮谦微怔，想到她上车时手里提的一个袋子："在车里？"

阮轻画点头："嗯，中午去超市买的。"

江淮谦勾了下唇："好，晚点我吃。"

两人继续往前逛。人来人往的街巷，两人的手不知不觉扣在一起。阮轻画感受着男人掌心的温热，压了压自己上翘的唇角。从街头走到街尾，他们的手一直紧紧相握。

逛完后，两个人启程回去。

一路逛下来，阮轻画买了不少好玩的小玩意，一上车，她就开始拆。

江淮谦看她兴致勃勃的模样，也不拦着。

到市区时，阮轻画才发现有点不对劲："你不送我回家吗？"

江淮谦应了声："不是还没拍照？"

阮轻画"哦"了一声，这才想起自己还得跟圣诞树合照："那现在去拍？商场都关门了吧。"

她看了眼时间，已经十一点了。

江淮谦扬了下眉："不去商场拍。"

阮轻画扭头看他："那去哪儿？"

江淮谦卖了个关子："晚点就知道了，敢去吗？"

阮轻画："敢。"她开玩笑似的说，"你又不会把我卖掉。"

"嗯。"江淮谦对答如流，"舍不得。"

阮轻画愣了下，偏头看向窗外，弯了下唇。

进停车场后，阮轻画总算知道他说的圣诞树在哪儿了。她看向拉着自己的男人，狐疑道："你在家装了一棵圣诞树吗？"

江淮谦："嗯。"

阮轻画错愕地看着他，眨眨眼道："今天准备的？"

江淮谦点头。

没一会儿，到了家门口。

阮轻画站在旁边，看着江淮谦解锁开门。门一打开，她先看到了闪着光的圣诞树。圣诞树不大但也不小，恰好到天花板，树上挂了很多圣诞灯，红的黄的，各式各样，都在发亮。而顶端，还有一个小天使。

阮轻画怔住，就这么望着眼前这棵圣诞树。她发现，圣诞树上还挂了礼物，下面也一样，堆了很多盒子。

阮轻画蒙了，被他拉着往前走了两步。

"先换鞋。"江淮谦给她拿了拖鞋，低声道，"要先拍照吗？"

阮轻画转头看他，目光直直的："你一个人准备的吗？"

江淮谦点头，低低一笑，问："还喜欢吗？"

"嗯。"阮轻画认真道，"非常喜欢。"

这样的惊喜，没有人不喜欢。

江淮谦勾了下唇，拍了拍她的脑袋："想现在拆礼物还是等会儿？"

阮轻画看了眼时间，迟疑道："现在好像还没到圣诞节，我想十二点再拆可以吗？"

江淮谦："好。"

但干坐着也很无聊，阮轻画盯着圣诞树看了一会儿，有种不好意思的感觉："我给你买的礼物没带过来。"

她原本想着，明天才是圣诞节，就明天送。

"我还有礼物？"

阮轻画睨他一眼："当然。"

她再怎么冷漠无情，一份礼物还是会准备的好吧？

江淮谦笑了下："谢谢。"他目光柔和地望着她，"费心了。"

阮轻画摸了摸鼻尖，还是没忍住往圣诞树那边凑。她比画了一下，扭头看向江淮谦："你先给我拍几张照片。"

江淮谦有求必应。她要拍照，他就给她拍。

阮轻画发现，江淮谦的拍照技术竟然非常不错。镜头里的她，浅笑盈盈，明艳动人，瞳仁里的笑，脸上的愉悦，都要透过镜头发散出去了。

折腾了一会儿，她突然听到了远处传来的古老钟声。阮轻画愣了下，一侧有男人的气息逼近。

"圣诞快乐。"

是江淮谦。

阮轻画呆了下，直直地撞进他的瞳眸。

"圣诞快乐。"她轻轻地说。

江淮谦拍了拍她的脑袋，浅声道："拆礼物吧。"

阮轻画"嗯"了一声，从树下开始拆。

打开第一个盒子，是一双高跟鞋。

阮轻画愣怔地看向他，江淮谦笑了笑，提醒道："继续。"

阮轻画抿了下唇，继续抽其他盒子出来。

第二个盒子，是一套首饰。她没记错的话，是前两天某品牌新出的限定款。除此之外，还有她喜欢的书、影片和音乐剧门票、时装秀门票等。

最后一个大盒子，阮轻画打开一看，是一条裙子。

上次她在杂志里看见的那条高定礼服裙，江淮谦问过她喜欢不喜欢。她是喜欢的，只是没机会穿。

而现在，江淮谦将它搬来了她面前。

拆完礼物，阮轻画抬起眼看向不远处的男人。

接收到她的目光，江淮谦含笑提醒："上面还有。"

阮轻画仰头一看，发现上面挂着一个很小很小的盒子。她眼皮一跳，有种猜测，可又觉得江淮谦不会那么莽撞。

"我拿不到。"阮轻画看着他，"你帮我拿。"

话音一落，江淮谦把她抱了起来，低声问："现在呢？"

阮轻画被他抱离地面，一伸手便拿到了最上面的小礼盒。

"拿到了。"她眼睫轻颤，"这是什么？"

江淮谦目光里压着笑，嗓音低沉："拆开就知道了。"

阮轻画张了张唇，轻轻点头。

都到这一步了，她也不会再扭捏。

拆开后，阮轻画发现里面是某奢侈品牌的信封钱包。很少女的款式，她之前买过一个，但是那个小爱心脱漆了，她就没再用了。

阮轻画愣了愣，没想到最后一个是钱包。她刚想放开，抬手捏了下，发现里面好像还藏了东西。

她看了一眼江淮谦，在他的鼓励下打开。

一打开，她发现里面有个卡片。阮轻画下意识地拆开，映入眼帘的是熟悉的字体，和他曾经亲口问过她的问题："还是很喜欢你，这一次，要不要答应做我女朋友试试？"

阮轻画怔怔地看着，热泪盈眶。

她不知道江淮谦是鼓起了多大勇气，才会问她三次同样的问题。面对她，他好像一直都丢掉了自己的身份，把两人放在了同等的位置上。

阮轻画许久没说话，一侧有雪松香袭来。她一顿，蹲在地上看他。

江淮谦目光沉沉地望着她，把那句话重新说了一遍，又笑着问："圣诞节，想不想要一个男朋友？"

阮轻画盯着他，重重点头："要。"

"要什么？"他靠近，鼻尖擦过她的脸颊。

阮轻画感受着他落在自己脸颊上的呼吸，靠在他耳边，一字一句地说："我要男朋友。"

听到她的回答，江淮谦松了口气。虽然，他有把握这一回会成功，但也确实没有百分之百确定。

两人鼻尖碰撞，无声对视着。

江淮谦很轻地笑了下，嗓音低哑："好。"

阮轻画主动钩住他的脖子，亲了过去。她不想说话，就想和他亲昵靠近。

江淮谦怔了一秒，掌握主动权，钩着她的身子，在她柔软的唇上一点点碾磨着。

阮轻画眼睫轻颤，感受着男人的气息。她的唇被咬了下，吃痛得想推开他，却给了他机会。

两人唇齿相贴，亲得越来越深。他温柔地含着她的唇，与之缠绵，气息交融，爱意滋生。

不知不觉，两人的姿势变了。阮轻画趴在他身上，气息不稳。

男人从她唇上离开，轻轻含住她的耳垂，嗓音低哑地问："今晚，还回去吗？"

　　阮轻画还没来得及回答，他再次堵住了她的唇。两人紧密相拥，疯狂地黏在一起。

　　客厅里的灯还亮着，圣诞树上五颜六色的灯也还在闪。阮轻画不经意睁眼时，看到了男人被映出的英俊眉眼，他闭着眼，睫毛又长又翘。

　　似乎是察觉到她的不专心，江淮谦轻咬了下她的唇，越吻越深。

　　有些情感一开始涌动，便再无法压抑。他们的体温滚烫炙热，呼吸急促，气息落在对方的脸颊上。

　　阮轻画不知道他们吻了多久，分开时，只觉得嘴唇又痛又麻，而江淮谦的唇，也变得比寻常更红。

　　她双颊爆红，身体温度急速上升，看着他近在咫尺的眉眼，眼睫轻颤了下。

　　江淮谦目光幽深地看着她，又低头碰了碰她的唇。

　　阮轻画一怔，声音含糊道："别亲了……"

　　再亲，她接机时都不好意思见孟瑶了。

江淮谦沉沉应了一声，低低道："嗯。"

话虽如此，但他还是又亲了阮轻画两分钟，才往后退开了些许，敛神盯着她被吻得嫣红的唇，抬手擦了擦。

阮轻画觉得，此时此刻她所有的思绪都不再是自己的，一举一动，都被面前这个男人牵引着。

她看着他的动作，完全不知道该说点什么，心跳很快，快到让她有点无法自控。她能听见自己的呼吸声，能听见江淮谦的呼吸声，甚至能感受到他炙热的身体，四肢百骸，全被他牵动。

两人无声对视着，时间在流动。他们就这么看着对方，什么都不做，却也觉得满足。

安静了一会儿，阮轻画实在是难以抵抗江淮谦的目光，心虚地垂下眼说："我重吗？"

她现在还趴在江淮谦怀里。

江淮谦挑了下眉："不重。"

阮轻画"哦"了一声，双颊微红："好晚了……"她挣扎着想站起来，小声嘟囔着，"我要去洗漱休息了。"

江淮谦没拦着她，等阮轻画重新站起来后，他起身，又扣住她的手指按在墙上，低头吻了下去。

阮轻画"唔"了一声，顺势回吻。

他们这一晚，要亲得没完没了了。

等阮轻画真正躺在床上时，已经三点了。她睡的依旧是客房，进来时，江淮谦盯着她看了一会儿，欲言又止，但也没拦着。

阮轻画抬手摸了摸自己的唇，高兴，激动，又有种说不出的羞赧。一想到刚刚江淮谦亲她时的模样，她的心跳就控制不住。

男人的鼻尖蹭过脸颊时，嘴唇吻着她时，都让她无法抵抗。

阮轻画拍了拍脸颊，想给自己自然降温，但没辙。只要一想到刚刚的那些事，她的脸和身体就滚烫得像发高烧一样。

在床上滚了几圈，阮轻画都没能睡着，捞过床头柜的手机看了一眼，发现有未读消息。

阮轻画怔了一下，点开，是江淮谦的。

"睡着了吗？"

阮轻画："没有。"

江淮谦："我也没有。"

阮轻画捧着手机笑了，觉得他们像是刚谈恋爱的学生一样，会因为这种事而激动到无法入眠。

阮轻画："那你现在在干吗？"

江淮谦："想你。"

阮轻画脸微红，躲在被窝里回他的消息："哦。"

江淮谦："房门锁了吗？"

阮轻画："好像没有。"

江淮谦："锁好。"

阮轻画盯着这条消息看了一会儿，大概领悟到了他的另一层意思。她咬唇回复道："难道你半夜还能进来？"

江淮谦："我不保证能控制自己。"

阮轻画心脏重重地跳着，有种说不出的情绪在蔓延。她无法控制自己脸上的笑，也无法压制自己跳动过快的心脏。在这一刻，她所有的情绪和身体管控，都不再属于自己。它们在不知不觉中，游走到了江淮谦那边，被他吸引着，再舍不得挪开。

阮轻画好一会儿没回消息，江淮谦问："锁好了？"

阮轻画："没有。我相信你。"

江淮谦："在这种事上，别对我太信赖。"

阮轻画怔了下，江淮谦的信息又来了："对你，我没有把控力。"

他所有的自制力，在面对阮轻画时，都变得溃不成军。

阮轻画:"那我真锁门啦？"

江淮谦:"嗯。"

话虽如此，阮轻画盯着房门看了许久，还是没起身去锁。在她的潜意识里，就算是江淮谦进来，她也不担心他会做什么。只要她不愿意，他就不会乱来。

过了一会儿，阮轻画回复:"锁了。"

江淮谦:"嗯，还睡不着？"

阮轻画:"有一点。"

刚发过去，江淮谦给她拨了视频通话过来。

阮轻画忍笑接通:"你干吗？"

她房间没开灯，只有窗纱透进来的点点月色，脸都是模糊的。

江淮谦那边的灯还开着，能让她清晰地看到他那张英俊的脸。

"看看你。"江淮谦声音低沉沙哑，和刚刚亲吻时一样。

阮轻画"哦"了一声，压不住语调里的欢乐:"那你看得到吗？我开下灯？"

江淮谦:"不用，睡觉吧。"他低声道，"怎么才能睡着？"

阮轻画想了想，目光灼灼地望着他:"要不你给我唱一首圣诞歌吧？今天圣诞节呢。"

江淮谦:"确定想听？"

"想啊。"阮轻画知道他会唱歌，而且英文歌还唱得非常好，她看着他，问道，"唱吗？"

江淮谦应了声:"我找找歌词。"

他不太记得歌词了。

阮轻画笑道:"好。"

没一会儿，江淮谦还真给她唱起了圣诞歌。他声音偏低，沙哑又勾人，标准的发音更像是留了小钩子一样，挠得她心痒痒。

圣诞歌结束，江淮谦还给她唱了一首特别的情歌。阮轻画听着，迷迷糊糊地发现，这首歌好像是他们第一次正式见面的聚会上放的其中一首。

对面没了声音。

江淮谦借着微弱的光看了一眼，阮轻画应该是睡着了，手机被她握着，正对着枕头。他思忖了一会儿，起身去了隔壁。

阮轻画没锁门，江淮谦知道。

推开门进去，江淮谦看到蜷缩在床上的人，眸色微沉，放轻脚步走近。

把她的手机拿开放在床头柜上，江淮谦敛目，盯着她这张让自己魂牵梦萦的脸，喉结微动，眼底的情绪很浓，很深。

他看了许久，终归是没忍住，在她唇上落下轻轻一吻，给她掖了掖被子，这才起身离开。

再不走，他不保证不会把她吵醒。

阮轻画睡醒时，外头的太阳已经高高挂起。她抬手揉了揉眼睛，捞过手机一看，快十一点了。

阮轻画点开手机一看，八点多孟瑶给她发了信息，告诉她上飞机了，让她记得去接机。

阮轻画点开闹钟看了一眼，发现自己的闹钟被人关了。她眉心突地一跳，手机里再次弹出孟瑶的消息。

孟瑶："下飞机了，你别来了，江总派了豪车来接我，嘿嘿。"

阮轻画："对不起。"

孟瑶："哼，回家了再跟你算账。"

阮轻画："好好好，我待会儿就过来找你。"

孟瑶："吃过午饭再来吧，我得回家先睡一小时再接待您呢。"

跟孟瑶扯了几句，阮轻画爬了起来。她洗漱完出去时，江淮谦正在客厅忙。他穿着家居休闲服，看上去少了分凌厉，多了点少年味道。

阮轻画看了一眼，他前面的茶几上有摊开的文件和笔记本。

听到声音，他抬起眼看向阮轻画。

"早……"阮轻画提前出声，讪讪道，"我好像睡了很久。"

"不久。"江淮谦把手里的笔记本放开，起身看她，"饿不饿？"

阮轻画点头:"有一点,你吃早餐了吗?"

江淮谦看了眼墙上的时钟:"吃了。"

阮轻画眨眼,想了想说:"那午饭怎么解决?"

江淮谦敛了敛眸,压下唇角的笑:"我做,吃不吃?"

"吃。"阮轻画没骨气道,"你在忙什么,有我能帮忙的吗?"

江淮谦应了声:"你看看你感不感兴趣,是一些设计稿。"

闻言,阮轻画立马道:"那我还是不看了。"她提醒他,"周五我们还要竞赛,我脑子里有灵感了,不想被影响。"

她怕看到喜欢的,到时候会忍不住往喜欢的设计图上靠拢。那是阮轻画不希望的。

江淮谦颔首,也不勉强她。

阮轻画扭头看他,提议道:"我给你打下手吧。"

"好。"

两人在厨房忙碌,互相配合。江淮谦厨艺比阮轻画好,她有时候还很疑惑,为什么他会做饭。

注意到阮轻画的目光,江淮谦抬了下眼:"怎么了?"

"你什么时候学的做饭?"阮轻画看着他,想了想说,"我记得在国外那会儿,你厨艺没有这么好。"

在国外,江淮谦身边不仅有保镖时刻跟着,自然也有照顾他的阿姨。他每天什么都不愁,只当好他的小少爷就行。两人的差距,是真的很大。

江淮谦轻笑了一声,淡声道:"后来学的。"

阮轻画"哦"了一声,没再多问。

"还要多久才能好?"

江淮谦看了眼时间:"得十二点,先吃点别的垫垫肚子?"

"不要。"阮轻画坚持,"我要留着肚子吃你做的饭。"

江淮谦勾了下唇,嗓音低沉道:"我给你弄杯豆浆?"

"也可以。"阮轻画很喜欢喝豆浆。

喝完豆浆，阮轻画无所事事。厨房里已经不用她帮忙了，她无聊地在屋子里瞎晃。熬到午饭，阮轻画非常捧场，吃了一大碗米饭。

江淮谦被她逗笑了："这么好吃？"

"非常好吃。"阮轻画一点也不含糊，认真道，"比外面做的都好吃。"

江淮谦眸子里压着笑，低声道："喜欢就行。"

阮轻画瞅着他，小声道："但你这样，我更自卑了。"

江淮谦哭笑不得："自卑什么？"

阮轻画吃好了，江淮谦顺势把她拉入自己怀里。

这个姿势，让阮轻画稍微有点不适应。她微窘，垂眼看着他："你想干吗？"

"嗯？"江淮谦读懂了她瞳仁里的意思，低头亲了亲她的唇角，嗓音沙哑道，"不做什么，亲亲你。"

话音落下，他吻住了她的唇。

这个吻，比昨晚所有的都要温柔，但越是如此，阮轻画越有种面红耳赤的感觉。她能感受到江淮谦在让她逐渐适应，牵引着她所有的思绪。

落地窗外有洒进来的阳光，落在两人身上。午后的阳光温暖迷人，让两人沉醉。

但到底是沉醉于对方还是阳光，谁也说不清。

阮轻画感受着江淮谦扣在自己腰上的手，不舒服地动了动身子。

"太紧了。"她小声说。

江淮谦微顿，放过她的唇，转而亲了亲她的脸颊，低声道："哪儿？"

阮轻画拍了拍他的手。

江淮谦了然，用鼻尖蹭了蹭她的脸颊，低沉道："不想放你走了。"

阮轻画哭笑不得，钩着他的脖颈道："我跟孟瑶约好了的。"

她早上没去接她，已经被她记了一笔账了。

想到这儿，阮轻画好奇地问："早上是你把我闹钟关了吗？"

"嗯。"江淮谦瞥了她一眼，捏了捏她的脸颊，低声问，"不是说锁门了？"

阮轻画微窘，没想到他还记着这事。她应了一声，埋头在他的脖颈，闻着他身上清冽的味道，含糊道："我忘了。"

江淮谦笑了下，没再拆穿她。

两人抱了一会儿，阮轻画小声提醒道："我得回去了。"

江淮谦应着，低声道："我送你。"

阮轻画看着他，指了指茶几："不是还有事要忙？"她想了想，轻声道，"你不放心的话让司机送我就行，你别送了。"

江淮谦看着她，没接话。

阮轻画坚持道："真的，你忙你的，我是个成年人，不用太担心我。"

江淮谦思忖了一会儿，没再勉强。他确实还有不少事要忙。

回到家后，阮轻画慢悠悠地化了个妆，才去孟瑶那边。

她到的时候，孟瑶还没睡醒，迷迷糊糊地和她说话。

阮轻画看她这样，忍不住往床上一躺，提议道："要不再睡一会儿吧？我也困了。"

孟瑶睁开眼，睨她一眼："怎么困了？昨晚做了什么少儿不宜的事？"

阮轻画扬扬眉，面对她时无比厚脸皮："这就不好说了。你这个单身狗现在不适合听，你懂吧？"

孟瑶噎住，没好气地朝她丢了个枕头："你就嘚瑟吧。"

阮轻画笑了，趴在她旁边说："瑶瑶。"

"干吗？"

"谢谢你。"阮轻画认真道，"如果不是你一直鼓励我，我其实没有迈出去这一步的勇气。"

闻言，孟瑶觑她一眼，很是嫌弃。她拉了拉被子，打着哈欠说："不一定的，即便没有我，你也迟早会接受江总。"

"为什么？"阮轻画好奇道。

孟瑶白她一眼，淡淡地说："这还不简单吗？江总非你不可，而你逃不掉这种深沉男人的陷阱。他步步为营，让你无处可逃，你懂吧？"

阮轻画看着孟瑶，回忆了一下，不得不对这个说法表示赞同。

好像就是这样，从江淮谦来Su到现在，阮轻画遇到的很多事，都有他的影子。那些事不全是江淮谦做的，好的不好的，他都会第一时间出面为她解决。

这样的攻略，阮轻画确实也坚持不了太久。正是因此，当初在国外，她才会选择直接跑回国。江淮谦这个男人，她一旦沦陷，这辈子都无法抽身。这是阮轻画很早便明白的道理。

孟瑶看她这副沉思的模样，笑着问："是不是觉得我说的非常有道理？"

阮轻画："嗯。"

两人相视一笑。

孟瑶"哎哟"一声，伸手抱了抱她："以后我抱你是不是得经过江总允许才可以？"

阮轻画想着江淮谦对孟瑶的那些莫名醋劲，沉吟道："他不会允许的。"

孟瑶噎了噎，瞪大眼问："你说什么？"

阮轻画笑了，半躺在床上说："真的，江淮谦说在我这儿你比他重要。"

孟瑶沉默了一会儿，无语道："霸道总裁还吃闺密的醋吗？"

阮轻画点头，笑着问："很幼稚吧？"

孟瑶看着她脸上洋溢的笑，抱着她蹭了蹭，说："但偏偏，你很喜欢这个霸道总裁的幼稚。"

阮轻画怔了下，倏地一笑："是啊。"

无论江淮谦是幼稚还是不幼稚，她都很喜欢。

两人窝在房间里聊了一会儿，孟瑶也清醒了不少，打了个哈欠，掀开被子说："走了，去吃火锅。"

阮轻画眨眨眼："其实也还早。"

"吃完火锅我要把你还给江总。"孟瑶拉开衣柜选衣服，浅声道，"你陪我几个小时就行，我总不能破坏你们的第一个圣诞节。"

阮轻画笑了，指了指一侧的东西："给你的礼物。"

孟瑶眼睛一亮，笑盈盈地说："我也给你准备了。"

　　她们这么多年闺密，逢年过节一般都会给对方送小礼物。不一定是贵重的，但一定是实用且对方需要的。偶尔没有必需品，两人就买点小玩意，反正有仪式感就好，礼物小没关系，心意到了就行。

　　收拾好后，两人出门吃火锅。

　　孟瑶出差这么久，拉着阮轻画吐槽了不少出差时遇到的事。阮轻画听着，时不时附和几句。

　　"对了，我听说你们设计部要大改革了？"

　　阮轻画瞥了她一眼："不算吧，但确实会有变动。"

　　孟瑶"啧"了一声，瞅了她一眼："江总一怒为红颜？"

　　阮轻画想了想说："不至于。"

　　江淮谦做事，是有自己的正当理由的，不完全是为了她。

　　孟瑶笑了，想了想说："倒也是。"

　　两人提前排了队，到火锅店时正好轮到她们。进去后，阮轻画给江淮谦发了个消息。

　　阮轻画："你吃饭了吗？"

　　下午江淮谦让司机送她回家时，她问过他晚饭怎么解决。江淮谦思考了几秒，告诉她回家吃个饭。

　　阮轻画消息来的时候，江淮谦和他爸江隆在厨房。

　　江隆刚落地不久，江淮谦便回来了。简淑云一看，乐了，直接让家里的阿姨休息，把晚饭交给了父子俩，她则时不时在旁边监督。

　　看江淮谦掏手机，简淑云咳了声："有些人回了家，手机也不离手。"她恼怒道，"也不知道我在这个家还有没有存在的意义。"

　　江隆瞪了他一眼，低声道："别玩了，赶紧把你妈爱吃的鸡处理一下。"

　　"没玩。"江淮谦淡声道，"我回消息。"

　　简淑云打探道："除了女朋友的消息，谁的也不准回。"

　　江淮谦："嗯。"

　　厨房内安静了几秒，简淑云看他越聊越起劲，和江隆对视一眼，惊呼出声："你有女朋友啦？"

江隆手一抖，砧板上的鱼溜到了地上。

江淮谦看了一眼，弯腰捡起来。

"嗯。"

简淑云瞪大眼，直勾勾地望着他："那你不陪女朋友，回家来干吗？"她碎碎念道，"江淮谦，谈恋爱不能像你这样，你要是这样谈恋爱，人家女孩明天就甩了你。你好不容易脱单，珍惜这个来之不易的机会啊。"

江淮谦默了默，放下手机："妈，我也没有你说的那么差吧？"

简淑云："你以为你很好吗？"

江淮谦噎住。

简淑云伤心道："我以前也觉得你哥挺好的，结果呢，还不是情路坎坷？到现在还是单身。"她感慨道，"也不知道我什么时候才能抱上你们的孩子。"

江淮谦听得头疼，想也没想地说道："你让我哥再争点气把人带回国就能抱到了。"

简淑云愣了下，扭头看向江淮谦："你这话什么意思？你哥找到女朋友了？"

"不对。"简淑云眨眨眼，"能抱到了……你意思是，你哥不单有女朋友了，还有孩子了？"

江隆手里的鱼又溜走了，一点都不听话。

江淮谦看着，一脸无辜道："妈，我可什么都没说啊。"

话音刚落，简淑云冲出厨房，嘴里念叨着："江淮定敢瞒着我这种大事，他死定了。"

江淮谦抬手松了松衣领，松了口气。

蓦地，江隆的声音响起："真的假的？"

江淮谦讪讪道："我也是听说的。"

他不爱八卦，是真听那边人说的。

江隆扬了下眉："吃完这顿饭你赶紧走。"说完拍了拍他的肩膀，"我去打个电话，安排人送我们去你哥那边，给他一个惊喜。"

一时间，厨房做饭的只剩江淮谦一个人了。他看着满厨房的狼藉，突然后悔了。

不该提的。

吃过饭，江淮谦被赶出江家老宅，正要往停车场走，简淑云叫住了他。

"等等。"

江淮谦回头。

简淑云塞给他两个袋子："你的和你女朋友的。"她念叨着，"也不早跟我们说交女朋友了，让我临时准备礼物。"

江淮谦失笑，抬手抱了抱她："谢谢妈。"

简淑云轻哼："祝你情路顺畅。"

江淮谦一时无语。

简淑云拉了拉自己的围巾，低声道："我要去找你爸算账了，你回去吧。"

"嗯，到了跟我说一声。"

"知道。"

回到车里，江淮谦看了一眼阮轻画发来的说她吃好了的消息，一顿，回复道："需要司机吗？"

阮轻画："啊？"

江淮谦："要不要？"

阮轻画："那你来吧。"

江淮谦到阮轻画吃饭的商场时，看到两人正在排队买奶茶。

江淮谦也不催她们，让她们随意逛着。过了没多久，阮轻画便出现在了车旁。

江淮谦给她开了车门，低声问："孟瑶呢？"

"她说不想当电灯泡，刚刚打车回家了。"

江淮谦敛目，看着她脸上的笑："很开心？"

阮轻画点头："对啊，我买的奶茶还是热的，你尝一尝吗？"

江淮谦垂头看了一眼："好。"

说完却没动，就这么看着阮轻画。

阮轻画怔了下，才反应过来："我……我喂你？"

江淮谦嗓音低沉："好。"

阮轻画微窘，双手捧着奶茶递到他面前。

送过去时，她才发现吸管上沾了一点她的口红。阮轻画刚想收回，江淮谦已经低头碰到了。

他只尝了一小口。

"怎么样，甜吗？"

江淮谦"嗯"了一声，看着她蹭花的口红，捧着她的脸吻她。

一吻结束，他擦了擦她更乱的口红，目光深邃，低低道："不及你。"

《撒娇1》完